الطبعة الأولى ٢٠٠٧

ISBN 1-85516-759-X

دار الساقي

بناية تابت، شارع أمين منيمنة (نزلة السارولا)، الحمراء، ص.ب: ١١٣/٥٣٤٢ بيروت، لبنان

الرمز البريدي: ٦١١٤ ــ ٢٠٣٣

هاتف: ٣٤٧٤٤٢ (٠١)، فاكس: ٧٣٧٢٥٦ (٠١)

e-mail: alsaqi@cyberia.net.lb

هَاني نقشبندي

اختِلاس

دار الساقي

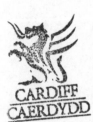

اختِلاس

تصميم الغلاف: ماريا شعيب

مقدمة

كثيراً ما كنت أشعر أن الحياة تكرّر نفسها دون إرادة منا. أتخيل الله يهبنا الفرصة لإعادة اكتشاف أنفسنا، والتخلص من خطايانا، لنصبح أكثر نقاءً وقرباً منه.

لكن ذلك لا يأتي دون الاعتراف بهذه الخطايا التي ستتكرر بدورها إن بقينا مختبئين وراء الممنوع بلا سبب، والحرام في غير حرمة!

ربما يشاركنا الآخرون في الخطايا نفسها. لكن دورنا ليس إصلاح ثقوب الكرة الأرضية، بل إصلاح ثقوبنا نحن وليصلح الآخرون ثقوبهم.

هي محاولة للعلاج إذاً، لكنني لن أكون الطبيب هنا، بل لعلني المريض أكثر مني الطبيب. وكلي ثقة أن المريض هو أفضل طبيب لدائه.

كلّنا اليوم يختلس شيئاً من الآخر: قبلة، نظرة، أو ابتسامة رغبة.

وبالنسبة إليّ أنا فقد اختلست روايتي من كل ذلك، وأيضاً، من قصص امتزج فيها الواقع بالخيال فأصبحت واقعاً محضاً، فمن قال إن نصف الواقع المحض ليس خيالاً محضاً؟

المؤلف

كيف لسارة أن تدع اليوم يمضي هكذا؟

فقد دخلت هذا الصباح عامها الحادي والثلاثين، وما كانت لتدع يوماً كهذا يعبر صامتاً، وقد سبقه ثلاثون يوماً مثله أتت جميعاً بلا هدايا أو احتفال.

بلى، ستكون هناك هدايا، وسيكون هناك احتفال.

ضوء تسلل بعضه من خلف ستائر حجرة النوم، ينعكس على بريق شفتيها وهي تزمّهما إلى داخل فمها، قبل أن تمسح بطرف خنصرها شيئاً من الأحمر القاني من حرف شفتها السفلى.

ألقت نظرة إلى هندامها، ثم نظرة أخيرة إلى مكياجها حيث الكحل في موضعه، والشفتان جاهزتان لكل احتمال، وأحمر الخدود نائم كغشاء من الدانتيل الرقيق على وجهها.

بحرص تضع غطاءً خفيفاً على شعرها، وتتجه إلى باب الدار تلتقط من شمّاعة قريبة عباءتها وتخرج.

كان السائق في انتظارها، وفي عين كل منهما نظرة باهتة إلى الآخر: هو يؤدي عملاً لم يكن يرغب فيه يوماً، وهي مجبرة على أن يكون الغريب معها ليكون قائدها ودليلها والرقيب عليها.

في السماء بعض غيوم الشتاء تعد بشيء من مطر.

أسرعت إلى داخل سيارتها، وقبل أن تتحرك كانت قد أسدلت الغطاء على وجهها، وأعطت السائق تعليماتها إلى السوق.

غريب أن تذهب سارة بكامل زينتها إلى السوق. لكنه ليس بالغريب على شخصيتها وقد قررت منذ الصباح أن يكون اليوم لها، لها وحدها. وكجزءٍ من طقوس التفرد بهذا اليوم، توجّهت إلى السوق تبحث عن هدية تهديها إلى نفسها، مطلقة العنان لمخيلة خصبة بأن أحداً قد تذكر ميلادها بهدية.

هو حلم زجت بنفسها فيه بعد أن اعتادت، في السنوات الأخيرة، أن تعيش حياتها نصف حقيقة ونصف حلم. النصف الحقيقي اليوم كان في الهدية ذاتها، أما النصف حلم فهو أن حبيباً قد تذكرها!

ما أجمل الحلم! أحياناً هو أجمل من الواقع، بل هو أجمل من الواقع كثيراً، على الأقل بالنسبة إلى سارة.

كانت السيدة قد أدركت منذ وقت طويل، منذ ليلة زفافها الأولى، والتي ستبقى تهرب من ذكراها طوال عمرها، أن سعادتها رهن بما تقدمه هي لنفسها، وبما تستطيع تجاوزه من عذابات وحدتها وهي الزوجة والأم من دون مساعدة أحد. ذلك أن أحداً لا يفهم ما تريده امرأة في مجتمع، الرجال فيه أنصاف آلهة والنساء ميّتات جاهزات للرحيل.

وبين الحلم والواقع نافذة صغيرة تلجأ إليها سارة كلما خانها الحلم وكدّرها الواقع، هذه النافذة هي يوميات تكتبها كلما شاءت أن تزيح هماً يجثم على صدرها.

في هذا الصباح الذي قرّرت فيه سارة أن تخرج إلى السوق لشراء هديتها، كتبت هذه العبارة في يومياتها: «ليست الحياة إلا صراعاً مع الحزن!».

على إيقاع مطر شحيح بدأ يسقط معانقاً رمالاً قتلها العطش، سألت سارة نفسها بينما السيارة تسير ببطء تجاه السوق:

«لماذا لا أكون كالأخريات؟».

ألف مرة سألت نفسها السؤال إياه.

وألــف مـرة حصلـت عـلـى الـجـواب نـفـسـه: «لـيـس الأمـر
بيدي».

كان هذا هو الشيء الوحيد الذي يجلب بعض العزاء لها، ولو كان
مجرداً من كل قيمة أو فائدة.

«ليس الأمر بيدي» جواب ميت، لكنه قادر على إطفاء شعلة هادئة
تلمع في عيني سارة من حين إلى حين.

تنتمي سارة إلى عائلة سعودية محافظة. تزوجت مبكراً، ولها توأمان،
أتيا في وقت متأخّر من زواجها.

بشرتها تميل إلى السمرة قليلاً، وقوامها يعاند الجاذبية، وعيناها
كبيرتان شديدتا البياض والسواد، مع شعر هو الليل الطويل ينسدل
متموّجاً حتى أسفل ظهرها.

جمال يستحق أن تقوم ثورة من أجله. لكنها أضعف من ثورة صاحبته
الثائرة على نفسها، وأقل من مجموعة ثورات متلاحقة اعتادت التعايش
معها كمنتصرة حيناً، أو مستسلمة في معظم الأحيان.

ثورتها الأخيرة كانت على غطاء وجهها. لم تكن تلك أخطر الثورات
لكنها الأكثر تكراراً، إذ لا تكاد تنتهي من المواجهة مع أهلها حتى تبدأ مع
زوجها، ولم تكن الصديقات في منأى عن ذلك.

سارة لا تريد أن يحوّلها الغطاء إلى جثة في كفن أسود. لا تريد أن
تسير ميتة وهي على قيد الحياة. لا تريد أن تحس بالوحدة وراء الغطاء
وهي التي تخضّبت بالوحدة من دونه.

حتى والدتها الأقرب إلى نفسها، كانت تعجز عن رؤية الحجم الحقيقي للغطاء. إنه أكثر سماكة من سور الصين العظيم، لا تعلم من هي وراءه ما يدور حولها. «هو عمل مقصود إذاً أن لا نرى شيئاً». قالت ذات يوم.

إذا كان الهدف من الغطاء هو الحشمة، فإن الغطاء الحقيقي هو عفة المرأة وكرامتها، بقطعة قماش صغيرة أو دونها. كانت تقول لأهلها كل مرة، وهم لا يفهمون ذلك، ولا سارة نفسها تفهم، أن لا علاقة للعفّة بالموضوع، فالمسألة عرف وعادة لا أكثر.

بعد حين أدركت أن قرارات أهلها، وحتى زوجها، لا علاقة لها بمبدأ ديني أو شرعي، سواء كان الأمر متعلقاً بالغطاء أو بما هو أقل من ذلك أو أكثر. بدأت تفهم أن الأهل معنيون فقط بكلام الناس. هي مشكلة الإرث الميت كالأحفورة. هي التقاليد التي يصرون على إحيائها في زمن ليس زمنها!

«لماذا يسمحون لي أن أكشف عن وجهي عندما أسافر إلى خارج السعودية، حيث لا تراني سوى العيون الغريبة؟» كانت تسأل أمها عندما يحتدم الصراع في المنزل مع أشقائها الذين التحى أكثرهم.

كانت تضيف دوماً: «إنه الخوف من تقاليد ميتة يا أمي، تقاليد تقف على الحدود فلا تغادر معنا، وتنتظرنا في المكان نفسه عند عودتنا، وبين اللقاءين تكمن الحرية!».

كثيراً ما كانت تختم نقاشها بالعبارة التالية: «والله إن الجاهلية كانت أفضل من الآن!».

تسير السيارة ببطء وسارة تفكر في أهلها وهديتها، وتزيح شيئاً من الغطاء عن وجهها.

في السوق التي تزورها هذا المساء على عزف المطر، لا تعلم أية هدية ستشتري.

«سأرى ما الموجود حسب الجديد والوقت». الوقت هنا أهم من الشيء الجديد لأنها لا تريد، برغم غطاء وجهها، أن تكون فريسة للعيون الجائعة، من البائع المحروم إلى سائقها الذي استوطنت الغرائز في عينيه، إلى باقي الرجال الذين يجثون على ركبهم طمعاً في رقم هاتف.

لكن أكثر ما تخشاه هم المطاوعة. رجال الشرطة الدينية. «آه من هؤلاء! بعضهم أجهل من جاهل». كم تفزع سارة من صرخاتهم التي تشبه صرخات مجانين في مصحّ عقلي.

لسارة تجربة مع أحدهم. إذ نهرها ذات يوم في السوق، مهدداً بعصا طويلة في يده، كي تسدل الغطاء بكامله على جسدها كله، من وجهها إلى قدميها، حتى لتكنس بعباءتها الأرض وهي تسير. لو كانت أوروبية لما تجاسر.

لم تلقِ بالاً إليه، تجاهلته، ودون أن تنظر أحست بطرف عصاه وقد لامسها. استدارت في غضب تريد أن ترميه بكلمة، لولا أن تداركت نفسها. فهي تعلم أن ضربة إن أتتها من جاهل كهذا فلن ينقذها أحد.

كانت تسمع الكثير من القصص عنهم. لكن أن تخوض التجربة بنفسها فذاك شيء مختلف.

«هؤلاء الذين يدّعون العفّة، لهم عيون تلتهم ألف امرأة وراء ألف غطاء. قليل منهم ربما صدق في دعوته لكن أي قليل هذا الذي نلتقيه؟».

ذات يوم اختفى عنها سائقها في السوق. غاب ساعةً، ثم ساعتين. اضطرت للذهاب إلى منزلها في سيارة أجرة. فور وصولها، تلقت

اتصالاً من سائقها يخبرها أنه مسجون في مركز هيئة الأمر بالمعروف.

«ماذا عملت؟» سألته في فزع.

أخبرها أنه بينما كان ينتظرها في مدخل السوق، هوت عصا أحد رجال الهيئة الدينية عليه، وعلى عدد من الآسيويين في صرخات هستيرية تدعوهم إلى المسجد وقت صلاة العشاء. أخبرهم أنه ينتظر سيدته، وليته ما فعل، فقد جرّوه من عنقه مخفوراً إلى السجن، ريثما يتأكدون من وضعه. كان معه اثنان غيره أحدهما بوذي، وآخر هندوسي، وجميعهم قد أمروا بالتوجه إلى المسجد للصلاة. وقد فعلوا قبل أن يعادوا إلى سجنهم من جديد.

أمضى السائق ليلته في السجن ريثما حضر شقيق سارة في اليوم التالي ليطلقه منه، بعد تعهد بعدم تكرار ما حدث.

«من يجب عليه أن لا يكرر ما حدث: السائق أم المطاوعة؟» تساءلت الملائكة في سمائها.

منذ ذلك الوقت وسارة تطلب إلى سائقها، عندما تنزل إلى السوق، أن لا يغادر السيارة مهما كان السبب، كما لو أن الرجل في موقع عسكري لا مركز تجاري.

تتذكر سارة قصة سائقها وسيارتها لا تزال تشق طريقها نحو السوق. الكلمات بينها وبين سائقها قليلة جداً، لكن عيونهما تلتقي كثيراً في المرآة الأمامية، بغير قصد، أو ربما بقصد.

شيء فيه كان يثيرها.

تحت الرذاذ الخفيف تغادر سيارتها وهي تعيد التأكيد على السائق أن لا يغادر السيارة، بل ينتظر حيث هو ريثما تنهي جولتها في السوق.

تعلم سارة أن هذا السائق يتميز بشيء تفتقده في كل من عرفتهم من الرجال، وهم ستة لا أكثر: والدها، وأربعة أشقاء، وزوجها. تلك الميزة أنه الوحيد الذي يطيعها من دون نقاش، كما أنه الجسد الأقرب لها بعد أن غاب جسد الزوج.

كانت سارة كثيرة الأوامر، فيقابل سائقها ذلك بهزة هندية لطيفة من رأسه. هو لم يكن هندياً صرفاً، بل تبدو عليه سمات أوروبية هندية مختلطة، مع عينين خضراوين. سألته ذات يوم عن جذوره، فأخبرها أنه من منطقة كشمير الهندية المرتفعة، وقد اشتهر أهلها ببياض بشرتهم وعيونهم الخضر.

حتى صديقاتها، كن يتغزلن بعينيه.

بينما هي تتجول وحيدة في المركز التجاري، فكّرت في شراء هدية واحدة فقط، لكنها أمام البائع اشترت اثنتين، ومن متجر آخر اشترت ثالثة، فرابعة فخامسة، ولم لا؟ فمعها من المال ما يكفي، على الأقل لهذه المناسبة.

رغبتها في عدم التباطؤ في السوق، لم تحل دون إحساسها بشيء من سكينة داخل المركز التجاري الذي اعتادت زيارته. وهو ليس بعيداً عن منزلها بأية حال.

كان المركز شبه خالٍ من المتسوّقين، حيث الوقت بعد العصر مباشرة، ولم يتهيأ الزوار للقدوم بعد، سواء للتسوق أو للغزل. وكما هي العادة، ما غادرت سارة من دون رقم أو رقمين تطايرا عليها. كان أحدهما من فتى أصغر منها بعشر سنين على الأقل. والرقم الآخر من رجل قد تخطى الخمسين من العمر.

لم تتأخر كثيراً في العودة إلى منزلها، حتى لا تطول غيبتها عن توأميها اللذين تركتهما مع الخادمة. ما كان يهمها زوجها كثيراً، فهي لا تعلم إن كان لا يزال نائماً كما تركته، أم خرج. والأمر في الحالتين واحد.

فمنذ فترة طويلة، ربما منذ اليوم الأول، يعيش كل في عالم لا علاقة له بالآخر. حرة هي في الذهاب حيث شاءت، ومتى شاءت.

فكرت سارة كيف أن الرجال لا يعرفون كم تكره المرأة أن تأتي حريتها من زوج لا يهتم متى تروح أو تأتي. اهتمامه يبدأ عندما تتحرك غرائزه. مرة في الأسبوع أحياناً، أو مرة في الشهر غالباً، وأحياناً تغيب رغبته فيها عدة أشهر.

عادت من جولتها في السوق بعد ساعتين وهي محمّلة بهداياها، وبعض الثياب لصغيريها، وزجاجة عطر لخادمتها. لم تشترِ شيئاً لزوجها، فمن قال إنه ينتظر شيئاً منها؟

تحب المرأة أن تشعر بحاجة الرجل إليها، كما هي حاجتها إلى هدية صغيرة منه، أو كلمة أصغر بكثير. لا سعادة في حياة المرأة تعادل سعادتها بزوج لا يستغني عنها. لا زوج يشتاق إليها لحظات، ثم يتركها قطعة محترقة على فراش مبتل.

من جديد تعود وتسأل نفسها: «لماذا لست كالأخريات؟»

كان الهدوء يخيّم على المنزل، وقد أضيئت فيه مصابيح خافتة تحبها سارة.

يقع المنزل في منطقة أنشئت حديثاً في أحد أطراف المدينة. معظم بيوتها فيلاّت صغيرة من دور أو اثنين.

الفيلا التي تسكنها سارة من دور واحد: ثلاث حجرات نوم وصالون كبير خصص قسم معزول منه للضيوف، والآخر لأهل الدار. وفي صدر

المنزل شرفة كبيرة ازدانت بمجموعة من أصص الزهور التي تعشقها سارة، وتتفقدها كل صباح.

تمضي سارة فور دخولها المنزل إلى غرفة طفليها لتطمئنّ إليهما، وقد لعبا وناما. نادت خادمتها لتعطيها ما اشترته لها. أخبرتها الخادمة، وهي تشكرها، أن زوجها قد ترك لها رسالة يعلمها فيها أنه مسافر وسيعود بعد يومين.

«حسناً فعل» قالت وهي تمدّ يدها للخادمة بزجاجة العطر، هديتها. توجهت إلى غرفتها وهي أكثر انشراحاً. ربما لأن خالد، أو الدكتور خالد، كما كانت تقول استهزاءً قد سافر كعادته، وسيعود بعد يومين.

خلعت ثيابها، واستحمّت، ثم تزينت من جديد، ولبست ثياباً أخرى شفّافة تكشف عن كل تفاصيل جسدها. بثيابها تلك التي ما شاهدها بها أحد من قبل، حتى زوجها، جلست على مقعد أحمر يجاور سريرها الذي تزين هو الآخر بغطاء من اللون نفسه.

تذكّرت يوم قرأت في كتاب لها أن اللون الأحمر دليل الشخصية القوية. وهي تحب أن تكون امرأة قوية، لكن غير مسيطرة. في رأيها أن المرأة عندما تسيطر على الرجل ستخسر أنوثتها من جهة، وستخسر الرجل نفسه من جهة ثانية. فمن قال إن المرأة تحب رجلاً تسيطر عليه؟

المرأة الحقيقية هي التي تحب أن تتدفأ بحنان رجل أقوى منها، فتكون له مكمّلاً لا تابعاً. لا أقوى من شخصيته، ولا أدنى من كرامتها.

كل ما اشترته ذاك اليوم وضعته في صندوق خاص به، وغلّفت جميع الصناديق باللون الأحمر، واحد منها فقط تميز برباط أسود مع عقدة على شكل وردة.

افترشت كالطفلة الأرض، تفتح هداياها بطريقة عبثية، وأمام كل هدية كانت تمثل دور من قد فوجئ بهديته. هكذا بدت بين العلب الفارغة والأوراق البراقة، ساحرة كأجمل ما يكون السحر، وطفلة كأجمل ما تكون البراءة!

علبة أو أكثر كانت فارغة عن قصد. أوراق جميلة تغلّفها، ثم لا شيء في الداخل. ربما تعمدت هي ذلك، كي تدفن في جوف العلبة الكثير من وحدتها وأحزانها. ربما هي تعمدت أيضاً أن تؤكد لنفسها من جديد، أن القيمة الحقيقية ليست في الهدية، بل في أن تكون هناك هدية ولو علبة فارغة.

فتحت كل العلب. ما بقي شيء سوى العلبة الحمراء برباطها الأسود المعقود على صورة وردة.

كانت هي خاتمة الحفل. وضعتها على الطاولة أمامها تتأملها بصمت. قفزت من على الأرض تدير بعضاً من الموسيقى، وتخفف بعض أضواء غرفتها. عادت إلى حيث كانت من جديد تنظر إلى الهدية الأخيرة بصمت. وبهدوء تناولتها وكأنها تأخذها من حبيب لها. ضمّتها إلى صدرها، مخمنة ما يكون في داخلها، كأنها لا تعرف، وتنتظر المفاجأة. فالمفاجأة أهم من الهدية. وهي المفتاح في الانتصار على الحروب، والمرأة!

هذه المرة ما مزقت أغلفة الهدية، بل فتحتها بهدوء.

داخل العلبة الأخيرة كانت أجمل ما اشترته ذاك اليوم: وردة بيضاء تختصر رائحتها كل ما تبقى من أمل.

ومع إيقاع الموسيقى، تصاعدت من داخل العلبة ضحكات رجال وآهات نساء يطفئن ظمأ أجسادهن.

جمعت سارة يديها وضمّتهما إلى صدرها في فرح، كمن تحضر مسرحية إغريقية، تتراقص فيها آلهة الجمال مع المحبين. بينما هي تتأمل الجمع في لهوهم، حلمت برجل يراقصها، ويد تعبث ببعض أنوثتها.

رويداً رويداً هدأت الأصوات حتى توقفت تماماً، تاركة الوردة البيضاء وسارة في وحدتهما من جديد.

رفعت سارة الوردة إلى مستوى عينيها. حضنتها وقبلتها، ثم حضنتها من جديد وقبلتها، ثم نهض كلاهما عن الأرض إلى الأريكة الحمراء.

على هذه الأريكة التي حلمت سارة، يوم اشترتها، أن تمارس عليها الجنس مع زوجها، نامت بكامل ثيابها وزينتها ووردتها. نامت باكراً على غير عادتها. لم تكن الساعة قد تجاوزت الثامنة مساء. خلال الليل، حاولت أكثر من مرة أن تستيقظ، لتبدل ثيابها، لكن الآهات النسائية التي عاد بعضها يصدر من علبتها أبقتها مكانها، كما لو كانت تشارك الجميع في حفلة جسدية على الأريكة الحمراء. هكذا بقيت نائمة حتى قبل الخامسة صباحاً بقليل، عندما أيقظها نقر خفيف لحبات مطر على نافذتها، ومداعبة خفيفة من الوردة البيضاء التي غفت بين نهدين ثائرين!

توضّأت تتهيّأ لصلاة الفجر، وهي لا تزال نصف نائمة، أو نصف حالمة بآهات الليلة الماضية. بعد أن فرغت من صلاتها، أعادت الصلاة من جديد. ثم صلت ما فاتها البارحة بعد أن نامت باكراً.

توجهت وهي لا تزال بلباس صلاتها إلى حجرة توأميها لتطمئن إليهما. كان أحدهما قد استيقظ وبقي ينظر بهدوء إلى سقف الغرفة كمن لا يرغب في إزعاج توأمه. قبلته، وقبل أن تهمّ برفعه إليها كانت الخادمة تدخل عليها لتبدأ يومها مع الطفلين.

عادت سارة إلى حجرتها بعد حوار سريع مع الخادمة. نزعت ثوب صلاتها وجلست على طرف أريكتها تتأمل حفل البارحة، والهدايا المنثورة والورق الممزق.

لملمت هداياها، وألقت بها مجتمعة على السرير، وتمددت بقربها تحلم من جديد، فما وراءها؟

طفلان أحدهما نائم، وزوج يعلم الله أين هو.

استيقظت مرة أخرى قبل التاسعة صباحاً بقليل، على صراخ أحد الطفلين.

هرعت إليه، فاندفع إليها بنصف جسمه من يد الخادمة. التقطته وقبلته قبل أن ينضم إليه شقيقه. بقيت معهما نصف ساعة، ثم أبدلت ثيابهما، ووضعت أمام كل منهما بعض اللعب، وعادت هي إلى لعبها.

كانت لا تزال تبتسم إثر حفل البارحة، وتمنت لو أن الحفلة دائمة. ارتمت على السرير لحظات، ثم نهضت من دون رغبة ترتّب حجرتها، استعداداً لدخول الحمّام طلباً للانتعاش.

نشّفت جسدها والتفت بمنشفة كبيرة، ووضعت أخرى على رأسها. ثم غادرت غرفتها إلى حيث خادمتها فأعطتها تعليمات اليوم المتكررة منذ ألفي عام، ماذا تطبخ، ماذا تغسل، ماذا تكوي، متى تأكل ومتى تشرب؟

عادت إلى غرفتها لتلبس ثيابها على مهل، في انتظار المساء للقاء صديقاتها ومعاودة الأحاديث ذاتها. وقبل ذلك أحياناً بمشاهدة التلفزيون، أو قراءة ما يصلها من كتب جديدة، أو مطالعة الصحف والمجلات. وهذه بدورها مكررة منذ عهد الكتابة. الشيء المختلف هو تاريخ اليوم، مجرد رقم لا أكثر.

كل يوم تبحث عن شيء يستحق أن يكون جديداً، فلا تجد أكثر من رقم !

حتى الأخبار هي ذاتها. لا جديد سوى من راح ومن جاء، من ولد ومن مات، مجرد رقم، بعض ما كانت تحب مطالعته في جريدتها اليومية الصفحات الدينية. أحياناً تقرأ صفحة، وأحياناً أخرى صفحتين. بعض المقالات الدينية تعجبها، سيما تلك التي تحمل الكثير من التسامح والأمل. وبعضها تجعلها حائرة، بين رحمة الدين وقسوة رجال الدين. بين الاجتهاد في الفكر، والخوف الدائم من الاصطدام بغضب الله من لا شيء، والدعوة إلى الاستغفار من ذنوب لم ترتكب !

وغالباً ما تجاوزت الصفحات من دون أن تقرأها. بحيث أن جريدة كاملة لا تدوم في يدها سوى عشر دقائق، أو ربع ساعة على الأكثر.

ذاك الصباح، كانت تجلس على أريكة جلدية سوداء قبالة التلفزيون في صالونها الكبير، وهي تنظر إلى كومة صحف أمامها، وتتساءل عن سبب اشتراك زوجها في هذا الكم من الجرائد والمجلات.

هو الفراغ والصمت يجعلاننا نحاور الباب والحائط. من أجل ذلك تبدو مطالعة الصحف والمجلات شيئاً مسلياً، أو مكدراً، وذاك أيضاً يغني عن الفراغ والوحدة.

«الوحدة... هي الشيء الوحيد الذي يشعرنا أن وجودنا كان خطأً جنسياً». كتبت ذلك في مذكراتها ذات يوم. ابتسمت وهي تتذكر ما كتبت، ثم أخذت تتصفح بعض المجلات التي التقطت واحدة منها بعد أن فرغت من مطالعة الجريدة.

أول ما انتقت كان مجلة نسائية واظبت منذ سنوات على قراءتها.

قلبت بعض الصفحات، وأمام أبواب الأزياء والمكياج، ابتسمت ساخرة تفكر: «ما عاد لنا همّ إلا ماذا نلبس وكيف نتزين. لمن: لخادماتنا، أو لسائقينا؟».

شردت لحظة وهي تفكّر في سائقها الهندي الذي التحق بخدمتها منذ بضعة أشهر فقط. ودون أن تدرك عضّت شفتيها، وتذكرت زوجها، ثم بكت.

لذة محترقة تمضي سريعاً، مع دمعة باردة سقطت منها. وقبل أن تسحب منديلاً تجفف به مآقيها، دخلت عليها خادمتها تخبرها أن صديقتها أسماء تطلبها على الهاتف.

كانت الدمعة التي ذرفتها أقوى صوتاً من رنين الهاتف، فما سمعته.

«أرغب في زيارتك» قالت أسماء.

لم تكن أسماء من الصديقات المقربات. ومعرفتها بسارة لا تتجاوز العام. ومع امرأة كأسماء اكتشفت سارة أن أعظم الخوف يأتي من حيث لا نتوقعه. عاشت سارة التجربة عندما زارتها أسماء ذلك اليوم في غير أوقات الزيارات المسائية المعتادة.

لمحت في عيني زائرتها، وهي الزوجة وأم ثلاثة أطفال، بريق اشتهاء ما رأته من قبل.

كانت الصديقة ترتدي قميصاً شفّافاً بلا حمّالة صدر، فبدت الحلمتان نافرتين على نحو مثير. أما سارة فكانت ترتدي فستاناً منزلياً يكشف شيئاً من صدرها وجزءاً من ساقها حتى أول فخذها.

أحضرت الخادمة عصيراً وبعض البسكويت، ثم التفتت المضيفة تحادث ضيفتها، دون أن تسألها عن سبب زيارتها غير المتوقعة.

بادرتها أسماء:

«سافر زوجي في رحلة عمل، وأبنائي في المدرسة، فأحسست بفراغ فأتيت هرباً منه إليك.

أعتذر عن الزيارة في هذا الوقت لكني أحببت أن نكون وحدنا بعيداً عن الصديقات».

ردّت سارة مرحّبة بزيارتها في أي وقت، لكنها قرأت للمرة الثانية شيئاً غريباً في عيني زائرتها.

حاولت أن لا تفكر في ما تشعر به، فقدمت العصير للضيفة، مع طبق البسكويت. أخذت أسماء كأس العصير بيد، وقضمت قطعة بسكويت بطريقة مثيرة باليد الأخرى.

ودون توقع اقتربت أسماء، التي كانت تجلس على المقعد المقابل، من الكنبة الطويلة التي تجلس سارة على طرفها، وهي تحمل كأس العصير في يدها. قالت وقد اقتربت شفتاها من أذن سارة، وصوت أنفاسها يعلو على صوت حديثها: «منذ فترة وأنا أنتظر وقتاً لنجلس وحدنا دون أحد».

شيء غير طبيعي سيحدث.

فكّرت سارة قبل أن تدفع بنفسها جانباً حتى الطرف القصي من الكنبة. مدّت الصديقة جسمها إلى حيث تموضعت سارة، وهي تمتدح طعم العصير لولا مرارة قليلة تخالطه «خذي جربي بنفسك». قالت الضيفة وهي تقدم الكأس إلى شفتي سارة، حاولت الأخيرة أن تمسك الكأس بيدها، فأصرّت صديقتها على أن تقدمها لها بنفسها.

خجلاً أو خوفاً، وافقت سارة، وبلا توقع تسلقت يد الصديقة شيئاً من فخذها. انتفضت سارة، فانسكب بعض العصير فوق نهدها الأيسر، حاولت أسماء إزالته بطرف إصبعها. وبعد ذلك لعقت الإصبع، ثم حاولت من جديد. جمدت سارة في مكانها لحظة، ثم انتفضت واقفة وهي ترتجف.

ـ ما الأمر؟ لم وقفت؟ سألت أسماء.

بتلعثم ردّت سارة:

ـ مضطرة للذهاب إلى مطبخي، فقد تأخر الوقت وما أعددت شيئاً لأطفالي.

ثم تابعت موحية إلى ضيفتها بأدب أن تنصرف: «لم لا تأتين هذا المساء مع بقية الصديقات، اعذريني فأنا مشغولة الآن؟».

مشغولة، بل مصعوقة هي سارة. فصديقتها التي تعرفها منذ عام تغويها. هل أثارتها ثيابها الشفافة؟

ابتسمت أسماء بخبث وهي تلتقط حقيبتها وتقف:

«كنت أحب أن أقضي معك بعض الوقت نتحدث بعيداً عن الصديقات. لكنك مشغولة الآن، ربما في وقت آخر».

بينما كانت تهمّ أسماء بالخروج، ارتفع أذان الظهر من مسجد مجاور، فراحت تردد بعض ما يقوله المؤذّن، كقديسة لا هم لها في الدنيا سوى الصلاة والتعبد، وكأن شيئاً لم يحدث تواً.

ودعتها سارة في منتصف الطريق وهي لا تزال ترتجف، غير مصدقة ما رأت وسمعت.

أبدلت سارة ثيابها بأخرى أطول منها، ونظرت في مرآتها أكثر من مرة

كمن تتأكد من طول ما لبسته واحتشامه. ثم عادت إلى أريكتها في الصالون الكبير والرجفة لا تزال بين أضلعها.

شـردت قـليلاً وهـي تـفكر في قصـة أسماء، ثـم أمسكت بـجـهاز التحكم تدير التلفزيون كيفما اتفق عله يصرف عنها صورة ضيفتها الغريبة.

تصدح موسيقى خفيفة تعيد إليها بعض هدوئها. لكن أسماء تأبى إلا أن تطل بصورتها من بين الأنغام. فتعيد سارة التفكير فيها دون إرادتها. تحاول طرد صورتها بعيداً، لكنها تحس بها إلى جوارها، وتسمع بوضوح صوت أنفاسها تداعب أذنها. تعضّ سارة شفتيها وهي تتذكر الحلمتين النافرتين من صدر أسماء، والثياب الشفافة التي تكشف عن رغبة متوقدة في كل ذرة من جسد ضيفة الصباح.

«رغبة تقابل رغبة». فكَّرت سارة، وتمتمت بينما هي تلقي برأسها فوق الكنبة الكبيرة وتضغط بيديها على صدغيها، ثم على صدرها وهي تضمّهما بقوة.

ترخي جسمها فجأة وتنظر إلى الفراغ من حولها. تنهض سريعاً تجاه غرفتها لتصلي الظهر، علَّ الشيطان يُذهب عنها الأفكار السيئة.

للمرة الثانية ذاك الصباح تستحم سارة. بعد أن أكملت صلاتها، عادت إلى الجلوس على الأريكة ذاتها، حيث لا تزال رائحة أسماء تعانق فضاء الصالون الكبير، وأنفاسها قريبة من أذنها.

قلبت قناة التلفزيون تطالع بعض الأخبار على عجل، وبلا اكتراث. ثم ألقت بجهاز التحكم إلى جوارها على الكنبة، بعد أن اختارت موسيقى هادئة.

نظرت إلى المجلات بقربها وأخذت تعيد تصفحها من جديد، وتنظر إلى الأغلفة وعناوينها.

لفت انتباهها عنوان عريض على صدر المجلة النسائية التي اعتادت متابعتها: «لأول مرة، حديث صريح عن الخيانة الزوجية!».

كأنه نكأ جرحاً، طوت سارة المجلة بين يديها، ثم رفعت قدميها تضعهما تحتها، وتعيد قراءة العنوان ثانية.

لماذا الخيانة الزوجية تحديداً هي ما استهوتها قراءتها؟

أهي رغبة الممنوع؟

أم هي رعشة إغواء أسماء لا تزال في جسدها؟

سرت في داخلها قشعريرة كتلك التي شعرت بها عندما تحسست صديقتها صدرها وهي تمسح العصير المنسكب عليه.

بشغف قرأت سارة مقدمة الموضوع، وما أثارها أنه يتحدث عن المجتمع السعودي والخليجي تحديداً. وهي تدرك مدى حساسية موضوع كهذا في مجتمع محافظ.

كان الأمل يحدوها أن تجد ما يجيب عن الكثير من تساؤلاتها. واصلت قراءة مطلع الموضوع فما كان مشجعاً. ثم قرأت الأسطر التالية، ثم كل الموضوع. لم تستغرق القراءة كلها أكثر من عشر دقائق، خرجت منها بلا شيء. فما وجدت ما يستحق القراءة. مجرد حديث عام، آيات من القرآن، وبعض الفتاوى التي تحذر من الخيانة الزوجية، لا أقل ولا أكثر.

كان التحقيق باهتاً، بل تافهاً، مجرد ملء صفحات، ولا شيء. هكذا بكل بساطة لا شيء، أحست سارة بسخف ما قرأت، وتساءلت في

نفسها: «أهذا كل شيء عن الخيانة الزوجية في مجتمعنا: آية ونصيحة؟».

كل ما ذكره التحقيق عن الخيانة الزوجية، أن مثل هذه الحالات هي ظاهرة شاذة غريبة لا نعرفها في مجتمعنا الإسلامي.

أهذه هي الصراحة التي كانت تنتظرها سارة من العنوان الذي أتى على الغلاف: «لأول مرة، حديث صريح عن الخيانة الزوجية».

تعرف سارة أن الصحافة هي لعبة عنوان، مجرد عنوان.

وكلما قالت إنها لن تقع في فخ العنوان الوهمي، وقعت في الشرك من جديد، إذ كيف تميز الوهم من الحقيقة في مجتمع لا يؤمن بالحقيقة؟

شيء آخر لفت نظرها في التحقيق، بل أثار حنقها، عندما ذكرت المجلة في خاتمة تحقيقها: «إن الخيانة الزوجية ليست من عادات مجتمعنا السعودي الإسلامي المتمسك بعقيدته، لكننا نقدمها لقرائنا من باب التوعية والتنبيه لما هو متفشٍ في المجتمعات الغربية من بلاء!».

ضحكت سارة بسخرية وهي تعيد قراءة «المجتمعات الغربية».

ومن أجل ذلك أولاً، بل من أجل ذلك فقط، قررت سارة، ولأول مرة في حياتها، أن تكتب إلى رئيس تحرير المجلة التي تصدر في لندن رسالة تردّ فيها على ما جاء في التحقيق المنشور عن الخيانة الزوجية، وتحديداً عبارة «المجتمعات الغربية»، التي جعلتها تضحك وتبكي في آنٍ واحد، وسط ارتعاشات الصباح.

التاسعة صباحاً في لندن.

يسير هشام باتجاه مكتبه، سالكاً طريقاً بمحاذاة نهر التايمز حيث تستقبله أصوات النوارس.

«آه ما أجملها هي أصوات النوارس».

ثلج خفيف يبدأ بالسقوط. آسر هو منظر الثلج بالنسبة إلى رجل ما عرف سوى رياح الخماسين.

بعد مسيرة متباطئة قدر المستطاع، يبتعد هشام عن مسار النهر، ويقترب أكثر من مكتبه وسط لندن. بعد لحظات يتراءى له مبنى الشركة حيث يعمل.

عشر سنوات قضاها في هذا المبنى، تنقل خلالها في الكثير من المواقع: من محرر مبتدئ، فمحرر معتمد، فمدير تحرير، فرئيس تحرير مجلة نسائية ذائعة الصيت.

جلس هشام على مقعده بعد أن خلع معطفه وبقايا من ثلج تراكمت فوق أفكاره.

تستقبله سوزي، سكرتيرته الجميلة، بقدح ساخن من القهوة السوداء، جنباً إلى جنب مع بريد المجلة وبعض رسائل القرّاء.

كل يوم يكاد يشبه سابقه. ساعات تمضي في عمل إداري أكثر منه صحافي، وغالباً ما بقي ١٢ ساعة أو أكثر وراء مكتبه لا يغادره إلا إلى

البيت مباشرة، أو إلى الحانة القريبة حيث يجتمع الأصدقاء والزملاء نهاية كل يوم.

كان راضياً بعمله وموقعه، وقريباً من زملائه لكنه كان يأخذ الأمور بجدية تفرض عقاباً أكبر من الجرم عند الخطأ. ربما هي الرغبة في إثبات الذات في موقع رئيس تحرير مجلة نسائية.

«حلمت دوماً بصحافة سياسية، أو منصب سياسي، أو كاتب كحد أقصى، لكن ليس رئيساً لمجلة نسائية، فما أدراني بشؤون النساء؟».

هذا ما كان يقوله لنفسه كل صباح عندما يطالع مجلته. وقد بقي كذلك حتى آخر يوم له في منصبه بعد عدة سنوات، نشر خلالها العشرات من التحقيقات والمقالات الاجتماعية، التي أدخلته بسرعة عالم المرأة السعودية الغامض والمغلق، لكون مجلته تتوجه إلى السوق السعودية بصفة خاصة، والعربية بشكل عام.

يا لسخرية القدر كيف يدخل الرجل الدائرة المحرمة لمجتمعه من أبعد نقطة عنه، من لندن؟

محظوظ هو مقارنة بالآخرين، أو ربما كان أسوأهم حظاً.

المجتمع السعودي بيئة جافة: «نولد، نكبر، نموت، ولا نعرف عن المرأة سوى ثلاثة أشياء: تحيض ولا نحيض. تلد ولا نلد. نخطىء ولا يحق لها الخطأ».

هكذا قرأ هشام عن المرأة حيث درس. حتى معلم الدين كان جل تركيزه على أن المرأة كائن يحيض. شيء مقرف. من أجل ذلك هي ناقصة دين. قال أيضاً إنها ناقصة عقل.

«حلمت ذات مرة، وأنا طفل صغير، بامرأة تنتمي إلى مخلوقات تسكن قمم الجبال، تخطف الأطفال في الليالي السوداء لتأكلهم».

أتى ذلك الحلم بعد يوم تحدث فيه أستاذ الدين في المدرسة عن المرأة، قائلاً إنها وعاء جلدي ملآن بالشر والفضلات!

ذات يوم آخر، وقد كبر هشام، سأل معلماً له في مدرسته المتوسطة: لماذا المرأة ناقصة عقل ودين يا أستاذ؟

«لأنها تحيض فلا تصلي، وأخرجت آدم من الجنة فعقلها ناقص».

هكذا أجاب.

«ولماذا استمع آدم إلى المرأة؟ لماذا لا يكون هو المخطئ لا هي؟».

نظر الأستاذ إلى هشام بعينين يتطاير الشرر منهما، فخاف الصغير وجلس في مقعده مرعوباً.

«هذا الأستاذ الذي يبدأ الدرس قائلاً إن المرأة شقيقة الرجال، هو أيضاً من يختم الدرس نفسه بالقول إن المرأة ناقصة عقل ودين. ثم يبول أمام زوجته من الخوف». كان هذا التناقض الأول الذي اكتشفه هشام وهو على مقاعد الدراسة.

من كان يجرؤ على مخالفة رأي أستاذ الدين؟

مثله كثيرون قد صنعوا لأنفسهم قدسية تجعل من مجرد مناقشتهم خروجاً على الدين. فهم حماة الإسلام وجنود الله على الأرض، ولولاهم لتساقطت علينا لعنات السماء كما يتساقط المطر.

ومن هنا يأتي الدرس الأول الذي تعلمه هشام من مدرسته: «إن الله موجود من أجلنا وحدنا، فلا مؤمن سوانا، ولا صالح إلا نحن. وحدنا سنذهب إلى الجنة ركضاً، كما الآخرون سيدخلون النار زحفاً على بطونهم».

وتتكرر الأفكار ذاتها من جديد في كل مدرسة تعلم فيها هشام، حتى الجامعة والمسجد والبيت.

«فمن لا يؤمن بما نؤمن به نحن في السعودية، وبالطريقة نفسها، يصبح كافراً مع الزاحفين على بطونهم إلى النار»، كما كان يقول له بعض معلميه في الحلقات الدينية.

النار... اللصيقة الدائمة بذاكرة الطفولة، وغضب الله.

«ما أصبح الله إلهاً بل سجّاناً بكل صفات الجلاّدين. أما كان من الأفضل أن يعلمونا أن الله يحبنا ويغفر للمخطىء منا؟».

كثيراً ما فكَّر هشام في طرح السؤال على بعض أساتذته، فما تجاسر أبداً.

لم يكن هشام مقتنعاً كثيراً بفكرة الإله الجلاد. ولم يكن برغم سنّه الصغيرة تلك، يحصر الدين بصلاة وصوم وخوف أبدي من الشيطان والمرأة. برغم ذلك كانت المرأة هي الحاضرة دوماً في الذاكرة، والغائبة دوماً حتى عن رسوم الأطفال. فما كان أحد يعلم سوى أنها كائن يعاشره رجل بطريقة ما، فيأتي بالأبناء!

في مرحلة المراهقة تحسنت الصورة قليلاً مع متابعة بعض المجلات الفاضحة التي يأتي بها الأصدقاء من الخارج، حيث تباع وتشترى في سوق محلية سوداء.

كان الأصدقاء يتبادلون مجلات كهذه ويتاجرون بها في الوقت ذاته. حتى آباؤهم كانوا يطلبونها سراً، ليس رغبة بل حباً بالاطلاع على الأرجح. فمن قال إنهم أكثر دراية من أطفالهم بالنساء؟

بعد سنوات من الدراسة، انتهت بحصوله على شهادة جامعية، ولغة

إنجليزية عرجاء، ونظرية تقول إن المرأة فضيحة وعفن، وإن الله لنا نحن وحدنا أما الباقون ففي النار، تخرّج هشام بلا هدف يسعى إليه، وعادة ما يكون التفكير الأول في الزواج والجنس، كما هو شأن الشباب في وقت كهذا.

لم يكن هشام يحلم أن يكون صحافياً، وإن تمنى أن يكون كاتباً سياسياً، أو أديباً على أبعد تقدير. ولولا خسارة مني بها في تجارة بدأ بها حياته، لما مارس الصحافة إطلاقاً.

ذات يوم أشارت شقيقته الصغرى، واسمها حُلُم، إلى عنوان في جريدة يطلب صحافيين متدربين ففكر هشام كيف أن الله يخلق الإنسان في منتصف الطريق دائماً. فإما أن يمضي إلى الأمام، أو يبقى حيث تركه الله . من باب اليأس، لا الأمل، ذهب إلى مقر الجريدة وتقدم وقُبل سريعاً.

أمضى عدة أشهر يتدرب في موقعه الجديد قبل أن يقرر التفرغ للصحافة كعمل وقدر. لم يطل بقاؤه في مقر الشركة في جدة، إذ انتقل سريعاً إلى ذراع المؤسسة الرئيسة في لندن.

كان حتى تلك اللحظة يعيش طموحاً هو أعظم من أن يدفنه في حياة زوجية روتينية، كما انتهت إليه معظم تجارب من تخرّجوا معه. وكم كانوا يغارون منه ويحسدونه على عزوبيته.

إنها الصفة التي التصقت به حتى هذه اللحظة، وقد بلغ منتصف الثلاثينيات. لعل الصورة المقرفة التي كونها عن المرأة هي التي دفعته بعيداً عنها. ثم هي الحقيقة التي اكتشفها لاحقاً عندما أدرك لذة مذاق الجسد، فلملم ثيابه ورحل.

خلال الشهر الأول من وصوله إلى لندن، قرّر هشام المضي في حياته عازباً ما أمكنه ذلك، كي لا يفقد لذة مطاردة نسائه في جنّته الجديدة، ولذة البحث الأبدي عن المرأة المثالية في هذه الجنة. لكنه كان يحتاج إلى العديد من التجارب الفاشلة حتى يدرك أنه ليوقع بامرأة يرغبها، فلن يحتاج إلى إغراءات مادية أو شخصية كما كان يفعل معظم أصدقائه، بل إن كل ما عليه فعله هو أن يحادث المرأة كما يلامسها برقة خالصة، وأن يلامسها كما يحادثها برقة أكثر.

كان هشام يسعد بتجاربه الفاشلة والناجحة معاً طالما هو يكتشف كل يوم عالماً جديداً لا علاقة له بكل ما تعلمه. فالمرأة هنا كائن يمكن الجزم قطعاً أنه موجود، وأنه جميل، وأنه يفكر مثلنا ويتمتع بالحقوق ذاتها.

لكنه كان في حاجة إلى وقت طويل آخر كي يكتشف أنه، وهو الرجل، ليس بالإله الذي تجثو المرأة على ركبتيها أمامه طمعاً في إرضائه، كما قالوا له في المدرسة. فلا هي بالشيء العفن، ولا هي بالشيطان الذي لا هم له سوى الإغواء والخطيئة، كما كان يقول له بعض أساتذة الدين.

كان عليه أن يبدأ رحلة تعلم جديدة، من تحت خط الجهل.

بدأ يسأل عن كل شيء حوله. حتى عن اسم لندن، لماذا هي عاصمة الضباب؟

«لأن مدافئ القرن التاسع عشر كانت من الكثرة بحيث تغطي لندن بسحابة بيضاء في مواسم الشتاء». أجابه أستاذ في مدرسة اللغة الإنجليزية التي انضمّ إليها يوم قرر البقاء في العاصمة البريطانية، منتقلاً من السعودية، مطلع التسعينيات.

كانت المدرسة جميلة، والدراسة رائعة، وإن لم تخل من حرج في

أكثر من موقع. كان هشام في الثلاثينيات من عمره، يوم التحق بفصل دراسي مع طلبة من جنسيات متعددة، أكبرهم لم يبلغ العشرين بعد.

في أول يوم مدرسي، دخل الفصل المخصص له، وعندما رآه الطلبة صمتوا بعد هرج ومرج. فقد حسبوه معلم اللغة الإنجليزية لما بدا عليه من عمر كبير مقارنة بهم. لم يشعر من قبل بخجل مثل ذلك اليوم قط. لم يطل مقامه كثيراً ذاك الصباح، إذ غادر على عجل بوجه كعرف الديك.

لعن في سره كل مدارس بلاده التي تخرج منها وهو لا يعرف الفرق بين اللغة الإنجليزية والهندية، فما كانت لغة الكفار موضع ترحيب قط في المدارس السعودية!

رآه ذات يوم صديق قديم لوالده، وهو يقرأ في كتاب لتعلم اللغة الإنجليزية. فقال له: لم تجهد نفسك في تعلم لغة الكفار، لعنة الله عليهم. عليك بالقرآن فذلك أنفع لك.

بعد فترة قصيرة، عاد هشام إلى مدرسته الإنجليزية يواصل تعلم اللغة بتشجيع من صديق له في لندن، وقد كان رئيسه في الوقت ذاته، واسمه عبد الرحمن. ولمزيد من التشجيع استطاع هذا الصديق أن يوفر له منحة من الشركة، تشمل كل رسوم دراسته.

تشجيع الصديق، والمنحة، ووفرة الجميلات في المدرسة، وتحديداً الجميلات، كلها كانت كفيلة بدفع هشام إلى الحياة في عرين أسد، لا مدرسة لغة إنجليزية.

هكذا بدأ دراسته من جديد. وهكذا أيضاً بدأ اختلاسه الأول لجميلات لندن في صفه. زال خجل الدراسة. لكن اختلاساته كانت

ملأى بالخوف من عصا تهوي على ظهره من شيخ يأمره بغض البصر.
حتى في لندن، ما رحل عنه خوفه. كان لا بد له أن يقضي بضع سنوات
قبل أن يشفى من المرض.

لم يكتشف هشام إلا متأخراً، أن لندن ليست هي المكان الذي يخفي
فيه العشاق آهاتهم. هنا يجتمع الضد بالضد في وضح النهار كما في
عتمات الليل. الإيمان مع الكفر، وحرية الفكر مع احترام الآخر.

صورة لم يعرفها الشاب في مدينته الساحلية التي قدم منها. جدة
الأكثر تحرراً، على استحياء، من الأخريات. حيث الأذان يرتفع وسط
قرع كؤوس الويسكي والنبيذ المعتق، وعشرات الراقصات شبه عاريات
في بيوت للنخبة لا يجرؤ أحد على اقتحامها.

حتى رجال الهيئة الدينية (المطاوعة)، ما كانوا يجرؤون، لو علموا،
على اقتحام بيوت كهذه.

سنوات دراسته التي قضاها هشام بين كتب أكثر من نصفها عن الله
والدين، كشفت له أن الصراع الحقيقي بين المجتمع ورجال الدين،
وإن كانت له جذور سياسية، فمحوره الأساس المرأة.

ومن أجل ذلك ارتبطت الأنوثة بالسياسة، ونفوذ الأقوياء، حتى ليظن
الشاب المحروم أنها ما خلقت إلا لحفنة قليلة من الرجال على هذه الأرض.
يتذكر هشام أنه التقى يوماً وسط لندن فتاة عربية تمتهن الدعارة.
كانت تجلس في مقهى عربي مع بعض الأصدقاء. وجدها تعرف عن
مجتمعه ورجاله أكثر مما يعرف هو. وتعرف من شخصيات مجتمعه أكثر
مما يعرف هو. وبكل مباهاة عرضت عليه أن لا يتوانى في الاتصال بها إن
احتاج مساعدة في أي أمر.

تلك الساقطة تملك نفوذاً أقوى منه في وطنه، حيث الصلاة تلتصق بالصلاة، والمسجد يلتصق بالمسجد.

يا له من مجتمع طافح بالتناقض، يسجد فيه الرجال لأجساد النساء في الليل، ثم يرجمون تلك الأجساد ذاتها بلعنات الله في الصباح.

هذه الفاكهة المحرمة، إلا للنخبة، كانت دوماً جزءاً من لعبة الدين والسياسية. وبها تكتمل الثلاثية المحرمة: الدين والسياسية والمرأة.

بل هي أعمق من ذلك، حيث تراثنا نساء وجوارٍ، وبيع وشراء ما انتهى حتى اليوم.

بهذا الإرث المليء بالألوان الصارخة المتناقضة، بدأ هشام حياته في لندن. تصوروا أن رجلاً ذا خلفية ثقافية كهذه، يرأس مجلة نسائية.

توالى شريط الذكريات في رأس هشام ذاك الصباح البارد، وقد جلس إلى مكتبه الضخم يتأمل سقوط الثلج من وراء النافذة الكبيرة. يفرك يديه ويدور نصف دورة على مقعده الفخم، ويطالع كومة رسائل تجمّعت أمامه.

يرتشف قهوته بهدوء، وينظر إلى الهاتف.

يرتشف رشفة أخرى وعينه لا تزال على الهاتف.

هو ينتظر اتصالاً من فتاة إسبانية خلقت من ربيع الأندلس، اسمها إيزابيل. سمراء تبرق بشرتها من فرط نعومتها. لها قوام تتراقص على إيقاعه أشجار الهايد بارك، وشعر أطول من ليل لندن، وعينان أوسع من منابع التايمز. صورة حقيقية عن فينوس، إلهة الجمال.

التقاها صدفة، يوم أمس، في حفل سفارة عربية. كانت في عداد المدعوات بحكم دراستها الشرقية في جامعة ساوس SOAS، خلال

الحفل كان معها رجلان يختلس كل منهما النظر إلى قطعة من جسدها، ويجتهدان ما استطاعا في إغوائها بشكل لا يخلو من سخف. بعد قليل أصبحوا ثلاثة رجال أحدهم هشام.

ولكون الفتاة من المنتسبين إلى كلية للدراسات الشرقية، فقد تحول كل الرجال الثلاثة، في طرفة عين، إلى علماء في الدراسات الشرقية، دون أن يعرف أحدهم الفرق بين هارون الرشيد وماوتسي تونغ.

الظفر دوماً لمن أكثر صبراً ومثابرة، هكذا تعلم هشام في لندن. أن لا يفقد الرجل الأمل مع المرأة ولو كان حولها نصف رجال الأرض. وبقليل من البساطة، وشيء من الكذب سيصل إلى نتيجة.

ما إن أوشك الحفل على الانتهاء حتى تبادلت الحسناء رقم الهاتف مع هشام، مع وعد أن يساعدها، بحكم موقعه كرئيس تحرير مجلة نسائية، في الحصول على ما تريد من كتب ومراجع عن ثقافة المشرق العربي. وطالما أنها تحتاج إلى المساعدة، فتلك فرصة لدعوتها إلى الغداء، ثم دعوة أخرى إلى العشاء، وينتهي الأمر بأمسية ملأى بالآهات وحبات العرق.

بهذه الطريقة تخيل هشام السيناريو الكامل لعلاقته بإيزابيل، وهو يغادر مقر الحفل منتشياً بوعد أن تتصل به في اليوم التالي لتحدد ساعة اللقاء.

ينظر هشام إلى رسائل القرّاء على مكتبه، ويقتنص من حين إلى حين نظرة إلى الهاتف.

اقتربت الساعة من الثانية عشرة ظهراً وما سمع صوتها بعد.

اتصل هو، ولا جواب. عاود الاتصال، ولا جواب مرة أخرى.

«ربما هي مع رجل سبقني إليها». يا له من تفكير رجل حضاري يعيش في لندن ويتولى منصباً مرموقاً.

يرى المرأة، بكل بساطة، فاكهة قد يكون سبقه إليها رجل آخر.

ربما ليس ذنبه أن ورث ثقافة لا تجعل المرأة أكثر من لعاب ليل.

خلال انتظاره، تذكر وعده للحسناء الأندلسية بأن يساعدها في أبحاثها. لكن ماذا سيقدم أكثر مما تعلم هو في مدرسته وجامعته؟

لو علمت بما في رأسه ما أعطته رقم هاتفها. كانت دراسة إيزابيل حول مدى تأثر الثقافة الإسبانية الحديثة بثقافة المشرق العربي القديمة؟ حمار هو في ثقافة المشرق الحديثة، فكيف بالقديمة منها؟

هكذا كان يفكر هشام في الأندلسية السمراء وهو يفتح بعض الرسائل في مكتبه.

بين فترة وأخرى تدخل عليه سكرتيرته سوزي، وفي يدها كوب جديد من القهوة الساخنة.

فجأة يأتي اتصال كان آخر ما يتمناه هشام ذلك اليوم. مراسل من جريدة إنجليزية يطلب لقاءه. كان المراسل يطلب تعليقاً من هشام على تقرير إنجليزي نشر أخيراً حول دور رجال الشرطة العسكرية في المجتمع السعودي، أولئك الذين يعرفون باسم المطاوعة. ولكون هشام في هذا المنصب تحديداً، ولكون التقرير يتحدث عن تأثير هؤلاء المطاوعة على قرارات التحديث في السعودية، وخصوصاً المتعلقة بالمرأة، فقد حاول المراسل لقاء هشام دون كلل.

هشام كان يقابل عناد المراسل بعناد أكبر، فما الذي يستطيع أن يقوله؟ هل سيقول إن المطاوعة قد أضروا بسمعة المجتمع السعودي؟

هل سيقول إنهم أساءوا إلى الإسلام أكثر مما دافعوا عنه؟ هل سيقول إن السعوديين، وكل المسلمين على وجه الأرض، بريئون من هؤلاء؟ هل سيصدقه المراسل الإنجليزي؟

الأهم من كل ذلك ماذا سيقول هشام للمراسل لو سأله عن خلفية هؤلاء الثقافية؟

هل سيجرؤ على القول إن معظمهم حملة شهادات ابتدائية؟ بل هل سيجرؤ على القول إن بعضهم مجرمون سابقون؟

بلى. فقد قضى رجال منهم عقوبة السجن لأسباب بعضها أخلاقي، قبل أن يحفظوا قدراً من القرآن الكريم، كشرط لإطلاق سراحهم. ثم لا يلبثون أن يصبّوا جام سخطهم على المجتمع، في انتقام هزلي وعبثي.

أحاديث السعوديين أنفسهم عن المطاوعة تأخذ دوماً حيزاً من وقتهم. وكثيراً ما امتلأ الحديث بالسباب والملامة على المطاوعة ولا سيما المتطرفين منهم، ومعظمهم كذلك.

هشام وإن كان يتفق مع أصدقائه في بعض رأيهم، فقد كان يشفق أحياناً على المطاوعة أنفسهم. فهؤلاء أيضاً محرومون حتى من رحمة الله، بعد أن جعلوا من شروط طاعته الامتناع عن الضحك أو حتى الابتسام.

ربما هم مرضى، وربما هم أيضاً ضحايا؟

أياً يكن الأمر، ما استطاع هشام أن يواجه المراسل الإنجليزي. وإن كان قد وعده في لقاء سابق أن يساعده في كل ما يتعلق بالسعودية من شأن. لكن في غير هذا الموضوع. ليس المطاوعة. ليس عن الدين بأي حال.

في الاتصال الرابع من المراسل الإنجليزي، ذاك الصباح، اعتذر هشام إليه، بعد أن وجد نفسه مضطراً لمواجهته، لكنه ما أبدى سبباً للعذر. ربما أدرك المراسل الإنجليزي السبب أو خمّنه. لكنه قطعاً أصيب بخيبة أمل من هشام الذي كان يبدي الكثير من الجرأة في أحاديث بعيدة عن النشر، فإذا ما طلب إليه أن يعطي رأياً صريحاً تهرب، كأردأ ما يكون هروب الجبناء في ساحة قتال.

بعد أن أنهى حديثه مع المراسل وهو يشعر بطعم الهزيمة في فمه، عاد يطالع رسائل القرّاء التي أمامه، مركّزاً أكثر كمن يدفن رأسه خجلاً من موقفه مع المراسل الإنجليزي.

فجأة ينهض من مقعده ويدور في غرفته قليلاً، كثور مربوط إلى ساقية.

ومن جديد يعود إلى الرسائل يقرأها.

لم يكن سهلاً إخفاء صرخات النساء الصادرة من هذه الرسائل، كأرواح عالقة بين برزخين تبحث عن نهاية. لو قدّر للمراسل الإنجليزي أن يزور هشام ذاك الصباح وهو وسط رسائله، لسمع بنفسه تلك الصرخات.

فرئيس تحرير مجلة نسائية قد يكون الملاذ الأخير لامرأة تبحث عن مستمع تبكيه أحزانها وقد تجاهلها الجميع، ابتداءً بزوجها، حتى المطوع الذي يملك صلاحية الضرب بالعصا وإن كانت الضحية امرأة.

رئيس التحرير قد يكون الملاذ الأخير، أجل لكن هذا الرئيس يعجز عن منع ضربة عصا المطوع عنه هو نفسه.

أقصى ما يمكن أن يقوم به، لمن تكتب له شاكية، هو أن ينشر

رسالتها. وليته يفعل ذلك بأمانة. هي باختصار حالة قرف يصاب بها هشام من حين إلى حين عندما يحس وهو في موقعه أنه عاجز عن الكتابة عن مشاكل المجتمع الحقيقية. عاجز حتى عن الاعتراف بالخطأ، خوفاً من المس بالخطوط الحمراء في المجتمع؟ وما أكثر هذه الخطوط!

من تراه يصنع الخطوط الحمراء؟

ربما هو الرقيب، أو ربما هو الخوف الساكن في خوفنا.

لكن الرقيب موجود بالفعل. ذاك الذي يترك كل مصائب الدنيا ليراقب كلمة تنشر هنا أو هناك.

ثم فكر هشام متسائلاً ومستغرباً: «مضت فترة لم يتصل الرقيب محتجاً على موضوع ما. يبدو أنه شغل بمجلات أخرى وجرائد أخرى وكتب أخرى، وأحكام إعدام أخرى بحق آلاف الكلمات!».

اعتاد هشام اتصال الرقيب به من حين إلى آخر لا لشيء في معظم الأحيان سوى رغبة هذا الأخير في التذكير بأنه موجود.

لكن من قال إن هشاماً يحتاج إلى من يذكره بوجوده؟

وللتأكيد، سيتصل به الرقيب بعد ظهر اليوم، معاتباً بشدة على موضوع مضى على نشره أسبوعان تقريباً. كان الموضوع عن الخيانة الزوجية، ذاك الذي قرأته سارة، فأثار غضبها لسطحيته.

قال الرقيب محدّثاً هشام بحدّة عبر الهاتف:

ـ لماذا نشرتم هذا الموضوع؟ لقد سببتم إزعاجاً للوزير والوزارة.

أجاب هشام: وما علاقتنا بالوزير والوزارة؟

ـ ألا تعلم أن مثل هذه المواضيع تسبّب الكثير من المشاكل، ونحن مجتمع محافظ لا يعرف هذه الترّهات؟ هل تعتقد أنك تكتب لمجتمع

٤٠

أوروبي أو أميركي؟ نحن مجتمع محافظ. والخيانات التي تتحدث عنها لا نعرفها، ليست موجودة لدينا. ربما هي في مكان آخر، لكنها ليست في مجتمعنا السعودي الإسلامي.

ـ الموضوع الذي نشرناه لا يتحدث عنا وحدنا. هو يتحدث عن ظاهرة موجودة في كل مجتمع. ونشر الموضوع لا يكشف مستوراً بقدر ما يعالج خطأً. كل صحف العالم تنشر ما هو أكثر من ذلك، سواء في أوروبا التي ذكرت، أو حتى في الدول المجاورة.

ـ لكل مجتمع خصوصيته، وأنت تعلم خصوصية مجتمعنا.

ـ أعلمها تماماً، وأعلم أننا لسنا مجتمعاً مثالياً. لدينا من المشاكل ما لدى غيرنا. لا يمكن أن نبقى مدفونين وراء هذه الخصوصية.

ـ أعتقد أنه كان بالإمكان اتباع أسلوب أفضل في نشركم التحقيق. وإن كنت أرى أنه ما كانت هناك حاجة أصلاً إلى نشر موضوع كهذا.

«ماذا يريد هذا الرقيب أأكتب أننا أمة لا تكف عن الصلاة والدعاء للآخرين بالسعادة والمحبة، أأكتب أن الفضيلة تغطينا من رأسنا حتى أخمص قدمينا؟» تساءل هشام في سره، قبل أن يعود إلى الرقيب.

ـ الموضوع المنشور أساساً لا يتحدث عن قصص واقعية بقدر ما يتحدث عن عموميات. لقد كان النشر سطحياً إلى أبعد حد.

ـ إن كان سطحياً فلم نشرتموه إذاً؟

تمنى هشام، حينذاك، لو كان الموضوع أكثر قوة وجرأة. وليغضب الرقيب كما شاء. فهو لن يرضى في كلا الحالتين.

بعد أن انتهت المحادثة، أعاد هشام كرسيه إلى الوراء وهو يفكر في توقيت اتصال الرقيب.

فالموضوع الذي يعترض عليه قد نشر منذ أسبوعين، فلماذا اتصل الآن، ولماذا لم يتصل في يوم النشر نفسه؟

ما وجد لسؤاله من جواب سوى أن الشكوى لم تأتِ من الرقيب ذاته، بل هو مجرد ناقل لشكوى آخرين. هؤلاء الآخرون هم ربما مجموعة أشخاص، تكاثرت أصواتها على طاولة الرقيب، قبل أن تزعق على لسانه.

ليس مهماً إن كانت شكوى الرقيب اجتهاداً منه، أو هي غضبة متشددين. المهم أن الرقيب، وهو صوت المجتمع وضميره، اعترض على التحقيق المنشور، بل ثار عليه.

شيء واحد يعلمه هشام تماماً، أن الرقيب لم يقرأ كلمة واحدة مما نشر، فمن قال إنه يقرأ؟

يعلم هشام أن تحقيقه عن الخيانة ليس خطراً ولا يكشف جديداً، ولا هو بخارج على أعراف المجتمع. ربما هو مختلف قليلاً، لكنه ضعيف ويفتقر إلى الجرأة بكل معانيها.

لماذا اتصل الرقيب إذاً؟

«يهدف الرقيب إلى أمرين»، كما استنتج هشام.

أولاً: تقصّي ما إذا كانت هناك مؤامرة دولية أو صهيونية أو من الفضاء، هدفها زعزعة إيمان الأمة ومحاربة إسلامها وثقافتها. فافتراض عداء الآخرين لنا لا مجال للشك فيه، كما يعتقد الرقيب على الأقل.

ثانياً: تهديد مبطن من الرقيب لهشام باللجوء إلى القانون إن تم تجاوز الخطوط الحمراء مرة أخرى. لكن هل هناك في العالم ما يمكن أن يجمع بين ذاك الثلاثي العجيب: القانون والصحافة والخطوط

الحمراء؟ حتى وإن لم يوجد، فقد أصبح الآن موجوداً. هذه هي الرسالة التي يريد الرقيب إيصالها إلى هشام وغيره. إذاً ليس هشام وحده المعني فقط، بل كل زملائه الآخرين.

تساءل هشام هل هؤلاء الآخرون يتصرفون مثله؟

لكنه هو لم يفعل شيئاً، ولم يقل للرقيب ما يستحق الاعتبار. لعل هذا في حد ذاته تصرف ولو على نحو انهزامي. وذاك بالمثل جزء من انهزام الرقيب أمام نفسه. فإذا كان الرقيب مهزوماً، والكاتب مهزوماً، فمن أين يأتي الانتصار؟

خيّل إلى هشام منذ ذلك الصباح أنه بات جيفة تعفّنت على كرسي وثير وقذر في آنٍ.

جيفة كتلك التي تخرج من قبرها في أفلام الرعب فتتحرك على غير هدى وبلا إرادة، وهذا ما يمثله هشام والآخرون. أو كجيفة تتحرك وفق توجهات مخرج اعتاد التعامل مع الموتى الأحياء، وذاك هو الرقيب

ينظر هشام إلى سوزي التي تدخل عليه وهو شارد الأفكار، يشتمّ رائحة عفن قد أحاطت بقلم كان يمسك به. تخبره سوزي أن لديه موعداً مع ضيوف سيأتون لزيارته في الثانية بعد الظهر.

يتصنّع ابتسامة لها، ويسأل في صمت: ألم تتصل إيزابيل؟

يعود إلى رسائله، يفتحها واحدة تلو أخرى.

أحياناً كان يترك بعض الرسائل حتى نهاية اليوم. وفي معظم الأحيان كان يدفع بالرزمة كاملة إلى زميلة تتولى متابعتها والرد عليها.

إسمها نادية. سيدة لطيفة، وصاحبة خبرة إعلامية وأدبية لا يستهان بها. وقد أضافت أخيراً خبرة متابعة الرسائل وتحليلها بشكل قل مثيله.

«أعطني الرسائل الغريبة فقط». يقول لها كل مرة يدفع إليها هشام بالرسائل حيث يتشابه معظمها، إذ نادراً ما حملت جديداً.

الرسائل التي كانت تهمه، هي تلك التي تقدم فكرة ما، أو تنتقد موضوعاً محدداً، أو تحمل طلباً استثنائياً.

كان عدد الرسائل الأسبوعية يفوق الخمسمائة رسالة في بعض الأحيان. وكان لبعض مقالاته التي يكتبها في الصفحة الأخيرة، عن النساء، دور في زيادة حجم ما هو مرسل إليه شخصياً.

كانت مقالته، التي يتعاطف فيها مع المرأة، ملأى هي الأخرى بعبارات التورية والحذر. برغم ذلك لم ينج من الانتقادات، وأحياناً يا للغرابة، من نساء اعتدن أن يعشن خاضعات، بل يرفضن حتى أن تكون لهن حقوق البشر.

في أكثر من مقال، وفي أكثر من لقاء إعلامي، كان هشام يواجه بسيل من الاتهامات الرجالية والنسائية عندما يتحدّث مدافعاً عن حقوق النساء في العالم العربي، والسعودية تحديداً.

كان يتفهم جيداً غضبة الرجال، لكن ما كان يحيره غضبة النساء من رجل يدافع عن وضعهن البائس.

كان هشام يرى أن هناك قناعة لدى المرأة المسلمة، والسعودية تحديداً، أن الإسلام كرّمها بأن جعل المسؤولية والعبء الكامل على الرجل، ولو أتى ذلك على حساب حريتها وحقوقها الإنسانية.

لا يعرف هشام أية قدرة شيطانية استطاعت أن تقنع هؤلاء النسوة بأنهن الأفضل وهن أسوأ حالاً من نساء ما قبل التاريخ.

كثيرات هن كذلك وكثيراً ما بحث هشام عن السبب، فما وجد أكثر من تفسير واحد:

إن المرأة السعودية، ومنذ سنواتها الأولى، تعرضت لأكبر عملية غسل لعقل إنسان عرفتها البشرية. فأصبحت بدلاً من أن تدافع عن حقوقها في المساواة والعدل، تتلذّذ بدور الضحية.

قال هشام في لقاء تلفزيوني: إن أردنا أن نستشهد بالإسلام، فسنجد أن التاريخ خاطئ وتفسيرنا للإسلام نفسه خاطئ.

الإسلام كالأديان الأخرى، أتى ليعزّز مكانة الإنسان بصفة عامة، أكان رجلاً أو امرأة.

وإن شئنا الحقيقة، فإن وضع المرأة قبل الإسلام يبدو أفضل منه بعد الإسلام، ليس بسبب الإسلام ذاته، وإنما بسبب ما أعطاه من حقوق للرجل أساء استغلالها. بل إنه تعسّف في استخدامها ضد المرأة. والغريب أن المرأة ارتضت ذلك، حتى اعتادت أن تكون ضحية، ثم تحول التعود إلى استلذاذ بدور الضحية.

عندما قال هشام ذلك في حواره التلفزيوني على الهواء مباشرة، أتت النتيجة كما توقع تماماً: هجوم عنيف من النساء السعوديات تحديداً، باختصار: استلذاذ نسائي كامل بدور الضحية.

مذّاك أبدى هشام الكثير من الحذر في كل ما كتب بعد ذلك. فهو لا يريد غضبة رقيب، ولا ثورة امرأة أو رجل يرفض كلاهما الحديث عن حقوق المرأة، أو الاعتراف بها.

برغم كل هذا الحذر لم ينج هشام من الانتقادات أيضاً. «عماذا أكتب إذاً أعن المطبخ، أم عن وصفة أم علي؟» كان يتساءل كل مرة أمسك قلمه.

ذاك الصباح، وبعد اتصال الرقيب به، وغياب صوت إيزابيل، ما كان هشام في مزاج يتيح له قراءة أكثر من رسالة أو اثنتين، فدفع بالباقي إلى زميلته ناديا، المختصة بالرسائل.

في الثانية بعد الظهر كان موعده مع ضيوف أتوا في موعدهم. استقبلهم في مكتبه، قبل أن يدعوهم إلى الغداء في مطعم يوناني مجاور.

على الغداء، دار حديث عن الصحافة والمجتمع والعلاقة بين الإثنين.

تخيلوا أنتم ماذا يمكن أن يقول؟

كذب هشام، ليس مرة واحدة، بل عشر مرات على الأقل أثناء تناول الغداء. «لا بأس بعشر كذبات في يوم واحد، أو حتى غداء واحد!» قال في سره مبتسماً.

تعلم هشام أن الكذب في بعض المواقف الإعلامية مبرر أحياناً، بل مطلوب. وليته فعل الشيء ذاته مع الرقيب الذي لا يزال صدى صوته يصمّ أذنيه.

«لكن الرقيب يكذب على نفسه وعلى مجتمعه فكيف يمكن الكذب على كذّاب؟» تساءل أيضاً.

برغم الطعام الشهي، فقد كان حديث الضيوف في مجمله مملاً. حتى النادل أندرياس الذي لا يفهم العربية شعر بالضجر.

أثناء الغداء اكتشف هشام أنه ليس مهماً أن نكون جهلة أو علماء، المهم هو كيف نظهر ذلك للآخرين. وقد بدا للآخرين تائهاً فيما هو يفكر في الرقيب تارة، وفي إيزابيل تارة أخرى. فبدا جاهلاً بما يدور من حوله.

في المكتب، وبعد أن ودّع ضيوفه، سأل هل من رسالة أو اتصال؟

«مكالمتان فقط»، أجابته سوزي ولكن ليس من الحسناء الإسبانية.

«راحت علينا هذه الليلة» قال في سره.

طلب كأساً من الشاي الأخضر.

«من دون سكر لو سمحت». قال لسوزي مؤكّداً.

جلس إلى مكتبه وصوت الرقيب لا يزال يطنّ في أذنيه، حتى ليكاد يسمعه ويراه.

مع اقتراب السادسة اجتمع هشام بأسرة التحرير، يناقش مع أفرادها ما سينشر في العدد القادم. هو لقاء اعتاده مرة أو اثنتين في الأسبوع. أحياناً من باب التواصل مع الزملاء، ليس إلا.

في اجتماع ذلك اليوم تعددت الآراء حول غلاف العدد القادم، ونصف عقل هشام مشغول بإيزابيل، والنصف الثاني يفكر أين سيقضي أمسيته هذه الليلة؟

ارتجف فجأة وهو يلمح بين طاقم التحرير وجهاً يعرفه، إنه وجه الرقيب الذي اتصل به هذا الصباح، لكن أحداً من الزملاء لم يره.

تبادل وإياه نظرة لا يعرف أكانت عن تحدٍ أو تهكم، ثم أشاح بوجهه عنه وقد زمّ حاجبيه ناحية ناديا، الزميلة المكلفة بمتابعة الرسائل يسألها ما الجديد لديها؟

ـ لا جديد يا للأسف. قالت.

ـ ولا فكرة واحدة؟

ـ إطلاقاً

صمت هشام لحظة ثم سأل:

ـ ماذا لو كتبنا عن الليلة الأولى في حياة الزوجين؟

ـ أعتقد أنه سبق طرح الموضوع في إحدى المجلات المنافسة. قال زميل في الاجتماع.

ردّ عليه هشام: «يمكننا إعداد موضوع آخر بطريقتنا الخاصة. الموضوع مقروء، وحبّذا لو أنعمت علينا مكاتبنا بمادة مشوقة وجريئة».

قال ذلك وهو غير متأكد إن كان سيجيز نشر أي قدر من الجرأة. هو مقتنع بأن للموضوع جمهوراً وقرّاء، والزملاء مقتنعون، لكن من سيقنع الرقيب بمجازر الليلة الأولى وهو الذي يرفض الاعتراف بوجود خيانة زوجية في مجتمع إسلامي؟

يغير هشام رأيه فجأة ويطرح فكرة ثانية، وثالثة، ورابعة. ثم ينهي الاجتماع أخيراً بالاتفاق على اختيار موضوع غلاف هو غاية في الأهمية: «أين تذهبين هذا الصيف؟».

كان الثلج في الخارج قد توقف منذ ساعة، والنهار القصير في شتاء لندن قد رحل منذ أكثر من ثلاث ساعات. إنه المساء الذي يفرّق الزملاء ويجمع الأصدقاء.

الساعة تقترب من السابعة، وهشام جالس إلى مكتبه يراجع بعض الصفحات قبل طبعتها الأخيرة ثم يخرج لرؤية أصدقائه.

عين على الأوراق، وأخرى على الرقيب الذي ما غادر موقعه منذ اجتماع المساء، أو الأحرى، منذ اتصال الصباح.

منذ ذلك الوقت، والرقيب حاضر دوماً في مكتب هشام ومخيلته. أحياناً ينتقل للسكن في أفكاره، أو في بعض أدراج مكتبه، أو حتى في

داره. لكن يمكن رؤيته، على الأغلب، جالساً إلى طاولة الاجتماعات يراقب ما يدور، دون أن يشعر بوجوده أحد سوى هشام.

«ألا يتعب الرقيب أبداً، ألا يمل؟».

لم يبق ذلك اليوم في المكتب سوى هشام ورقيبه، ودفعة جديدة من الرسائل الواردة تواً، كانت هي آخر ما قدمته له سوزي ذلك اليوم.

قام من مكتبه، وحمل معطفه هاماً بالانصراف.

قبل أن يغادر ألقى نظرة أخيرة على الرسائل التي تدثّر بعضها ببعض على سطح مكتبه.

نظر إلى ساعته، وقدّر أن أمامه ربع ساعة قبل أن يلتقي أصدقاءه في الحانة المجاورة.

ألقى بالمعطف على كرسي مجاور، وجلس يفتح الرسالة الأولى. قرأها سريعاً فكانت تشبه ألف رسالة سبقتها. ثم فتح الرسالة الثانية، فكانت تشبه الأولى. ثم فتح الثالثة، فالرابعة.

الرسالة الخامسة بدت متميزة قليلاً، وقد كتب عليها من الخارج «تُسلّم لرئيس التحرير شخصياً».

كانت الرسالة من صفحة واحدة بخط صغير. طالع نهايتها قبل البدء بقراءتها. في أسفل الصفحة وجد اسم المرسلة «سارة» من السعودية. أما الرسالة فقد بدأت هكذا: «رداً على ما نشرته مجلتكم عن الخيانة الزوجية».

تأفف هشام وقال: «ألم ننته من القصة بعد؟».

من يقتضي عمله أن يقرأ عشر ساعات كل يوم، لا يجد الكثير من المتعة بعدها في قراءة أي شيء. برغم ذلك توقف هشام عند رسالة سارة يقلّبها، متأففاً من مضمونها الذي تسبّب له منذ الصباح بوجع رأس لا يزال يحمله بين صدغيه.

لسبب ما، استحسن قراءة بعض أسطر الرسالة قبل أن يلتقي أصدقاءه في حانة مجاورة بعد ربع ساعة.

فجأة اعتدل في جلسته، وبرقت عيناه، وأمسك بالرسالة بكلتا يديه.

في لحظة، أدرك قيمة شيء ما في الرسالة. هو ليس مضمونها، بل شيء آخر.

بدأت رسالة سارة هكذا:

«رداً على ما نشرته مجلتكم عن الخيانة الزوجية، فقد أحببت أن أشارك برأي علّ فيه شيئاً من فائدة.

أنا سيدة سعودية في العقد الثالث من العمر، على قدر من الجمال، ومن أسرة جيدة...».

هذه كانت قيمة الرسالة لهشام، أن صاحبتها «على قدر من الجمال»، لا أكثر ولا أقل.

في لحظة نسي إيزابيل واتصالها الذي لم يأتِ.

فالجمال الذي تحطمت على جسده سفن الرومان ورماح الفرس

وصهيل جياد العرب، يأتيه وهو على مقعده في لندن، شاكياً، ومستجيراً.

وعندما يأتي الجمال بلا استئذان يصبح أكثر جمالاً.

وها قد أتت سارة دونما استئذان. ولولا أنها «على قدر من الجمال»، لدفنت رسالتها دون صلاة وسط آلاف الرسائل.

«... هنا تحديداً ينتصر الظلم على العدل!».

قال هشام يحادث نفسه قبل أن يواصل القراءة: عين على الرسالة، وأخرى على الرقيب الجالس إلى مقعده يختلس النظر إلى ما في يد هشام، بنصف عين ونصف عقل.

كمن يخاطبه، قال هشام: «تريدني أن أصبح عامل نظافة بقلمي، أن أغسل الناس من خطاياهم، ثم تصرخ معاتباً رافضاً الحقيقة. كلنا خائفون، أنا وأنت. كلنا خائفون؟».

في يقظة ضمير عارضة سأل نفسه وهو ينظر إلى رسالة سارة بين يديه: «أليست هي خيانة للأمانة الصحافية أن تحتل رسالة ما أهمية استثنائية لأن صاحبتها امرأة جميلة؟».

«لكن، عفواً، أية أمانة صحافية؟» سأل وهو ينظر تجاه الرقيب.

«أين هي الأمانة في مقالات تخضع لقوانين الرقيب. أين هي الأمانة في كلمات امتلأت برائحة الكذب الصريح على البسطاء؟».

«إن كنت خائناً للأمانة الصحافية، فلست وحدي الخائن، إذاً الساكت عن الحق خائن. الساكت عن الظلم خائن. الجبان خائن. وكل من أعطى الحق لامرأة جميلة دون غيرها خائن. كلنا خائنون إذاً، ومن كلنا تنبع رائحة النتن!».

وأضاف يخاطب نفسه، وقد استعذب نقده لذاته وللرقيب والنتانة: «عندما نقول إن الجمال في الروح والعقل والأخلاق، فنحن أيضاً خائنون، ونتنون. فالجمال الذي نقدسه هو الشكل فقط، ولو سكنته روح شيطان وعقل شيطان وأخلاق شيطان. تراثنا الذي صنعته آهات الجميلات، هو أيضاً نتن. كله يبدأ هكذا: «وبينما الأمير يتفقد ضيعته، رأى فتاة أسقطه جمالها عن حصانه».

في كتاب آخر تقرأ: «وعندما كان الخليفة في مجلسه دخلت عليه جارية ما رأى مثل حسنها، فوهبها ألف ألف دينار». على حساب الفقراء والجياع.

أو تقرأ: «بينما الأعرابي يطوف على ظهر جمله، سمع صوتاً شجياً فاقترب منه، فإذا الصوت لحورية قد انشطر سنام الجمل من فرط حسنها» حتى الجمل أصبح شهوانياً في تراثنا.

يا له من تراث مكتوب بجدائل النساء، ولعاب الخليلات والجواري.

تراثنا ليس أكثر من امرأة جميلة. أو يجب أن تكون جميلة.

لو كانت للخنساء عينا الغنم لا البقر لما سمع بها أحد ولو كان لولاّدة المستكفي جمال أم كلثوم ما خلّدها ابن زيدون.

وما شفع لأم كلثوم سوى جمال صوتها، أما شكلها فلا شفيع له إلا الله تعالى.

قلب هشام الرسالة في يده وهو يفكّر كيف لا يفهم الغرب ما تعنيه المرأة للرجل العربي؟ كيف لا يدرك أنها هي الساكنة دوماً في عقولنا، وعقولنا ساكنة بين أفخاذنا؟!

«لأن المرأة هي الفاكهة المحرّمة إلا على المقتدرين. ولأنها هدية الإله للصالحين في الجنة».

لكن ماذا عن هدية النساء في الجنة؟ تساءل هشام وهو ينظر من نافذته إلى بعض ندف الثلج المتساقط في ظلمة الليل.

«للرجال الحور العين، فماذا سيكون للنساء يا ترى؟».

من يهتم؟

«الحور العين، الحور العين. من عطشنا إلى النساء، تستلهم الجنة هيبتها».

قال في نفسه وهو لا يزال يقلّب الرسالة وينظر إلى النافذة.

في داخله تتردد كلمات لنزار قباني، الشاعر الكبير الذي كان قد التقاه قبل يومين فقط وهو يسير حزيناً في شارع البيكاديللي. رآه يبكي فراق صديقه الشاعر العراقي بلند الحيدري:

«متصوّفٌ...؟
أنا آخر المتصوّفينْ
أنا لست يا قدّيستي الربّ الذي تتخيلينْ...
رجل أنا كالآخرينْ.
بطهارتي بنذالتي...
رجل أنا كالآخرينْ
فيه مزايا الأنبياءِ،
وفيه كفرُ الكافرينْ!».

«كلنا نزار وإن رميناه بألف حجر!» قال هشام وهو يتمتم في سره ويلعن الحجر.

يعود إلى رسالته يتأملها ويشد على أطرافها بين يديه حتى لتكاد تتمزق، ويسأل نفسه:

«ما الفرق إن كانت القارئة على قدر من الجمال أو القبح؟».

إنه الأمل.

التواصل مع أنثى جميلة يخلق نوعاً من أمل الوصول.

تعجز الحضارة أحياناً عن تشذيب الإنسان. تعجز عن تشذيب رجل واحد يرى لذة العالم في اللهاث فوق أنثى.

يذكره ذلك بعبارة للكاتب البرازيلي جورج أمادو: «الإنسان البدائي لا يزال يعيش في داخلنا، لكنه في مكان بعيد لا تصل إليه إرادتنا في التغيير».

كيف يمكن لعام أو عشرة أعوام يعيشها الإنسان في الغرب أن تغير إرثاً يسبح في دمائنا، بكل أخطائه ووثنيته؟

نعم وثنيته التي تجعل من العرف والتقليد إلهاً يدفع كل يوم برأس جديد إلى المقصلة!

مرّت ربع ساعة وهشام يفكر وقد نسي أصدقاءه الذين ينتظرونه كعادتهم كل مساء.

قاطعوه الأصدقاء باتصالاتهم، فطلب أن يسبقوه إلى الحانة، على أن يلحق بهم بعد أن يفرغ من لون البنفسج الذي كسيت به الرسالة التي بين يديه.

الخط الرقيق، والورق المسطّر، والوردة المطبوعة على ركن من الورقة، كل ذلك يجعل لمذاق الرسالة طعماً مختلفاً.

أجمال سارة ما جعله يدرك ذلك، أم هو الموضوع؟

للحظة، حاول الفصل بين تلك التي هي على قدر من الجمال، والرسالة.

فأعاد قراءة مطلعها، واضعاً إبهامه على عبارة «قدر من الجمال».

... فاحترقت إبهامه!

توقّف عن القراءة متأملاً إبهامه المحترقة كطفل صغير، وعاد يقرأ من جديد:

«رداً على ما نشرته مجلتكم عن الخيانة الزوجية، فقد أحببت أن أشارك برأي علّ فيه شيئاً من فائدة...

أنا سيدة في العقد الثالث من العمر (...)، ومن أسرة جيدة. أبتاع مجلتكم كل أسبوع منذ طفولتي. كنت أحب أن أكتب لكم عن مواضيع سبق أن طرحتموها، لكن انشغالات الحياة حالت دون ذلك.

تابعت كثيراً ما نشرتموه من تحقيقات وما كتبتموه أنتم شخصياً عن المرأة وأنتم تدافعون عنها، وتقولون إن دورها أخطر من أن تكون قطعة يستلذها الرجال، وأن الدين يكرمها ويحميها.

لكني صدمت وقد رأيتكم تخالفون ذلك في تحقيقاتكم الصحافية، حيث نصبح مجرد امرأة للذة، بلا إرادة أو شخصية.

أرى ذلك تزييفاً كبيراً للحقائق. ولعل قمة ما جسدتموه من تزييف كان في تحقيقكم الذي أشرتم إليه عن الخيانة الزوجية في المجتمع السعودي، وما ذكرتموه من أنه جريء ويقدّم حقائق وأرقاماً تكشف للمرة الأولى. أين هي الحقيقة في ما نشرتم؟ وما هي المعلومات الجديدة التي قدمتموها؟ بل أين هي الخيانة أصلاً في موضوعكم عن الخيانة الزوجية؟

خفتم من الاعتراف بالخطأ، وأنكرتم وجود الخطيئة في مجتمعنا المحافظ.

حسناً، إذهبوا إلى المحاكم واسألوا عن البيوت التي خربت بسبب الخيانة في هذا المجتمع المحافظ.

أدخلوا السجون، اسألوا المراكز الاجتماعية، اسألوا أهل الاختصاص والعارفين بالأسرار، تجدوا أن الخيانة أخطر مما تعتقدون، وأبعد مما تكتبون.

أنتم لا تعلمون أسرار البيوت، وأسرار الخادمات في البيوت، وأسرار السائقين والخدم مع ربّات البيوت.

تكذبون على قرائكم وتقولون: «تحقيق جريء يكشف معلومات جديدة للمرة الأولى عن الخيانة الزوجية». ثم لا نجد معلومة تستحق أن نقرأها، إذ تنكرون أن العلة موجودة في مجتمعنا، بل هي متفشية في المجتمعات الغربية وحدها.

لا أكتب لكم من أجل ذلك فقط. لا أكتب كي أقول إن الخيانة موجودة برغم أنفك وأنفنا.

بل أكتب، وقد تجاوزت عقدة الاعتراف بالخطأ، كي أطلب إليكم أن تبحثوا عن الأسباب.

فليست الخيانة هي المشكلة، بل إخفاء أسبابها هو المشكلة.

فما أراه وأنا الزوجة والأم، أن الخيانة ليست جسداً يخون الجسد. بل تلك نتيجة لا أكثر.

الخيانة الحقيقية تكمن في السبب الذي يدفع إلى فعل الخيانة، لا الخيانة ذاتها، ولا الفعل ذاته.

في الخيانة ليست هي فعل الخطيئة، بل هي السبب الذي يقود إلى هذه الخطيئة.

فلماذا لا تعترفون بها؟

ألم يكن ذلك أولى من أن تنكروا ما بات داءً مستشرياً بيننا برغم إسلامنا ومحافظتنا؟ نعم، هو داء مستشرٍ بيننا، ولن نفلح في العلاج إن لم نعترف بالخطأ.

لن تخفوا الحقيقة، لكنكم قادرون، إن كنتم أمناء، على البحث عن الأسباب. وهذا دوركم وواجبكم. انزلوا من علياء صحافتكم الهشة إلى الشارع، وانظروا إلى ما يدور في الأسفل.

ابحثوا بلا خوف في طرقاتنا المعتمة. التقوا نساءنا واسمعوا الحقيقة وانشروها كما هي، إن أردتم الإصلاح وأخلصتم النية.

تحقيقكم الهش عن الخيانة الزوجية كشف ضعف إدراككم لما في مجتمعنا من داء. كشف عن صمتكم على قذارة تزحف بقوة على ثيابنا البيضاء.

إن أردتم أن تروا الخيانة فابحثوا حيث ينبغي البحث، ولا تقولوا إننا بلا خطيئة. فإن كانت الخيانة مصيبة، فالسكوت عن سببها مصيبة أعظم.

وما المخطئ اليوم سوى صمتكم. يجب أن نعترف أننا اليوم كلٌّ يتخبط بين الطهر والدنس.

ربما لا تعرفون، أو لا تريدون أن تعرفوا، كم تتجاور سُبُحات الصلاة في حقائب نسائنا مع حبوب منع الحمل، كما تتجاور في جيوب الرجال أعواد السواك مع الواقي الذكري.

هل تريد تناقضاً أعظم من ذلك؟

التناقض نفسه نتيجة، فأين هو السبب؟

في بيوتنا آلاف النساء مثلي، تداعبهن أصوات الخيانة كل يوم، وهن نائمات أو يتأهبن للصلاة. كلنا ننتظر أملاً قد لا يأتي، أو خطيئة لا نعرف متى ستلتقطنا بنابيها، وقد تهيأت لنا الأسباب.

أنتم لا ترون ما نراه نحن الساكنات وراء سوادنا، ولا ترون كم من الأسباب تدفعنا إلى الخيانة من وراء غطائنا.

لسنا ناقصات عقل ودين، بل أرواح في أجساد ضامرة من العطش إلى لذة حرمت منها ظلماً.

لكن أنّى تعرفون ذلك في عتمة الحضارة التي تعيشون فيها؟

لكل إنسان تجربته، ولي تجربتي، ولكل صديقاتي. ولن أضيف جديداً لو قلت إن الخيانة قد هدمت من البيوت أكثر مما تظنون. وأن في ما بقي من البيوت الواقفة نساء متكسرات أكبر من قدرتكم على عد شظاياهن المتناثرة في كل مكان.

قد تكون هذه أول مرة أكتب فيها رسالة لمجلة أو لرجل إعلام، وربما تكون الأخيرة، لكني أحببت أن أكتب لمن وضعت ثقتي به دوماً، ولا أتمنى أن يخيب الظن به.

أرجو أن لا أكون قد أطلت. لكني حاولت أن أوضح ما خفي عنكم. ولكم نشر رسالتي إن ارتأيتم ذلك، أو أن تغضوا النظر عنها. لكن اعلموا أنكم تحملون أمانة من الله، فأدوا الأمانة على أكمل وجه، واتقوا الله في عملكم.

ولكم خالص التحية.

والسلام عليكم ورحمة الله وبركاته ــ سارة».

استغرقت قراءة الرسالة أكثر من ربع ساعة، ويا لها من ختام حار لهذا النهار.

بالنسبة إلى رسائل القرّاء، يطمح كل رئيس تحرير إلى قراءة ما يرضي غروره من مديح وإطراء، سواء لما يكتبه هو أو لما ينشر في مجلته.

حتى أولئك الذين يدّعون أن صدورهم رحبة لتقبل الرأي الآخر، تزعجهم كثيراً تلك الرسائل التي لا تتفق مع رأيهم، ولن يكون هشام استثناء.

التواصل عبر الرسائل بين القرّاء وكتّابهم ليس مسألة شائعة في أدبيات الصحافة السعودية أو العربية بصفة عامة. ذلك أن الكتّاب يرون أنفسهم دوماً فوق المجتمع، وتحت عرش الله بقليل.

وهشام هو مزيج من كل ذلك.

لكن إذا كان هشام صورة نمطية متكررة لكل رؤساء التحرير الآخرين، المتعالين والمسكونين بالخوف، فإن سارة تختلف عن كل القارئات اللواتي تتوالى رسائلهن بالعشرات إلى مكتب هشام كل يوم. فقد اعتاد هذا الأخير نوعين من الرسائل: إما ما يدينه بسبب مجمل مجلته، وإما ما يدينه بسبب تشجيعه المرأة على رفض الظلم وحثها على المطالبة بمساواتها مع الرجل.

رسالة سارة كانت من النموذج الأول الذي يغرد خارج السرب. بل ويسير في اتجاه ما كان هشام يعرف بوجوده أساساً في مجتمع ينتمي هو إليه أيضاً.

الثلج لا يزال يتساقط وراء النافذة وسط الظلام، وهشام يضع رأسه على راحة يده وهو يفكر كيف تلتقي رسالة سارة القوية والجريئة مع احتجاج الرقيب في يوم واحد؟

الرقيب غاضب من نشر موضوع عن الخيانة الزوجية لأنه يرفض الاعتراف بوجودها في مجتمع إسلامي. وسارة غاضبة من نشر موضوع سطحي وتعمده إخفاء الحقائق في هذا المجتمع الإسلامي.

التناقضات التي هرب منها هشام تطارده إلى لندن، فتلتقي الأضداد على مكتبه.

من المخطئ؟

من المصيب؟

سارة أم الرقيب؟

يرفع هشام نظره إلى الرقيب الذي يتراءى له جالساً قبالته. ينهض ويضع أمامه رسالة سارة.

ثم يلتقط معطفه ويطفىء الضوء ويغادر.

يعود بعد لحظة ويشعل الضوء من جديد، كي لا يبقى الرقيب في ظُلمته ويقرأ الرسالة التي أمامه.

ومن جديد يغادر هشام إلى أصدقائه.

شيء واحد تمناه تلك اللحظة، لو أن إيزابيل معه هذا المساء.

من كل كلمات السخط التي سطرتها سارة في رسالتها، لم يتبق في ذهن هشام سوى تخيّل جمال سارة نفسها، ونقطة أخرى هي قولها: «لي تجربتي».

تساءل هشام: هل قصدت أن لها تجربة مع الخيانة؟ كيف، ومع من؟ ليس هو الفضول ما يحرّك هشام، بل هو الأمل مرة أخرى. ففي رأيه أن من تخون مرة ستخون دائماً. وقد يأتي دوره يوماً، ولو كان في لندن.

لعل الأمر يبدو جلياً الآن، أن العفن الفكري تصعب إزالته في بضع سنين. ذلك ما يعكس بوضوح أفكار هشام. ولو عرفت سارة أنه يفكر على هذا النحو، ربما ما كتبت إليه.

برغم أن سارة أخفت هويتها، إلا أن رسالتها كشفت عن جرأة كبيرة. وربما ما كانت لتتردد في كشف الكثير عن نفسها، لو كانت متأكدة أن رئيس التحرير سيأخذ رسالتها على محمل الجد، ويحاول من خلال موقعه أن يكون على القدر نفسه من الجرأة والمسؤولية.

سارة أثبتت أن المرأة غالباً ما تكون أكثر قوة أمام الصعاب والضغوط النفسية التي تتعرض لها، من قدرة الرجل على تحمل ذلك حتى رئيس التحرير نفسه.

لكن المرأة لا تكشف عن قوتها وقدرتها على التغيير إلا عندما تبلغ ثورتها حداً يصعب تجاهله.

لكن كيف تعريف «القدرة على التغيير» في مجتمع هادئ بطبعه؟ وكيف يمكن للمرأة أن تعبّر عن ثورتها في مجتمع يرفض الأصوات العالية؟

يبدو السؤال محرّماً وممنوعاً، وربما يتطلب زمناً للصفح عنه. لكن المشكلة أن الرجال، في معظم الأحيان، لا يرون عمق البحر. وكثيراً ما ماتت الأمواج الغاضبة في رحلتها إلى السطح.

فلا ترى على صفحة الماء سوى دوائر خفيفة، كشاهد قبر على ثورة ميّتة.

غير أن الحرية نفسها لا تموت، فهي خالدة وأبدية، لكنها ستتطلب زمناً آخر كي تصل إلى السطح.

لم يكن هشام يتوقف كثيراً عند رسائل القرّاء. ومعظمها لا يعلق بذهنه. لكن منذ مساء البارحة، غدت سارة تشغل عقله، حتى مع كأس المساء الثالثة.

في طريقه صباح اليوم التالي إلى مكتبه، عبر مسار مختلف ليس في محاذاة النهر والنورس، تزاحمت الأسئلة في رأس هشام وهو يسير على الطرقات الحجرية العتيقة، وسط بيوت بني بعضها منذ أكثر من ٥٠٠ عام.

«كم امرأة عاشت هنا؟ ذاك البيت الجميل الذي هناك، ترى كيف كانت سيدته الأولى؟». كان يتساءل.

يدخل زقاقاً ضيقاً، وسؤال آخر يتبعه:

«كيف كانت حال النساء في هذا الشارع الضيق قبل ٥٠٠ عام؟».

«حسب تسارع الزمن، ونسبية أينشتين، وجاذبية نيوتن، ومبادئ

روسو عن الحرية والمساواة، وحسب ثورات المتشددين في مجتمعنا، وخطيب المسجد المجاور الذي يرفض قيادة المرأة للسيارة، وعطرها، وكعبها العالي، فإن حال النساء في هذا الزقاق الضيق في لندن قبل ٥٠٠ عام تشبه كثيراً حال سارة اليوم».

عاد هشام يفكّر فيما قصدته كاتبة الرسالة بقولها: «لي تجربتي»، ثم أخذ يفكر في وصفها للخيانة أنها «ليست جسداً يخون الجسد. تلك نتيجة لا أكثر. الخيانة الحقيقية هي في السبب الذي يدفع إلى فعل الخيانة، لا الخيانة ذاتها، ولا الفعل ذاته».

لكن «وهل أحد غير الرجال يعرف السبب؟» قال يحدث نفسه ويواصل سيره بهدوء واضعاً يديه في جيبي معطفه اتقاء البرد.

«ربما قصدت التحدي، أو التحذير، أو الاستهزاء».

لكن ما قصدته سارة كان أبعد من ذلك.

«يا لها من امرأة» يفكر من جديد والبخار الدافئ الخارج من فمه وأنفه يسبق خطاه: «مع من ارتكبت سارة الخيانة يا ترى؟»

«من ذاك الذي تمتع بها؟»

هكذا وجد نفسه مهتماً ليس بمضمون الرسالة بقدر اهتمامه بتجربة كاتبة الرسالة مع الخيانة.

يريد أن يعرف أكثر: كيف، ولماذا، ومع من؟

من تلقاء نفسه افترض هشام أن سارة صاحبة تجربة. من مجرد كلمة عابرة أو جملة لعلها ما قصدت منها شيئاً.

بالنسبة إلى هشام وكرجل من المجتمع ذاته، فإن أي امرأة تلامس الخطوط الحمراء لن تكون بعيدة عن أي تجربة حمراء.

ولن تشفع ثقافة رجل مثله، لامرأة مثلها، أن تكون كغيرها من النساء: لعاب ليل، بل ليلة واحدة فقط !

لكن أهذا صحيح؟

تذكّر هشام يوم كان شغوفاً بالاكتشاف في أيامه الأولى كرئيس تحرير. في تلك الفترة كان فهم المرأة يستعصي عليه، أو هكذا اعتقد، اليوم هو وبعد بضع سنوات من التعامل المباشر معها، يقف وجهاً لوجه أمام استعصاء من نوع آخر.

هدف أي رجل عاش محروماً هو اكتشاف ذاك العالم الأحمر، عالم المخيلة المخضبة بآهات تتلوى اشتهاءً.

هو ككل رجال بيئته، مسكون بهاجس المرأة والجوع إلى لذة لا تنتهي.

وهو يجتاز الطريق الضيق، عبر هواء اغتسل بثلج الصباح، فكّر كيف كان يستمتع بقراءة رسائل النساء إليه يوم تولى منصبه.

ربما كان يتلذذ بعذاباتهن، فيتسلل من خلالها كمن يبحث عن فريسة جريحة.

كانت تصله كل أسبوع مئات الرسائل البريدية المكتوبة. أما رسائل الأنترنت فكانت أكثر من أن تحدد بكمية. وكلاهما، وضعته أمام أبواب المرأة. فجثا كالآخرين، أمام أسرارها وساقيها!

رسائل البريد كانت أكثر جرأة أحياناً، خاصة عندما تأتي بلا اسم كامل أو عنوان. لكن الرسائل الإلكترونية كانت، هي الأخرى، جريئة.

قواسم مشتركة كثيرة تربط ما بين الرسائل، أهمها العنف والخيانة والإهمال، وأكثرها تتحدث عن قصص الحب الفاشلة.

وغالباً ما اعتبرته بعض قارئاته عرّاب الحب، وحلاّل المشاكل، ونصيرهن الأول.

فهل كان كذلك حقاً؟

ربما ادعى هو ذلك من خلال بعض مقالاته. فقد كان أهم سؤال يوجّه إليه هو: هل تؤمن حقاً بما تكتبه دفاعاً عن المرأة؟

لم يكن له جواب قاطع دوماً. إلا إن أراد أن يكذب من فوره فيقول نعم هي أفكار أؤمن بها.

الحقيقة كانت تبدو أبعد من ذلك في معظم الأحيان. ولعله هو نفسه ما كان يدرك أنه يكذب حتى على نفسه.

تتقافز الأفكار في ذهنه وهو يخطو عبر نسمات باردة تجاه مكتبه. من بعيد يظهر له المبنى الزجاجي للشركة. دقيقتان ويصل، يتلهى خلالهما بفكرة غريبة:

«نحن البشر نستلذ مشاكل الآخرين.. تسعدنا مصائبهم».

صدق الكاتب البرازيلي باولو كايليو عندما قال إن بعض الناس يظهرون فقط في الأزمات ليس لمواساتنا، بل لإظهار تعاطف مسكون بلذة رؤيتنا «غارقين في المشاكل!».

هل الجميع كذلك؟ هشام يعلم أنه ربما كان هو نفسه كذلك، وإلا ما سر هذه السعادة التي كانت تبدو عليه أمام رسائل المهمومات؟!

مع تكرار الرسائل ذاتها، بدأ الملل يتسرب إليه منها. فأخذ يحيلها على ناديا، الزميلة المختصة بالرد واختيار ما يلائم وما لا يلائم النشر.

قبل أن يقترب من مكتبه، أعاد التفكير، وللمرة الأخيرة، في ما قصدته سارة بأن الخيانة تكمن في السبب لا النتيجة.

«أو تعرف سارة السبب؟ وهل أتاها السبب؟».

في المكتب، وحيث سوزي والقهوة السوداء تنتظرانه، سأل هشام عما أتاه من رسائل أو اتصالات.

كان يبحث عن صوت إيزابيل في فضاءات ذاك الصباح. إيزابيل التي ما اتصلت البارحة، أتراها نسيته؟

«اتصال واحد فقط من مكتب الإعلانات، للسؤال عن غلاف العدد القادم. سيعاودون الاتصال مرة أخرى».

كان هذا كل ما ينتظره، على ذمة سوزي.

علّق معطفه الثقيل على الشمّاعة قرب الباب، ووضع جاكيته على المقعد الكبير وراء مكتبه، ونظر إلى الرقيب: «كيف أصبحت اليوم؟». قال وهو يسحب رسالة سارة التي تركها أمامه ليلة البارحة.

«هل قرأتها؟». سأل مستهزئاً قبل أن يطوي الرسالة بين يديه ويعود إلى مقعده.

اتصل بناديا المختصة بالرسائل. ما كانت قد وصلت بعد.

ترك رسالة لها مع موظف الاستقبال.

بعد خمس دقائق تدخل عليه ناديا مرتبكة كعادتها:

«أعتذر عن تأخري، أخبروني أنك سألت عني».

دفع لها بالرسالة طالباً نشرها في صفحة بريد العدد القادم من المجلة. بينما انصرف هو يقرأ أوراقاً أخرى أمامه، كانت ناديا تقرأ الرسالة على عجل، باحثة عن سر اهتمام رئيس التحرير بها واستعجاله نشرها، وهو الذي ما كان يعنيه كثيراً نشر رسالة أياً كانت فور وصولها.

أخذت تسير بهدوء خارج مكتبه وهي تواصل القراءة،

وتختـلس ما أمكن النظر إليه وهــو يــراقب خطوها. بعد أقــل من دقيقة عــادت.

نظرت إليه باستغراب وسألته:

ـ أتريد نشرها كما هي؟

فردّ عليها بسؤال آخر:

ـ وهل قرأتها كاملة؟

ـ نعم.

ـ إذاً انشريها كما هي.

ـ متى؟

ـ في العدد الذي يصدر الأسبوع المقبل إن أمكن.

ـ تعلم أن الأسبوع المقبل سيكون أول أيام الحج.

ـ وما علاقة الحج بهذه الرسالة؟

ـ يبدو التوقيت غير ملائم لنشر رسالة كهذه الآن. ألا يمكن الانتظار أسبوعين على الأقل؟

ملاحظة الزميلة كانت خبيثة لكنها صادقة. فالتحفظ عن نشر تحقيق جريء أو صورة مثيرة يبلغ ذروته في شهري رمضان والحج من كل عام. كل وسائل الإعلام السعودية والعربية تتحفّظ في هذين الشهرين. حيث الصلوات والاستغفار في ذروة الموسم، كما لو أن السماء تقفل أبوابها في الأشهر الأخرى.

يبدو أن الضحك يعدي والحزن يعدي والخوف يعدي أيضاً.

هذه السيدة العربية التي تعيش آلاف الأميال بعيداً عن المنطقة المجففة، تبدو خائفة من رسالة تشرح بعض معاناة بنات جنسها.

برغم ذلك أبدى هشام رأياً صارماً:

ـ نحن مجلة تعنى بهموم النساء في الحج ورمضان وكل أوقات السنة. انشري الرسالة عزيزتي من دون تصرف ولا مناقشة.

بصوت هو أقرب للهمهمة ردّت عليه:

ـ ما كنا ننشر مثل هذه الرسائل من قبل. لكن كما ترى، سأنشرها في العدد المقبل.

ـ حسناً تفعلين. ألسنا في زمن الإصلاح؟

قال ومضى يقرأ في أوراق أمامه.

ما كان اليوم طويلاً قط، ولا مثيراً في الوقت ذاته.

لقاءات كالعادة، مراجعات كالعادة، ثم تناول الغداء في المطعم اليوناني القريب من أجل رؤية خلاسية جميلة تعمل هناك، وإطرائها ببضع كلمات، ولِمَ لا؟

صديق من المغرب، اسمه حاتم، يصعد إلى هشام في مكتبه. هما صديقان منذ وقت طويل.

بينهما أكثر من قاسم مشترك، وبضع نساء.

يحضر حاتم قهوته معه، ويتحدث الصديقان عن رحلة قريبة إلى مهرجان ثقافي في أصيلة شمال المغرب.

مدينة جميلة تنام بكامل زينتها على أكتاف عاشقيها. فإذا سبقتهم في الاستيقاظ كعادتها، غسلتهم بعطر أطلسها، ثم أرخت على ضلالهم خصلات شجرها الباسق، وعندما يأتي المساء تقبل كلاً منهم على وجنيته، وتعطر يديه وقدميه مرة أخرى بأطلس ممزوج بشمس الأصيل.

أصيلة، التي تنظر كل يوم بطرف عينها إلى إسبانيا، تذكّر هشام

بإيزابيل التي لم تتصل، فيذكر قصتها لصديقه حاتم الذي يطمئنه إلى أنها ستتصل، وما عليه سوى الانتظار.

قبل أن يغادر حاتم، وقد أكمل قهوته، يتفق الصديقان على اللقاء في المساء.

عاد هشام يطالع ما سينشره في عدده المقبل. يرفع سماعة هاتفه ويستدعي أحد الزملاء. عندما أتى، طلب إليه أن يحضر ما لديه من صور مرشحة للغلاف. فالصورة الجميلة لرئيس التحرير كالصديق عند الضيق. فإذا ما انعدمت الحيلة، وتعذر الحصول على تحقيق أو مادة صحافية مميزة، فإن صورة فتاة جميلة ومثيرة على الغلاف قد تفي بالغرض المطلوب.

هل هذا ما يسمونه المتاجرة بجمال المرأة؟

ربما نعم. حتى لمجتمع سعودي محافظ.

الصورة الجميلة تضمن اتساع التوزيع. كثيراً ما فكّر هشام في السبب. وقد جاءه الجواب يوماً على لسان مسؤول في شركة التوزيع:

«لأن أكثر من ثلث القرّاء رجال يبحثون عن الجمال!».

مليارات أنفقت على مصانع تحلية المياه في السعودية، ولا يزال الرجال عطاشاً!

يبدو أن هشام ليس وحده من يعاني سطوة الرقيب. فحتى الناس العاديون أيضاً، عليهم رقيب من نوع آخر، يجيز ولا يجيز وفق قرار شخصي الأبعاد. إنه الجمال.

فكر هشام: «أيهما أقوى: رقيبي أم رقيب الناس؟»

عاد يختار، تحسباً، صور مجموعة من الفتيات للغلاف، آخذاً في

الاعتبار موسم الحج، فلا تبرز الصورة صدراً ناهداً وشفتين تثيران الثيران.

«فقط الجميلات، وحبذا لو كن محجبات!».

بهذه العبارة كان يخاطب زملاءه في كل اجتماع تحرير، خلال المواسم الدينية.

«وماذا بعد الحج يا سيدي الرقيب؟».

يسأل في سره وينظر إلى الرقيب.

ينهض هشام ويقف مائلاً إلى طاولته يرتكز عليها بيديه محدقاً إلى الصور التي تراصت أمامه، بعد أن أحضرها المختص بالصفحات الفنية.

يقلب بعض الصور، ثم يختار إحداها.

تأمل ما اختار، وتمتم: «ليت سارة بهذا الجمال!».

سأل زميلاً له دخل إلى مكتبه فجأة عن رأيه في الصورة.

«جميلة، لكن ألا تعتقد أن تفاصيل الجسد البارزة غير ملائمة لعدد هذا الموسم؟».

ردّ هشام: «المهم أنها محجبة».

ينظر إلى الصورة التي أمامه من أكثر من زاوية، قبل أن تدخل عليه ناديا، مسؤولة البريد، تستوضح منه إن كان بالإمكان نشر اسم سارة وبلدها، في صفحة البريد، مع رسالتها؟

«بالطبع» يجيبها هشام ويسألها هي الأخرى عن رأيها في الصورة التي اختارها للغلاف.

«جميلة، ولكن...» قالت ثم صمتت.

- ماذا؟ سأل هشام.

- أفضل صورة أكثر احتشاماً.

- ما بقي إلا أن نختار فتاة منقبة!

ثم عاد يسأل ناديا عن رسالة سارة:

- هل أرسلت لك عنوانها كاملاً؟

- لا يوجد سوى اسمها الأول، واسم البلد المرسلة منه الرسالة.

فكر في سره حانقاً: «لماذا لا يفرضون على الناس أن يكتبوا أسماءهم وعناوينهم كاملة قبل أن يرسلوا رسائلهم؟».

لكنه لم يلبث أن تراجع: «لا.. هكذا أفضل، وإلا ما كنت استلمت رسالة واحدة. والله ولا نصف رسالة. فمن هي التي تستطيع أن تجاهر، في مجتمع محافظ، باسمها وعنوانها وهي تكتب عن الخيانة الزوجية؟».

توجه إلى خارج مكتبه وفي يده صورة الغلاف التي اختارها. دفعها إلى المخرج ليضعها على الغلاف.

أثناء تجواله على مكاتب بعض الزملاء في الأقسام الأخرى رأى متدربة سعودية، اسمها نور، في سنتها الأخيرة في جامعة لندن. أتت إلى المجلة للحصول على دورة تدريب مدة شهرين، كجزء من متطلبات التخرج في بريطانيا.

سألها هشام عن حالها في المجلة، فأخبرته بسعادتها وهي تمارس العمل الصحافي الذي تمنته طوال عمرها. وأخبرته كيف أن جامعة لندن العريقة تعلمها قيمة الكلمة الصادقة، والموضوعية في الطرح بلا خوف، وكيف وجدت ذلك فعلياً في مجلته.

نظر إليها بطرف عينه مبتسماً وهو يشبك يديه وراء ظهره. «هل تسخر

مني؟» تساءل في سره، ثم رفع رأسه وتابع حواره مع ذاته: «لا. هي لا تسخر من أحد، هي فقط لا تعلم بأمر الرقيب الملتصق بأحلامنا».

واصل تصنع ابتسامته وتمنى لها التوفيق بعد التخرج.

وهو يدير ظهره عائداً إلى مكتبه، فكر كم ستكون صدمة الصغيرة كبيرة مع الصحافة.

عرّج على المخرج كي يتأمل الصورة التي اختارها للغلاف مرة أخرى، قبل أن يواصل خطاه إلى مكتبه.

تدخل عليه بعد لحظة المتدربة الصغيرة، بحماسة تشعّ من عينيها، تطلعه على مقال كتبته. يقرأ مقدمة ما كتبت سريعاً ويهنئها على الأسلوب. تغادر مكتبه وهي تكيل له أنواع الشكر، بينما هو يتأمل قوامها، وصدرها الذي بالكاد نبتت تضاريسه.

تبلغ نور من العمر ٢١ عاماً. فتاة جميلة، وأنيقة، ومثيرة أيضاً.

فكَّر هشام: «كيف لم يحل أهل هذه الفتاة دون أن تتعلم ابنتهم وتعمل وسط الرجال في لندن، الأرض البعيدة عن الوطن. لعلها استثناء؟ فهل سيسقط الاستثناء يوم تعود الفتاة إلى بلدها فتنزوي بكل طموحها كالأخريات في طرف من عباءتها خوفاً من شيطان الخطيئة؟

ألا يعمل هذا الشيطان في لندن أيضاً؟».

أصبح هشام، منذ رسالة سارة واتصال الرقيب، يفكر في كل صغيرة وكبيرة تعرض له.

ذكرى بسيطة أضحكته، وشر البلية ما يضحك.

ذات يوم كان في زيارة لشقيقته في جدة. كانت تسكن في الطابق السادس من بناية حديثة.

بعد الزيارة، وفي طريقه إلى الأسفل، وقف ينتظر أمام باب المصعد. لم يطل انتظاره. فما إن فتح الباب وهمّ بالدخول، وإذ بيد قوية تدفعه إلى الخارج. كان في المصعد رجل وزوجته المتحجبة التي لا يرى منها حتى الظفر. قال له الرجل بعنف: «ألا ترى حريمي معي؟!».

«ومن سيأكلهما يا أخي؟» تساءل هشام في سره وهو ينسحب إلى الوراء دون أن ينطق سوى بكلمة «آسف».

من يحق له أن يتأسف فعلاً: هو أم ذاك الخائف على زوجته من رجل غريب يجاورها في رحلة مصعد مدتها عشر ثوان؟

يكفي المصعد لعشرة أشخاص، بل لقبيلة كاملة، فلماذا خاف الرجل على «حريمه» من هذا الغريب؟ ثم أليس هو معها؟

مجتمع لا يضمن فيه الرجل عفة زوجته مدة عشر ثوان، وهي برفقته متلحفة بسوادها، لا يمكن أن يكون بخير على الإطلاق.

«ترى بماذا كان يفكر ذلك الرجل. وبماذا كانت تفكر المرأة؟».

صوت من داخله أجاب: إنه الخوف يا رئيس التحرير.

الخوف من الخطيئة.

لأننا نخطىء، أو لأننا لا نتوانى عن الخطأ، فقد بتنا نرى العالم مثلنا. الخوف الساكن عقولنا من أن نعامل نحن الرجال بالمثل، يقتل الثقة في داخلنا حتى في داخل أكثر النساء قرباً ووفاءً لنا.

قوانين الفصل العنصري بين الذكر والأنثى خلقت حاجزاً من عدم الثقة بين الإثنين، أكبر من أن تستوعبه حجرة المصعد.

لا يفهم الرجال أن المرأة إن أرادت الخيانة فهي قادرة عليها ولو

سجنت بين أربعة جدران مثلما لو هي أرادت العفة فلن يغريها ألف رجل وإن كانت الوحيدة بينهم «في ذات المصعد».

لهشام صديق، لم يثق يوماً بزوجته، وكثيراً ما كان يردد عبارة لأحد الفلاسفة: «عقل المرأة مثل جسمها، جميل لكنه ضعيف». فهل أفهم أنا أكثر من فيلسوف؟ كان يقول الصديق.

عند المساء، كانت معظم صفحات المجلة جاهزة كي يطلع عليها هشام للمرة الأخيرة قبل أن يعطي أمر الطبع.

منذ موضوع الخيانة الزوجية، وهو أكثر حرصاً على قراءة كل ما ينشر في مطبوعته.

«هذا الموضوع جيد، آه هذا يحتاج إلى قراءة أخرى، ممم... هذا في حاجة إلى تعديل».

وفي آخر الصفحات، طالعته قصة قصيرة تتحدث كاتبتها عن سيدة مطلقة قررت بعد طلاقها أن تتابع دراستها في الخارج.

في جامعتها الباريسية، تعرفت إلى رجل من خارج بيئتها، وثقافتها، ومذهبها. نشأت بينهما قصة حب، فأخبرت أهلها أنه يطلب الزواج بها. ثار أهلها رافضين زواج ابنتهم السُنِّية من رجل شيعي، وأرسلوا شقيقها الأكبر لإعادتها، فلا حاجة للدراسة بعد اليوم. أخبرت شقيقها أنها ما اختارت زوجها الأول بل هم من اختاروه لها، ومن حقها هذه المرة أن تكون صاحبة الاختيار.

بلا تردد تقرر الزواج بزميلها، رافضة العودة إلى بلدها مع شقيقها. وقبل زفافها بأسبوع كتبت إلى أهلها تعلمهم بالتاريخ المحدد لعقد

القران، وكم يسعدها حضور أحد منهم، كي لا تكون وحيدة في حفلها. لكن أحداً لم يحضر.

لها عمة كانت تزور ألمانيا للعلاج من حادث أصاب ساقها، فقررت زيارة ابنة أخيها في فرنسا بعد الزفاف بيومين، وهناك أخبرتها بأن والدها قد أعلن أمام الجميع وفاة ابنته.

قرأ هشام القصة، وتردّد في نشرها.

أعاد قراءتها مرة ثانية وثالثة...

ثم قرر بكل شجاعة عدم النشر.

لكنه تردد حتى في عدم النشر. فأعاد التفكير في الأمر كمن بيده تحديد مصير البشرية كلها.

ثم قرر نشر القصة مع تعديل بسيط في المضمون.

سألته الزميلة: ما الذي تريد تعديله؟

ـ شذّبيها. أزيلي الشوائب منها. أزيلي فكرة اختلاف المذهب هذه؟

ـ لكن اختلاف المذهب هو المحور الأساس للقصة؟

ـ لست أنا ولا أنت ولا كاتبة القصة من سيصلح أخطاء المجتمع.

من سيصلحها إذاً؟ سأله صوت من داخله، فقمعه.

ـ نفّذي التعديلات وأريني القصة قبل الطبع.

بارتباك أجابته:

ـ ستكون جاهزة بعد نصف ساعة.

عاد هشام يقلب ما تبقى أمامه من صفحات.

بعد أن فرغ، اتصل بناديا يستوضح مصير رسالة سارة التي يفترض نشرها في العدد الذي سيرسل إلى المطبعة.

أحضرتها ناديا وقد نشرتها كما هي على ثلاثة أرباع الصفحة، كما طلب هشام أول مرة.

وضع الصفحة أمامه ينظر إليها وإلى ناديا.

أخذ قلماً أحمر كانت تحركه بعصبية في يدها.

اختصر سطراً من هنا وسطراً من هناك. ثم عبارة من هنا وعبارة من هناك.

في بضع ثوان تقلصت الرسالة إلى أقل من ربع صفحة. أو لنقل إلى بضع كلمات.

لم يهتم بنظرة ناديا المستغربة إليه، بل كان يفكر في قول صديق قديم له ذات يوم إن الإنسان الشجاع هو ذاك الذي لا يحس بالعواقب. وهشام وإحساس العواقب لا يفترقان.

لم يكن ما أعمله هشام في رسالة سارة اختصاراً، بل تدميراً.

لا يمكن لمن رأى الرسالة الأصلية أن يقتنع بأنها تلك التي مسخت إلى ربع صفحة. كان حجم الاختصار يكشف عن عمق التأثر بما قاله الرقيب عندما اعترض على نشر تحقيق الخيانة الزوجية، والرقيب أقوى من سارة وجبن هشام.

دفع بصفحة البريد المجروحة إلى ناديا، طالباً اختصار وتعديل ما أشار إليه باللون الأحمر.

«هل تريد أن تلقي نظرة أخرى بعد التعديل؟» سألته.

«لا، اطبعيها مباشرة» أجاب بحدة.

ربما هو الخوف من مواجهة الخوف.

تقترب الساعة من الخامسة مساء، ولم يحن موعد الخروج بعد.

لكن هشام أحس بتوعك قرر معه أن اليوم قد انتهى بالنسبة إليه، أو يجب أن ينتهي فقد كان الاختصار مؤلماً بما يكفي.

كأية متزوجة في الليالي الطويلة، تشتاق المرأة إلى مهرجان من التأوهات!

تطرف هو ربما أو تناقض. لكن الآخر في حياتنا قد يكون مصدر سعادتنا، أو هو الشقاء.

لا يمكن أن يعيش الإنسان بنصف مشاعر، ونصف تأوه.

«اللعنة على زواج محروم من صرخات لذته».

كثيراً ما قالت سارة ساخطة تحدث نفسها، وقد كتبت العبارة ذاتها في يومياتها أكثر من مرة.

ليست كل متزوجة زوجة بالضرورة. فرق أن تكون المرأة متزوجة، وأن تكون زوجة.

أن تكون متزوجة، فهذه صفة ما هي عليه. أما أن تكون زوجة فذاك يعني زوجاً وعاطفة وسريراً.

تسترجع سارة قصص بعض صديقاتها: نورة، ليلى، سعاد، عفراء... وغيرهن.

نصفهن سعيدات، أو على الأقل راضيات بحياتهن، مجرد راضيات. إذ هناك فرق بين السعادة والرضى. السعادة هي شيء تصنعه باختيارك. والرضى شيء تجبر على التعايش معه.

تعيسة هي امرأة لا يحبها زوجها، وكارثة إن أصبحت «مطلّقة».

لسارة صديقة تزوجت ابنتها في سن الطفولة برجل يكبرها بأكثر من خمسة وثلاثين عاماً.

طلقت الصغيرة باكراً، ولم تكمل عامها الأول بعد. عادت إلى بيت أهلها مكسورة وقد افترس العجوز كل ما فيها، حتى بقايا الطفولة.

أصبحت مطلقة ولم تكمل عامها السابع عشر بعد.

كان يضربها. وعندما عادت إلى بيت أهلها مطلقة ضربها أبوها.

لماذا لم يجرؤ على ضرب زوجها؟

أتعرفون لماذا..؟

لأن الزوج الكبير كان إمام مسجد. رجل دين وتقوى، كما يقول الأب. ولا يمكن لرجل التقوى أن يخطئ. ابنته هي المخطئة!

هدى الصغيرة، ما أرادت، يوم ضربها أبوها، أن تخبره أن الرجل التقي كان شاذاً.

برغم ذلك ارتضت شذوذه، حتى ملّ هو منها، ومن كثرة ما ضربها.

ما مصير هدى؟

أمها صالحة اتصلت بسارة البارحة، تتمنى أي زوج لطفلتها.

- لكنها طُلقت تواً. قالت لها سارة.

- تجرب حظها مرة أخرى!

- لم لا تمنحينها فرصة ترتاح فيها من التجربة الأولى، ثم تختار.

- وكيف ستختار، وتختار من؟ هي مطلقة. وتحمد الله أن وجدت من يقبل بها.

- لكنها ما تزال صغيرة وجميلة، وستجد شاباً يلائمها.

- الشباب يبحثون عن امرأة ثرية، أو فتاة عذراء.

الكلمة الحمقاء مرة أخرى... «عذراء».

ما الفرق بين العذرية واللاعذرية؟

حتى هذه الصديقة الكبيرة، المثقلة بتجارب الحياة، تردّد ما يقوله الرجال: «الشباب يبحثون عن فتاة عذراء».

بقدر ما تهبنا الحياة خبراتها، تسلبنا قوة التفكير بالقوة والمقدار نفسيهما. وأم هدى مثال على ذلك هي أيضاً ترى العذراء أفضل.

«ماذا لو لم تكن عذراء وأجرت عملية جراحية؟» تساءلت سارة وهي تخطّ بعض يومياتها.

«لا تسكن العفة بين الفخذين، العفة في العقل». هكذا أنهت جملتها وأقفلت كتابها.

كان الوقت بعد الظهر، عندما تمددت على سريرها وهي تتذكر حديث صديقتها عن ابنتها المطلقة.

السرير عريض جداً، يبدو لمن يراه من زاويته كحديقة صغيرة تقف في أحد أركانها وردة وحيدة، عليها آثار عطش، ولا من يروي ترابها.

أحياناً تبدو الحديقة كملعب فيه لاعب واحد فقط، أما الآخر فغائب معظم الأحيان... وإن حضر كان أداؤه ضعيفاً.

... أحياناً لا يكون بالمرة.

هل يجب البحث عن لاعب آخر؟

تغمض عينيها لحظةً قبل أن تنهض وقد تناهى إلى سمعها بكاء أحد طفليها. تهرع إلى حجرته حيث الخادمة تغيّر حفاضه. تتولى المهمة عن الخادمة. تضمّ طفلها إليها، بينما ينظر إليها الآخر مبتسماً.

تصدر منه ضحكة فيها براءة السماء.

ترفعهما إليها، وتحضنهما، ثم تدندن أغنية وهي تتأرجح يميناً ويساراً تفكر كيف ستمضي السنوات سريعة، ويكبر الصغيران، وتبقى هي وحدها.

تساءلت وهي تضعهما في سريرهما: ماذا ستفعل عندئذٍ؟

كان لسارة نظام صارم: برغم حنانها، في تربية طفليها. لعلها ندمت على ذلك لاحقاً عندما خلق خوف الصغيرين منها، حالة سكون أكبر مما تحتاج إليه، وهي التي اشتاقت إلى الصخب.

عادت إلى غرفتها واستبدلت ثيابها بأخرى أكثر شفافية وإثارة.

في مخدعها صمت، وهدوء، ومرآة.

كل عناصر الإثارة اجتمعت تلك اللحظة في جسد طافح برغباته.

تنظر إلى نفسها في المرآة.

تجلس على المقعد، تسرّح شعرها. تضع قليلاً من عطرها الذي تلقته أخيراً هدية منها.

تحضن فرشاة شعرها، وتنظر مرة أخرى إلى تفاصيل وجه المرأة التي أمامها. أحياناً ما كانت تعرفها.

تنتصب واقفة تتأمل الجسد الرخامي وراء الشفاف يتضور جوعاً.

قبيلة من الرجال يبيد بعضها بعضاً من أجل جسد كهذا، أو قطعة منه!

سارة أجمل مما تعتقده المرآة. وجوعها أكثر اشتهاءً لرجل غائب.

لو قدر لامرىء أن يرى سارة تلك اللحظة، لأقسم أن زوجها أكبر حمار عرفه تاريخ الحمير.

حتى المرآة اشتهت سارة، بينما السرير يبتسم ساخراً وقد تجمدت قوائمه من قلة حراكها. لم يهتز هذا السرير منذ وقت طويل. لذلك

استحق أن تطلق عليه اسم أبي الهول. صامت لا يتحرك، كمن خلق ميتاً منذ آلاف السنين.

لو كانت كتلة الخشب الماهوجني هذه تتحدث، لو كانت الحيطان تتحدث، لو كان اللون الأحمر يتحدث، لتدفق سيل من حمم الشوق إلى خارج الغرفة، فخارج المنزل، فخارج الحي، حتى التلة المطلة على المدينة. حيث تلتقي الأرواح المعذبة في وحدتها.

بهدوء تدير الموسيقى التي تحب. سيمفونية لشوبان. تذكرها السيمفونيات العالمية بشيئين: عظمة الإنسان، ونشرات الأخبار في التلفزيون السعودي.

«لا أعرف من اختار أجمل السيمفونيات لتكون خلفية أخبار ملأى بالنفاق والعنف؟» تساءلت في تهكم.

كان الوقت صباحاً، وشوبان مرحب به في أي وقت. أحياناً تستبدله بموسيقى أكثر صخباً، فالهدوء في حياتها أعظم من صمت الموتى!

كانت سارة قد نسيت الرسالة التي كتبتها إلى رئيس التحرير، قبل أسبوعين أو أكثر. نسيت حتى ما جاء فيها.

تذكرت ذلك عندما رفعت عينيها عن كومة من المجلات بقرب سريرها أبي الهول!

بعد قليل سيتصل بها زوجها ويخبرها أنه قادم بعد يومين.

حضوره هذه المرة قد يكون مميزاً، لأنها قررت أن تتحدث معه عن وحدتها الطويلة، وهو المسافر دائماً. كانت تريد أن تقترح عليه التقدم لوظيفة تملأ بها وقت فراغها، أو تنتظر منه أن يقترح عليها ما يزيل الوحدة الطويلة عن أيامها. أي اقتراح كانت جاهزة له، ولو كان طلاقها منه.

بالأمس كانت وحدتها أقل حدة، يوم زارتها بعض صديقاتها. أولى الحاضرات كانت عفراء. سعيدة ومرحة هذه العفراء. لا تغادرها الابتسامة ولا علبة المارلبورو. التفاؤل الذي تحمله يحتاج إلى إرادة، لكنه مع سارة يحتاج إلى معجزة.

ربما خلقت عفراء من مطاط قادر على امتصاص الصدمات في حياتها. «ليوفقها الله» دعت سارة لها، وهي تلقي بجسدها على السرير وتنظر إلى حيث تكومت بعض المجلات بقرب سريرها.

تستل مجلتها من الكومة وهي تهيء نفسها لاستقبال زوجها.

لكن أمامها يومين، فلم تستعد منذ الآن؟

ثم كيف تستعد؟

تطالع ساعتها، وتعتدل في جلستها وهي تفكر في صنع بعض الحلوى لأقرباء سيزورونها في المساء. لا يزال الوقت مبكراً على أية حال. تضم رجليها في زاوية حادة وقد أسندت ظهرها إلى رأس السرير، تقلب صفحات مجلتها. بعد فترة هدوء وتأمل في اللاشيء، تنهض كي تضع شريطاً موسيقياً، قبل أن تعود إلى سريرها، بثيابها الشفافة، وقد انكشف جزء من ساقها حتى الفخذ.

تداعب قليلاً ما انكشف. ثم تداعب أكثر. ثم تغطي جزءها وهي تستغفر الله وتستعيذ به من الشيطان.

تعود إلى مجلتها التي انكفأت على وجهها، تقلب صفحاتها، بادئة بالصفحة الأخيرة.

أحست بنعاس يفرض حضوره، جنباً إلى جنب مع رغبة تجاهد في الحضور.

تستعيذ بالله للمرة الثانية، وتعود إلى مجلتها.

تقلب الصفحات سريعـاً، تاركة أمر ما يستحق القراءة إلى وقت آخر.

ربما يكون بعد غد هو الأفضل للقراءة، عندما يعود خالد، زوجها. يجب أن تشتري الكثير من المجلات إذاً.

لم تكن صفحات البريد تعني لها الكثير، بل لم تكن قارئة لها. ناقدة جيدة هي ربما، لكن ليس بالضرورة قارئة جيدة لرسائل الآخرين.

تصفحت المجلة حتى وصلت إلى صفحة البريد. وقعت عيناها على رسالة لإحدى القارئات بحجم ربع صفحة في موضع لا يرى بسهولة. جذبها عنوان الرسالة:

«عن أي خيانة تتحدثون؟».

عندما قرأتها من باب الفضول، لكونها الموضوع الذي أثارها منذ فترة، تطلب الأمر أكثر من قراءة واحدة كي تتأكد أن ما تقرأه هو الرسالة التي كتبتها بنفسها قبل أسبوعين، أو يزيد.

كانت الرسالة المنشورة تختلف عن تلك التي كتبتها. تختلف كثيراً جداً. شيئان جعلاها تعتقد أنها رسالتها: عنوان الموضوع، واسم المرسلة: سارة.

استغربت، وفكرت، ثم تساءلت:

«هل هذه هي الرسالة التي كتبتها؟ هل هذه العبارات الممسوخة كلماتي؟».

لا شيء، تماماً لا شيء، له علاقة بالرسالة التي كتبتها سارة يمت بصلة إلى ما هو بين يديها.

هل تعلمون ماذا فعلت سارة؟

لا شيء.

تمدّدت على سريرها، وأغمضت عينيها، وعادت تداعب نفسها من جديد بلا استغفار!

على الجانب الآخر من السرير، كان هشام متمدداً يتهيأ للنوم قبل أن يطالع العدد الأخير من مجلته. تصفحها من اليسار إلى اليمين، بادئاً بآخرها، وله أسبابه، بل سببه الوحيد: قراءة مقاله في الصفحة الأخيرة.

بعد أن قرأ ما كتب مزهواً، انتقل إلى بداية المجلة، ملقياً نظرة على صفحة البريد، حيث الرسالة المغضوب عليها، في إطار من الخوف.

«لو كنت مكان كاتبة الرسالة، لبصقت على رئيس التحرير». قال يخاطب نفسه في تهكم.

لربما هذا ما تمنت سارة أن تفعله قبل أن تنصرف إلى مداعباتها، تاركة إياه يشعر بالقرف من خوفه وجبنه.

يدرك هشام أهمية رسالة سارة من حجم ما ورده من رسائل يوم نشر تحقيقه عن الخيانة الزوجية. أهملها كلها. لكن رسالة سارة ربما كانت هي الأفضل. أو لنقل، كانت الأكثر حظاً أن يقرأها هو بنفسه.

في لحظة، تمنى لو كان يملك عنواناً لها.

ظلت الأمنية تداعبه حتى صباح اليوم التالي، وهو يطالع عصف الهواء خارج نافذة مكتبه.

ولأول مرة، يتحاشى النظر إلى الزميلة المختصلة بالرسائل، خجلاً من جرأته التي ادعاها يوم طلب إليها نشر الرسالة بنصها الكامل، قبل أن يغير رأيه وينزل عليها لعنات قلمه الأحمر! هي كانت تعلم أنه سيقوم

بذلك، فلم تكن تلك الرسالة الأولى التي تدفن حية. وإذا بقي هشام يتحاشى النظر إلى وجهها لسبب مثل هذا، فلن يراها العمر كله.

أحس بانقباض في نفسه ذاك الصباح. ما انزاح عنه إلا بعد أن خرج يتجول قليلاً في الهواء الطلق، ومن ثم لجأ إلى مقهى ليس بعيداً من مكتبه. بينما هو يتناول عصيراً لم يحس بمذاقه، اتصلت إيزابيل، تاركة اسمها ورقم هاتفها لدى السكرتيرة.

عاد هشام ليجد على مكتبه قصاصة من سكرتيرته التي خرجت لتناول غدائها. قرّب القصاصة من عينيه كي يتأكد أن الاسم الذي فيها هو إيزابيل، وذاك رقم هاتفها.

جاءه صوتها مفعماً بالإثارة، أو هكذا تصوره.

سألها عن غيبتها ووعدها بالاتصال به دون أن تفعل، فأخبرته، معتذرة، أنها اضطرت إلى رحلة مفاجئة لزيارة والدتها في غرناطة، إثر وعكة أصابتها. وكررت اعتذارها عن عدم اتصالها، إذ نسيت رقم هاتفه في مكتبها.

سألته عما وعدها به، يوم التقاها في احتفال السفارة، بأن يقدم ما استطاع من معلومات تساعدها في بحثها عن ثقافة الشرق.

قال، وهو يكذب، إنه جاهز لمساعدتها متى أرادت. وقبل أن ترد، عرض عليها تناول العشاء سوياً هذه الليلة. لكنها اعتذرت لإنجاز بعض ما تراكم من أعمالها بسبب سفرها المفاجئ. إلا أنها ستلتمس وقتاً لفنجان من القهوة سوياً بعد يوم أو اثنين.

كان الاتصال كافياً ليزيل شيئاً من مرارة الصباح.

في المساء، وهو يهم بمغادرة مكتبه، مرّ على صديقه حاتم المغربي،

كي يتناولا العشاء سوياً، بصحبة ضيف من موريتانيا اسمه عبد الله. كاتب وشاعر وصديق. تناول الجميع طعامهم في السابعة مساء حسب توقيت الساعة الحمراء المعلقة في المطعم الإيطالي الصغير المجاور للمكتب.

يملك المطعم إيطالي يهودي اسمه جيوفاني. وهو صديق حميم لهشام.

تخطى جيوفاني الثلاثين بقليل. وهو رجل مليء بالمرح. ممتلئ قليلاً، وتسريحة شعره تشبه تسريحة ليوناردو دي كابريو، وكذلك العينان أيضاً.

موقع المطعم، وشخصية جيوفاني، دفعا هشام لاختيار هذا المطعم الذي لا تتجاوز طاولاته الثماني ليكون مكانه المفضل لتناول غدائه أو عشائه إن تأخر عمله ليلاً. وكثيراً ما كان المكان أيضاً ملتقى ضيوفه وزائريه.

بعد عشاء سريع في مطعم جيوفاني، قرر الثلاثة، هشام وضيفاه، التوجه إلى ملهى ليلي يكافئون فيه أنفسهم على شيء من تعب الأسبوع الفائت، وما قبله بأسابيع.

هم كل يوم يكافئون أنفسهم عن الأوقات والبطولات نفسها التي تنتعش في الحانات.

يحفل يوم حاتم عادة بالكثير من المواقف التي تثير الضحك. وهي في معظمها ترتبط بامرأة سيكون قدر حاتم على يدها ذات يوم.

العلاقة بين الصديقين، هشام وحاتم، تعود إلى أكثر من عشر سنوات، كان القاسم المشترك فيها صديقٌ مصري اسمه طلعت، قضى حباً في امرأة.

تزوج طلعت ابنة عم اختارها له والده.. ما استطاع الحياة معها أكثر من ثلاث سنوات رزقا خلالها ولدين. في السنة الرابعة تعرف طلعت إلى سيدة مطلقة، أغرم بها. وامتدت علاقته بها فترة طويلة. قرر بعدها أن يطلق زوجته ليتزوج بهذه السيدة. في الليلة التي عزم فيها على إخبار زوجته بنية الطلاق، أصيبت بوعكة غريبة، توجها على أثرها إلى المستشفى المجاور.

قضت زوجته ليلتها في المستشفى لإجراء بعض الفحوص. في اليوم التالي أتى الخبر الصاعق بإعلان إصابة الزوجة بمرض خبيث في رأسها.

بدأت رحلة علاج استمرت ثلاث سنوات أخرى. كانت معاناة إضافية لطلعت، قضاها بين العناية بزوجته المريضة معظم الوقت، ولقاءات سريعة مع المرأة التي أحب ما تبقى له من وقت.

في السنة الثالثة شعر بإنهاك شديد، وكثير من الذنب، ففي الوقت الذي كانت تخضع زوجته للعلاج الكيميائي القاتل، كان هو مع امرأة أخرى.

كانت مهمة مستحيلة قام بها، أخذت الكثير من سنوات عمره،، بحيث قرر قطع علاقته بالمرأة الوحيدة التي أحب، كي يتفرغ لعلاج زوجته الذي دخل مرحلة حاسمة، تحتاج إلى عناية خاصة ما بقي لها من عمر.

بحضور هشام وحاتم، بكى طلعت كثيراً ذلك اليوم الذي رأى فيه وجه محبوبته للمرة الأخيرة.

بعد ثلاثة أسابيع قررت الحبيبة أن ترحل من لندن، عائدة بكل جراحها إلى بلدها.

في الأسبوع الرابع، انتكست حالة زوجة طلعت الصحية، فتوفيت

في المستشفى متأثرة بمرضها الذي عجز العلاج الكيميائي عن شفائه.

في الأسبوع الخامس، سافر طلعت إلى وطن حبيبته يبحث عنها، فعلم أنها قد هاجرت إلى أميركا، ولا عنوان لها.

في الأسبوع السادس شعر بوعكة صحية، دخل بعدها المستشفى نفسه الذي كانت فيه زوجته.

في الأسبوع السابع، شخّصت إصابته بأنها إصابة زوجته نفسها: مرض خبيث في الرأس.

في الأسبوع الحادي عشر، لحق بها.

مات مبتسماً، وهو يطلق قبلة في الهواء للمرأة الوحيدة التي أحب في حياته. كانت تلك القبلة آخر شيء يفعله، قبل أن يغمض عينيه ويرحل.

ما كان لذكريات طلعت أن تفارق هشام وحاتم كلما اجتمعا. وكم رددا أنه ما قتل صديقهما سوى حب عاش محروماً منه.

في تلك الأمسية التي جمعت هشام وحاتم والصديق الموريتاني، كان طلعت حاضراً بخفة ظله في المكان نفسه الذي اعتاد الأصدقاء الاجتماع فيه. كان من السهل الإحساس بوجوده وبصوته الساخر يملآن المكان.

قبل أن تنتهي الأمسية كان عقل هشام يستقبل زائرتين: سارة السعودية، وإيزابيل الإسبانية. حاول أولاً أن يستحضر سارة كي يقرأ أفكارها عن قرب، لكنها آثرت البقاء في سريرها، تشعر بقرف من رجل صدمها مرتين: مرة بنشر موضوع عن الخيانة الزوجية يفتقر إلى الصراحة، ومرة أخرى ببتر رسالتها حتى أصبحت مسخاً.

فحاول أن يستحضر إيزابيل الغارقة في أوراق دراستها، فاستعصت

٩٣

هي الأخرى، وما كان له سوى انتظار رؤيتها بعد يوم أو يومين كما وعدته.

بعد الكثير من الضحكات والذكريات، والأحمر والأصفر والأبيض، وساعة تقترب من منتصف الليل، كان لا بد للأجساد الآيلة للسقوط، أن تأوي إلى فراشها.

تفرّق الأصدقاء وفي رأس هشام لذة تلك الليلة، وحلم لقاء إيزابيل ولو على فنجان من القهوة.

تمنى لو كانت القهوة عشاءً وأمسية تطول حتى الهزيع الأخير من الليل. لكن لا بأس بفنجان قهوة، يكون تمهيداً لما قد يأتي من بعد.

في البيت، تتكرر طقوس كل ليلة: استحمام سريع. قراءة سريعة. ثم نوم متقلب.

اليومان التاليان كانا بلا جديد، باستثناء انتظار اتصال من إيزابيل، وبضع جولات مع الصديق الموريتاني.

في صباح اليوم الثالث تلقى هشام اتصالاً من إيزابيل، تخبره أنه يسعدها رؤيته على فنجان من القهوة بعد ظهر الغد إن أمكن ذلك.

«لم لا يكون اليوم؟» أجابها بتلهف.

«أفضل أن يكون غداً». قالت وأنهت مكالمتها سريعاً.

أثرى الاتصال يوم هشام، وأنعشه. لكنه فكرَّ منذ تلك اللحظة في ما سيقول لها في الغد وقد وعدها بمد يد المساعدة لها في دراستها. لم يكن يوم وعدها يعني ما يقول. فقد كان ذلك مجرد طعم. لكن من الذي أكل الطعم؟

الأسوأ من ذلك أن هشام نسي البحث الذي تعده إيزابيل. فمن قال إنه يهتم بما تريده هي منه، المهم ما يريد هو منها.

حاول أن يتذكر.

ثم حاول مرة أخرى.

ثم حاول في آخر اليوم.

كل ما تذكره أن دراستها لها علاقة بالشرق البعيد هناك، الهند أو الصين ربما. ليس ذلك مهماً بالنسبة إليه ففي الغد سيراها، ولكل حادث حديث.

نسي هشام الكثير من واجبات اليوم كله. نسي رسائل قرائه، ونسي سارة. نسي خجله من نفسه. نسي القصة كلها معتقداً أنها هنا بدأت وهنا انتهت. وحظاً أسعد مع رسالة أخرى!

كم كان هشام مخطئاً. ربما كان يحتاج إلى عشر سنوات أخرى كي يتعلم كيف تفكِّر المرأة. ربما كان يحتاج إلى أكثر من ذلك كي يدرك أن سارة لم تبدأ بعد، وأن ثماني رسائل أخرى تصله منها، ستعري كل خوفه وصمته، وتكشف له ما لم يكن ليتصوره هو نفسه البتة.

التلفزيون صامت،

شوبان صامت،

سكون غريب ومُتعب يملأ البيت.

الساعة الثامنة مساءً. قبل ساعة واحدة فقط نام الطفلان.

الفرق بين الوجود واللاوجود هو هذان الطفلان.

هما أيضاً شاهدان أن سارة كانت يوماً ما على قيد الحياة.

عاد خالد من رحلته بعد الظهر متعباً. كانت غيبته هذه المرة طويلة.

لم يتحدث كثيراً كالعادة.

كان يشعر بالجوع إلى الطعام، وإلى جسدها.

مع الطعام قضى أكثر من نصف ساعة. ومع جسدها أقل من خمس دقائق.

ثم نام سريعاً.

قبل أن ينام أخبرها أنه سيذهب في الغد إلى الصحراء مع بعض أصدقائه.

اعتادت هي هذه الرحلات التي تمتد أحياناً إلى ثلاثة أيام أو أربعة. ما عاد يهم إن كان في الصحراء أم في رحلة خارج البلاد. ما عاد يهم إن كان في الشارع المجاور أم داخل المنزل، فهو الغائب وإن حضر بجسده !

أحياناً كان يعود من رحلة الصحراء منهكاً، ومصحوباً بصداع قوي نتيجة الإفراط في شرب الويسكي. لا تعرف سارة ماذا يفعل زوجها وأصدقاؤه في الصحراء. ولا من أين يأتون بالشراب. لكنها تذكر أنها سمعت صديقة ذات مرة تقول إن الويسكي موجود هنا أكثر من المياه الغازية. وإن المصدر الأساس له هو السفارات والقنصليات الأجنبية في الرياض أو جدة، أو بعض من لا يجرؤ أحد على محاسبتهم.

كانت صديقة سارة هذه تشرب أحياناً مع زوجها الذي يعمل في شركة أجنبية. وكم مرة اتصلت وهي في حالة انتشاء كامل، تثرثر في أمور لا تريد سارة أن تسمعها.

ذكّرتها الصديقة بزوجها خالد عندما أحضر لها ذات يوم زجاجة ويسكي نصف ملأى، طالباً إليها أن تشاركه في الشراب. قال إن الويسكي يثير المشاعر.

رفضت سارة أن تشرب، ليس لسبب ديني، بل لقناعتها أن المشاعر إن لم تتقد من تلقاء ذاتها، فلن يوقدها ويسكي أو نبيذ ولو تعتّق ألف عام. ذاك اليوم قررت أن تنام باكراً، تاركة خالد يشرب وحده في غرفة التلفزيون. في الصباح، وجدته ممدداً شبه عارٍ بجوارها، وزجاجة الويسكي فارغة في المطبخ.

كانت سارة تتذكر القصة وهي تتسلل بخفة خارج حجرة نومها، تاركة بعضاً منها في جوف زوجها وقد اقتطعه عنوة قبل أن ينام. ما كانت تحب أن تبقى بقربه حتى وهو نائم.

طلبت إلى خادمتها أن تهيء لزوجها أغراض رحلته الصحراوية القادمة. ستكون الرحلة يوم غد كما أخبرها. لكنها تمنت لو كانت

اليوم. أحبت أن تحس بذلك. لذا طلبت إلى خادمتها أن تهيء أغراض رحلته قبل الأوان.

ضوء خافت يأتي من عتمة الستائر المسدلة في الصالون الكبير. الجدران المتدثرة بخشب الماهوجني الغامق، والأرضية الرخامية، تعطيان سارة مهابة حضور مميز. حتى الرخام ظل، ذاك النهار، صامتاً تحت قدميها.

اليوم كله بقي صامتاً.

بهدوء توجهت إلى المكتبة الأنيقة قرب التلفزيون. وعلى ضوء ضئيل قادم على استحياء من بين الستائر، حاولت أن تصطاد كتاباً تقرأ فيه.

معظم كتبها رومانسية، بينها الكثير من قصص الحب. قرأت بعضها أكثر من مرة، فمن الصعب الحصول دوماً على قصص كهذه من السوق المحلي. ممنوعة بعد أن صدر حكم بأن الحب كافر، وساقوه إلى ساحة المدينة حيث أطلقوا عليه النار، وأذن مؤذن أن تلك عقوبة الكفار!

وللحصول على الروايات الجيدة، كان على سارة أن تنتظر من بعض صديقاتها أن يحضرن لها آخر الإصدارات عندما يسافرن إلى خارج السعودية، وقد يطول السفر والانتظار، لكنها اعتادتهما.

تمنت سارة لو يقدر لها السفر يوماً إلى معرض كتاب في إحدى الدول المجاورة. بيروت أو الكويت أو دبي. فمعارض الكتب هناك بعيدة عن عين الرقيب الذي يحدد ما نقرأ وما لا نقرأ.

«من أعطاه الإذن بذلك؟» تساءلت سارة وهي تستذكر عدد ما حضرته من معارض للكتب في السعودية.

سارة، وبرغم ثقافتها الدينية، ما كانت تجد ضالتها من كتب فكرية أو أعمال أدبية بين الكم الكبير من كتب الحلال والحرام التي لا ترى في المعارض الداخلية سواها.

تلتقط سارة، من مكتبة منزلها، كتاباً قرأته أكثر من مرة. لكنها تحب دوماً أن تقرأ مقاطع منه.

يتطرق الكتاب إلى الحب من زاوية فلسفية. ويتحدث عن امرأة بقيت تبحث عن الحب منذ أن ولدت.

كبرت وتزوجت وأنجبت وهي لا تزال تبحث عن الحب.

في ليلة اكتمل ضوء القمر في سمائها أطل عليها طيف شيخ مهيب. كانت رائحة الياسمين تملأ المكان، حتى ثقب الباب، وتكسو ضوء القمر برحيق أخاذ.

سألها الطيف عن سر حزنها.

قالت: بحثت عن الحب فما وجدت منه ما تمنيت.

قال الطيف: بوركت يا ابنتي. فإن الله سيعاقب أولئك الذين لم يجربوا الحب ولو مرة واحدة في حياتهم!

أولئك سيعيشون نصف عمرهم فقط، ولو امتد ١٠٠ عام.

تمتمت المرأة عبارة الطيف، وسألته:

ـ أين يمكن أن أحصل على حب؟

ـ الحب في كل مكان. لكنه لا يعطى بلا مقابل يا ابنتي؟

ـ وما المقابل؟

ـ ما الذي يمكن أن تعطيه أنت من أجل هذا الحب؟

ـ كل حياتي.

ـ سآخذ نصفها فقط وأهبك ما تريدين.

يتمتم الطيف صلوات غريبة، بترنيمة أشبه بالغناء. لحظات ويغمر المرأة إحساس بنشوة الحب مع زوجها. تمضي السنين وهي على حالها هذه تنعم بسعادة الحب مع زوجها.

وفي ليلة قمرية، تشبه كثيراً تلك التي أتى فيها الطيف للمرة الأولى، يظهر الطيف مرة ثانية، يطلب إلى المرأة الوفاء بوعدها: نصف عمرها.

لا تتردد، وتنفذ ما وعدت به، فتهب الطيف نصف عمرها، وتهب النصف الذي تبقى لزوجها وطفلها، فلا يتبقى لها شيء. ثم تخبر الطيف، وقد ملأتها السعادة أنها مستعدة للرحيل حالاً، فقد عاشت أجمل أيام حياتها، ولا يهمها أن تعيش أطول من ذلك بلا حب.

في المرة الأولى التي قرأت فيها القصة، بكت سارة. تعاطفاً مع بطلتها من جهة، ولأنها تذكرها بنفسها من جهة أخرى، مع استثناء أن زوجها لا يستحق أن تهبه نصف دقيقة، لا نصف عمر.

تمتمت سارة ما قاله الطيف: «سيعاقب الله أولئك الذين لم يجربوا الحب ولو مرة واحدة في حياتهم». وبصوت شبه مسموع، وتنهيدة عميقة قالت: «ويلك من الله يا خالد».

أحياناً كانت سارة تعزي نفسها بالقول إن الحب الحقيقي هو الذي يسكن بين دفتي الكتب والروايات، أما عدا ذلك فهذر.

في إحدى المرات سألتها صديقة لها:

ـ هل الحب جميل؟

ـ هو جميل وعدواني في الوقت ذاته.

لم تفسر سارة لماذا يكون عدوانياً. ربما لأنه ابتعد عنها فرأته كذلك، وربما لأنها تريده أن يكون شرساً، وعنيداً، وعدوانياً.

على المقعد الجلدي الأسود، تجلس بعد أن أضاءت المصباح الجانبي وفي يدها كتابها الذي تحب. تنعكس على جدران البيت نغمة رسالة على جوالها. كانت من عفراء، تحكي فيها عن تجربة بعض الصديقات مع أزواجهن بطريقة ساخرة. ضحكت سارة للرسالة الأولى. والثانية. ثم الثالثة، حتى تكسر الصمت من حولها، وامتزجت دموع ضحكاتها بكحل عينيها.

تمسح الكحل بحافة يديها، وتتذكر أن أحمر الشفاه لم يبارح شفتيها منذ تهيأت صباحاً لاستقبال زوجها. «لم اهتز السرير إذاً؟».

قبل أن تلتقط منديلاً من أمامها، تنزل دمعة بطعم الحزن من عينها اليمنى، ملتقية دمعة أخرى من عينها اليسرى. الفاصل بين الفرح والحزن هو هذا اللقاء بين الدمعتين على وجنتي سارة.

كانت في تلك اللحظة قادرة على مواصلة البكاء فحتى البكاء يحتاج إلى إرادة.

تلقي بنصف جسدها على الأريكة منهكة، وكثيراً، ما ذاقت الأريكة طعم دموعها.

أعادت رأسها أقصى ما يمكن إلى الخلف، بعد أن أحست بقطرة ماء باردة تسقط على صدرها. فتراءى لها السقف جميلاً، وهو يشاركها ما استطاع في البكاء.

بقيت هكذا أكثر من نصف ساعة، تنظر إلى السقف، والسقف ينظر إليها، والسكون اللانهائي يحيط بهما.

كانت سارة تحلم منذ طفولتها بأن تصبح كاتبة روايات رومانسية. كانت مثل المرأة التي زارها الطيف تماماً، تبحث منذ زمن طويل عن الحب.

أول ما يبحث عنه الإنسان، يوم يولد، هو الحب. هكذا ترى سارة. حتى صراخ اللحظة الأولى، هو احتجاج على غياب صدر الأم. فإن أعطته لوليدها صمت.

ليس هو الجوع ما يدفع إلى البكاء، بل غياب الحب. والحليب المتدفق من صدر الأم هو رمز تدفق الحب إلى صغيرها.

ذاك النهد الذي يهب الحياة للصغير، هو نفسه الذي يهب اللذة للكبير. فأين هو الذي يستحق نهد سارة؟

تعود تفكر في حلم طفولتها، حيث ما منعها من كتابة رواياتها سوى ثقتها بأن ما ستكتب لن يرى النور على الإطلاق. فليست هي من يكتب بلا هدف. إذ أن شرط الكتابة الناجحة أن تسعد الآخرين وتفيدهم في الوقت ذاته، ولو خالفت قناعاتهم. بل إن الكتابة هي أن تجعل الناس يعيدون التفكير في ما يعتقدونه حتمياً، ليتحول إلى منطقي.

وهي إن اختارت الدخول من هذا الباب، فثلاثة أرباع المجتمع يؤمنون بالحتمي المتوارث منذ مئات السنين، ولو غاب عنه المنطق بأسره. من أجل ذلك نسيت فكرة الكتابة باكراً، لكون جرأتها، ومخالفة أفكارها لكثير من الحتميّات هما سبب فشلها السريع، في مجتمع لا يؤمن بالتغيير الفوري.

سارة تؤدي فروضها، وتقرأ القرآن من حين إلى آخر. وكم أثارت حيرة بعض قريباتها اللائي ما صدقن أنها تصوم وتصلي وهي تنطق بأفكار غريبة وجريئة.

«أية أفكار؟» سألت ذات مرة قريبة متشددة.

«هل الحديث عن رفض العادات القديمة يتعارض مع الدين؟ هل الموروث الاجتماعي الذي كان سائداً منذ عشرات القرون ارتقى إلى مستوى الدين بحيث لا يجوز الخروج عليه؟».

أحاديث كهذه كانت تثير سارة أمام ثورة الآخرين ضدها. ومن الطبيعي أن تنتصر الأكثرية ولو كانت على خطأ.

من أجل ذلك اتخذت في دراستها الجامعية طريقاً بعيداً عن عالم الكتابة، مكتفية بشهادة في الأدب الإنجليزي.

لم تكن سارة تقدر حينها أن هذه الشهادة ستكون مفتاحها الأساس للاطلاع على الكثير من الكتب الفلسفية والأدب العالمي. واليوم تمتلئ مكتبتها بكتب كهذه، أمام كم ضئيل من الكتب العربية.

إلا أن قدرة سارة على التعبير الجيد، والحنين إلى القلم الذي طالما راودها، هما من الأسباب التي دفعتها إلى كتابة رسالتها إلى هشام. وما كانت تعلم أن الرقيب قد وصل إلى لندن، بل أصبح ساكناً فيها، فمسخ رسالتها.

في تلك اللحظة تذكرت سارة مجلتها التي تركتها قرب سريرها. فعادت بهدوء إلى حجرة نومها، حيث خالد يغط في أحلامه مع شخير متقطع.

تلتقط المجلة، وتقفل عائدة إلى مقعدها الجلدي الأسود. تفتح الصفحات بهدوء، وتعيد قراءة رسالتها التي بالكاد عرفتها.

يدخل عليها طفلاها، يبكي أحدهما، تتبعهما الخادمة. تنهض سارة وتلتقط الصغيرين، تقبلهما وتحاول تهدئتهما كي لا يوقظا النائم في الداخل.

تأخذهما إلى حجرتهما وتجلس معهما بين أكوام اللعب. تقضي هناك أكثر من ساعة، تكتب وترسم وتمزق وتضحك. أحياناً كانت تقضي المساء كله على هذا المنوال. وكثيراً ما نامت في حجرة الصغيرين، خاصة إذا كان خالد في المنزل.

تترك سارة صغيريها، وقد انشغلا في اللعب، وتعود إلى أريكتها السوداء أمام التلفزيون.

للحظة ترددت في رأسها أصوات نساء يرقصن، ورجال يلهثون، وورود على شاكلة السيف، ورماح كسيقان الشجر. أغمضت عينيها فتجسدت الأصوات صوراً بانورامية تذكّرها كم هو العالم أكبر من هذا الصالون، وأكثر من رجل واحد ينام في حجرتها.

تملكها وسط هذا الصخب إحساس بالانعتاق والاحتراق في آنٍ واحد. وعندما يشعر المرء بأنه يحترق، فإما أن يصبح رماداً، وإما أن يكتب. وقد قررت سارة أن تختار الطريق الأصعب، أن تكتب إلى رئيس التحرير مرة أخرى، ولو من باب الثأر لرسالتها الأولى!

قبل أن تبدأ برسالتها الثانية، ألقت نظرة من جديد على المجلة. ولأول مرة ربما، تقرأ بعمق مقالة الصفحة الأخيرة، حيث يكتب هشام كل أسبوع مدافعاً عن المرأة. في تلك اللحظة اكتشفت أن هذا الذي يدافع عن المرأة في مقاله، ويبدو على صورة الأبطال، هو رئيس التحرير نفسه الذي مسخ رسالتها.

ممن تسخر يا ترى: من نفسها، منه، أم من المجتمع؟

اشتعلت في قلمها رغبة أكبر للكتابة، وهي التي اعتادت أن تقرأ.

«يا له من رئيس تحرير يدّعي ما لا يفعل!».

ما أدركته سارة، أن أولئك الذين يدافعون عن المرأة بضراوة، هم أنفسهم الذين يقطّعونها إلى أجزاء بالضراوة نفسها.

«مزّيفون، كاذبون، لئام... كلها صفات لهؤلاء. وكلهم لا يستحقون أن نقرأ لهم، ولا أن نكتب لهم. هم لا يستحقون أي شيء».

هكذا انطفأت سريعاً رغبة الكتابة في قلمها، وقررت أن لا تكتب شيئاً.

بدا القرار نهائياً.

ألقت المجلة بعيداً عنها، وتوجّهت إلى حجرة نومها برغم إعياء ألمّ ببعض أطرافها. فما كانت قد نامت جيداً في ليلتها السابقة. في منتصف الطريق تذكرت شيئاً ما كان يجب أن تنساه.

فعادت بسرعة إلى صالونها، وأزاحت عتمة الستائر تستجدي ما بقي من ضوء النهار. جلست على أريكتها والتقطت ورقةً وقلماً.

«لا يستحق رئيس التحرير أن أكتب إليه، لكن الكتابة أفضل من حجرة النوم. كل شيء أفضل من حجرة النوم الآن»، ومضت تكتب.

نصف ساعة وهي تكتب ببطء رسالة من عدة أسطر. وبين الفينة والفينة كانت تحلّق في البعيد، وترفع رأسها تجاه السقف تبحث عن تنهدات سمعتها منذ قليل. أحياناً كانت تنهض نحو بلكونة زرعتها بورود من كل لون، فتداعب وردة أو تشم أخرى، ثم تعود إلى أريكتها تكتب سطراً آخر.

تمر نصف ساعة أيضاً، وهي تكتب ببطء وثقة، حتى أخرجت كل ما في صدرها من غضب وكبت. ربما ليست رسالتها التي نشرت مشوهة هي الدافع إلى ذلك، بقدر ما هي الحاجة إلى أن تكتب أي شيء فتتنفّس

عما في داخلها من آهات. الغضب من الرسالة الممسوخة ما كان سوى حجة كانت في حاجة إليها.

بعد أن وضعت القلم، تنفست بعمق، وأحست بسعادة تغمرها. ثم نهضت من جديد إلى البلكونة حيث بعض الهواء البارد يداعب خصلات من شعرها، قبل أن تعود إلى الأريكة من جديد.

بحرص طوت الرسالة دون أن تعيد قراءة كلمة واحدة مما كتبت. هذه المرة لم تكتب على ورق بلون البنفسج، بل على ورق عادي أبيض، أخذته من أوراق الفاكس الخاصة بزوجها.

أمسكت بالرسالة المطوية وهي تعض بلطف طرفها، وتفكر في ما كتبته أيستحق عناء الإرسال؟

كانت على شبه يقين أن رسالتها لن تنشر. فإذا كان مجرد تعليق قد مسخ إلى ربع صفحة بالكاد عرفت أنه منها، فكيف بالرسالة التي بين يديها، بكل ما تحمله من صراحة؟

لم تفكر أكثر من ذلك. لأنها قررت أن عدم نشر الرسالة ليس مهماً، وكذلك قراءة كل الناس لها.

يكفي أن يقرأها ذاك الذي ما تجاسر على الاعتراف بخطأه، وليلقِ بها بعد ذلك في سلة المهملات.

أدخلت الرسالة في مغلّف وأغلقته، وعلى الظهر كتبت العنوان. وضعت المغلّف على حافة الطاولة التي أمامها، وقامت إلى مطبخها تعد لنفسها كأساً من الشاي الأخضر. ثم وضعت الكأس الساخنة على طرف الطاولة، قريباً من الرسالة.

صعد الدخان من الكأس، ومن الرسالة.

كتابة الرسائل، ليست من الأدبيات المنتشرة كثيراً في المجتمع السعودي. رسائل عمل ربما، لكن دون رسائل مكتوبة باحتراقات النساء.

بشيء من الزهو نظرت إلى انعكاس صورتها على جهاز التلفزيون المغلق أمامها. أحست أنها، ولأول مرة، تخالف رأياً ما كان يمكن مخالفته، دون أن يجرؤ أحد على تأنيبها، أو معارضتها، ولا حتى أن يرد عليها.

ابتسمت، وأيقظت شوبان في غير ميقاته يعزف مقطوعة لها، حتى غفت على مقعدها. الرسالة الساكنة على حرف الطاولة، تجاور كأس الشاي التي فرغت، كانت وحدها من بقي مستيقظاً.

صوت الهاتف القادم من أقصى الصالون أيقظها. نورة تستعجل حضورها مع بقية الصديقات، حيث اليوم موعد اللقاء في بيتها. كانت سارة قد اعتذرت عن الحضور منذ الصباح، بدعوى وصول زوجها اليوم من سفره. أصرت نورة على حضورها، وإن لم تستطع فلتحاول على الأقل.

لم تعدها سارة بشيء، واكتفت بمحادثة سريعة، عادت بعدها إلى أريكتها تتمدد على بطنها فوقها، واضعة رأسها على ظهر يديها النائمتين على طرف المقعد.

تأملت المغلف على طرف الطاولة. لحظات صمت، قبل أن تنتهي إلى مسمعيها أصوات تصدر من عمق الرسالة. هي أصوات النساء نفسها التي سمعتها أثناء الكتابة. كان صوت مميز بينها هو صوت ناديا المختصة بشؤون الرسالة، وهي تحادث هشام، تعرض عليه رسالة سارة الثانية التي وصلت منذ قليل. ما كان هشام يتوقع رسالة أخرى من الكاتبة نفسها، وإن كان قد تمنى ذلك.

قالت ناديا وهي تدفع إليه بالرسالة: «أحببت أن تراها وتعلمني ما أفعل بها».

التقط هشام الرسالة باهتمام وهو يجيبها: «لأقرأها أولا». ثم أشعل سيجاراً كان بين أصابعه منذ الصباح، وبدأ يقرأ...

بينما كان متكئاً برأسه على راحة يده، يقرأ بتركيز، قاطعته سكرتيرته سوزي، كي تذكره بموعد له اليوم.

«متى؟» سأل مفزوعاً وقد قفز بنصف جسمه خارج مقعده.

«في الرابعة مساء». قالت له.

تنفس الصعداء واسترخى بهدوء على مقعده، ثم واصل قراءة رسالة سارة الثانية:

«إلى السيد رئيس التحرير

تحية طيبة

طالعت العدد الذي نشرتم فيه رسالتي عن الخيانة الزوجية، وكم بذلت جهداً كي أتحقّق مما نشرتموه أهو ما أرسلته لكم أم لا.

كم أحزنني أن أقرأ ما نشرتموه من تحريف لرسالتي، إن كان ما نشر هي حقاً. لقد كشف لي ذلك مدى ضعف الرجل العربي في موقع المسؤولية. فأنتم الرجال لا تريدون أن تنشروا ما يهدد عروشكم ومناصبكم، ولو على حساب تقدم المجتمع، وإصلاحه.

ربما أتفهم خوفكم من قضايا السياسة. ربما أقدر خوفكم من غضبة حاكم. لكني لا أفهم لماذا تخافون طرح قضايا إنسانية لا ينبغي السكوت عنها.

كونوا شجعاناً واعترفوا بأنكم أضعف من أن ترفعوا الغطاء عن العفن

١٠٩

النامي في مجتمعنا. ما عادت الحياة لكم سوى منصب ومال، دون أن تفكروا لحظة واحدة في حجم الشقاء الذي نعيش فيه نحن النساء، وأنتم تتشدقون بتفاهات ومثاليات لا وجود لها.

لن أكرر ما قلته في رسالتي الأولى عن الخيانة، لكني أقول إنك تعلم أنها بيننا اليوم أكثر من أي وقت مضى، فما عادت مرضاً عارضاً، بل مستوطناً، ولو صمنا وصلّينا الليل والنهار.

من السبب في ذلك؟ أتعلم من؟ إنه الظلم الذي نحن فيه.

نعم، الخيانة بيننا أشد مما تتصور. وليس الشيطان سببها، بل أنتم. الخيانة روح خبيثة تسكن أجسادنا جميعاً. إن شئنا أيقظناها، أو أبقيناها في سبات أبدي.

الخيانة شيطان. والإنسان يصنع شيطانه. وأنتم اليوم تصنعون في كل يوم شيطاناً جديداً لنا.

لست أقول إنكم تجهلون، بل أقول إنكم تدعون الجهل بما نعانيه نحن النساء. وليس أدل على ذلك من موضوع الخيانة الزوجية التي أنكرت أنت وجودها في مجتمعنا بقرار منك، وخوفاً من عصا تهوي عليك من دون توقع .

لتهوِ عليكَ العصا مرّة فقد هوت علينا مئات المرات.

هل تعلم سيدي ما الخطيئة؟ هي ليست أن تخون زوجتك، بل أن تقتل آدميتها وهي على قيد الحياة.

الخطيئة هي أن تدعي الرجولة أمام العالم، ثم تتجاهل مسؤوليتك وحقوق أهل بيتك. والخطيئة لا تصنع إلا خطيئة، كما هو المرض لا يصنع إلا ألماً.

كنت أعتقدك مختلفاً عن باقي الرجال، منذ طالعت مقالتك في الصفحة الأخيرة التي تدافع فيها عن المرأة. لكني ما لبثت أن اكتشفت أنك كالآخرين، لا تختلف عنهم في شيء. بل ربما هم أفضل منك حالاً وقد ستروا عيوبهم بصمتهم. أما أنت فقد رأيت عيوبك تعبِّر عن نفسها دون مو(ا)راة عندما حولت دفاعك المستميت عن المرأة إلى تزوير مميت.

نادمة أنا، نادمة أن كتبت لك المرة الأولى، ولا أعلم إن كنت سأندم لاحقاً إن كتبت لك ثانية، لكن كان لزاماً عليّ أن أقول إنك لست إلا نموذجاً لكل رجالنا أكانوا في لندن أو في الرياض.

أنت اليوم أضعف من أن تواجه نفسك، فكيف بك تواجه المجتمع. حتى وأنت في لندن تبعد آلاف الأميال، تبدو قزماً، وأصغر بكثير من جرأتك.

أعلم أن رسالتي ستغضبك، لكن تزييف الحقائق أكثر قسوة من غضبك. قل خيراً وإلا اصمت. فلست تعلم ربع ما نعلم نحن النساء. ولست تملك شجاعة نملكها نحن.

أعلم أن رسالتي لن تغير من الأمر شيئاً. فليست كلمة واحدة أو كتاب كامل ما يعيد إلينا الكرامة، ولا رسالتي ستبدأ الإصلاح، لكني على الأقل عملت ما استطعت، واجتهدت ما أمكنني الاجتهاد.

وإن كانت من غاية أرجوها من وراء ما كتبت، فهي الثورة على الخطأ، الذي يقود السكوت عنه إلى نهاية مؤلمة.

الخوف من الحقيقة يقضي على ما تبقى في الصدور من أمل. ولسنا في حاجة إلى الثلاثة: الصمت والخطأ والخوف.

أخيراً، أحب أن أؤكد عدم رغبتي في نشر رسالتي هذه. فلست أريد

لها أن تلقى مصير سابقتها. ولن أستغرب إذا انتهى مصيرها إلى سلة المهملات، فلست أنتظر منك أكثر من ذلك.

وتقبلوا تحياتي».

«يا لها من رسالة!». قال هشام وهو يعيد قراءة بعض المقاطع، ويضع دائرة بقلمه الأحمر حول عبارة: «الخيانة روح خبيثة تسكن أجسادنا. كل أجسادنا». ثم دائرة أخرى حول عبارة: «الخيانة شيطان. والإنسان يصنع شيطانه».

ينظر إلى عيني ناديا التي دخلت عليه مصادفة وقد فرغ من القراءة. في عينيها ابتسامة بكل ما خلق الله في الدنيا من مكر.

ـ معها حق، والله معها حق. قال هشام.

ـ هل تحب نشرها؟

ـ انشريها كاملة.

ـ كما هي؟

ـ بكل كلمة فيها.

ـ ستعدلها في اللحظة الأخيرة.

ـ لن أفعل. ثم ليس فيها ما يسيء إلى أحد. ضعيها في مكان بارز في صفحة البريد، ولا تراجعيني بشأنها مرة أخرى.

استغربت الزميلة جرأة رئيسها المفاجئة. «ربما هي شجاعة عابرة». فكرت وهي تراه ينهض مسرعاً، يلتقط معطفه ويخرج من الغرفة.

كانت الساعة الثانية عشرة ظهراً، عندما توجه هشام إلى مطعم جيوفاني، حيث الساعة الخشبية الحمراء تستقبل الزائرين. كان يشعر ببطء الوقت، وما كانت إيزابيل قد حضرت بعد.

أدركه إحساس، أو هو الأمل، أن يقود اللقاء إلى لقاءات أخرى أكثر حميمية. فكّر في ذلك وابتسم وهو يفرك يديه وينفخ فيهما من فرط البرد الذي رافقه حتى جلس إلى طاولته.

بعد دقائق من الانتظار، مرّت عليه كساعات، دخلت إيزابيل. توجهت إلى الطاولة المميزة في صدر المطعم حيث ينتظر هشام. تأمل قوامها وهي تسير نحوه بينما هو ينهض ببطء وقد فغر فاه من روعة جمالها. سلم عليها، وقد فقد إحساسه بالزمان والمكان، ثم ساعدها في خلع معطفها. ليته ما فعل. فقد جافاه النوم تلك الليلة اشتهاءً لها.

فقد كان لإيزابيل قوام مميز، وخصر عريض كخصور عارضات الأزياء. تلبس بلوزة مفتوحة الصدر، تكشف عن نهدين نصف عاريين، وبنطلوناً أسود يلتصق بجسمها، كاشفاً عن أدق التفاصيل.. أدق أدق التفاصيل! اعتذرت عن تأخرها بسبب عدم معرفتها كيف الوصول إلى المكان. وقد صدقت، فلا يعرف المطعم إلا من كان مجاوراً له.

«ما أروعها!». قال في نفسه مزهواً، وهو يأخذ موقعه أمامها.

لإيزابيل عيناها الكبيرتان، وبريق حزن خافت في العمق. كانت أشبه بأميرة عربية من غرناطة. تلك المدينة التي أنجبت شاعر إسبانيا العظيم لوركا، الذي كان مقدراً لهشام أن يحفظ الكثير من قصائده إكراماً لها.

ذات شعر كستنائي كانت تشده إلى الوراء بعنف مثير، كاشفاً عن جبهة بلون الحليب الممزوج بالشوكولا حتى العنق. تتحدث الإنجليزية بلكنة إسبانية تثمل لها الأذن قبل العقل من فرط لذتها.

بدأت إيزابيل الحديث وهشام غارق في تأملاته في كل تفاصيل جسدها، دون أن تدرك هي ذلك. أو لعلها أدركت.

لعن هشام في سره جيوفاني بعد أن قطع عليه نظرات عميقة كانا يتبادلانها، ليسألهما ما يطلبان؟

تمنى هشام على ضيفته مشاركته في الغداء. فاعتذرت بلطف مكتفية بفنجان من القهوة.

عادا يتبادلان النظرات ذاتها، وقد أحس كلاهما بشيء من الانجذاب تجاه الآخر. ما كانت هناك حاجة إلى الكثير من الكلمات. فكل ما كان يملك هشام قوله سيبدو ضعيفاً وهشاً أمام فتاة بعثرت كل كلماته. نسي سارة، وعمله. نسي كل النساء اللواتي مررن فوق جسده، أو مر هو... كان هشام أمام تجربة جديدة. فإيزابيل بدت مختلفة عن كل من عرفهن من النساء. كانت بالتأكيد مختلفة عن كل النساء. لأنه ما تذكر بعد أن عاد من لقائها كلمة واحدة مما قاله لها.

ولا تذكر سوى أنه أخبرها كم بقي ينتظر سماع صوتها منذ لقائهما الأول في السفارة.

تطلب الأمر أكثر من عشر دقائق كي يعيد هشام لملمة أجزائه وكلماته التي تبعثرت في أرجاء المطعم. لكنه آثر أن يصغي فقط، أن يجعلها تتحدث، ويمضي هو إلى تأملاته التي تمنى أن لا تنتهي.

اجتهد كي يكون مؤثراً، ومستمعاً جيداً، دون أن يخسر ثانية من تأملاته العبثية.

لم يكن قد مضى على وجود إيزابيل أكثر من عام في لندن. وقد بدا واضحاً أن كل ما يحتل مساحة تفكيرها، حتى الآن على الأقل، هو عملها في لندن، وأمها في غرناطة.

أخبرته لماذا اختارت لندن، بعيداً عن غرناطة التي نشأت فيها،

وعشقتها، ثم تركتها بعد وفاة شقيقتها التوأم. قالت إنها كلما سارت في طرقات المدينة لا ترى سوى طيف توأمها يطالعها في كل مكان، وتشتم عطرها في فضاء المدينة.

وبشجن قالت: «عطرها سيبقى إلى الأبد. عندما تزور غرناطة ستشتم رائحتها في كل مكان.

أصبحت نبتة ياسمين في حدائق غرناطة».

كان واضحاً أن توأمها مثلت لها كل شيء في حياتها. أما أمها المسكينة، فما كانت تملك مغادرة المكان، لكنها استبدلت البيت الذي كانت تعيش فيه مع ابنتيها بدار أخرى في أطراف المدينة، هرباً من الذكرى.

كانت إيزابيل تتحدث بفخر عجيب عن كل شيء في غرناطة، من الأسوار العتيقة، إلى قصر الحمراء، وهشام يستمع ويتذكر كم كانت ملذات عرب الأندلس كبيرة.

سألته إيزابيل: هل زرت غرناطة سابقاً؟

ـ ليس بعد.

ـ ستعشقها.

ـ لا أشك في ذلك.

ـ كم أحب قصر الحمراء، كم أحب الشعر الذي ينبع من أعمدة القصر. يذكرني بلوركا.

الحزن في قصائده يذكرني بأختي.

بقي هشام صامتاً أمام دمعة انسابت من عين إيزابيل. ناولها منديلاً وشد على يدها كمن يواسيها.

تختلط في شرايين إيزابيل دماء أندلسية مع نكهة عربية واضحة. أو هكذا رأى هشام. ولعل ذلك يفسر اختيارها لدرس تأثير الثقافة العربية في التاريخ الإسباني الحديث كتخصص جامعي لها.

كانت دراستها تبحث أولاً في مدى الاختلاف والتشابه بين الثقافة التي نشأت في الجزيرة العربية، وامتدادها إلى الأندلس: من تأثر بمن؟ وثانياً عمق هذا التأثير في التراث الإسباني الحديث.

دراسة مثيرة حقاً.

أخبرته إيزابيل، أن ما وصلت إليه دراستها، حتى الآن، يكشف ضحالة التأثير العربي في إسبانيا الحديثة. وعلّلت ذلك بعدم وضوح الهوية العربية والإسلامية في الوقت الحاضر، أو بضعف هذه الهوية في أحسن الظروف.

لكن إيزابيل قالت إنها تفتقر إلى نماذج حية تـدعم نتائج دراستها، وهي المقيمة هـنا بعيـداً عن العالم العربي. ومن أجـل ذلك تطلب عونه.

هشام قادر على أن يساعدها في كل شيء، ما عدا زيارة السعودية، حيث منبت الثقافة العربية والإسلامية. فالله وحده القادر على إصدار تأشيرة زيارة لامرأة لا محرم لها.

نظر إليها وهو يحك ذقنه، «ليست فتاة جميلة فقط...»

صمتت إيزابيل لحظة ونظرت بإمعان إلى هشام. كان هو يشبك يديه ويضعهما على الطاولة.

ودون أن يبعد عينيه اقترب منها: «سأساعدك ولو تطلب الأمر أن أكتب البحث نيابة عنك».

لم يكن ما قاله مدفوعاً برغبة حقيقية في المساعدة بقدر ما كان حماسة مدفوعة بجمال إيزابيل، ورغبة في التقرب منها بأية وسيلة.

وخشية أن تطلب إليه شيئاً محدداً في هذا اللقاء، وهو من دون استعداد أخذ يخبرها في عجالة أشياء منتقاة عن حياته، متجنباً ما استطاع الخوض في أمر بحثها.

لم يكن ما أخبرها به كثيراً. لكنه كان كافياً لإبعادها قليلاً عن أمر بحثها. ومن جديد عاد يسأل عن حياتها رغبة في أن يعرف أقصى ما تمكن معرفته عنها. كان مقتنعاً أن معرفته الجيدة لها، تعني اقتراباً مضموناً منها.

أخبرته أن والدها كان المسؤول عن المكتبة العامة في غرناطة. ومنه تعلمت الكثير عن ثقافة الشرق التي كان مهتماً بها، واضعاً تصنيفاً لأهم كتبها. كان والدها يعتقد أن العرب بقدر ما أضافوا إلى الأندلس، أخفقت أعمالهم في التأثير على تاريخ إسبانيا الحديث. وبررت ذلك في حديثها لهشام بأحد سببين: إما الأهمال الإسباني المتعمد للفكر العربي الأندلسي، وذاك لا يمكن الجزم به بدليل المحافظة حتى اليوم على المعالم الإسلامية العربية كما هي، وإما أن الهوية العربية نفسها ما كانت بالعمق الكافي لتبقى بعد رحيلهم. والاحتمال الثاني هو محور الارتكاز في دراستها.

برغم اندهاشه من تحليلها، إلا أنه ما أراد مناقشتها في صحة استنتاجها، مفضلاً معرفة المزيد عن حياتها الشخصية هي، لا بحثها الدراسي. وبرغم الوقت القصير الذي قضاه معها ذاك اليوم، إلا أنه كان كافياً ليعرف عنها أكثر مما عرفت هي عنه. عرف حتى اسم جاراتها وصديقاتها.

شيء واحد فقط ما سألها عنه: علاقاتها العاطفية.

في الغرب لا بأس أن يسأل الرجل فتاة أعجب بها إن كانت مرتبطة بشخص ما. لكن رجلاً من الشرق، كهشام، ما كان ليهتم كثيراً إن كانت إيزابيل مرتبطة بأحد. فهو لا يريد، حتى هذه اللحظة، أكثر من أن يتذوق كل منهما لعاب الآخر ثم يمضي كل في سبيله. فهشام رجل لا يرغب في علاقة تفرض عليه التزاماً بأي شكل، ولو مع فتاة جميلة كإيزابيل. كما أنه يعرف طبيعته الشرقية التي تمل سريعاً امرأة تصعد إلى فراشه.

كان ينطلق في اندفاعه وثقته بنفسه أمامها من فرضية تقول إن المرأة في حاجة إلى رجل يشعرها بالأمان والحماية. ومقابل هذه الحماية تكمن الاحتمالات. لكن ما لم يدركه هشام، بعد عشر سنوات في لندن، أن المرأة هي من يحمي الرجل بعاطفتها وحنانها أكثر مما هو قادر على حمايتها بأمان زائف.

تنظر إيزابيل إلى ساعتها، وتلملم رائحة عطرها السابح في المكان، متهيئة للانصراف.

عرض عليها تناول الغداء سوياً في اليوم التالي، لكنها اعتذرت لارتباطها بموعد مع أستاذها في الجامعة.

سألها، وهو يقبل يدها، أن يكون الموعد عشاءً إذاً.

اعتذرت مرة أخرى. ثم أضافت مبتسمة:

ـ لا أستطيع أن أؤكد شيئاً الآن. سأهاتفك صباح الغد لنرى.

ـ هناك مطعم أجمل من هذا يمكن أن نتناول فيه عشاءنا.

ثم تابع حديثه، مفترضاً موافقتها على دعوته: «سيكون مطعماً يليق بملكة من غرناطة!».

وضعت أناملها على فمها مبتسمة في حياء ساحر، واتجهت نحو الباب وهي ترتدي معطفها. نصف ساعة قضاها هشام مساء ذلك اليوم يفكر في المعطف الذي احتضن إيزابيل.

بقي جالساً إلى طاولته، يتناول طبقاً من البيتزا يجيد جيوفاني إعداده بنفسه. بعد قليل انضم إليه وهو يحمل قدحاً من القهوة:

ـ من هذه الحسناء الساحرة، هه؟

ـ اسمها إيزابيل، من إسبانيا. هل أعجبتك؟

ـ جميلة جداً. لماذا لم تتناول غداءها هنا؟

ـ رفضت. ربما أحسنت صنعاً عزيزي جيوفاني. فهذه البيتزا تشبه قطعة بلاستيك.

نهض جيوفاني وهو يقول معاتباً وقد وضع كلتا يديه على خاصرته:

ـ لقد أعددتها بنفسي لك.

ـ من أجل ذلك هي سيئة... ها ها. لا تغضب يا صديقي واجلس.

ثم أدار هشام وجهه إلى الساعة المعلقة على الحائط وسأل:

ـ قل لي يا جيوفاني، من أين أحضرت هذه الساعة التي تشبه الطاحونة العجوز؟

ـ إنها من والدي.

ـ ومن أين أتى بها والدك؟

ـ من والده.

ـ ومن أين أتى بها المرحوم والد والدك؟

ـ ورثها عن أهله...

- آه... هكذا خمنت، إن الساعة تعود إلى عهد قيصر! قل لي: كيف هي صديقتك ماريا؟

- جيدة. ربما تأتي بعد قليل.

- أبلغها سلامي.

قال هشام ذلك وهو يدفع ثمن وجبته. وقبل أن يغادر قال لجيوفاني مداعباً:

- عزيزي... حاول أن لا تطبخ شيئاً بعد اليوم.

ابتسم وانصرف عائداً إلى مكتبه.

كانت سوزي تنتظره وفي يدها رزمة أوراق تحتاج توقيعه، مع بعض الرسائل الواصلة تواً. وهي تهم بأن تتركها على مكتبه، يطلب إليها أن تأخذها كلها إلى المختصة بالبريد، فما عادت له رغبة في قراءة شيء، بعد أن قرأ رسالة سارة الثانية.

وبينما هو يوقع الأوراق التي أمامه، فكر أن يكتب رداً لسارة على رسالتها الجارحة، ينشره متبعاً برسالتها في صفحة البريد. لكن من قال إنه لم يستعذب ردها؟

يدخل عليه مخرج المجلة يطلعه على الصفحات النهائية قبل طبعها، وقد ضمنها صفحة البريد حيث رسالة سارة قد نشرت بالكامل هذه المرة.

«اطبع !»، قال دون أن ينظر إليه.

بعد لحظة،

«توقف... أترك لي صفحة البريد، أريد أن أقرأها قبل الطبع».

يقرأ هشام السطر الأول، ثم ينتقل إلى آخر الرسالة ويضع التعليق الآتي:

«القارئة العزيزة سارة: يسعدنا نشر رسالتك الثانية مكان رسالتك الأولى كاملة كما أرسلتها. نعتذر إن أغضبك بعض التعديل في رسالتك السابقة، لدواعي النشر.

آمل أن يبقى التواصل مستمراً، فأنت وبقية القرّاء مصدر أفكارنا بما تعرفونه أنتم ولا نعرفه نحن».

وقبل أن ينهي تعقيبه، أضاف بخبث:

«وبحكم وفائك لمطبوعتك وضمان التواصل الدائم معك، سنكون سعداء إن أرسلت إلينا عنوانك كاملاً لإضافته إلى قائمة بيانات القرّاء التي نقوم بإعدادها».

دفع بالصفحة إلى المخرج ليطبعها، وهو يفكر مبتسماً في قائمة البيانات الكاذبة التي تحدث عنها، فقد كانت مشروعاً ولد ميتاً منذ عدة سنوات.

قبل أن يغادر مكتبه في المساء، وضع صورة من رده على رسالة سارة أمام الرقيب. وكما فعل في المرة السابقة، فقد أضاء له كل أنوار مكتبه، عله يقرأ ويفكر!

في داخل كل منا جزء ميت قد لا نعرف أحياناً ما هو . ربما كان الجزء
بقايا منا نحن، أو بقايا تجارب مضت فما عدنا نذكرها. وربما كان الجزء
تجربة لا نزال نعيشها دون أن ندرك أن التجربة ذاتها ميتة لا فائدة ترتجى
منها!

كان خالد، في معظم الأحيان، هو الجزء الميت داخل سارة.

ذاك الصباح كانت سارة تطالع بعض صور طفولتها. كانت تقلّب
ألبوماً قديماً، وقد تربعت على سريرها ذي الغطاء الأحمر.

فكّرت، كيف هي الأيام تمضي سريعة أحياناً، أو بطيئة في أحيان
أخرى. بالنسبة إليها هي لا تعرف كيف تأتي، فقد أصبحت معظم الوقت
خارج الزمن.

كان محصول الفراغ في الأسبوع الماضي وفيراً. وتحديداً منذ عودة
خالد من رحلة عمل.

هكذا هو دوماً. يحضر أسبوعاً أو اثنين، ثم رحلة عمل، تليها رحلات
مع الأصدقاء إلى الصحراء.

أدركت سارة ما وراء الترحال الدائم لزوجها، إنه مليء هو مثلها
بالوحدة والفراغ.

لم الاستمرار سوياً إذاً؟

بسبب الطفلين، وكلام الناس، لا أكثر.

١٢٣

ما عاد الاثنان سوى رجل وامرأة يجتمعان دقائق على السرير، ثم يذهب كل في طريقه. دقائق كانت سارة تموت فيها أكثر من مرة وهو ينهي آخر ارتعاشاته على جسدها، قبل أن تعود إلى الحياة من جديد. ربما هي بعكس كل صديقاتها ممن يتمنين أن تطول الارتعاشات إلى ما لا نهاية.

صدقت عندما كانت تسأل نفسها: لماذا أنا لست كالأخريات؟

بعد لقائها زوجها، خرجت سارة لرؤية أمها التي كانت تعاني ألماً في قلبها. بقيت معظم اليوم معها. كانت تجد في صدر أمها الوطن الحقيقي للأمان. أحياناً كانت تحس بالأمان في سيارتها، حيث السائق الذي لا يعصي أمراً، ولا يرفض كل ما تطلب إليه! معه وحده، وفي سيارتها فقط، كانت تحس أنها السيدة. ووراء الزجاج المعتم، تتقاطع العيون من جديد.

في المساء عادت إلى البيت، ومعها طفلاها اللذان رافقاها في زيارة أمها. أطعمتهما، وأبدلت ثيابهما، ثم أخذتهما إلى حجرة نومهما استعداداً للنوم بعد أن يلهو الثلاثة قليلاً. وبعد أن يناما تتجه هي إلى أريكتها في صالون الدار لمواصلة قراءاتها. روتين ثابت يكاد لا يتغير. روتين قاتل لامرأة ملأى بالرغبات.

أحست بالجوع وما كانت قد أكلت منذ الصباح. تعشق سارة مطبخها. تتوجه إليه وهي تتذكر عبارة لفينوس إلهة الجمال: «أنا من أهز الطنجرة والسرير بتوابلي اللذيذة». وتوابل سارة لذيذة وملتهبة!

في الساعات التي يقضيها زوجها في المنزل، يمضي الوقت أكثر بطئاً، حتى تكاد الساعة تتوقف. تتلهى هي بشؤون بيتها، حتى أنها تعيد

ترتيب خزانة ثيابها أكثر من مرة في اليوم الواحد، بينما يبقى هو أمام التلفزيون.

عندما يحين موعد الصلاة، يخفض صوت التلفزيون، ثم يتوضأ ويذهب إلى صلاته، في المسجد أحياناً أو في البيت. ثم يعود ويستأنف جولته مع كل المحطات الفضائية، قبل أن يخلد إلى النوم.

يتلذذ خالد كثيراً أمام التلفزيون. وهو قادر على أن يبقى أكثر من ثلاث أو أربع ساعات متصلة أمامه، لكنه لا يمكث معها هي أكثر من دقائق معدودة.

يبدو متابعاً جيداً للأفلام بأنواعها، وبرامج المنوعات، خاصة بعض القنوات اللبنانية، حيث الأجساد تتنافس في إبراز مفاتنها، وتختلط الأصوات المغناج بلعاب خالد المستمر أمام الشاشة!

وكثيراً ما سمعته سارة يطلق تنهيدة مكتومة، أو تأوهاً عالياً وهو يمتدح جمال هذه أو تلك. وكم كانت تزعج سارة تعبيرات كهذه، ليس غيرة على خالد، بل لكيفية رؤية الجمال البعيد عنه، فيما لا يرى ذاك الذي يبعد عنه أقل من مترين. ما يراه في التلفزيون يثيره، أما الجسد المحترق برغباته بالقرب منه، فلا يراه.

كيف لا تغضب سارة إذاً؟

حتى عندما ينتهي الحب، إن كان بينهما شيء منه، فليس من حق الرجل أن يتغزل بأخرى في حضور زوجته، احتراماً لأنوثتها على الأقل. لكن مع خالد ما عاد الوضع يختلف كثيراً، منذ آخر خصومة بينهما للسبب ذاته. ما عادت تهتم بمن يعجب، وماذا يشاهد.

بينما هي غارقة في شؤونها ذاك المساء، تهاتفها بعض صديقاتها: عفراء، ليلى، نورة... من بقي بعد؟

يمكنها أن تجري عشر مكالمات أخرى، وتبقى عشر ساعات على الهاتف، هرباً من كل شيء يحيط بها، وخصوصاً خالد نفسه. لكنها لن تستطيع أن تقضي العمر كله على الهاتف أو في إعادة ترتيب خزائنها وكتبها هرباً من وحدتها.

ذاك المساء، وقد أنهت كل ما يمكن أن يشغلها، وجدت نفسها جالسة قرب زوجها تواجه التلفزيون. كان هو منصرفاً إليه بكل حواسه، بينما هي تتلهى بكتاب إنجليزي بين يديها.

فكرت أن تفاتحه بوحدتها وساعات فراغها الطويلة، ورغبتها في البحث عن عمل، لكنها ترددت، دون سبب ظاهر. ولم تكن تلك المرة الأولى. لعله الخوف على توأميها، وهما في سن الرعاية، والحاجة إليها.

بين كل تنهيدة وأخرى من خالد، كانت تختلس نظرة إلى التلفزيون. هو حب الفضول فقط أن تعرف ما يثير الرجل الجالس بقربها. عشر كلمات، أكثر أو أقل بقليل، كان كل حديثهما منذ الصباح.

صديقاتها كن يحسدنها دوماً على زوج ميسور. وسارة تحسد كل نساء الأرض على ما هن فيه. تحسد حتى خادمتها!

هذه السيدة السريلانكية، التي تبدو أصغر من عمرها الثلاثيني، لها بيت ينتظرها وزوج وأمل.

ذات مرة أخبرت سيدتها قصة حبها لزوجها، وكيف أنه يعمل ساعات طويلة، لرعاية أسرته الكبيرة. حتى قررت هي أن تساعده. لم تجد عملاً في بلدها إلا في شركة صغيرة، بدخل متواضع وساعات عمل طويلة.

طلب إليها زوجها، وقد أدرك تعبها، أن لا تجهد نفسها وتكتفي بتربية أبنائها. لكن الأسرة تكبر، والزوج بدأ يعاني آلاماً في ساقيه. فقررت أن تسافر لتساعده. ستقضي سنوات وهي بعيدة عنه، من أجل بيت تحبه.

المال ليس كل شيء. ربما تملك سارة من المال ما يكفي، لكنه قطعاً ليس كل شيء في حياة امرأة كسارة. ولا تدرك بعض الصديقات ذلك.

كم مرة سألنها: ماذا تريدين أكثر؟ استمتعي بالمال ودعيه وشأنه.

لكن من قال إنها لا تدعه وشأنه. بل هي من تدعه لكل شؤونه، ومغامراته إن أراد. وإن شاء فليأخذ كل ماله معه. «ليس المال كل شيء». عبارة كرهت كثرة تكرارها على مسامع صديقاتها اللواتي لا ينظرن إلى الحياة سوى أنها مجرد ثياب ومجوهرات، ولتذهب العواطف إلى الجحيم!

«لا تذهب العواطف وحدها إلى الجحيم، بل تأخذنا معها إليها». هكذا كتبت ذات مساء في يومياتها.

وفي ليلة أخرى كتبت: «الأمل هو السعادة الحقيقية». كان ذلك بعد أن قرأت دراسة أعدها باحثون مختصون في العلاقات الزوجية.

سألوا مجموعة نساء:

إذا لم يكن القتل جريمة، فمن تقتلن؟

واحدة قالت حماتها.

أخرى قالت جارتها.

وثالثة قالت زوجها.

عندما سألوا الثالثة: لو ترك لك القرار، فبأي وسيلة تقتلين زوجك؟

قالت: بقتل الأمل لديه.

بكت سارة ذاك اليوم وهي تتذكر الأمل الذي مات فيها... قتله خالد!

قبالة التلفزيون الذي نادراً ما شاهدته أكثر من ساعة، رأت زوجها يتثاءب. تكره تثاؤبه، لأنه يعني قرب موتها.

تذكرت صور صديقات لها يشترين منشطات جنسية لأزواجهن، يدسسنها في طعامهم. وهي على النقيض منهن جميعاً، تتمنى عقاراً يقتل كل رغبات خالد فيها!

مرة أخرى تختلف سارة مع صديقاتها. فليست السعادة في الجنس إن خلا من عاطفة. ما قيمة أن يكون الرجل جائعاً إلى الجسد بلا لذة؟ هي قادرة على إشباع رغباتها بيدها دون الحاجة إلى زوجها. وقد فعلت ذلك كثيراً. لكن أين الإحساس بما تفعل؟

ليس هو المال، ولا الجنس ما يدخل السعادة إلى الحياة الزوجية. بل هو الحب والأمل.

عندما يكون خالد في البيت، تقف سارة أمام مرآتها تسأل نفسها ماذا تفعل؟

كل امرأة تحب أن تكون جميلة، لكن سارة باتت تخاف لو تجمّلت أمامه أن تموت أكثر من مرة! فما بينها وبين خالد في الفراش ليس جنساً، ولا لذة، بل اغتصاب بعقد شرعي!

كيف يمكن أن تأتي اللذة دون إرادتنا؟

من أجل ذلك تبقي ثيابها وزينتها غاية في البساطة عندما يكون موجوداً، وإن بقي الخوف من الموت المتكرر على السرير وارداً.

فوق جهاز التلفزيون، وعلى الحائط المزدان بلون النبيذ، توجد ساعة أنيقة، بخلاف ساعة جيوفاني التي تشبه الطاحونة العجوز.

تنظر سارة إلى الساعة على الحائط، ثم إلى ساعة معصمها: كلتاهما تتحرك ببطء.

«غداً سأشتري ساعة أكثر سرعة». قالت تحدث نفسها. متأكدة هي أن هناك ساعة أكثر سرعة لمن هن في مثل حالها.

خالد لا يزال قريباً منها، ويتثاءب من جديد. تنظر إليه بطرف عينها، ثم تنظر إلى الناحية الأخرى تجاه كتب قد زحفت من رفوفها إلى حيث تجلس. بعد قليل تنظم بعض المجلات في موكب استقر على الأريكة السوداء، بالقرب منها. كانت كلها تواسيها. حتى الكتب والمجلات تحس بوحدتها أكثر من خالد. «من قال إن الكتب لا حياة فيها؟».

أخذت كتاباً تتصفحه، والساعة ذاتها لا تزال تسير دون رغبة. تحس أنها تسخر منها أحياناً. تحس بعقرب الساعة الصغير كلسان يتدلى لها في استهزاء: حتى الساعة تملك إحساساً، ولو ساخراً.

نظرت تجاه باب البلكونة المغلق، وتساءلت كم مضى على رسالتها الأخيرة إلى رئيس التحرير. ربما أكثر من أسبوعين.

العدد الأخير من مجلتها وصلها صباح اليوم، لا بل صباح الأمس. تأكدت من ذلك عندما تذكرت أنها ذهبت بالأمس إلى طبيبها تشكو ألماً متكرراً في حوضها. كانت قد أخبرت زوجها عنه قبل عدة أيام.

لم يعرض أن يرافقها، ولم تطلب هي.

عندما عادت من عند طبيبها، لم يسألها عن النتيجة، ولم تخبره بشيء.

كانت نسخ من مجلتها قد وصلت إلى المنزل مع باقي الصحف التي يشترك خالد في معظمها.

لكنها وقد قضت معظم نهارها في زيارة أمها لم تتسن لها قراءة أي منها بعد. ودون رغبة أخذت تنظر إلى العدد الأخير من مجلتها، قبل أن تعاودها بعض آلام الحوض من جديد.

نهضت وتناولت مسكّناً للألم نصحها به الطبيب.

عادت تجلس قرب خالد، وهو لا يزال منشغلاً بمشاهدة التلفزيون، ويتثاءب بين حين وآخر.

يتراءى لها تثاؤبه كفك جائع يكاد يقضم أطرافها. فتنتفض كلما فغر فاه.

انصرفت إلى مجلتها تتصفّحها. في العدد الماضي ما وجدت شيئاً عن رسالتها إلى رئيس التحرير. وما تصورت بتاتاً أنها ستتصدر صفحة البريد في العدد الذي بين يديها. صحيح أنها كانت قد طلبت أن لا تنشر الرسالة، لكن هناك فرقاً بين رغبتنا في شيء وحاجتنا إليه.

أملها في العثور على رسالتها منشورة كانت حاجة أكثر منها رغبة. ومن هنا حرصها على أن تجد نص الرسالة منشوراً كما هو وإن طلبت خلاف ذلك.

لم يستغرق منها البحث وقتاً طويلاً، فقد قرأت على رأس صفحة البريد العنوان التالي:

«كونوا أكثر جرأة».

كان عنواناً استفزازياً لمن يعرف الموضوع، ولمن لا يعرفه أيضاً. حتى سارة ما عرفت أنها رسالتها إلا بعد أن قرأت السطر الأول فالثاني، ذلك أنها كتبتها دون أن تلقي عليها نظرة أخرى قبل أن تضعها في مغلّفها وترسله. هذه المرة شعرت بسعادة أنستها كآبة وجود خالد إلى جوارها،

والخوف منه. ربما هو إحساس الأمل الذي صنعته عندما أفرغت شحنة ضجر وأسى في رسالتها. إحساس بالأمل عندما استطاعت، ولأول مرة، أن تتحدث عن ألمها دون خوف.

قبل أن تصل إلى نهاية الرسالة المنشورة، أبعدت المجلة عن عيني زوجها الجالس بالقرب منها. ما أرادت أن يطالع ما تقرأ. هو لم يطالع قط ما تقرأ، ولم يكن يعنيه ذلك كثيراً. لكنه الحذر والخصوصية.

هو حذر المرة الأولى.

المرة الأولى جميلة دائماً، ومخيف في الوقت ذاته. إحساس المرة الأولى ليس فقط أنها أطلقت ألمها من جدران جسدها، بل لأنها خرجت على المألوف.

بينما هي تستمتع بانتصارها، أحست برعشة خفيفة وهي ترى خالد يهمّ بالنهوض:

- ذاهب لأنام، متى ستنامين؟

- بعد قليل.

لحظات مرّت كدهر، وهي تنتظر ما سيقول، إلى أن جاءها الفرج:

- تصبحين على خير.

- تصبح على خير. قالت بتمتمة ممزوجة بفرحة طفلة صغيرة.

ذهب لينام أخيراً، فقد انتهى يومه، أما هي فقد ابتدأت ليلتها مع أوراقها.

إحساس السعادة يطرد النوم دائماً. السعادة والألم لا يمكن أن يجتمعا مع النوم. أعدت الشاي الأخضر المفضل لديها، كما لو كانت تهيئ نفسها لأمسية مسلية وحدها.

ذهبت إلى غرفة طفليها. انحنت فوق السرير الخشبي، حيث كل
منهما قد تمددت أطرافه تجاه الآخر، كما لو أن أحدهما يحتضن الآخر.
بلمسة خفيفة على وجنتي كل منهما قضت بضع دقائق تتأملهما في
سعادة. وللمرة العاشرة قبلتهما، قبل أن تضع الغطاء الخفيف على
الجسدين الصغيرين.

عادت إلى صالونها. خفضت صوت التلفزيون، تاركة إياه يحدث
نفسه بنفسه. فتحت مجلتها وقرأت رسالتها من جديد. ما كانت تعتقد أنها
ستنشر، وأن رأيها سيفرض حضوره على الملأ فيقرأونه كلهم. تخيّلت أن
كل العالم سيقرأ رسالتها. أصبحت هذه الرسالة بداية جديدة لسارة.

بداية شيء ما لا تعرفه، لكنها بداية جديدة لشيء قادم. كان ذلك كافياً
لتحس بنشوة الانتصار.

عندما تهب الجائع كسرة خبز، سيسعد بها أكثر من وليمة عامرة
لشبعان. هكذا هي السعادة الصغيرة تبدو عظيمة وسط الألم العظيم.
كما هو الألم الصغير يبدو عظيماً إزاء السعادة الكبيرة.

سارة في تلك اللحظة كانت تعيش، وهي أمام رسالتها، سعادتها
الكبرى.

في نهاية الرسالة أعادت قراءة اسمها أكثر من مرة. صحيح أن أحداً لن
يعرف من تكون سارة. لكن ما الفرق؟ من يهتم؟ المهم أن الرسالة قد
نشرت.

تخيلت سارة لحظةً أن العالم سيتغير، على الأقل عالمها هي. ما كانت
تعنى كثيراً بما هو خارج حدود هذا العالم الصغير. بل كانت تبحث عن
الطريق فقط إلى إثبات وجودها على قيد الحياة.

في تلك اللحظة كتبت على صفحة فتحتها عشوائياً في دفتر يومياتها:

«من قال إن الإنسان يولد مرة واحدة فقط؟».

كانت تلك البداية ليس إلا.

برغم فرحها، وفخرها برسالتها، فقد تجاوزت دون كثير اهتمام الفقرة التي تطلب إليها عنوانها.

فقط علقت بسخرية: «جرأة رئيس التحرير هذه لا تخفي الكثير من غباوته. يعتقد أن كل العالم يعيش معه في لندن».

لكنها توقفت عند طلب رئيس التحرير أن يكون هناك نوع من التواصل المستمر. كانت تتمنى تواصلاً كهذا، بل لعلها كانت تنتظره.

لديها الكثير من الأسرار. أكثر بكثير مما يعرفه رئيس تحرير يعيش في لندن. وأكثر مما يعرفه كل رؤساء التحرير في العالم.

«ليس خطأً أن يعترف المجتمع بعيوبه، بل الخطأ أن يتنكر بثياب الفضيلة». عبارة أضافتها إلى صفحة يومياتها. ثم أرخت جسمها وهي تنظر إلى مصباح قريب منها هو كل ما بقي من ضوء ذلك اليوم.

للحظة، تمنت لو كان رئيس التحرير أمامها وجهاً لوجه لتقول له: كم أنت غبي!

تمنت أيضاً لو كان أمامها لتشكره على نشر رسالتها كما هي. كان يستحق اللعن، ويستحق الشكر في آنٍ واحد.

كانت سارة تمر بمرحلة لم تعرفها من قبل: مصالحة مع النفس هي في حاجة إليها. ليست هي الرسالة ما جعلها تعيش هذا التصالح، بل هو الأمل القادم، ولو من رئيس تحرير لا يتصف كل يوم بقراراته الشجاعة.

هكذا قرّرت هي أن تعقد اتفاقاً من جانب واحد «مع رئيس تحرير ربما أفاق من سباته»، حسب ظنها.

الشاي الأخضر على طرف الطاولة قد برد. همت بأن تعد لنفسها كوباً آخر، قبل أن تعيد قراءة رسالتها ربما للمرة المئة.

ومع العبارة الأخيرة نفسها، تنهض وهي تقرأ طلب رئيس التحرير اسمها وعنوانها «يا له من غبي!».

عادت من المطبخ ودخان الشاي يتصاعد طليقاً، وهي تنظر إليه وتتخيل نفسها كالدخان الرافض للأسر، وللصمت. أدارت موسيقى الجاز التي تعشقها عشقها لشوبان، واسترخت.

تمددت على جانبها الأيسر فوق أريكتها وقد كورت يدها اليمنى إلى صدرها، واضعة مخدة مخملية تحت رأسها. ثم شدت ساقيها إلى مستوى حوضها، حتى بدت كطفلة في المهد الأول. نعم، المهد الأول. فالحياة بالنسبة إلى سارة ليست سوى مهد متعدد المراحل: مهد الطفولة، ومهد الصبا، ومهد الزوجية. حتى في الكهولة هناك مهد ليس هو الأخير. فالموت نفسه ليس سوى صورة أخرى لمهد يحمله الناس فوق رؤوسهم. الفرق يكمن في الحجم فقط، والتاريخ. الطفولة في الإنسان لا تنتهي، ولو كان في السبعين أو الثمانين. ولا يعيش الطفل بعيداً عن مهده.

سارة على أريكتها بدت طفلة في مهدها. بل كانت طفلة حقيقية في المهد الأول.

بعد أن نام خالد، بدأت الساعة تسير بخطى أكثر تسارعاً. مرت نصف ساعة على سارة وهي في حالة المهد هذه مغمضة عينيها دون

نوم، والمجلة لا تزال في يدها. تفتح عينيها من جديد وتنظر إلى جهاز الموسيقى الذي توقف. بحثت عن جهاز التحكم عن بعد. ضغطت على الزر، فعادت الموسيقى تملأ بهدوء فراغ البيت، وعادت هي إلى طفولتها. ما كانت تلك إغفاءة بل حلماً امتلأ برجال يحاولون إغواءها.

اعتدلت في جلستها، وشدت شعرها إلى الوراء، واحتضنت مخدة خمرية اللون، وجمدت في مكانها. بدت أكثر جمالاً وقد أخذت وضعيتها الجديدة تتأمل في صمت اللاشيء المحيط بها. بعد لحظة قامت إلى حجرة نومها، تاركة الموسيقى تعانق ضوء المصباح في خلوة شاعرية.

تمنت وهي في الطريق إلى مخدعها شيئاً واحداً فقط: أن يبقى كلاهما صامتاً هذه الليلة: زوجها والسرير!

قبل أن تفتح باب الحجرة، نظرت إلى ساعتها، كان قد مضى أكثر من ساعة على ذهاب خالد إلى النوم. هو نائم إذاً، ولا لهاث أو احتضار هذه الليلة. أحست براحة تمنتها منذ الصباح الباكر.

استبدلت ثيابها وتهيأت للنوم. وقبل أن تغمض عينيها فكرت وهي تحتضن دبها الصغير في التواصل الذي سيكون مع رئيس التحرير، والقصة التي ستبدأ بها. ما أكثر القصص من حولها. لا يمكن أن تنشر كلها، بل لا يمكن أن تكتب عنها.

عندما كانت تفكر في الكتابة عن قصتها هي، كانت مستعدة لأن تكتب بلا خوف. لكن حيرة اعترتها وهي تفكر إن كانت ستكتب أيضاً عن تجربة صديقاتها. ربما شعرت أن في ذلك إفشاءً لأسرار اؤتمنت عليها. هي تريد أن تكشف الجانب الخفي في المجتمع. أن تتحدث عن

العلل، عن الأمراض الأخلاقية، عن الخيانة. فكيف ستعالج الخيانة بالخيانة؟

قلبت الأمر في رأسها يميناً يساراً، ويساراً يميناً.

«الساكت عن الحق شيطان أخرس». ولن تكون هناك خيانة لأسرار أحد. بل وصفة علاج.

هكذا قررت وهي تتخيل أن رئيس التحرير، بل العالم كله، في انتظار قصتها. أو لعلها أرادت أن تتخيل الوضع هكذا. وما أخطأت كثيراً لو علمت أن هشام المنشغل بحسنائه الإسبانية، منشغل أيضاً بسارة وحكايتها.

ضغطت على خاصرتها بقوة لتبعد عنها آلام الحوض التي عادت إليها برغم الحبوب المسكنة.

وتذكرت أن الطبيب عندما يكشف داء مريضه فهو لا يخون مشاعره، لأن أمانة القسم، أن يكون صادقاً في علاجه، وأميناً على مريضه.

وكل امرىء يجب أن يكون طبيباً في مجتمعه، وقبل أن تغمض عينيها قالت تحدث نفسها: «وأنا وحدي طبيبة مرضي».

وسط مهرجان الحماسة هذا من امرأة اعتقدت أن دورها في الحياة قد انتهى، كانت الأفكار تتزاحم في عقل سارة وهي مستلقية على سريرها.

جافاها النوم. فنهضت من جديد إلى صالونها تشهد عناق الجاز مع الضوء الخافت. وقفت تتأمل العناق وتحلم بمثله. جلست إلى أريكتها ترقب الضوء والموسيقى. على هذه الصورة البانورامية، قررت أن تتواصل منذ تلك اللحظة مع رئيس التحرير. وستبدأ بمشكلتها هي.

تجربتها مع الرسالة الثانية، أوحت لها أن الكلمة هي أصل كل شيء. لأنها تخلق في ثانية وتبقى إلى الأبد. كل شيء يفنى، وأسرع ما يفنى هو الإنسان ولا تفنى كلماته. وسارة ستصنع خلود كلماتها.

كانت الساعة قد اقتربت من منتصف الليل، ولا تزال تنتابها بعض آلام الحوض.

عادت إلى غرفة نومها، حيث ضوء بحجم الشمعة يأتي من أحد أركانها، وتناولت قرصين من الدواء هذه المرة، ثم رجعت إلى صالونها تبحث عن قلم ومجموعة أوراق.

إحساس بالخدر أصاب جسمها. فقد أخبرها الطبيب أن الدواء قد يشعرها بالنعاس والإرهاق، ومن الأفضل أن لا تعاند جسدها.

لن تعانده فيكفي الجسد ما لاقاه.

تعيد الأوراق إلى مكانها، وتطفىء الضوء الخافت، وتدخل حجرة نومها، تاركة الموسيقى في وحدة الظلام.

في الحمّام الملحق بغرفتها أحست بإثارة وهي تتعرى أمام المرآة الكبيرة. داعبت ما استطاعت، ثم ارتدت ثياب نومها على عجل، وبخفة انسلت تحت الغطاء قرب زوجها، مراعية ترك مسافة بينها وبينه.

لم يأتِ النوم سريعاً، عقلها يدور من جديد في اللاشيء. كان ذلك اكتشافاً قديماً لسارة: إن التفكير في حالتين متناقضتين، يؤدي إلى التفكير في اللاشيء. على الأقل بالنسبة إليها. «أحياناً نحتاج إلى تفكير كهذا كي نصرف هموماً كبرى، أو نعطي العقل فرصة استرخاء ضرورية جراء أفكاره المنهكة». كتبت ذات يوم.

بهدوء انقلبت إلى الناحية الأخرى من السرير، وهي تنظر إلى الساعة على طرف الكومدينو.

اعتادت سارة أن تنام بعد زوجها بوقت طويل، وتستيقظ قبله بوقت طويل أيضاً، ولا تعرف السبب. حاولت في أحد المساءات أن تسأل مختصاً عن السبب عبر برنامج تلفزيوني.

تردّدت أول الأمر ثم اتصلت. بقيت تنتظر دورها على الهاتف مدة طويلة. كان اللقاء التلفزيوني مع رجل دين مختص بالعلاقات الزوجية. كان معروفاً لدى الأوساط التي تتابع قضايا الزوجين بقدرته على تقديم نصائح مفيدة في كثير من الأحيان. وبرغم أن آراءه لم تكن كلها مقنعة لسارة، إلا أنها ارتأت أنه ربما كان الأفضل.

نوم متقطع، واستيقاظ مبكر عندما يكون زوجها قربها. فقط عندما يكون قربها. هكذا وصفت حالتها مستفسرة، وقد أخفت اسمها الحقيقي كعادتها.

قال لها الرجل:

«يـا ابنتـي إنـه مـن عمـل الشيطان ليفـرق بـينك وبـين زوجك، فاستعيـذي بالله من الشيطان الرجيم وتـوضّئي وصلي قبل أن تنامي».

«الشيطان؟!» تساءلت سارة، وما علاقة الشيطان بالموضوع؟

استغربت كيف لم يسألها الرجل عن زوجها إن كانت تحبه أم لا، أو تنفر منه لسبب ما، قبل أن يتهم الشيطان؟

«الإنسان يصنع شيطانه». هكذا تؤمن هي.

الشيطان ليس كائناً من الجان، بل الشيطان الحقيقي هو نية الشر

داخل الإنسان. كانت سارة مؤمنة بذلك أيضاً، حتى قبل أن تتصل بالشيخ الذي ما أضاف شيئاً، ولا قدّم علاجاً.

برغم ذلك استعاذت بالله من الشيطان ثلاث مرات، وهي لا تزال متقلبة بجوار زوجها تدفن دميتها في صدرها، قبل أن تغمض عينيها وتغطّ في سبات عميق تحت تأثير دوائها.

في الصباح استيقظت باكراً كعادتها وقد زالت عنها آلامها، مع إحساس بالانتشاء إثر أفكار البارحة. استحمّت، وصلّت. ثم أعدت فطوراً لزوجها تركته على الطاولة ريثما يستيقظ.

بعد نصف ساعة كان هو قد استحمّ وصلّى ولبس ثيابه ثم توجه لتناول الفطور بصحبتها.

حديث مكرر يدور بينهما. أو لنقل كلمات مكررة. دقائق وتحضر له الخادمة الطفلين، اللذين كانا أول من استيقظ، فقبلهما وداعبهما.

انتهى من طعامه سريعاً، ثم خرج وهو يلقي تحية على عجل. ردّت عليه سارة بهمهمة مكتومة، وهي ترفع الأطباق عن الطاولة إلى المطبخ.

بعد أن فرغت، عادت إلى غرفتها تهيئ ثيابها لزيارة مسائية لبعض الصديقات. بحثت عن قطعة ثياب كانت أعطتها قبل يومين إلى خادمتها كي تغسلها. كانت الخادمة، حينذاك مشغولة بإطعام الطفلين. وهي تمسح بعض الطعام عن فم أحدهما، سألتها سارة عن القطعة. أخبرتها أنها في غرفتها قد غسلتها، وستذهب لإحضارها.

تطلب إليها سارة أن تبقى مع الصغيرين، ريثما تأتي هي بالقطعة.

تقع حجرة الخادمة في الركن الخلفي للمنزل. ويمكن الدخول إليها من باب جانبي مستقل.

بعد أن بحثت سارة عن قطعتها. وجدتها وقد علق جزء منها بطرف سرير الخادمة. أزاحت السرير قليلاً. فانكشف غطاء أخفي تحته شريط من حبوب منع الحمل، استعمل نصفه.

صعقت سارة لحظة. فوقفت جامدة لا تعرف ما تفعل. أرادت أن تأخذ ما وجدته لتواجه به خادمتها التي ضبطتها بهذه الحبوب متلبسة بعلاقة مع السائق... فمن سواه؟

حجرته تجاورها، وكثيراً ما كانا يتحدثان سوياً في الحديقة الخلفية للمنزل. بل كثيراً ما رأتهما يتهامسان ويتضاحكان.

أحست سارة برغبة في الصراخ، أو بغضبة ما استطاعت أن تحدد هويتها:

أهي الغيرة من السائق، أم غيرة من الخادمة؟

فكَّرت سارة لحظات وهي تستعيذ بالله من الشيطان، وتعيد الحبوب إلى حيث وجدتها، قررت أن تعالج الأمر بصمت وحكمة، فتستبدل خادمتها. لماذا لم تفكّر في استبدال السائق؟

قررت أن لا تخبر زوجها بما وجدته، فقد يثور متهماً إياها بأنها لا تعلم ما يدور في منزلها.

وقفت سارة على باب حجرة الخادمة وهي تضغط بكلتا يديها على القطعة في يدها، حتى تكاد تمزقها.

ليست خيانة الخادمة مع السائق ما أثار غضبها على الأرجح، بل هو حديث الخادمة عن حبها لزوجها وسفرها للتضحية من أجله ومن أجل بيتها.

استغفرت سارة الله وهي تفكر كيف أن الحبوب ربما بقيت مع

الخادمة بعد زيارتها الأخيرة لأهلها، منذ أقل من شهرين. هذا يعني أنها بريئة من أية تهمة مع السائق.

السائق بريء إذاً؟

ارتاحت سارة مع نتيجة كتلك. كانت تريده أن يكون بريئاً لسبب ما.

كان الله رحيماً بسارة أن وصلت إلى استنتاج كهذا.

كان الله رحيماً أن انصرف شكها أول الأمر إلى سائقها.

فما لم تكن سارة تدركه أو حتى تتصوره، أن شريط الحبوب الذي اكتشفته لدى خادمتها لا علاقة له بالسائق، ولا بزوج الخادمة، بل بزوجها هي: خالد.

كان خالد حقاً، هو الجزء الميت في سارة!

موعدان كانا أهم حدثين في حياة عفراء، صديقة سارة: الأول عند ولادة طفلتها، والثاني في التاسعة من صباح اليوم، عندما مثلت وزوجها أمام القاضي.

رفعت عفراء قضية نفقة على زوجها بعد طلاقها منه، لديهما طفلة صغيرة، رفض الإنفاق عليها. ربما لإغاظة أمها، أو هو العناد، أو البخل. عفراء متأكدة أنه البخل. فقد كان زوجها بخيلاً جداً. وكثيراً ما سمعت سارة تقول: بخيل المال هو بخيل المشاعر. ومن يبخل في تقديم المال، وهو «مادة»، لن يكون كريماً في تقديم المشاعر، وهي «روح». والمادة أقل من الروح سمواً وقيمة.

قصة عفراء منذ ليلة زفافها وحتى طلاقها، كانت سارة على معرفة بها. من أجل ذلك كانت تنتظر هاتفاً من عفراء بعد أن تفرغ من المحكمة لإخبارها بما حدث.

كان القاضي سمحاً، ومتفهماً، لكن الزوج ماكر مماطل. ثلاث جلسات متتالية، ظل يتغيب، وكان الخوف أن لا يحضر جلسة هذا الصباح.

في وقت ما، كانت سارة ترفض إصرار عفراء على الطلاق. وكم رددت بعض الصديقات على مسمعها المثل الشعبي: «ظل رجل ولا ظل حيطة».

«بل ظل حائط متداع أفضل من ظل رجل خائن!» هكذا كانت تردّ عليهم عفراء بعصبية. «ما قادنا إلى الوراء إلا أمثال شعبية لا علاقة لها بالعقل».

ولأن سارة اكتشفت تفاصيل مروّعة في حياة عفراء الزوجية، وافقت رأي صديقتها، فيما بعد، على أمر الطلاق.

في الحادية عشرة صباحاً أو ما يقارب ذلك اتصلت عفراء لتبلغ سارة أن القضية أجّلت إلى حين استلام تقرير لجنة التقديرات التي ستحدد مقدار النفقة.

«إنه التأجيل الرابع، أليس كذلك؟» سألت سارة، وأضافت قبل أن تنتظر جواباً:

ـ تعالي مع طفلتك وتناولي الغداء معي.

ـ وأين زوجك؟

ـ مدعو إلى غداء عمل.

حضرت عفراء بعد نصف ساعة. تناولت غداءها ثم استلقت على الأريكة في الصالون الكبير، بعد أن تركت طفلتها مع طفلي سارة بيد الخادمة.

حاولت الصديقتان أن تغفوا قليلاً. نامت عفراء، وبقيت سارة.

«من يحسد من؟» تساءلت سارة وهي تنظر إلى صديقتها النائمة في الجوار. وجدت نفسها مدفوعة بقوة إلى مسألة حبوب منع الحمل التي اكتشفتها في غرفة خادمتها.

من خلف الستائر الشفافة، رأت سائقها عند المدخل الرئيسي للدار

يغسل سيارتها، وقد شمر عن ساعديه وساقيه. تزيح طرف الستارة وتتأمله قليلاً دون أن يشعر بها.

تغمض عينيها وتعود إلى أريكتها قرب عفراء النائمة.

تتمتم صلواتها، وتشغل نفسها بالتفكير في ما ستكتبه إلى رئيس التحرير. فبماذا تبدأ؟

بقصتها أم بقصة ليلى الأرملة، أم عفراء المطلقة، أو حتى بخادمتها هي؟

في رأس سارة عشرات الحكايا التي عاشتها مع كل من حولها. وكلهن يبكين بدموع لا يراها أحد. تفكر سارة في بعض صديقاتها، حيث المكان الوحيد الذي يمكن أن يلجأن إليه من عذاباتهن هو إما صدور أمهاتهن، وإما قاعات المحاكم. «كل واحدة ونصيبها مع القاضي، ونصيبها أيضاً مع أمها».

بعض الأمهات رحيمات، وقاسيات في آنٍ واحد. رحيمات من حيث تفهمهن مشاكل بناتهن مع أزواج لا يرحمون. وقاسيات عندما تقتصر مساندتهن على صلوات لا تمنع سياط العذاب عنهن.

الآباء قصة أخرى. جل همّهم أن لا تعود الابنة إلى البيت مطلّقة. لا مانع أن تصبح أرملة، لكن ليس مطلقة فالترمل قدر من الله.

«قدر من هو الطلاق إذاً؟» تساءلت سارة والقلم يداعب شفتيها، تبحث عن بداية.

بينما هي تفكر، مستلقية على الأريكة، تستيقظ عفراء، وتتمطّط.

تسأل عن الساعة، فتخبرها أنها الرابعة بعد الظهر.

تشعل عفراء سيجارتها الخمسين ذلك اليوم، علها تخفّف شيئاً من

توترها جراء التأجيل المتكرر لقضيتها. لا تصدق عفراء أن زوجها، يوم طلاقها في المحكمة قبل بضعة أشهر، قد استشهد بعدم أهليتها كأم لطفلتهما لكونها تدخّن كالرجال. في نظره تتساوى فضيحة التدخين مع عار الخطيئة!

ثم هناك خطيئة أخرى في نظر زوجها: إنه حبها للرسم. فهي تعشقه كعشقها التدخين. بيتها أشبه بمتحف يزدان بالكثير من رسومها ذات اللمحات الانطباعية، مع قليل من الواقعية.

القاسم المشترك الوحيد بين لوحاتها أنها كلها مرفوضة من زوجها، حيث الرسم حرام.

لم تكن لتهتم. بقيت ترسم حتى هذه اللحظة ما تريد ولو كانت أجساداً نصف عارية، بل عارية تماماً. في رأيها أن الجسد أعظم من مجرد أطراف وأعضاء، إذ هو نموذج للإعجاز الإلهي ينبغي أن نراه بكل تفاصيله. كما أن إبراز عظمة صناعة الجسد لا يقل أهمية عن الحديث عن الإعجاز العلمي في الإسلام. هكذا كانت عفراء تجادل بعض صديقاتها اللواتي أصدرت إحداهن حكماً بتكفيرها من أجل رأي كهذا.

لم تكن عفراء تهتم ولو بقدر ضئيل بآراء صديقاتها، المعتدلات منهن والمتطرفات. وقد شاركتها سارة في لا مبالاتها تلك، بل شجعتها عليها. فهما تعلمان أن بين النساء، بل بين بعض صديقاتهن أنفسهن، من هي أكثر تطرفاً من كل متطرفي العالم. حتى أن الواحدة منهن لا تخفي تعاطفاً صريحاً وصلوات حتى الصباح من أجل نصرة بعض الإرهابيين لأنهم «مجاهدون في سبيل الله».

ما كانت سارة أو عفراء لتلقيا بالاً إلى رأي كهذا، ولا ترغبان في الخوض في أحاديث التطرف والدين. فلكل منهما تجربة مريرة.

بالنسبة إلى عفراء، ما كان سهلاً عليها أن تصبح، بأفكارها الثورية وشخصيتها العفوية، صديقة مقربة من أي امرأة أخرى كدرجة قربها من سارة. ربما لأن الأخيرة تشاركها في بعض أفكارها، بما في ذلك رسوم الجسد، وتبريرات تصويره.

أحياناً ما كانت سارة قادرة على قراءة بعض رسوم عفراء. لكن بعد شرح يطول كان يمكن رؤية ما يعتمل في صدر الصديقة من أفكار غريبة، يعكسها كل لون على حدة.

«فاللون روح قائمة بذاتها، تحس بغيرها من الألوان الأخرى، وبالإنسان الذي يستخدمها. فإما أن تعانده أو تسانده حسب قدرته على الحوار معها، بلا تحفّظ أو خوف». هكذا كانت تقول. من جنون أفكارها، أو ثورتها على تدخل الآخرين في حياتها بين تحليل وتحريم، رسمت عفراء ذات يوم صورة للشيطان وهو يبتسم. قالت إن له إطلالة بهية!

كان الشيطان الذي رسمته يحمل وردة بدلاً من الشوكة. ويلبس ثياباً نظيفة، بيضاء اللون. قالت إنه أجمل من زوجها. وإن زوجها هو الشيطان الحقيقي والوحيد الذي تعرفه.

ليست صعبة هي قراءة لوحات عفراء، لكنها غريبة مثلها.

ذات يوم اختارت سارة أجمل لوحتين لعفراء، تضعهما على مدخل دارها. رفضت عفراء أي ثمن برغم إصرار سارة: «لا أرسم من أجل المال، بل من أجل الألم الذي أفرغه في لوحاتي!».

ألم عفراء كان يستحيل، عندما يمتزج بألوانها، إلى أمل أحوج ما تكون له سارة. من أجل ذلك اقتنت اللوحتين. إحداهما تظهر عربة خشبية قديمة، تصعد طريقاً متعرجاً وهي تحمل فوقها خمسة رجال يقطرها حمار متهالك.

لوحة غريبة، لكنها تحمل أكثر من معنى، على ذمة عفراء.

قالت إن هذه اللوحة تتميز بأنه يمكن إعادة تخيلها على النحو الآتي: عربة خشبية قديمة، يقطرها كائن طيب، تصعد طريقاً متعرجاً وهي تحمل فوقها خمسة حمير!...

الحمار الواحد هو رمز في اللوحة الأولى، كذلك الحمير الخمسة في اللوحة الثانية، لمن لم يكتفِ بالحمار الواحد. تفسير غريب لا معنى له. وتلك ميزة أخرى لعفراء.

ثم أضافت: «أجمل ما في لوحة كهذه، أنك لا تميزين الإنسان من الحمار!».

«وأين الأمل في ذلك؟» سألتها سارة.

فأجابتها عفراء بسرعة بديهة تصحبها ضحكة كبيرة: «في الحمير!». تنفض عفراء رماد سيجارتها، ونصف جسمها لا يزال مستلقياً على الأريكة في منزل سارة، بعد الغداء، وهي تراقب مضيفتها حائرة والقلم يداعب شفتيها. ثم تسألها عن سر القلم والأوراق المتراصة بعضاً فوق بعض على الطاولة.

ـ أبحث عن بداية. قالت سارة.

ـ بداية لماذا؟

ـ لرواية.

ـ هل تكتبين رواية حقاً؟ اجعليني إحدى بطلاتها.

ـ هل تمزحين؟

ـ لا والله. وإن شئت ساعدتك ورسمت غلافها. لكن ما مضمون هذه الرواية؟

ـ ستعرفين لاحقاً.

ـ تحس سارة بالسعادة وهي تستمع إلى حديث عفراء. كلامها يعطيها الضوء الأخضر لتكتب ما تشاء عن تجربتها هي، ثم تجربة صديقتها.

تنظر عفراء إلى ساعتها وتنهض، وهي تبلغ سارة نيتها بالذهاب إلى السوق، لشراء بعض حاجاتها، مع بضعة ألوان لمرسمها، وتعرض عليها أن يذهبا سوياً، لكن سارة تعتذر لرغبتها في البقاء للكتابة.

تحضر الخادمة طفلة عفراء، وتسير مع صديقتها إلى الباب لتودعها. تطلب سارة إلى سائقها أن يوصل ضيفتها إلى حيث تريد، وينتظرها في السوق حتى تفرغ.

«أعيريني إياه ليلة واحدة فقط»، قالت عفراء مداعبة سارة وهي في طريقها إلى الخارج.

«والله إنه أحلى من كل رجالنا»، أضافت.

نظرت إليها سارة بطرف عينها وهي تضحك: «خذيه العمر كله». لكن، هل كانت تعني ذلك حقاً؟

تودّع سارة صديقتها عند الباب، وتعود بردائها الأحمر إلى أريكتها، بعد أن طلبت إلى خادمتها شاياً أخضر. ثم تفكر: «من أين أبدأ؟».

لسبب ما تدخل حجرتها، وتحضر دميتها إلى حيث تجلس أمام الأوراق البيضاء. ربما كانت تستجدي البداية من الدمية، وقد فعلت.

مذ كانت في السابعة من عمرها، لم تفارقها تلك الدمية البتة. أحضرها لها والدها بعد رحلة له إلى أوروبا. كانت عبارة عن دبّ صغير يلبس مريولاً قصيراً زهريّ اللون، استبدلته سارة فيما بعد بلون أحمر. قالت إنه يناسب عمر الدمية، التي كبرت، أكثر من اللون الزهري.

ثم بدأت تكتب:

«كنت ذات مساء ألعب مع شقيقي الأصغر في حديقة منزلنا. دخل علينا أبي وهو يخفي وراء ظهره هدايا اشتراها لنا. بعد أن قبلنا وعانقناه، قدم لي هديتي دباً صغيراً. أما أخي فقد كان نصيبه قطاراً يعمل بالبطارية ويصدر دخاناً خفيفاً.

أطلق أبي على الدمية اسمي أنا، كي يكون له سارتان بدلاً من واحدة، لكني آثرت أن تبقى الدمية بلا اسم. فليست الأسماء هي ما تعطي الأشياء قيمتها».

فجأة تتوقف عن الكتابة، وقد شعرت، بما لا تملك تفسيراً له، أن زوجها خالد سيفتح باب الدار ويدخل عليها.

صدق حدسها وهي تراه يطل من الباب الرئيس.

كيف توقعت وصوله؟

حتى هي لا تعرف ذلك.

ربما انقباض في صدرها دلها على وجوده في المكان.

... لا تعرف!

لكنها فقدت القدرة على الاستمرار.

ألقى عليها تحية مسائية سريعة وهو يطلب إلى الخادمة أن تعد له طعام غدائه.

تعتذر سارة بأدب، وهي تخبره أنها قد تناولت غداءها برفقة صديقة لها، لعلمها أنه مدعو إلى الغداء مع بعض أصدقائه.

«أليس كذلك؟» تسأله.

ـ نعم، لكني اعتذرت في اللحظة الأخيرة لانشغالي بموعد عمل لا يحتمل غداءً قد يطول.

نهضت سارة لمساعدة الخادمة، التي باتت تعاملها بجفاف لا تملك تفسيراً له، منذ اكتشفت الحبوب في غرفتها. يأكل خالد بسرعة، وقد قطع غداءه أكثر من اتصال. لم تهتم سارة بأي منها، بل دخلت حجرتها وأوراقها في يدها، ثم عادت وقد انتهى من طعامه. أخبرها أنه سيتأخر مساءً، وغادر على عجل.

رجعت إلى أريكتها، تلملم أفكارها التي تناثرت في جو صالونها الكبير مع دخول خالد.

نظرت إلى دميتها، ثم إلى الباب الرئيس، كمن تخبر الدمية أن خالد قد غادر فعلاً.

ما كان يمكن أن تكتب وهو بقربها. فالكتابة ليست عملاً ترفيهياً، بقدر ما أصبحت ضرورة لسارة.

تلتقط القلم وهي تتأمل الأسطر التي كتبتها.

باتت تعرف من أين تبدأ... لكن أين ستكون النهاية، وكيف؟ ثم أين هو الفاصل بين الممكن والممنوع؟

أخيراً قررت: «لن أهتم بأية خطوط. سأكتب ما أشاء، ولمن يقرأ أن يقرّر بنفسه الخط الذي يقف عليه».

مصّت شفتيها، وبسبّابتها داعبتهما بلطف.

وضعت القلم على الأوراق التي أمامها. وبكلتا يديها جمعت شعرها المنسدل على كتفيها، والتقطت قلماً آخر أدخلته في خصلات شعرها عاقصة إياه للأعلى. بدا القلم كساق وردة التفت حوله خصل حريرية.

وقبل أن تواصل الكتابة، أزاحت بحركة تلقائية خصلتين هربتا من القيد. ثم أمسكت بيدها اليسرى الأوراق البيضاء، بعد أن وضعت تحتها مخدة ترفعها إلى مستوى الكتابة، وبدأت من جديد:

«نشأتُ في أسرة متماسكة لها أربعة ذكور وفتاتان: أنا وأخت أصغر مني اسمها هند.

والدي رجل متعلم. كان يشغل وظيفة مدير مدرسة ثانوية، وقد بلغ سن التقاعد أخيراً. درس اثنان من أشقائي في الخارج. حصل أحدهما على الماجستير في العلوم الطبية، ويعمل في مستوصف أهلي في الرياض. شقيقي الآخر أكمل الدكتوراه في علوم الحاسب الآلي، وهو أستاذ في جامعة إسلامية في مكة المكرّمة.

أخي الثالث موظف في شركة كبيرة في جدة، أما الأصغر فلا يزال في سنته الجامعية الأخيرة. وأنا تعلمت في الجامعة المحلية، متخصصة في الأدب الإنجليزي.

شقيقتي هند فضّلت أن تنسحب من سنتها الجامعية الأولى، برغم معارضة والدي، معتقدة أن أفضل شيء للفتاة هو انتظار العريس المناسب. أنا أقول إنها تأثرت بوالدتي، التي كان تشبعها الديني يتعارض مع ليبرالية والدي.

أبي لا يؤمن بكثير من الموروثات الاجتماعية بعاداتها وتقاليدها. بل لا يكاد يؤمن بها كلها.

وكم خاض في نقاشات حادة مع أشقائه وحتى مع أشقاء أمي، حول الدين والعقل والعلم.

يعتقد أبي أن مجتمعنا السعودي أصبح متخماً بالدين، وأن هذه التخمة أصابته بنوع من الخدر العقلي، الذي جعل من الناس آلات تؤدي الشعائر بصورة تلقائية دونما إدراك قيمة الدين الحقيقية. فالدين ليس عبادات وأشكالاً خارجية، إنما الناس قد اعتادته دون تفكير في الجوهر.

تعوّد الدين يغذيه الخوف من الناس أولاً، والإيمان المطلق بالسلطة القدرية ثانياً، أي الإيمان بأن كل شيء مكتوب في القدر، وأن لا قدرة للإنسان على تغيير قدره، بل واجبه أن يطيعه، ولو أتى بخلاف ما يعتقد أو يريد.

مثل هذا التصور كان يرفضه أبي، الذي يؤمن بأن إرادة الإنسان هي جزء من إرادة الله التي وهبها لعباده كي يختاروا طريقهم بأنفسهم.

ذات مرة دار نقاش بينه وبين بعض الأقرباء. انتهى اللقاء بقطيعة لأبي، وشبه قطيعة لنا كلنا، فقط لأنه كان يرى أن المجتمعات الإسلامية قد انشغلت بتفاصيل دينية صغيرة، صرفتها عن علوم الدنيا ومعارفها. من أجل ذلك تبدو الدول الإسلامية أقرب إلى التخلف منها إلى التطور.

في رأيه أيضاً أننا عدنا إلى الوثنية القديمة. فعندما يصبح الدين هو الثوب القصير واللحى الطويلة والنقاب، يتحول الإيمان إلى رمز فقط، وكذلك هي الوثنية تعتمد على الرمز.

كنت أسمعهم يقولون إن أبي علماني والعياذ بالله. لم أكن أعرف ما تعني كلمة علماني: هل تعني كافراً أم مرتداً. أشقائي أنفسهم كانوا

يقولون ذلك في خلواتهم. لكنهم ما كانوا يجرؤون على مناقشة أبي في آرائه.

كبرت وأنا أسمع أمي في صلواتها تدعو لأبي بالهداية، وترجو توبته طول الليل.

كانت أمي بخلاف أبي تماماً، ابنة بيئة دينية صارمة. كل شيء فيها محرم. كانت أمي نموذجاً للإنسان عندما يصبح آلة قدرية، كما كان يقول أبي. لكنه ما صرح بذلك يوماً كي لا يجرحها، أو تثور عليه. هو يحبها بشدة، وربما كان تشدد أمي هو النقيض الذي يجتمع مع نقيضه في صورة أبي. من أجل ذلك يبدوان، حتى هذه اللحظة، كعاشقين جمعهما اختلاف الرأي، برغم أكثر من خمسة وثلاثين عاماً مضت على زواجهما.

أحس أحياناً أن قوة اختلافنا عن الآخر تعكس عمق قربنا منه دون أن ندري. هكذا كنت أرى أبي وأمي.

إخوتي تشربوا أفكار أمي وأخوالي. لا شيء في تلك الأفكار يربطهم بأبي.

أخي الثاني، رفض ذات يوم أن يجلس معنا في صالون المنزل الرئيس لأنه يعتقد أن التلفزيون حرام.

أشقائي ملتحون، باستثناء أصغرهم الذي يرفض الالتحاء برغم جهود أخوالي وإخواني معه. هم يصرون عليه، وهو يصر على الرفض. أفكاره تشبه أفكار أبي كثيراً. إذ يرى أن اللحية ليست فرضاً، وأن من الأفضل أن لا تكون. كان مجرد الحديث عن اللحية يثير البيت.

آخر نقاش ديني دخل فيه أبي مع أحد أخوالي، انتهى بأن قال له خالي:

تب إلى الله. والسبب أن والدي كان يرى أنه لا يمكن أخذ حديث للرسول عليه الصلاة والسلام على أنه صحيح بالمطلق أياً كان مصدره، كما أن الحديث لا ينبغي أن يتخذ قدسية القرآن. فليس الرسول بالمقدس ولا الحديث يرقى إلى كلام الله.

آثر أبي منذ ذلك اليوم الاحتفاظ بآرائه، أو حصر النقاش داخل البيت مع إخوتي إن أراد، لكنه لاحقاً آثر الصمت مع الجميع.

بالنسبة إليَّ أنا وأختي، كنا مختلفتين. أنا من مدرسة أبي، وهند من مدرسة أمي.

كنت منذ سن مبكرة أناقش أبي في مختلف الأمور. وكنت أشكو له بعض غلواء أمي الدينية التي انعكست على أشقائي. ولو كان أبي مثل أمي، لأصبح نصفهم في أفغانستان أو العراق.

أمي الطيبة كانت سعيدة جداً بتشدد إخوتي. كانت تراهم النموذج الأمثل للإنسان المؤمن الذي سيذهب قطعاً إلى الجنة.

لم يكن أبي مجرد أب لنا، بل كان صديقاً أيضاً، وتحديداً لي أنا. كنت أحلم دوماً بزوج له شيء من صفاته وعقله. لم أفكر يوماً في الارتباط برجل يحمل تفكير أشقائي، الذين لا يعرفون من حقوق المرأة أكثر من أن «الرجال قوّامون على النساء». لكن أبي يقول إن الرجال قوّامون على النساء في الإنفاق، لا في الرأي والحقوق. كل رجال عائلتي رفضوا رأيه، فالقوامة تعني العقل والإرادة أيضاً.

«ماذا تعني القوامة يا فضيلة الشيخ؟»، سمعت سيدة تسأل أحد الشيوخ في الإذاعة. أجابها الشيخ:

«القوامة تعني الإنفاق، تعني الحماية، تعني الكرامة».

كما قال أبي تحديداً. وكما لا يعرفه إخوتي مطلقاً. ومن أجل ذلك، دفعت ثمناً غالياً بسبب آرائي.

كنت قد أدركت مبكراً أننا ضحايا اجتهادات عنصرية لا علاقة لها بالدين.

قلت ذلك ذات مرة لأمي، فقالت: استغفري الله يا ابنتي.

«وهل كفرت يا أمي إن قلت إن الرجال والنساء سواسية؟»

أمي لم تقتنع ولن تقتنع. فهي التي أكملت قدراً لا بأس به من التعليم، مقتنعة أن النساء لن يتساوين مع الرجال يوماً.

«الرجال قوامون على النساء يا سارة!». سمعتها من أمي أكثر مما سمعتها من أشقائي.

هكذا نشأت في بيئة نصفها يمنع كل شيء ونصفها الثاني يحرّم كل شيء.

لم أكن وحدي الضحية، بل كل أفراد عائلتي هم أيضاً ضحايا مجتمع لا يقبل بالرأي الآخر، وخصوصاً إن تعلق الأمر باجتهاد ديني. عقول علاها الغبار وليست على استعداد لتناقش كلمة أو قضية، خارج إطار ما توارثته من أفكار.

هكذا كنا في البيت فريقين في ملعب واحد: أنا وأبي فريق، وأمي وأشقائي وأختي الصغرى فريق آخر.

ما كان أبي يتدخل في قراراتنا إلا بقدر ما نطلب نحن إليه. أنا تحديداً كنت أعتمد، ولا أزال، على رأيه كثيراً. وكم كان يداعب أمي بقوله إن لها سلطة ديكتاتورية لا يمكن إعادة انتخابها ديموقراطياً.

أمي كانت كذلك بالفعل. حتى في نظرتها إلينا كإخوة كان ثمة تمييز:

«الأولاد رجال، وما ضير الرجال إن راحوا أو جاءوا». هكذا كانت تقول، ولا مجال للنقاش.

أمي تنازلت بإرادتها عن حقوقها، حتى في الرأي، أمام أبنائها الرجال.

تعليم والدي ومنصبه وانفتاحه لم يحل دون أن تبني والدتي بيننا وبين الآخرين أكثر من حائط.

غلواء أمي الطافحة بأفكار قديمة عن العيب والحرام، جعلتها كالآخرين، تفترض أن الخطيئة واقعة لا محالة في كل من يخالف ما اعتادته هي، أو ما اعتاده إخوانها وإخواني، ولو تعارض ذلك مع الله والدين. يومئذٍ أدركت أن العادات تخيف أمي، أكثر مما هي تخاف أن تعصي أمراً من السماء!

شقيقتي هند، كانت نسخة عن أمي. تقبل بما تقبل هي، وتردد عباراتها نفسها. ربما كانت دراستها التي ما أكملتها في علوم الدين والشريعة تناسب ميولها. لكني لست أعلم أيهما تأثر بالآخر. أبي كان يتمنى لهند تخصصاً أفضل. لأن في رأيه أن علوم الدنيا تحتاج إلى جامعة، أما علوم الدين فتحتاج إلى قراءة فقط.

أمي بعكسه تبارك اختيار هند. أشقائي رفضوا أي مجال آخر لها.

كم تساءلت في سري، وأنا أطالع هند تقرأ ذات يوم عن وأد البنات في الجاهلية: كيف يقولون إن وأد البنات قد انتهى؟

لم ينته. لكنه اتخذ صورة مختلفة عما قرأناه في مدارسنا.

ما عاد الوأد أن تدفن الصغيرة حية، بل أن تدفن الكبيرة حية أيضاً!

عندما تحرم الفتاة قرارها، من حقها الدفاع عن أنوثتها، فهذا وأد من

نوع آخر، بل هو أسوأ منه. قديماً كان الوأد أن تموت الصغيرة مرة واحدة، أما حديثاً فهو أن تموت المرأة كل يوم!

أبي الحنون، ترك إخوتي وأمي يقومون بالوأد دون أن يتدخل كثيراً خوفاً من نار تشتعل في البيت. وربما كان ذاك الشيء الوحيد الذي ألومه عليه. صمته على الخطأ.

بين كل أفراد عائلتي، أشعر أن أقربهم إلى نفسي، بعد والدي، شقيقي الأصغر، الذي يدرس في كلية الاقتصاد. كان يحب أن يكون طياراً حربياً، لكن والدتي أبدت الكثير من الخوف، وضغطت عليه، فبدل رأيه في اللحظة الأخيرة.

شقيقي هذا يبدو أكثر ميلاً إلى بعض أفكار أبي. إلا أنه يظهر قدراً من التحفظ، حسب الجو العام. ماكر هو إلى أقصى حد. يبدو سابقاً عمره أحياناً. أشعر أنه أكثر سعادة وتفاؤلاً من بقية أشقائي. كنت أسأل لماذا؟ فلا أجد جواباً أكثر إقناعاً من رأي أبي: «أصبحوا آلات قدرية!».

بعد أن كبرت، صرت أصطدم كثيراً بأهلي. وكلما زادت قراءاتي واطلاعاتي ازداد عنادي وتمسكي بقناعاتي، ولو خالفت كل أهل البيت.

«ما أذهب أفكارك سوى كتبك تلك». هكذا كان يقول شقيقي الأكبر، الذي أصبح هو الآمر الناهي في البيت بعد أن أصبح أبي في عزلة إجبارية، يقضيها هو أيضاً بين قراءاته لعبدالله الغذامي وعبدالرحمن منيف وسماع الأخبار وأغاني أم كلثوم. أحس أحياناً أن عزلته اختيارية. فقد يئس من كثرة النقاش مع أناس لا يترددون في اتهامه بالكفر والزندقة لاختلاف في الرأي.

كدت ألحق بأبي في عزلته، لولا تلك الكتب التي كانت تأتيني من

وقت إلى آخر عبر بعض صديقاتي. وكثيراً ما ناقشتها مع أبي. ولن تغيب عني لحظات الخوف التي عشتها ذات يوم أمسك أخي فيه بمجموعة روايات رومانسية كانت في حقيبتي المدرسية. كنت أتبادل تلك القصص مع الزميلات في المدرسة. كلهن كن مثلي، حالمات وخائفات مثلي. كنا نغلّف الروايات على شاكلة الدفاتر والمقررات المدرسية، كي لا يراها أهلنا، أو المعلمات في المدرسة هل كان الخوف من المعلمات أكبر، أم من إخوتي؟

يمكنك أن تقول إن الخوف هو من نارين، حيث السلامة تكمن في الجحيم الهادئة بينهما.

كانت لنا معلمة في المدرسة تفتش حقائبنا. وما كنت أعترض لو أن بحثها كان محصوراً في ما يخل بالأخلاق والدين. لكن المعلمة كانت تتدخل في ما نقرأ وما لا نقرأ. هي رقابة على أفكارنا. على مشاعرنا. كم شعرت أن الحب الذي يتغزل به الشعراء محرم، بل ممنوع. والويل لمن تقع في الحب. لماذا قرأوا علينا قصص امرىء القيس ومجنون ليلى إذاً؟

لم ينقذني من بطشة أخي ذاك اليوم سوى تدخل أبي.

ألم أقل لك إن الوأد القديم أرحم من الوأد الحديث؟

ليس غريباً والحالة تلك أن تبحث الفتاة منا عن الخلاص في رجل يطلب يدها. خاصة إن كان الطالب مختلفاً، ولم أكن أشذ عن القاعدة.

بالنسبة إلى أمي، فقد كان جمالي، والخوف من الفتنة التي كثيراً ما كررتها على مسمعي، هما ما دفعاها إلى تزويجي باكراً، وإن لم تمارس ضغطاً مباشراً. وإن كنت قد نجحت أكثر من مرة في تأخير قرار الارتباط خوفاً من سوء اختيار، فقد وجدت نفسي أضعف أمام رغباتي وأمام

إرادة أمي الطيبة، وأوافق على من تقدم لي في المرة الأخيرة. وما شجعني أكثر أنه بدا متوافقاً مع الصورة التي تمنيتها: رجل متعلم، ذو وظيفة محترمة، وشبيه بأبي.

ثم ازداد اقتناعي بحسن اختياري، بعد أن علمت أن من تقدم لي قد قضى ثماني سنوات يتنقل بين الولايات المتحدة الأميركية وبريطانيا، حتى أكمل تعليمه العالي، متخصصاً في إدارة الأعمال، قبل أن يعود إلى السعودية.

لم تكن الشهادة الجامعية هي ما شجعني عليه، بل افتراضي أن أسفار الإنسان تزيد من ثقافته لا علمه فقط. فليس الرجل المتعلم هو من كنت أبحث عنه، بل الرجل المثقف. فالعلم هو معرفة الأشياء، أما الثقافة فهي تقدير الأشياء. وكم كنت أحتاج إلى من يقدرني ويفهمني. فخلته هو. خلته غير نسخة مكررة من أشقائي. «أهم شيء أن لا يكون صورة عنهم». قلت ذلك صراحة لشقيقتي الصغرى، وصديقاتي، يوم أعلنت موافقتي.

تبحث الفتاة أحياناً عن رجل يشبه في صفاته والدها، أو أحد أشقائها، غير أني لم أكن كذلك. بالعكس، كنت مقتنعة أن أحداً لن يكون كأبي. كما كنت مقتنعة بأني لن أقبل بمن يكون كإخوتي.

كنت أنتظر رجلاً، علاوة على علمه وثقافته، قد طاف العالم، وشبع من ملذاته، حتى إذا ما انتهى إلى صدري، أتاني مرتوياً من عبثه. كنت أبحث عن رجل صقلته الخبرة والتجربة. هذا ما رأيته في خالد يوم اللقاء الأول. لم يطل الأمر حتى جاءت عائلته بأسرها تخطبني إليه، ثم أتى الزفاف سريعاً.

يقول المثل الإنجليزي: «تزوج بسرعة واندم على مهل». كنت أراه مثلاً خاطئاً وأنا على منصة فرحي قرب عريسي.

ولم أكن في حاجة إلى الانتظار كثيراً حتى اكتشف أني أنا من كنت المخطئة».

انتهى المطر،

وكذلك فنجان القهوة.

ـ أعطني كوباً آخر من القهوة يا جيوفاني، قال هشام.

ـ لم لا تتناول بعضاً من الشاي الأخضر، فقد اشتريت أخيراً شاياً صينياً معطراً.

ـ شيئان لا أثق بهما أبداً: وعود سيدة جميلة، وذوقك يا صديقي!

بالمناسبة يا جيوفاني، سأقيم احتفالاً في منزلي الأسبوع القادم، واحرص أن تكون بين الحضور.

ـ ما المناسبة؟

ـ صديق لي قد تزوج. وأحببت أن أقيم دعوة بهذه المناسبة أثناء زيارة له إلى لندن.

ـ هل أصحب أحداً معي؟

ـ صديقتك ماريا. ولا مانع أن تدعو كل صديقاتها، بل كل روما إلى بيتي، وليمت قيصر قهراً.

ـ ومن ستكون رفيقتك في الحفلة، أصديقتك الإسبانية التي رأيتها معك آخر مرة؟

ـ بالتأكيد، لكني هاتفتها البارحة فما وجدتها. سأوعاد الاتصال بها من مكتبي.

كانت الساعة تشير إلى التاسعة صباحاً، عندما غادر هشام المطعم الإيطالي، في الطريق إلى مكتبه.

اليوم هو أول الأسبوع. وفي رأس هشام سؤال ما انفك يطارده منذ الأسبوع الماضي: «ماذا سيكون رد فعل الرقيب على نشر رسالة سارة الثانية؟».

قدّر هشام وهو يخطو داخل مكتبه أن الرقيب سيتصل به اليوم أو في الغد على الأرجح، حيث أن بداية الأسبوع هنا في لندن، هي منتصفه في السعودية.

«بموجب أي توقيت يعمل هذا الرقيب يا ترى؟» تساءل هشام وهو يلقي تحية الصباح على سوزي، ويسألها إن كان هناك من اتصال؟

«لا شيء» قالت.

غريب.

بعد قليل تدخل إليه بالقهوة، مع كومة من الرسائل. قلب الرسائل سريعاً علّ الرقيب يكون قد بعث إليه برسالة إن صعب عليه العثور على هشام الكثير الأسفار.

«لا اتصال، لا فاكس، ولا رسالة بريد، وقد مضى أسبوعان على نشر رسالة سارة. ما حقيقة الرقيب إذاً؟ هل ذاك الجالس في صدر الطاولة مجرد وهم؟».

يشغل هشام نفسه بأسئلته، وهو يعاود النظر إلى الرسائل التي أمامه. نظراً إلى الكمية التي تفد عليه كل يوم، أصبحت لدى هشام القدرة على قراءة مضمون كل رسالة قبل فضّها أحياناً... من حجمها، طبيعة الخط، العنوان... إلخ. أو لنقل إنه الإحساس الذي تصنعه الخبرة الطويلة.

رسائل سارة كانت متميزة بطبيعتها من لهيب الكلمات التي تتناثر كشظايا من ثقوب المغلّف الذي يحتويها.

كم جميلة هي شظايا النساء!

طالع الرسائل التي أمامه وقد فاق عددها، ذاك الصباح، الثلاثين رسالة. بسهولة عجيبة، استل رسالة من الكومة: الرسالة الثالثة من سارة.

ما توقع هشام أن تأتي الرسالة بهذه السرعة، خاصة بعد غضبة كاتبتها العارمة التي عكستها الرسالة السابقة. برغم ذلك كان مفعماً بالأمل أن تحمل الرسالة هذه المرة عنواناً لسارة. فإذا ما استجابت لطلبه بأن تتواصل معه، فلا بد إذاً أن ترسل إليه عنوانها.

أخذ يقلب الرسالة على وجهها وظهرها دون أن يرى عنواناً آخر غير عنوانه هو.

«ربما كان العنوان في الداخل»، قال مطمئناً نفسه.

فتح الرسالة بعد أن مزق جزءاً منها لتعجله. على ورقة بيضاء كبيرة تراصت كلمات منظمة بشكل جيد، كجيش يتوجه إلى الجبهة. بحث بينها عن أي عنوان، فما وجد سوى اسم المرسلة في نهاية الكلمات، على غرار الرسالتين السابقتين.

شعر بإحباط كبير، وقليل من الأمل. إنه أمل التواصل الذي بدا في أسوأ حال.

انتهى سريعاً من قراءة الرسالة التي تتحدث فيها سارة عن طفولتها، وحتى زفافها. كم تتشابه طفولة الصغار في كل مكان. هو أيضاً ربما كان كذلك. بل كل الأطفال هم أيضاً متشابهون. ينهض هشام وهو يسأل نفسه: أينشر الرسالة، أم ينتصر عليه الخوف فيتجاهلها؟ حاول أن

يتشاغل عن حيرته بالانصراف إلى مقاله الأسبوعي، باحثاً ومقلّباً عن فكرة يكتب عنها. لعلها كانت محاولة للهروب من خوفه من نشر الرسالة. فحتى الحيرة في نشر رسالة عادية، تعني خوفاً غير عادي. وهذا ما كان عليه هشام. من أجل ذلك هرب إلى كتابة مقاله الأسبوعي.

كانت مقالاته محيرة بدورها. فتارة هو متعاطف مع المرأة، وتارة هو خائف منها. لربما كان السر في ما حققته بعض مقالاته من نجاح هو ذلك المزيج من عنصرين في نفسه: الخوف والتعاطف.

«العلاقة بين الرجال والنساء قائمة على ثنائية التعاطف مع ... والخوف من». هكذا كان يؤمن. هي فلسفة خاصة به أسماها «مع ومن!» كان اسماً غامضاً حتى عليه هو، لكنه كان قادراً أن ينطلق منه إلى مواضيع تجذب المرأة بقوة.

كان يقول: «يخاف الرجل أن ينهزم أمام عاطفة المرأة، فيخسر حبها. وهي بالمثل، تخاف من انهزامها فتخسر حبه. هذا الخوف المتبادل هو ما يغذي العلاقة. ما يجعلها أقوى. من أجل ذلك يموت الحب عندما يأتي الزواج. لأن في الأخير تملّكاً للآخر، ضماناً لوجوده. وعندما يصبح الحب مضموناً، يموت بسرعة. لأنه يتغذى من الخوف من ضياع الآخر، من فقدانه». يتوقف لحظة عن التفكير في مقاله، ويسأل نفسه:

«كيف يا ترى شكل سارة هذه؟».

يعبث بالقلم بين يديه وهو يفكر، في قليل من خجل، كيف هو يستلذ رسائل سارة الملأى بآهات الألم.

لا تحتاج المسألة إلى تبرير سادي، فالقضية ببساطة هي أن معظم

الناس تسعد بمصائب الآخرين. لأننا من خلال مصائبهم نخفّف من مصائبنا نحن، أو نلتمس خطوط حظوظنا مقارنة بهم.

حتى منتصف النهار، ما كان قد كتب شيئاً بعد، ولا قرر مصير رسالة سارة الثالثة. اتصل بإيزابيل في مكتبها كي يدعوها إلى الوليمة التي يعتزم إقامتها. فأخبروه أنها غير موجودة، وربما عادت في المساء.

وضع سمّاعة الهاتف، ثم أطبق يديه على وجهه وهو يفكر في ثلاثة أشياء:

خوفه أن ترفض إيزابيل حضور وليمته، رسالة سارة وحيرته في أمر نشرها، ثم مقاله الأسبوعي الذي لا يعرف ما سيقول فيه.

نهض من مكتبه وتوجه إلى سوزي طالباً إليها دعوة الزملاء إلى اجتماع هيئة التحرير.

عاد إلى مكتبه، ثم إلى سوزي من جديد: «... مع فنجان القهوة لو سمحت!».

بعد عشر دقائق كان الجمع قد حضر إلا هو: إذ كان يذرع مكتباً مجاوراً وهو يتحدث عبر هاتفه الجوّال. عاد بعد دقائق وجلس مع بقية زملائه وهو يحمل قهوته في يده، دون أن يعتذر عن التأخير. طلب أن يسمع بعض الأفكار والمقترحات حول المواضيع التي ستتصدر غلاف المجلة في العدد القادم.

كل الأفكار مكررة. المهارة في طريقة المعالجة وحدها.

المواد الصحافية تشبه إعادة تدوير النفايات. هي المكونات نفسها التي تعود وتشتغل عليها من جديد لتعطيها شكلاً جديداً. ثم تعيد المكونات نفسها لتصنع شكلاً جديداً آخر.

منذ الحرف الأول في تاريخ الصحافة، تتكرر المواضيع ذاتها. مشاكل الناس تزداد، لكن أصلها واحد: امرأة ورجل. حتى السياسة، هي في النهاية امرأة ورجل.

تشبه المرأة الوقود الذري، لا ينضب مطلقاً، وذرة واحدة تختزل طاقة البشرية منذ نشأتها. الرجل أقل قدرة على الاختزال، أقل بكثير.

سمع هشام كل تعليقات الزملاء وأفكارهم أثناء الاجتماع. ثم دفع بهدوء ظهر كرسيه إلى الوراء وقال:

«أقترح أن ننجز موضوعاً عن الوأد الحديث للنساء».

تساءلت زميلة ألا يزال هناك من يدفن النساء وهن على قيد الحياة في هذا الزمان؟

أجاب: «لا أتكلم عن وأد النساء في القبر، بل عن وأدهن في قبر العادات والتقاليد القديمة... منذ الجاهلية القديمة». كان هشام يردد كلمات سارة.

ثم التفت إلى المسؤول عن التحقيقات طالباً إليه متابعة الموضوع بشأن العدد القادم: «أريده جاهزاً على مكتبي خلال خمسة أيام».

وشدد على أن لا يأتي التحقيق ميتاً أو سطحياً كموضوع الخيانة الزوجية.

«لا أريد من يقول إن المرأة هي نصف الرجل ونصف المجتمع، وهي الأم والأخت والوردة وكل حدائق الياسمين. لا أريد عبارات صنعت قبل عهد الحرف لا معنى لها. أريد من يكون جريئاً ويروي تجربة عاشها أو سمع بها. أريد من يقول إن هناك وأداً، وإن للوأد

١٦٨

الحديث أكثر من لون وصورة. أريد من يقول نعم أخطأنا، وسنعالج الخطأ... لا أريد رجالاً في ثياب قدّيسين».

لم يكن هشام ليعني كل ما قال. فهو نفسه لم يكن جريئاً في النشر، فكيف يطلب إلى الآخرين أن يكونوا أجرأ منه؟

وبجدية مصطنعة، سأل المختص بالتحقيقات:

ـ كم مكتباً سيشارك في التحقيق؟

ـ كل المكاتب تقريباً.

ـ لا أريد أن تضيف شيئاً من عندك، أريد قصصاً حقيقية.

ـ ماذا لو كانت صعبة على النشر، أو غير متوقعة؟

ـ هذا ما أبحث عنه تحديداً. وأضاف: «أريد رأياً نسائياً أيضاً، أم هل ستكون المشاركة قاصرة على الرجال وحدهم؟ لا، أريد رأياً نسائياً، غير متوقع».

كان هشام يتحدث، والزملاء ينظرون إليه بشيء من الدهشة إزاء هذه الرغبة القوية في تحقيق كهذا. كان أكثرهم استغراباً ناديا، المسؤولة عن صفحات البريد.

لو رأى الزملاء ما رآه هشام لعرفوا السبب: الرقيب يتلاشى تدريجاً لتحل محله سارة على ذات المقعد وهي تطالع الحاضرين دون أن يشعر بحضورها أحد سوى هشام.

انتهى الاجتماع. فانصرف الجميع، معهم الرقيب، وبقيت سارة.

ما شعر هشام بلذة انتصار كاليوم. ليس لأن الرقيب قد انصرف، ولا لأن سارة قد حلّت مكانه، بل لإدراكه أنه إذا كان الإنسان يصنع شيطانه، كما تقول سارة، فالإنسان أيضاً يصنع خوفه. «خوفنا يصنع الخطوط

الحمراء... الخوف يصنعنا». ردّد وهو ينهض تجاه سكرتيرته طالباً كوباً من الشاي الأخضر.

يعود إلى مكتبه، ثم ينهض مجدداً تجاه السكرتيرة:

«كوبان من الشاي الأخضر لو سمحت». واحد له، والآخر لسارة.

كاد النهار أن ينتهي قبل أن يتلقى هشام اتصالاً من إيزابيل التي كانت غائبة عن لندن في رحلة إلى برايتون في الجنوب. أخبرها عن موعد الحفلة في منزله، والمناسبة، ومن سيكون موجوداً.

قال إنه اشتاق إليها، وأراد أن يدعوها إلى عشاء معه اليوم أو في الغد.

أجابته أنه طالما أن حفلته ستكون بعد أيام قليلة فبالإمكان تأجيل اللقاء حتى موعد الحفلة. كان ردها، حسب تفسير هشام، يعني تهرباً من لقائه على عشاء منفرد. وقد سبّب له ذلك شيئاً من الانزعاج، وسط بعض انتصار اليوم. ثم تساءل: أين تلك الجاذبية التي رآها في عينيها يوم التقاها في مطعم جيوفاني؟

دون أن يفكر أو يتردّد عاود الاتصال بها مؤكداً رغبته في رؤيتها قبل الحفلة. وافقت ولكن أيضاً على فنجان قهوة فقط.

- هل بالإمكان اليوم؟ سأل بتلهف...

- لا. ليكن في الغد. قالت له، ثم أضافت: أعتذر عن اعتذاراتي، لكنّ البحث الذي أُعدّه يستنفد كل وقتي.

- لا بأس عزيزتي. قد وعدتك بالمساعدة، وسأفي بوعدي.

كان هذا وعد هشام الثاني بأن يساعدها في دراستها. هذه المرة كان

صادقاً بالفعل. لم يكن السبب وفاءً منه للوعد الأول، بل لأن مساعدته لها هي الطريقة الوحيدة التي ستضمن قربه منها.

انتهى الحوار بوعد من إيزابيل أن تلقاه في الثامنة من مساء الغد في المكان الأول نفسه.

تتباطأ الساعة دوماً عند انتظار المساء، فكيف إذا كان في الغد؟

بعد اتصاله بإيزابيل، عاد إلى الاهتمام بقصة سارة، فطلب ناديا، وقد أدركته نخوة عارضة:

انشري في زاوية الردود السريعة في صفحة البريد العبارة التالية:

«العزيزة سارة، شكراً على رسالتك وما جاء فيها. نأمل أن تواصلي الكتابة لنا، فقصتك تهمنا. وقد نستلهم منها فكرة تحقيق يكون دليلاً يساعد الكثير من النساء الأخريات. كوني على ثقة أن جرأتك وصراحتك موضع تقدير واحترام كامل من كل العاملين في هذه المجلة».

ثم أضاف عبارته الخبيثة ذاتها: «لا نزال نطمع في تزويدنا بعنوانك من أجل قائمة البيانات التي نحن بصدد إعدادها، مع شكرنا على تعاونك المثمر».

انصرفت ناديا، وأشعل هو سيجارة.

حتى تلك اللحظة، كانت رسالة سارة الأخيرة لا تزال على مكتبه، بعد أن قرأها أكثر من مرة هذا الصباح ملتمساً على ضوئها فكرة لمقاله، كما هي فكرة التحقيق الذي طلبه في الاجتماع. أعاد قراءة مقاطع من الرسالة، وتحديداً ما أطّر بدوائر حمراء.

كانت سارة، وفق مقاييس بيئة محافظة جداً، جريئة وصريحة منذ

رسالتها الأولى. فقد ألقت بالخوف وراء ظهرها، وصبّت في ثلاث رسائل الكثير من أسرارها، حتى فاضت الصفحات، وانسابت الكلمات على الأرض وتناثرت حطاماً.

على صوت الحطام استيقظت سارة من نومها مفزوعة.

بالقرب منها كان يرقد زوجها الذي يبدو كطفل نائم. كم يبدو جميلاً وهم نائم!

تذكرت صديقتها عفراء يوم رسمت صورة الشيطان وقالت إن له إطلالة بهية!

خالد بوسامته يشبه تلك الصورة عندما يعاشرها وقد نخر لهاثه أذنها، وسال لعابه على رقبتها.

بقيت سارة تعيش نشوة انعتاق ما في صدرها منذ أن استيقظت باكراً. بعد أن استحمّت بسرعة توجّهت إلى مطبخها متجاوزة طاولة الطعام وعليها مجموعة من صحف الصباح، وبعض المجلات. لم تبد اهتماماً بقراءة شيء. بل ما كان يعنيها أن تقرأ شيئاً. فاهتمامها ينصب على مواصلة رسائلها، متجاوزة الاهتمام بنشرها.

سارة أرادت أن تثور على مجتمع يتجاهلها باسم الله والدين. وكل ما تريده هذه اللحظة هو أن تسكب آلامها وأفكارها على ورقة بيضاء، سواء انتهت الورقة إلى هيئة التحرير، أو إلى هيئة الأمم المتحدة.

أصبحت الورقة البيضاء هي الصديقة الوفية. وليس مهماً أن يخرج ما في جوف الورقة إلى الآخرين، أو يبقى حيث هو نائماً على أسطره.

أتى الربيع مبكراً عن موعده إلى شرفة سارة. فقررت أن تتناول

فطورها معه. بعد الفطور، أبدلت ثيابها في انتظار صديقة لها اسمها ليلى، اتصلت بها البارحة طالبة رؤيتها على عجل.

تحب ليلى رجلاً متزوجاً، وهو يحبها. حدثها عن رغبته في الزواج بها بعد أن فشل في التصالح مع زوجته، وإن كان قد رفض تطليقها. وافقت ليلى وطلبت إليه أن يطلبها من شقيقها الأكبر، فهو ولي أمرها بعد أن توفي والدها منذ أربعة أعوام.

وعدها أن يفاتح أخاها في الموضوع الأسبوع القادم، وتحديداً يوم الثلاثاء. أثناء ذلك تلقت سارة اتصالاً من ليلى وهي تبكي على الخط الآخر:

ـ ما الأمر يا ليلى؟

ـ فاجأني علي (وكان ذلك اسم حبيبها) قبل ساعة فقط بقوله إنه سيفاتح أخي بالموضوع اليوم عندما يأتي لزيارته. لكنه يريد الزواج بي دون علم زوجته ـ ودون علم أحد مطلقاً. يريد أن يتزوجني مسياراً. يأتيني مرة في الأسبوع فقط، على أن أتنازل عن حقوقي في الأبناء والنفقة والبيت المستقل.

أضافت ليلى وهي تغالب دموعها: يريدني لملذته فقط. كل هذا الانتظار ثم يفاجئني، وأنا العذراء، في اللحظة الأخيرة أنه لا يريد سوى جسدي وسريري!

ـ وماذا كان ردك؟

ـ أقفلت الهاتف في وجهه. لكنه عاد واتصل بي مؤكداً حبه وأنه إنسان يخاف الله، ولا يريد أن يكون ظالماً لزوجته، فهي مريضة وقد تنتكس حالتها إن علمت بزواجه.

- لا يريد أن يظلمها، ويظلمك أنت؟

- قال إن ذلك خوفاً على مشاعر زوجته وأبنائه. وإن كثيراً من أصدقائه تزوجوا بالطريقة ذاتها.

- وكيف تضمنين أن لا تكوني أنت الزوجة العاشرة أو العشرين لرجل كهذا؟ ثم هل توافقين أن تكوني جسداً للذة فقط؟!

- سألت صديقة لي في الجامعة، فقالت إن هذا النوع من الزواج حلال لاكتمال شروطه، لكني لا أدري.

- وما أدرى تلك الصديقة بالحلال والحرام. ثم ليس كل الحلال محبوباً بالضرورة، كما ليس كل الحرام مكروهاً بالضرورة. قالوا إن زواج المتعة حرام، وزواج المسيار حلال، ما الفرق إذاً؟

- سمعت أن بعض الشيوخ قد أفتى بتحليله يا سارة.

- هم يفتون حسب أهوائهم الشخصية. ثم كيف هم يحللون أن تصبح المرأة مأدبة عشاء تلقى بقاياها كالفضلات في القمامة؟

قطع بكاء ليلى المرير حديث سارة. فأمسكت سماعة الهاتف بكلتا يديها وهي تقول لها بحزم: «إياك أن توافقي على هذا الزواج. أنت ما زلت صغيرة وستجدين من يقدرك حق قدرك».

حديث البارحة مع ليلى، كان هو نفسه حديث هذا الصباح عندما أتت لتناول القهوة في منزل سارة. بكت ليلى كثيراً البارحة، وهذا الصباح بكت أكثر. ثم انتهى اللقاء بدموع قد جفّت وعهد قطعته الصغيرة على نفسها أن لا تكون لذة عابرة.

«عزيزتي ليلى، العنوسة أفضل بكثير من رجل غير مناسب». قالت

سارة وهي تربّت ظهر صديقتها وتودعها عند الباب. ثم ختمت وهي تقبلها: «إياك أن تقبلي».

عادت سارة تتخيل صورة أولئك الذين يلعنون الغرب على كفره، ويعلنون الحرب على من يخالف رأيهم، ثم يفترسون النساء باسم الدين، ويمزقون اللحم بشرعية ورقة صغيرة تتنازل فيها المرأة عن كل حقوقها، بما في ذلك كرامتها. هو تنازل تقول فيه «ما عدت شيئاً يذكر».

«أين ذهب الإيمان وأين الصلاة؟».

تنهّدت وهي تنهض لصلاة الظهر. بعد الصلاة تلقت اتصالاً جديداً من ليلى. وفي الليل هاتفتها مرة أخرى.

في الأيام اللاحقة، لمّا تتصل ليلى. حاولت سارة الاتصال بها فما وجدتها. حاولت أكثر من مـرة، فـما سمعت لها صوتاً ولا عـرفت خبراً.

بعد يومين تناهى إلى علمها أن ليلى قد زفّت إلى علي.

ذاك المساء، كتبت سارة في يومياتها:

«انتصروا على ليلى، وأسال الذئب دم الغزال!

ما الذي يدفع المرأة إلى زواج المسيار؟

هل هو الترمل أم هو الطلاق أم هي الرغبة في رجل يملأ ثغرات الجسد؟

ما الذي يدفع الرجال بدورهم إلى ذلك؟

لا شيء سوى المتعة وحدها... كمن يذهب إلى بيت دعارة يطلب امرأة يفرغ فيها شهوته، ثم يمضي كل في سبيله.

ذنب من هو؟ هل هو ذنب تلك التي ترتضي أن تكون لذة عابرة؟ أم

١٧٥

هو ذنب المجتمع الذي دفن المرأة حية فما عادت تحيا إلا مع رجل يستمتع بها كوليمة؟

لم تكن ليلى القصة الأولى. كثيرات هن مثلها، عشن يحلمن بفارس لا مثيل له، فإذا بالفارس كهل عجوز، أو رجل لا يعرف من هي الأنثى. رجل لا يفكر أبعد من حدود لذته وامتداد عضوه.

من تراه سلب نساءنا إرادتهن؟».

أقفلت دفتر يومياتها، وهي تنظر إلى خالد يتهيأ للسفر من جديد. توقفت سارة عن احتساب عدد مرات سفره. وتيقّنت للمرة الثانية: «هو مثلي، مسكون بالوحدة».

عادت تكتب: «من ينتصر على من: الحضور أم الغياب؟ ما أقسى أن يختلط الأمر!».

في اليوم التالي، تناولت سارة غداءها مع صديقة أخرى حدّثتها عن حال ليلى. ما أرادت أن تسمع أكثر مما سمعته. بعد أن غادرت الصديقة، انصرفت للعب مع طفليها. بعد ساعة أو يزيد توجّهت إلى مكتبتها لتعيد ترتيبها وتصنيفها، عقب الكثير من الكتب التي حصلت عليها أخيراً، حسب طلبها.

غبار خفيف يعلو بعض كتبها. تشتاق الكتب إلى الغبار كي تحصل على مذاقها.

تذكّرت آخر كلمة لزوجها قبل أن يغادر البارحة، عندما رآها تمسك دفترها وتكتب فيه. ظن أنها تقرأ كتاباً:

ـ إقرئي شيئاً مفيداً، لا قصص الحب والجنون التي تقود إلى الحزن! أنت تضيعين وقتك في ما لا فائدة منه.

«وهل أملك شيئاً سوى الوقت؟». قالت تحدث نفسها، وتنظر إليه بحنق وهو يجمع بقايا أوراق عن المنضدة، ويضعها في حقيبته.

قبَّل طفليه في حجرتهما، ثم ألقى تحية باهتة وغادر. تحية تشبه تلك التي نلقيها على أصدقاء نراهم من بعيد في المقاهي.

تعليق زوجها على ما تقرأه لم يكن الأول، ولن يكون الأخير. اعتادت من بعض أشقائها تعليقات مشابهة. فقد كانت منذ صغرها شغوفة بقراءة الروايات. شقيقها الأصغر كان نقيضهم. ذلك أنها اعتادت أن تقرأ له قصص الأميرة النائمة، وبياض الثلج، والأميرة والأقزام السبعة. عندما كانت تقرأ له كانت تكتشف أن الإنسان، وهو الجسد والعقل، عليه أن يسخّر هذا الثنائي لزرع المزيد من الحب على الأرض، لأن الحياة بدونه تفقد مقوّماتها.

حتى الصغار يولدون وهم يبحثون عن الحب، من أجل ذلك يقرأون سندريلا، وبياض الثلج، وغيرهما من قصص العشق الطفولي.

«غريب كيف لم يمنعوا قصصاً كهذه». قالت تحدث نفسها وهي ترتب مكتبتها وتتذكر. وفي لحظة التقطت ورقة صغيرة كتبت عليها: «غاية الحياة إدراك الحب المطلق». هي تفعل ذلك عندما تراودها فكرة ما فتكتبها كيفما اتفق ريثما تنقلها إلى دفتر يومياتها التي تنصرف إليها في الليل. ليس دائماً، بل حين تشعر بالحاجة إلى ذلك. أخيراً أخذت تستعيض عن يومياتها بتجميع أفكارها لمواصلة رسائلها إلى رئيس التحرير.

تأمّلت صندوقاً ملآن بالكتب، وتذكّرت من جديد كلام الطيف في تلك القصة التي قرأتها أكثر من مرة:

«إن الله سيعاقب أولئك الذين لم يجربوا الحب ولو مرة واحدة في حياتهم!».

من فرط ما قرأت، اكتشفت سارة أن الله يهب كل إنسان الفرصة ليعيش، على الأقل، قصة حب واحدة. ليس مهماً متى، ولا أين، ولا مع من، المهم أن يخوض التجربة.

«تجربة الحب تخلق تواصلاً مع الله». عبارة جديدة أضافتها إلى قصاصة الورق التي في يدها.

مع المساء، داهمها شيء من تعب، فألغت رحلة إلى السوق، كانت قد قررتها منذ الصباح.

قبل منتصف الليل، اتصل خالد ليعلمها بوصوله إلى وجهته، ويسأل تقليدياً عن حالها والطفلين: «هما بخير، وأنا بخير... وإلى اللقاء!». هذه كانت كل المحادثة.

دوماً تأتي عبارة «إلى اللقاء» أسرع من السؤال عنها.

«لماذا يتصل إذاً؟ ربما ليتأكد أننا على قيد الحياة»... قالت في سرها وهي تبتسم في سخرية.

أرخت جسمها على الأريكة. وتساءلت للمرة الألف: «لِمَ لست كالأخريات؟».

حدثتها واحدة من الأخريات، ذات يوم، عن الشوق إلى الزوج. عن انتظار قدومه اللذيذ. عن الثياب المثيرة. عن القُبل. عن العطر الذي يداعب العنق، والسرير الذي ينتظر، ثم اللقاء الذي يشرخ الجسد عشقاً. ما عرفت سارة شيئاً من كل تلك المائدة الجنسية، برغم جمالها وفتنتها، والفراش الأحمر.

فحتى مجرد كلمة «رغبة» بدت غريبة في حدّ ذاتها.

سمعتها للمرة الأولى من صديقتها هذه. ثم سألتها عنها أكثر من مرة بطريقة مباشرة وغير مباشرة. وقد ندمت لاحقاً أن فعلت، إذ بقيت مستيقظة طوال الليل. كل شيء نام من حولها: دميتها، سريرها، شوبان، اللون الأحمر، كلهم إلا هي...

كانت مستثارة إلى الحد الأقصى، تتألم. كانت الأنثى في داخلها تتألم.

وأد لا ينتهي، دفن لا ينتهي، وموت لا ينتهي.

أفكار تروح وأخرى تجيء.

النوم مستحيل.

النوم مستحيل.

تخرج إلى أريكتها في الصالون الكبير.

وعلى أنغام موسيقى لاتينية، تكتب رسالتها الرابعة.

كان هشام يستمتع بقهوته مع إيزابيل في لقائه الثاني بها.

هذه المرة اختار مكاناً لا علاقة له بجيوفاني. أراد أن يكون المكان مختلفاً. فاختار حانة تقدم القهوة في منطقة كوفنت جاردن القريبة من مكتبه.

لم تكن إيزابيل تضع شيئاً من الماكياج ذاك المساء. بدت منهكة بعض الشيء. كان واضحاً أن دراستها تأخذ الكثير من وقتها وجهدها. برغم ذلك بدت أكثر جمالاً من قبل. في عينيها بريق ورغبة يتدلى معها لسان هشام كلما تحدثت.

لم يعرف ماذا يقول، وهو الذي لم يستعد بكلمة واحدة تبرّر إلحاحه على رؤيتها وهي المنهكة.

أراد فقط أن يراها. لعلها الرغبة في الاطمئنان إلى أن الصيد الثمين ما زال في حوزته.

قطعت إيزابيل حبل أفكاره الشيطانية، وهي تسأله:

ـ ما سبب الحفلة؟

ـ للترحيب بصديق آتٍ من السعودية، ومن أجلك أنت أيضاً.

ـ هل تكذب كثيراً في العادة؟

ـ ليس دائماً، لماذا؟

ـ لأني أحس أنك تكذب في كل شيء، حتى في دعوتي إلى حفلتك. بل حتى في دعوتي اليوم إلى شرب القهوة معاً.

دون تردد طرح عليها سؤالاً تحاشاه في المرة الأولى:

ـ هل لديكِ صديق؟

ـ لا.

ـ وكيف عمي الرجال عن رؤيتكِ؟

ـ كثيرون يطلبون التعارف، لكنهم يبحثون عن التسلية فقط.

ثم سألته هي إن كان متزوجاً أو لديه صديقة ما؟

ـ لا.

ـ ما أعرفه أنكم تتزوجون في سن مبكرة. وأراك تقترب من الأربعين عازباً.

ـ هذا صحيح. ربما هو حكم العادة في المجتمع. لكني أرفض الزواج بامرأة لست مقتنعاً أنها الشريك المناسب لي مدى الحياة.

ـ أليس لكَ صديقة إذاً؟

ـ لا أفكر في ذلك.

ـ هل تريد أن تقنعني بأنك تعيش حياة القدّيسين؟

ـ ليس بهذا المعنى. لكن أن تكون لي صديقة دائمة فذاك يعني أن أهبها الكثير من وقتي المخصّص للعمل. وذاك ما لا أقدر عليه.

دون أن يدرك، ارتكب هشام الخطأ الأول مع إيزابيل عندما أخبرها أن عمله أهمّ من رفيقة تكون معه. ماذا يريد منها إذاً؟

تنظر إلى فنجانها وهي تحضنه بكلتا يديها، ثم ترفع عينيها إليه ويتبادلان نظرات نصفها انجذاب ونصفها الآخر اكتشاف، وتسأله السؤال نفسه.

ـ ما الذي تريده مني إذاً؟

١٨٢

لحظة صمت يتبادلان خلالها النظر.

ما كان قادراً على التحديق أكثر، فقطع الصمت:

ـ أرى فيك ما لا أراه في الأخريات.

ثم انصرف دون إعطاء تفاصيل كثيرة إلى سؤالها عن
دراستها.

ـ لا بأس بها، أجابته باختصار وهي لا تزال تنتظر جواباً أكثر إقناعاً عن
سؤالها.

أدرك هشام ذلك لكنه مضى في الحديث عن جامعتها. من سوء حظه
أنه نسي ثانية طبيعة دراستها، وتحرّج من سؤالها. حاول أن يتذكر، لكن
ما كان يمكن أن يعرف أفضل مما قال لها:

ـ أخبرتني في لقائنا الأخير أن دراستك... مممم... ممم. تلك التي
تقومين بها، والتي تتحدث عن... عن...

لم تكن إيزابيل في حاجة إلى ذكاء خارق لتكتشف أن محدثها نسي
طبيعة دراستها. كيف سيساعدها إذاً؟

ابتسمت بلطف، متعمدة إحراجه، أو مداعبته:

ـ نعم، إنه كما تقول. فما رأيك؟

نظر إليها وقد أيقن أنها اكتشفت ما هو فيه، ثم قالت وهي تضحك: لا
عليك. أعرف أنك ستساعدني على كل حال... دراستي تتعلق بثقافة
المشرق العربي.

قاطعها كمن اكتشف كوكباً جديداً: آه... آه أنت تبحثين عن ثقافة
الشرق في إسبانيا الحديثة.

ـ تماماً. ها إنك تذكر. أريد أن أعرف لِمَ انتفى التأثير العربي في الحياة

الإسبانية الحديثة، بعد أكثر من تسعة قرون قضاها العرب في الأندلس؟

يعتدل في جلسته وهو يقول:

- نعم. نعم إنه ذاك. وهل عرفت؟

- ما زلت في البداية. أنا أبحث عن نماذج حية أدعم بها بحثي.

ثم تابعت وهي ترتشف قهوتها:

- قلت في لقائنا الأول إنك ستساعدني. فما الذي بإمكانك أن تقدمه لي؟

تلمع عيناه عن فكرة ولدتت للتو بمحض الحظ والصدفة:

- ربما أمكن أن أساعدك بطريقة مختلفة.

- كيف؟

- مم... تعلمين أنني أتواصل، بحكم موقعي كرئيس تحرير مجلة نسائية، مع الكثير من رسائل قارئات وقرّاء تعكس في مجملها ثقافة مجتمعنا الشرقي. ربما، أقول ربما، ساعدك تحليل بعض هذه الرسائل في بحثك. ولا أمانع شخصياً في إطلاعك على بعض منها.

«واو... ذلك مدهش». قالت وهي تشدّ على يده اليمنى وقد مدّها إليها وهو يرقب رد فعلها. ثم تابع مبدياً اهتماماً بدا متكلفاً إلى أبعد حدّ:

- لكن لي شرطين: أولاً، أن لا تستغل الرسائل في دراسة لا تتسم بالحياد. لست أهتم إن اكتشفت عمق ثقافة الشرق أو سطحيتها في التراث الإسباني. أو ضبابية الهوية الإسلامية أو وضوحها كما قلت في لقائنا السابق، المهم الحقيقة.

شرطي الثاني، أن لا تذكري شيئاً على لسان بطلة القصة، ولا اسمها، ولا من تكون عائلتها.

فما يهمك الأفكار، بصرف النظر عن مصدرها. يمكنك الاعتماد على مجلتنا كمرجع موثوق به، لكن دون الإشارة مباشرة إلى رسائل سارة تحديداً. فربما كان في ذلك إساءة لها.

بدا تكلف هشام أكثر وضوحاً أمام ذاته، إذ أنه لا يعرف هو نفسه من تكون سارة ولا عنوانها.

ردّت إيزابيل بحماسة:

ـ أعدك بذلك. بل سأطلعك على نتائج دراستي قبل نشرها.

ـ ذاك يسعدني.

تلتقط قلماً ودفتراً صغيراً من حقيبتها، تسجّل بعض النقاط بينما هشام يروي تجربة الرسالة الأولى.

لعل هشام ما كان يعلم، حتى تلك اللحظة، أن رسائل سارة لا تزال في بدايتها.

كانت إيزابيل تسجّل نقاطاً محددة، وهي تصغي إليه باهتمام بالغ. بدت أكثر جمالاً وهي تستمع إليه. أجمل بكثير. ومن أجل هذا الكثير هو مستعد لتقديم أي شيء ولو أسرار قرّاءه ومجتمعه.

إيزابيل تنصت، وهشام يتأمل: كلّ يبحث عن حاجته.

خلال ربع ساعة، لخّص هشام النقاط الأساسية التي ارتأى أنها الأهم لإيزابيل، دون الخوض في تفاصيل قد لا تفيد. كانت تلك إحدى المرات النادرة التي يكون فيها هشام صادقاً مع امرأة ما، ومع نفسه أيضاً.

ترتشف قهوتها بهدوء، وتطالع هشام من وراء مقبض الفنجان وقد رفعته إلى مستوى عينيها.

شعر أنها تغوص بإغراء في بريق الاشتهاء الصادر من عينيه.

١٨٥

لحظات صمت وتأمل واشتهاء متبادل، قبل أن يسألها:

- كيف تقرئين شخصية سارة؟

- عنيدة تتعذب في صمت. لكن البؤس الذي يخلق عذاباً، يخلق إبداعاً بالمثل. أحرص على التواصل معها.

قال وهو يلقي ظهره إلى الوراء مبتسماً:

- هذا ما أفعله منذ الرسالة الأولى.

ثم عاد بظهره إلى الأمام وهو يأخذ مظهراً أكثر جدية:

أظنّ أنها ستكون مصدراً غنياً لدراستك أيضاً. سارة نموذج جيد للمرأة العربية، والسعودية تحديداً. يبدو الرابط قوياً بين دراستك ورسائلها. أقصد أن سارة قادرة على أن تأخذك إلى صدر البيت العربي. هناك ستكونين أقرب ما يكون من مصدر الثقافة العربية والإسلامية التي امتدت حتى إسبانيا. ومن رائحة البداية، ستقدّرين مذاق النهاية.

ثم يتابع بجدية بالغة:

لن أستعجل النتائج، لكنني أقول إن الاختلاف ما عاد بين ثقافتين في مكانين مختلفين، بل في مكان واحد. فالإسلام الذي كان في الجزيرة العربية ما عاد هو نفسه اليوم بالضرورة. حتى اللغة، حتى الآداب، كلها اختلفت عما كانت عليه. سأدعك تكتشفين ذلك بنفسك. هل تفهمين ما أقصد يا عزيزتي؟

ربما كان هو نفسه لا يفهم شيئاً.

تنظر إيزابيل إلى ساعتها، ثم إلى هشام. ثم تنكفئ برأسها على دفترها الصغير، وتكتب من جديد.

تقلب صفحة أخرى في دفترها وهي تضغط جسمها بقوة على

الطاولة، حتى نفرت حلمتا نهديها من وراء بلوزتها الرقيقة. اكتشف هشام في تلك اللحظة أن الجماد ليس مادة ميتة بالضرورة، فحتى الطاولة اهتزّت بنشوة نهد إيزابيل!

هل يمكن أن يحس الإنسان بالغيرة من الجماد فيحسده على نعمة ما؟ هشام قد فعل ذلك مع الطاولة!

يستيقظ من أحلامه على صوت إيزابيل وهي تسأله بلطف:

ـ هل بإمكانك اطلاعي على ما سترسله إليكَ أولاً بأول، مع تعهدي التزام شرطيك؟

ـ لا بأس. ردّدها مرة أخرى مبتسماً بخبث، وهو ينظر إلى الطاولة التي لا تزال تهتز!

كان اللقاء أكثر من جيد. ومثلما استقبلها بقبلتين، ودّعها بقبلتين وهو يوصلها إلى محطة القطار القريبة.

كانت حصيلة اللقاء، الذي دام قرابة الساعة، فنجانين من القهوة وأربع قُبلات.

قبل أن تنصرف تمنى عليها أن تكون أول الحضور يوم الحفلة، كي تضع بعض لمساتها الأنثوية على المكان قبل أن يصل المدعوون.

وعدته بأن تحاول. وقبل أن تختفي عن الأنظار، كانت الحصيلة قد بلغت ست قُبل!

بدأ مطر خفيف ينهمر وهو عائد إلى مكتبه ذاك المساء، لأخذ بعض من أوراقه التي يحتاج إلى مراجعتها في منزله. وبينما هو يتدثر بمعطفه، مغلقاً دفتيه على صدره ويسارع الخطى، دهمه إحساس بحضور سارة أثناء لقائه إيزابيل. فكَّر في أن سبب ذلك ربما القاسم المشترك الذي

يجمع بين الإثنتين: فواحدة تعيش التجربة، وأخرى تسجل التجربة! لكن ما دوره هو؟ فكَّر لحظة أن القاسم المشترك ليس بالضرورة توافق الأشياء بقدر ما قد يكون تناقضها بالنسبة والدرجة نفسيهما.

لو قدر له تلك اللحظة أن يقرأ الرسالة التي تكتبها سارة لاكتشف أن القاسم المشترك ليس فقط بين سارة وإيزابيل، بل ربما بينه هو وخالد زوج سارة.

كانت الساعة تقترب من الثامنة مساء حسب توقيت بريطانيا، الحادية عشرة وفقاً لتوقيت السعودية. إنه الوقت المفضل لصنع الأبناء، والكلمات.

في تلك الليلة من منتصف شهر شباط / فبراير ولدت رسالة سارة الرابعة. وفيها كتبت:

«كل الفتيات ينتظرن الليلة الأولى. هي الحدود بين عالمين: الوحدة والآخر.

بالنسبة إليّ كانت الليلة الأولى بداية عالمين: عالم اللذة والجسد، وعالم توقف امتدادات هذا الجسد عند الطرف الآخر من السرير!

تداخل الحدود في الليلة الأولى يجعل كل شيء مرغوباً أو مرهوباً. حتى أولئك الذين كانت لهم أكثر من ليلة أولى، يبقى للتجربة الجديدة، مهما تكررت، مذاق خاص.

كانت تجارب معظم صديقاتي في هذه الليلة جميلة.

غريبة بعض الشيء في تفاصيلها لكنها جميلة.

بالنسبة إليّ كانت الليلة الأولى كارثة!

بدأ حفل الزفاف باكراً، وانتهى باكراً. كان أهل زوجي يرفضون

الغناء، وقد احترمت رغبتهم. لم أناقش كثيراً تفاصيل الزفاف مع خالد، فأنا بالكاد رأيته مرات قليلة قبل زفافنا. والدي لم يكن يمانع أن أراه في أي وقت. لكن أمي كانت تبدي الكثير من التحفظ، وتستعجل الزواج.

والحقيقة أنني لم أتفق مع أمي على شيء مثلما اتفقت معها على التعجيل في ذلك. فقد كنت في سن النضج ملأى بالرغبات والأحلام مشتاقة إلى بيت أكون أنا وحدي سيدته. كأي فتاة تهرب من عالم صغير هي مجرد شيء فيه، إلى عالم كله لها.

لذلك ما عرفت خالد كثيراً قبل الزفاف. كان يكفيني أنه متعلم، كما أعرف، ومثقف، كما اعتقدت. كان يكفيني أنه اختارني من بين كل الفتيات، قبل أن أعلم أن اختياره لم يكن سوى مصادفة، عندما رأى صورة لي بين مجموعة فتيات عرضت بعض صورهن عليه.

كان جمالي وحده ما دفعه إلى اختياري. لا شيء آخر.

لا ألومه. فليس وحده من يفعل ذلك. حتى شقيقي الأكبر، الذي ما كان يملّ كثرة الحديث عن أهمية اختيار الزوجة الملتزمة دينياً، ما اختار زوجته لأنها ذات دين، بل لأنها ذات جمال! في ليلة زفافي، تلقيت كماً من التعليمات من أمي وخالتي. أمي تطلب إليّ طاعة زوجي في وصف يشبه العبودية، مستذكرة مجموعة أدعية وأحاديث. بعكسها خالتي التي كانت تحثني على عدم الانكسار والضعف، مستذكرة، بالمثل، مجموعة أخرى من الأدعية والأمثال.

بين أمي وخالتي كان الموروث القديم يطاردني بكل لعناته.

هل تعرف ما هو الموروث؟

إنه العادات التي صُنعت منذ عهد الطوفان، ولا تزال تحكم حياتنا

حتى هذه اللحظة. هي التي صنعت عهد الحريم، وقوانين الحريم، ولا تزال حتى هذه اللحظة هي القانون والخصم والحكم.

منذ صغري وأنا أظهر تمرداً على هذا الموروث. فكم كنت أكره الخضوع له. لكن في تلك الليلة بالذات، صلّيت من كل قلبي كي يموت إلى الأبد. ما كنت أعرف أن موروثنا أصبح كآلهة الإغريق لا يموت!

انتصر الموروث حتى في ليلة فرحي إذاً. وكم رأيته يطالعني بين الحضور ويسخر من صلواتي لموته. حتى في حفل زفافي كان مدعواً برغم إرادتي. كان في الواقع أبرز المدعوين! مع منتصف الليل مضى الجميع إلى بيوتهم.

تناقصوا واحداً بعد الآخر. بعد منتصف الليل بقليل، ما بقي سواي وزوجي والوالدتان وبعض الأشقاء. كنا نقف جميعاً نعيد تبادل التهاني للمرة الألف في قاعة الفندق الذي حجزنا فيه أمكنة لنا ثلاثة أيام عقب زفافنا.

قبل الساعة الواحدة، بقيت أنا وزوجي مع والدتي ووالدة خالد في حجرة الفندق.

في الواحدة تماماً، بقينا نحن الثلاثة فقط: أنا وزوجي... والإرث القديم ينظر إليّ ساخراً من كل زوايا الغرفة.

طلب اللذة، والخوف منها، في الوقت ذاته، هما كل ما كان يجول في خاطري تلك اللحظة.

هل تعرف الفرق بين الرجل والمرأة جنسياً؟

الجنس للرجل هو بحث عن انتصار. لكنه للمرأة جزء من مشاعر.

تخيلت الليلة الأولى مجموعة قصائد، وموسيقى، وشموعاً. تخيلتها قبلات لا تنتهي. تخيلتها جنة يهبنا الله مفتاحها حتى الصباح.

في هذه الليلة تذكّرت قصص ألف ليلة وليلة. وأحببت أن تكون ليلتي هذه الأولى بعد الألف، بالشوق، نفسه وبمذاق القُبل نفسه.

فجأة... انتهى الحلم في لحظة.

ذلك أنه بلا مقدمات، كان عليّ أن أنزع ثيابي، بعد أن نزع خالد كل ثيابه في غمضة عين.

أدرت وجهي استحياء وطرحتي لا تزال على رأسي.

حاولت أن أقف متماسكة، لكن الرعب دبَّ في أوصالي وأنا أقف للمرة الأولى في حياتي أمام رجل عارٍ.

ماذا يتوقع الرجال من عذارء في ليلتها الأولى؟

انسل إلى داخل الفراش وهو يمسح صدره العاري بيد، ويمد الأخرى حيث أجلس طالباً إليّ أن أنزع ثيابي وأندسّ بقربه.

مضى شهر كامل وأنا أعاني جفافاً في الحلق منذ تلك اللحظة.

ما عرفت ماذا أفعل. طأطأت رأسي وأنا أجلس على طرف السرير، خوفاً وخجلاً.

لمس ظهري، فانتفضت.

كنت أعتقد أنه يريد مداعبتي، أو مساعدتي على إزاحة طرحتي ونزع ثياب عرسي.

لكنني وجدته يجذبني بقوة، وهو يقول: «هيا بسرعة... تعالي».

تبخّر حلم اللقاء الأول وهو يشدني إليه.

فجأة، استرد الله مفتاح جنته، وتمزقت كل قصص ألف ليلة وليلة، وأعلنت لذتي الحداد على نفسها.

اختلط خوفي بارتباكي، ودفعت جسمي بكل قوتي كي أنهض.

بتلعثم استأذنته أدباً كي أدخل الحمّام. بتأفف أجابني: «هيا بسرعة».

في الحمّام سألت نفسي: «بسرعة ماذا؟...»

وضعت يدي على طرف الحوض ونظرت إلى نفسي في المرآة. شيء من أحمر شفاه أمي كان لا يزال على خدي الأيمن. تمنيت لو كانت أمي موجودة.

أمي التي كنت أرقب لحظة مغادرتنا أنا وزوجي، بت أتمنى حضورها في أول خلوة معه.

من حجرة النوم أتى صوته أقوى وهو يستعجلني.

لم أستطع نزع ثيابي واستبدالها بثياب أخرى كانت تنتظرني في الحمّام. كانت ثياباً شديدة الإغراء، حمراء اللون، اخترتها أنا وأختي وصديقة لنا قبل أسبوع من الزفاف. اخترتها كي تكون شاهد الليلة الأولى. لم أردها شاهد قبر على لذتي.

ما تجاسرت على لبسها. ولا تجاسرت على نزع ثياب الزفاف، وهو يناديني للمرة الثالثة.

خرجت، فإذا به قد أزاح عنه الغطاء تماماً، وجلس على طرف السرير ينتظرني.

حاولت أن أطلب شيئاً من خدمة الغرف، أكسر خوفي فرفض، وأخذ السمّاعة من يدي ووضعها بعيداً عن الهاتف.

سحبني بقوة إلى السرير، حتى آلمني كتفي. وحاول أن ينزع ثيابي. فأبى الزر أن يغادر عروته.

بقوة جذب جزءاً من الطرحة البيضاء التي كان بعضها لا يزال على شعري.

سقطت الطرحة، ومعها سقطت بعض الورود التي كانت مثبتة بها.

تخيلتني واحدة من تلك الورود. قبل لحظة كنت العروس، والآن صرت شيئاً ملقى على الأرض.

بعد أن طال تمنعي وخوفي، أتت صدمتي الكبرى. هل تعلم ما قال لي؟

«أريد حقي...»

هكذا بكل بساطة ما عدت زوجته، بل بقرة اشتراها ويريد أن يمتص ضرعها ويأكل لحمها!

في طرفة عين، أو جزء من ثانية، سقطت صورة الرجل المتعلم الذي حسبته أفضل من تقدّموا لي. تناثر حطامه على الأرض، حتى اختلط مع ورودي التي أسقطها من طرحتي.

إن كان خالد يعتقد أنه اختارني أنا دون النساء، فالحقيقة أني أنا من اخترته هو دون كل الرجال. وذاك الذي اخترته، في لحظة واحدة، قد سقط، تحطم كورودي.

هل تعلم شيئاً عن عناد المرأة؟ هل تعلم أن تلك التي تحارب الدنيا من أجل رجل، قادرة على إسقاطه من قلبها بسبب كلمة واحدة؟

نعم، بسبب كلمة واحدة. بل نصف كلمة.

هكذا كانت ليلتي الأولى. رجل سقط، وامرأة خسرت مرتين، الأولى: عندما تحطم الزوج الذي بنت عليه آمالها. والثانية: عندما أدركت أنها خسرت عمرها الذي ستقضيه مع رجل«يطالب بحقه من بقرة اشتراها!» يا له من ثور!

في تلك اللحظة، أردت أن أذكّر الرجل العاري أمامي، أنه منذ دقائق كان هناك زفاف ومدعوون، وعقد شرعي. وذلك كله يقال له زواج، لا سوق نخاسة لبيع الجواري.

هل كنت في حاجة إلى كل ذلك؟

لا. كنت أحتاج إلى كلمة رقيقة أسمعها منه، تؤكد أني حبيبته وشريكته. لم أكن أريد أكثر من ذلك تلك الليلة. كنت سأهبه ما يشاء. كل قطعة من جسدي ستصبح له. كل شيء في روحي سيلتحم به.

لا هو قال تلك الكلمة، ولا أنا فعلت.

الرجل العاري أمامي لا يزال يطالب «بحقه»، وقد تجرّد من ثيابه التي يلبسها، والتي لا يلبسها، ويريد أن أتجرد مثله من كل شيء.

بدأت أرتجف من الخوف. من الكبرياء المكسورة. هل تدرك معنى أن تخاف المرأة من الرجل الذي يفترض به أن يحميها؟

أدركت يومذاك، أن أفضل وسيلة للتغلب على الخوف، هي التعايش مع الخوف نفسه.

حاولت منع دموعي من السقوط. توسّلت إليها أن تبقى مكانها، أن لا تكشف ضعفي.

ما عرفت ماذا أفعل. كل ما أذكره أني كنت أحاول الهرب من قبضته

وعينيه. توسلت إليه أن يعطيني وقتاً كي أعتاد حضوره، ودعوت الله في سري أن يكشف الغم.

كأنما الدعوة قد استجيبت، أدارت الآلة الجنسية ظهرها بعصبية، وتمدّدت على جانبها الأيمن في الطرف الآخر من السرير. ظل يتمتم بكلمات لم أفهمها. حسبتها صلوات النوم، أو ربما كمّاً من اللعنات. نعم، ربما تستحق تلك الليلة أن تكون لعنة.

نام. لست أصدق أنه نام إلا من أنفاسه المنتظمة.

معاناة انتهت، وأخرى ستبدأ.

عقب الواحدة بقليل، وحتى السابعة صباحاً، لم يغمض لي جفن.

كانت الغرفة بحجم لا بأس به، سرير عريض تهيأ للمعركة، وكنبتان متقابلتان. قضيت ليلتي الأولى مستيقظة على إحداهما، لم أجرؤ على مغادرتها. ولا على إطفاء الضوء الخفيف الذي كان ينشر أطرافه بصعوبة في أرجاء الغرفة. لم أجرؤ على الاقتراب من السرير. لم أجرؤ حتى على الدخول، طوال الليل، على الحمّام، وقد احتجته أكثر من مرة.

مؤمنة أنا بقضاء الله تعالى، مؤمنة بالموت ولو كثرت مراته، كتلك الليلة التي مت فيها أكثر من مرة.

قضيت ليلتي الأولى أفكر كيف ستكون لياليّ القادمة؟

فكرت في كل تفاصيل حياتي.

تذكرت أشقائي وشقيقتي. بكيت. تمنيت سماع صوت أمي. تمنيت حضن أبي. تخيلته حاضراً أمامي، وعليه ألقيت جسمي وبكيت.

خفت أن يستيقظ النائم في الجوار على صوت بكائي.

ما عاد هو الشخص الذي رأيته للمرة الأولى عندما أتى مع والدته لخطبتي. والله ليس هو، بل شخص آخر.

ما ترى قالوا له عن الليلة الأولى؟

صديقاتي قلن لي الكثير عن الليلة الأولى.

لكن ماذا قال له أصدقاؤه؟

هل قالوا إنها معركة؟

هل قالوا إنها طعنة؟

أين يكون مكانها، في الجسد أم في الكبرياء؟

أنا لست في معركة معك، ولست ملكك أيها النائم أمامي. ولن أكون ملك أحد. هكذا قررت في سري.

بينما صديقاتي، في تلك اللحظة، يعتقدن أنني أعيش أجمل أوقات حياتي، كنت أنا أحرك مفاصلي بهدوء على الكنبة، فلا تتيبس كتيبس قلبي.

سيسألنني في الصباح عن الليلة الأولى.

ليأتِ الصباح أولاً، ثم ليكن ما يكون؟

أكثر من مرة تأملت خالد وهو يغطّ في نومه. حاولت أن أجد له بعضاً من عذر وأنا أنظر إليه.

فكرت لعلّه يشتهيني، وأساء التصرف، أو ربما هو مرتبك مثلي. لكن أي ارتباك ذاك الذي يجعلني مملوكة له؟

كلما اقترب الصباح، تسارعت أفكاري تبحث عن عذر لما حدث.

محاولاتي لم تكن في الحقيقة أكثر من بحث عن أمل يزيل مخاوف الأيام القادمة، فأنا حتى هذه اللحظة، ما زلت فتاة، ولا أعلم ماذا سيحدث لي في الغد.

أذكر أني حاولت، مع أول خيط من ضوء الصباح، أن أذهب إلى الحمْام في الجهة المقابلة للغرفة، حيث الباب الذي يقود إلى خارجها.

عجزت عن القيام، وخفت من الحراك قرب السرير.

كانت الليلة الأولى، امتحاناً لقدرة تحملي الصدمات. ربما كان هو القدر الذي حال دون ذهابي إلى الحمّام. لأني أدركت حينذاك أنه إذ استطعت الوصول إلى الزاوية الأخرى من الغرفة، حيث الباب الذي يقود إلى الخارج، فربما ما كنت عدت مطلقاً.

مع الثامنة صباحاً أذاب رنين الهاتف بعض الجليد الذي جمّدني على المقعد طوال الليل.

احترت لحظةً هل أرد أم أجعل الرنين يوقظه؟

لا أريد أن يصحو الآن على الأقل. وأخشى في الوقت ذاته، أن يستيقظ إن رددت أنا.

حُسم الأمر أخيراً مع الرنة الرابعة. استيقظ هو، وأجاب بصوت متثاقل:

ـ نعم. الحمد لله. مرحباً في أي وقت.

قال ذلك وهو شبه نائم. لم يدرك أنني لم أكن نائمة بقربه في الفراش، بل ملتصقة بالكنبة في الجهة الأخرى من السرير. ولم يكلّف نفسه جهد البحث عني.

عاد إلى نومه بعد أن أدار وجهه إلى الناحية الأخرى، واضعاً المخدة على رأسه.

كانت العتمة في الغرفة، إلا من ضوء شحيح يهرب من طيات الستائر، تشجع على مواصلة النوم.

قدّرت أن المتصل ولا شك أمه.

من قبل قدّرت أنها ستكون أول المتصلين متسائلة: هل انتصر ابنها البارحة؟ هل طعن حيث ينبغي الطعن؟ هل رأى الدماء بنفسه؟

بعد أن عاد خالد إلى النوم، أحسست، ولسبب ما، بقدرتي على الحركة. قفزت مسرعة إلى الحمّام، وقد عاد إليّ شيء من اتزان. بدلت ببطء ثيابي البيضاء التي بقيت على جسدي تلك الليلة.

قدّرت أيضاً أن والدته ستأتي في أية لحظة.

من أسفل باب الغرفة أدخلوا جريدة الصباح. تذكرت وأنا ألتقطها بعضاً من كتبي، كم ندمت على عدم إحضاري بعضاً منها ليكون رفيقي في الليلة الأولى. لكن كيف كان لي توقع ما حصل؟ حاولت أن أقرأ الجريدة على الضوء الهابط كخيط رفيع فوق كنبتي.

لم أقرأ يوماً جريدة كاملة كما فعلت ذاك الصباح. بأنفاس متقطعة، وصفحات أفتحها بقدر مذهل من الصمت، قرأت كل حرف، حتى أرهقت عيني.

كان الوقت صباح الجمعة. وفي مثل هذا اليوم، يكون القسم الديني في كل الصحف أكبر من باقي الأيام. كأن للأديان يوماً واحداً في الأسبوع فقط لا يحق لها سواه.

صودف أن موضوعاً في الملحق الديني يتناول آداب الليلة الأولى. والله ما رأيت منها شيئاً الليلة الفائتة.

قرأت كيف الملاطفة، وتذكّرت كثيراً مما كنت قد قرأت عن المداعبة.

لماذا لا يطرحون مثل هذه المواضيع يوم الخميس حيث تكثر

حفلات الزفاف؟ لربما استفاد منها الرجال قبل أن يبدأوا عملياتهم. بل طعناتهم.

الليلة الأولى تكاد تكون الأهم في حياة الزوجين. بل في حياة المرأة تحديداً.

هل تعلم لماذا الليلة الأولى تحديداً؟

لأن الإنسان لا ينسى الحدث الأول في حياته، أياً كان هذا الحدث.

وبالنسبة إلى الفتاة، فالليلة الأولى هي بداية حياة جديدة، تنسلخ فيها من قديمها، وتنشرخ شرنقة صباها وتتحول امرأةً كاملة. من أجل ذلك فهي ليلة لا تنسى. كل تفصيل فيها، سيكون امتداداً لا ينتهي للمستقبل. وذاك ما حدث معي.

لا أعلم ما أثر الليلة الأولى بالنسبة إلى الرجال. لكني أدرك أنها نادراً ما تكون الأولى بالنسبة إليهم.

أتذكر صديقة لي، أبدت لهفة على زوجها في الليلة الأولى. ما كانت تماثلني في الخوف أو التحفظ. بل هي من بادرته قبل أن يبادرها. أتعلم ما حدث؟

رفضها عريسها. موروثه الاجتماعي، وأفكاره القديمة، أخبراه أن الزوجة المبادرة في الليلة الأولى، تثبت أن تجربتها ليست هي الأولى. الموروث نفسه يؤكد أن تمنّع زوجته في الليلة الأولى، دليل على أنها غير عذراء.

في الحالتين تقف أفكارنا القديمة بالمرصاد.

ساعدتني ذكرى صديقتي على الاسترخاء، ذاك الصباح، وخالد لا يزال نائماً.

ربما أعدت قراءة الجريدة للمرة العاشرة.

ثلاث ساعات أخرى مرَّت وأنا على مقعدي أقلب صفحات الجريدة بهدوء الموتى، والرجل النائم أمامي كأنه أحدهم.

الساعة تخطت الحادية عشرة. صلاة الجمعة بعد ساعة من الآن.

احترت: هل أوقظه، أم سيستيقظ هو وحده؟

قفزت مذعورة على صوت رخيم:

ـ صباح الخير، كم الساعة الآن؟

ـ الحادية عشرة والربع، ألن تذهب إلى صلاة الجمعة؟

نهض بتثاقل وهو ينظر إلى نصف السرير الآخر المرتب.

ـ ألم تنامي بعد؟

ـ لم أشعر بالنعاس، بقيت أقرأ.

ـ طوال الليل؟

ـ نعم.

ـ أطلبي شيئاً آكله إن سمحت.

استغربت لطفه، وتساءلت هل نسي معركة البارحة، أم أنه كان ثملاً؟

بهدوء قام إلى الحمّام. وللمرة الثالثة أشاهده عارياً أمامي.

على وقع خرير المياه طلبت فطوراً خفيفاً له، وفنجاناً من القهوة لي. قبل أن يقرع موظف خدمة الغرف باب حجرتنا، اتصلت بأمي. ثم بدأ سيل من المكالمات يتوالى.

سألتني أمي:

ـ كيف كانت ليلتك يا ابنتي؟

ـ نمت حتى الصباح . فماذا عساي أقول غير ذلك؟

حتى أمي تسأل عن الليلة الأولى.

الزواج بالنسبة إليها هي أيضاً ليلة أولى. سامحكِ الله يا أمي.

الموروث القديم يجري أيضاً في دماء أمي.

اتصلت أم خالد ثانية تسألني السؤال نفسه، وتخبرني أنها ستأتي بعد نصف ساعة.

ما من أحد لم يسألني عن الليلة الأولى سوى عامل النظافة.

مئة لعنة على الليلة الأولى الشبيهة بتجربتي.

عاد خالد متدثراً بروب الحمّام:

ـ لماذا لم توقظيني كي أصلي الفجر؟

ـ ما أحببت إزعاجك.

فرد أمامه سجادة صلاة أحضرها معه. تحرى اتجاه القبلة، ثم كبّر وصلى ركعتي الصبح متأخراً.

أنهى صلاته، ثم تناول قطعة من الكورواسو مع كأس من عصير البرتقال. فكَّرت وأنا أشغل نفسي بترتيب ثيابي بهذه الحماسة لصلاة الفجر والجمعة، لماذا لا تلازم صلاته ملاطفة في معاشرتي، أم أنها لم تأمره بذلك؟

لبس ثيابه على عجل، ثم تطيّب وخرج.

هكذا أتى الصباح الأول مع خالد: بارداً وجافاً. كان ذلك مؤشراً إلى ما ستكون عليه بقية أيامي.

لكني تجاهلت الفكرة كي أزرع الأمل في نفسي بحياة مستقبلية جميلة.

أبدلت ثيابي أنا الأخرى في انتظار وفود المهنئين. ولأول مرة انتبهت إلى باقة ورد كبيرة بعثتها لي شقيقتي الصغرى، هند، منذ البارحة، وعليها عبارة «مبروك يا عروسة». وفي مغلّف صغير وضعت رسماً لي منذ الطفولة، حين كنت أتخيل كيف يكون زوج المستقبل. بدت الصورة عبثية وسخيفة. لم يكن الاختلاف بين الرسم وخالد كبيراً.

عند الثانية عشرة ظهراً أتت النساء: أمي أولاً وشقيقتي، أما الرجال فكانوا يؤدون صلاة الجمعة.

ثم حضرت أم خالد، وهي سيدة طيبة في نهاية الخمسين من عمرها. بدت لي على درجة من العلم والأدب منذ رأيتها يوم جاءت تخطبني لابنها.

كانت أم خالد تعكس انطباعاً مريحاً لمن يراها، وقد كانت كذلك. هذا الانطباع خلته سينعكس على أبنائها. وهذا ما زاد اقتناعي بالزواج بابنها.

لكني أدركت ذاك الصباح، أن عشر أمهات مثل والدة خالد لن يغيرن ما في عقل خالد عن المرأة. أم خالد أيضاً برغم طيبتها تحمل في دمها الإرث الاجتماعي نفسه، بكل خيره وشره وصلفه.

ماذا كنت أقول لو سألتني عن ابنها، وماذا سأقول لأمي وأختي؟

في الواقع ما قلت شيئاً، بقيت مبتسمة طوال الوقت. أحببت أن أزرع في نفسي كل آمال الدنيا القادمة. ثم أدركت أني قبل أن أفكر في هذا القادم يجب أن أفكر في الليلة الثانية كيف ستمضي؟

أتى الجميع محملين بالهدايا.

وبدأ الرجال في الحضور.

حتى مع أهلي، شعرت بشيء من خوف وارتباك. الخوف حتى من أمي إذا عرفت أني تمنعت عن زوجي. فقد كان آخر ما قالته لي قبل أن تغادرني ليلة زفافي أن الملائكة ستلعنني إن رفضت طلب زوجي للفراش.

لكن هل سترضى الملائكة أن أكون مجرد شهوة في أول ليلة مع رجل لا يزال جسده غريباً عن جسدي؟ ألا تلعن الملائكة سوى النساء فقط؟

مضى اليوم سريعاً، ووفود تروح ووفود تجيء.

هدايا، هدايا، هدايا...

ووسط كل ما استلمت من هدايا كنت أبحث عن الرجل الذي تزوجت.

التقت عيني بعينيه في أكثر من مناسبة. وفي كل مرة كنت أحس بالشيء ذاته: اشتهاء مرعب!

اعتقدت ذلك مبرراً في الأيام الأولى. هكذا فسرت الأمر بعفوية، فالتجربة جديدة بالنسبة إليّ، ولا توجد أمام الفتاة أكثر من تجربة تكون هي الأولى والأخيرة.

أسرع مما تصورت أتى المساء. عاد الجميع من حيث أتوا، وعاد خالد إلى ثكنته يستعد للمعركة القادمة.

لا أعرف لِمَ تصورت أن لخالد تجارب سابقة مع بعض الفتيات. ما تجاسرت أن أسأله يوماً. لكني ظننت أن الرجل الشرقي لن يتأخر أمام أول فرصة تتاح له، ولن يكون خالد استثناءً. لكن ربما كان...

تصنّع كلانا الابتسامة منذ الصباح. على الأقل أنا تصنعتها، ولا أعلم عنه شيئاً. ولم أكن أعلم حقيقة أكان غاضباً لعدم نيل مراده في الليلة الأولى أم لا. لكن إن كان هناك من يحق له الغضب، فهو أنا.

مع بداية الليلة الثانية لم أشعر بأني غاضبة بل خائفة مع قدر ضئيل من الرغبة. ولا شعرت بالمثل أن خالد كان غاضباً من الليلة الأولى، بقدر ما كان مليئاً بالرغبة في الليلة الثانية.

قبل أن تغرب شمس اليوم، وتتسلق العتمة قبة السماء، كان صبره قد نفد، وبات اشتهاؤه لي يطل من بين أنفاسه.

ومن جديد عدنا الثلاثة وحدنا: «أنا وخالد والإرث القديم».

الجو بارد في لندن.

إنه يوم الجمعة هنا أيضاً.

هدوء صباح الجمعة في لندن يؤذن عادة بموسم عاصف في حانات ليلها.

يستيقظ هشام متأخراً عن موعده. مقهى مجاور للمنزل مشهور بفطيرة التفاح الساخنة مع قهوة سوداء، بداية تقليدية اعتادها هشام كل يوم.

يتناول فطوره الخفيف، ويسلك طريقه باتجاه محطة قطار أنفاق «كنزنجتون هاي ستريت». بعد رحلة لا تزيد عن ربع ساعة، ينزل في محطة قريبة من مكتبه تحاذي النهر اسمها «تمبل». هو يحب أن ينزل هنا كل صباح سائراً جنباً إلى جنب مع نورس يخبره عمن جاء وعمن راح.

يلمح من بعيد رجالاً ونساء قد تشابكت أيديهم. يقترب منهم فيكتشف أنهم مجموعة سياح يبحثون في طرقات لندن عن إرث بريطانيا القديم.

«هناك الهاربون من الإرث القديم، وهناك الباحثون عنه». يردّد في نفسه وهو يسير حاملاً معطفه مستمتعاً ببعض الهواء المنعش مع شمس ساطعة تؤذن بيوم جميل.

وهو يقترب من مقر عمله، يصادف في طريقه مجموعة من الزملاء يسيرون في الاتجاه نفسه. يرافقهم إلى المبنى الزجاجي.

سوزي الجميلة لم تحضر اليوم. تهاتفه، وتعتذر عن الحضور بسبب مشاكل نسائية.

«وما علاقتي أنا بالمشاكل النسائية؟» سأل نفسه متبرماً. وقد أعاد السؤال ذاته كثيراً.

نصف الزميلات يغبن أحياناً للسبب نفسه: «مشاكل نسائية». دون أن يجرؤ مرة واحدة على الاعتراض، خشية اتهامه بالقسوة، أو ربما العنصرية الجنسية، فالقانون البريطاني لا يرحم من يخطىء مع النساء، ولا يقدر مشاكلهن النسائية.

«صدق من قال إنهن ناقصات عقل و...» يقول في سره دون أن يكمل بعد أن طالعته في البعيد صورة إيزابيل.

يُعدّ قهوته بنفسه، ويقرأ بريد الصباح على عجل.

لا جديد. يرسل كل ما في يده إلى المختصة بصفحة الرسائل.

تتقبل ناديا، مسؤولة البريد، كل الرسائل برحابة صدر. فبالإضافة إلى استمتاعها بقراءتها، حتى في أوقات راحتها، تتباهى بقدرتها على تحليل كل رسالة بشكل جيد.

تقول أحياناً إنها تعرف مضمون الرسالة قبل أن تفتحها. ورئيس التحرير يصدقها.

فحجم الرسائل في اليوم الواحد كبير جداً. لا بد إذاً أن تعرف مضمون كل رسالة، واسم صاحبتها وعمرها، ومشاكلها النسائية أيضاً.

أجرى هشام اتصالاً أو اثنين ببعض المراسلين والزملاء في مكاتب المجلة الخارجية. كان الصباح عادياً، وقد بدا رتيباً جداً، كما لو أن حضور سوزي هو ما يطرد الرتابة.

تقترب الساعة من الثانية عشرة ظهراً، وبعد قليل صلاة الجمعة.

تذكَّر هشام يوم كان طفلاً يذهب إلى صلاة الجمعة باكراً برفقة والده وشقيقه، ليحتلوا أماكنهم في الصفوف الأولى. بعد الصلاة والدعاء والاستغفار، يعودون وقد غُسِلت آثام الأسبوع المنصرم كلها. هذا ما كان يقول له والده.

كانت الصفوف الأولى المكان الدائم لهم، إذ أنها دليل الإيمان العميق، كما كان يسمع من والده. بعد أن مات الأب، أصبح من روّاد الصفوف الوسطى، ثم المتأخرة، وأخيراً من روّاد صفوف خارج المسجد.

له رأي في ذلك، بل فلسفة: «مضمون خطب الجمعة هو ذاته منذ ١٤٠٠ عام وأكثر». أحياناً كان يتعمد الذهاب متأخراً، «فما الجديد في خطبة اليوم؟» هكذا كان يتساءل.

في لندن، بقي يفعل الشيء نفسه. وبين فترة وأخرى كان يقصد المركز الإسلامي، القريب من حي «سان جونز وود». إلا أن خطب هذا المركز بدأت تميل إلى الخطابة السياسية التي ما كان لها من ضرورة حسبما يرى.

وكثيراً ما شهد المركز سجالات وخصومات، بل اشتباكات بالأيدي بين أفراد اختلفوا في اجتهادات دينية غاية في السطحية.

ويتكرر العراك كل جمعة، وأحياناً بعد كل صلاة، مصحوباً بالسّباب والشتائم من رجال يفترض أنهم مثال في الأدب والخلق. من أجل ذلك ظل هشام يؤثر الذهاب متأخراً عن موعد خطب الجمعة، حتى إنه كان يتعمد السير ببطء ريثما تبدأ الصلاة فيصلّي وينصرف إلى سبيله، مخلّفاً وراءه بدايات معركة جديدة.

أخبره صديق ذات مــرة أن المركز الإسلامــي في لنـدن أصبح محل صراع دولي أيضاً. من لــه الدور الأكبر في ميزانيتـه، يكون هـو المسيطـر عليـه. مـا عـاد المركـز دينيـاً، بـل أصبــح أممـاً متحـدة.

حرص هشام قدر المستطاع على الابتعاد عن الاختلاف في الرأي مع أحد المصلّين، كما تحاشى حضور حلقات جدل ديني امتلأ معظمها بالرياء والعفن. واقتصر همه على الصلاة سريعاً والانصراف إلى سبيله، سواء أكان في هذا المركز أم في مركز آخر.

بعض المساجد باتت تتشابه حتى في لندن. الخطب نفسها التي تدعو إلى الاستغفار والتوبة عن ذنوب لم ترتكب، والنهاية نفسها التي يجزّ فيها الخطيب رقاب نصف البشر:

«اللّهـم دمّر اليهـود والصليبيين، ورمّل نسـاءهـم ويتّم أطفالهـم، اللّهم... اللّهم...»

أخيراً، أصبح الوضع أفضل. فما عاد الدعاء قائماً، خوفاً من الاتهام بالإرهاب، وإن بقي ما في القلب في القلب.

خطبة اليوم انتهت بنصف مجازر. ربما مراعاة لضيوف من الأزهر كانوا في حلقة نقاش عن تقارب الأديان في لندن.

«مسكين هذا الغرب كم أصبح ملعوناً. ربما نحن المساكين. ربما نحن الملعونون، لا هو». قال هشام وهو يحدّث نفسه، وينتعل حذاءه خارجاً من المسجد، بعد أن فرغ من صلاته.

في الطريق، مغادراً الساحة الرئيسة للمسجد، وقف هشام لحظة يتأمل في صمت مؤلم أصواتاً تأتيه من بعيد.

يلتفت نحو مصدر الأصوات فإذا بها تتشكل أجساداً تحيط بجثمان سجّي على نعشه.

اخترق هشام الحشد ونظر إلى الجثمان فإذا به جثمان نزار قباني، الشاعر الذي رآه قبل أيام يسير حزيناً في البيكاديللي.

رأى هشام الساحة الخارجية للمسجد تشهد مزاداً دينياً على نعش الشاعر. كان المنظر مقرفاً. فتارة يُدخل بعضهم جثمان الشاعر إلى حرم المسجد للصلاة عليه، وتارة أخرى يطرده بعض المتطرفين الذين أفتوا أنه كافر لا تجوز عليه الصلاة، بل لا يجوز دخوله المسجد.

دون أن يشعر، رفع هشام نظره إلى السماء فإذا بالشاعر ينظر إلى الأسفل يرقب مشهد نعشه ساخراً، ويبصق على من نصبوا أنفسهم آلهة قررت أنه من نزلاء الجحيم! ثم يهبط من السماء إلى باحة المسجد، يلملم كفنه وجسده ويرحل.

«عشرون عاماً في طريق الهوى ولا يزال الدرب مجهولا
فمرة كنت أنا قاتلاً وأكثر المرّات مقتولا
عشرون عاماً يا كتاب الهوى...
ولم أزل في الصفحة الأولى!».

ألأنه أنصف المرأة فقط استحق لعنات السماء؟

السماء، الأم الحنون، التي ما لعنت أحداً يوماً، جعلوها أماً قاسية، لا هم لها سوى اللعن.

«كافر، فاسق، مرتد»، لأنه كرّم المرأة.

«صرخات هستيرية ستتردد إلى الأبد في جنبات الساحات الخارجية

للمركز الإسلامي، في لندن، لتكشف كم هو الوأد لا يزال يجري في دمائنا!».

«صدقت سارة إذاً»، ردّد هشام وهو يغادر المسجد على عجل، وسط هستيريا تُصرّ على إعدام الشاعر الذي مات منذ زمن طويل قبل ميتته الأخيرة!

عاد هشام إلى مكتبه في الواحدة والنصف ظهراً. قطع، كعادته، بعض المسافة مشياً، قبل أن يستقل حافلة أجبره عليها سقوط المطر، وهو يفكر بحزن كيف انتهى إليه مصير أعظم شعراء عصره.

اليوم هو إقفال العدد، والتحقيق الذي كان قد طلبه الأسبوع الماضي لم ينته بعد. إنه التحقيق الذي يتحدث عن الوأد الجديد. سيقفل عدد هذا الأسبوع أيضاً من دون استكمال التحقيق.

حسناً، لا مفر من الطريقة المعتادة: غلاف مثير لفتاة حسناء، تعوّض غياب التحقيقات المثيرة.

أحياناً، كان هشام يشعر بسخافة قرار كهذا. لا، ليس أحياناً، بل دائماً.

ذات يوم سأل نفسه: «هل من يقرأ ساذج إلى حد أن يشتري مطبوعة من أجل صورة حسناء الغلاف فقط؟».

كان الجواب الذي يأتيه: نعم، وأرقام التوزيع تؤكّد ذلك.

ما يخفّف المصاب أن العلة ليست محصورة في مجلة واحدة، أو مجتمع واحد، بل هي في كل مكان، حتى في لندن. لكن لندن كافرة كما كان يقول له أحد أساتذته في السعودية، وما بعد الكفر ذنب. إذاً ماذا يقول في المجتمع المؤمن الذي تُحدد فيه صورة فتاة جميلة نجاح عدد ما أو فشله؟

إنه السبب ذاته: اجتماع الضد بالضد!

إن شئنا اختصار ذلك في وصف أكثر دقة، قلنا هو القناع الذي نلبسه فنخفي تحته وجهاً غير وجهنا. وكثيراً ما كان القناع ديني الملامح، بل هو كذلك دائماً.

وحسب ما كان يشعر به هشام، فمثل تلك النتيجة التي يخلص إليها كل مرة، تجعله يشعر بأنه في المكان الخطأ، فقد أرهقه لبس القناع، وكثيراً ما دهمته الفكرة بالرحيل.

ذاك اليوم أتى المساء سريعاً. لقاء قصير مع أسرة التحرير قبل أن ينصرف كل إلى بيته، أقفل بعده باب مكتبه كي يتفرغ لكتابة مقال جديد. أمامه ساعتان فقط. بالأمس كانت لديه مجموعة أفكار، تبدو وقد فرّت تواً من قلمه.

حاول أن يكتب، ثم حاول... ثم حاول... أخيراً كتب ثلاثة أسطر يتيمة على ورقة أمامه. تركها فوق مكتبه. ثم قام يعدّ كأساً من الشاي بالنعناع الذي يحبه ويرى فيه مصدر إلهام. عاد إلى مكتبه وأغلق الباب وراءه. من بعيد، نظر إلى الورقة وأسطرها الثلاثة. جلس... ثم قام متجهاً إلى الخارج، لا يعرف إلى أين. لكنه خاف إن غادر مرة أخرى أن تهرب الأسطر الثلاثة، وكان بالكاد قد استحضرها.

«الكلمات الجميلة مثل المرأة، لا تثق ببقائها في انتظارك إن أهملتها، أو تركتها وحيدة!» كان يقول دوماً في كل حديث إعلامي، مع الأصدقاء أو الغرباء.

تأمل الأسطر الثلاثة مرة واثنتين. لا جديد فيها. كلمات منمّقة تفتقد الصدق، هدفها فقط إثارة مشاعر المرأة، وأحياناً استعطافها.

يبدأ تزييف المشاعر كهواية، ثم يصبح احترافاً. وقد بلغ هشام المرحلة الثانية بالتأكيد. كان ذلك يزيد من إحساسه بخطأ المكان بالنسبة إليه.

التقط الورقة بحنق وهو يكرمشها في يده ويلقي بها في سلة المهملات. ثم عاد يحاول كتابة شيء مختلف: أمامه أقل من ساعة.

نظر إلى سارة حيث كان الرقيب. نظر إليها مستعطفاً كلمات يكتب بها مقاله.

... ودون أن يشعر بدأ يكتب.

كانت تلك أسرع مرة يكتب بها. كانت أيضاً أفضل مقالة ينشرها... فقد تحدث عن العنف في حياة الرجل الشرقي. العنف المغلّف بابتسامة كذب، وغطاء من الدين.

«العنف ليس الضرب بالعصا. العنف ليس أن تكسر ضلعاً أو ضلعين. العنف الحقيقي ما يجرح الروح لا الجسد. وإذا كان العظم يجبر بعد كسر، والجرح يلتئم بعد قطع، فإن جرح الروح لا يجبر ولا يلتئم؟».

هكذا كتب، واختتم مقاله بقوله:

«أقسى أنواع العنف أن يتجاهل الزوج زوجته. فالتجاهل أقوى من القتل».

دفع بمقاله إلى المطبعة في اللحظة الأخيرة.

«شكراً سارة». قال وهو ينظر باتجاه مقعدها.

انتهى اليوم. غداً السبت، وحفلة سليم في المساء. هو سيلتقيه هذه الليلة مع جمع من الأصدقاء والصديقات.

سليم شاب في الثلاثين من عمره. تربطه بهشام صداقة قديمة،

والكثير من الذكريات، وتجمعهما رؤية مشتركة للحياة، تختلف عن الآخرين.

أحياناً يبدو سليم أكثر عمقاً في أفكاره مما يبدو عليه هندامه المهمل. وهو من النوع الذي يصعب أن يكون صديقاً مقرباً من أحد أو أن يفهمه أحد، فهو بالكاد يفهم نفسه!

«لأنها جميلة، يجب أن لا نقيد حريتها، لأنها هبة الله على الأرض». هكذا كان يقول عن المرأة التي أفنى عمره يتغزل بها، وهو المنتمي إلى أشد مدن السعودية تطرفاً، بريدة.

«نحن نرى أن المرأة ناقصة عقل ودين. لكن من قال إننا نحن الرجال مؤمنون وأذكياء. نحن لسنا أكثر من مجموعة حمير تجيد الكلام؟!».

ومن آرائه أيضاً أن «أول حالة إغواء إنسانية أتت من الرجل، لا المرأة. ثم تحول الإغواء إلى هواية نسائية وحرفة رجالية بكل ما فيها من تفاصيل ووراء التفاصيل يكمن الشيطان».

من آرائه الأخرى أن نزار أسخف الشعراء وأكثرهم أنانية، لأنه «جعل من عقل المرأة نهداً، ومن رأسها نهداً، ومن رمشها نهداً. ثم تبحث عن هذا النهد فتجده مخبوءاً في فم الشاعر، يمضغه وحده!».

كان شعراء الجاهلية شعراءه المفضلين. لكنه كان يغضب عندما نقول إنهم «جاهليون»، ففي رأيه أن العصر الحالي أسوأ من عصر الجاهلية، الذي امتلأ بالشعر والغزل والحب. وأن كل ما قيل عن انحطاط عصر الجاهلية كذب في كذب، الهدف منه إثبات أن اللاحقين أفضل من السابقين.

هذه هي أفكار سليم. مجموعات متناقضة وغريبة. تشعر أن كل فكرة

هي من كوكب مختلف. أحياناً هو مع المرأة وأحياناً ضدها. أحياناً هو مع نفسه وأحياناً يتركها خطوات وراءه، ويمضي بلا مبالاة.

في اليوم الأخير لهشام في مدينة جدة، قبل أن ينتقل إلى لندن منذ أكثر من عشر سنوات، أولم سليم له في داره، مع جمع من الأصدقاء.

بعد العشاء قال سليم مخاطباً هشام: إياك أن تصبح كمعظم شبابنا يذهبون إلى الغرب معتدلين، ويعودون متشددين؟

ـ لم ألحظ ذلك.

ـ يمكن أن أعدد لك أكثر من حالة، بل حالات إن شئت.

ـ وما السبب في رأيك؟

ـ السعوديون، والخليجيون عموماً، خجولون بطبعهم أمام الآخرين. أحياناً يصبح الخجل خوفاً من التأقلم في مجتمعات تعلمّوا، منذ طفولتهم، أنها ملعونة وكافرة، فيتحولون إلى العزلة دون إرادتهم.

أضف إلى ذلك خطأ ما يحملونه من أفكار. خذ موقفهم من المرأة: رجل نشأ في معزل عن النساء، وعلى ثقافة أن صوت المرأة عورة، كيف له أن يعيش في مكان النساء فيه أصحاب موقع ومكانة لا تقل عن الرجل؟

قد يتلذذون باختلاس النظر إلى امرأة أياً كان جمالها. لكنهم سيعيشون في عزلة بعد أن يفشلوا في الاتصال بالآخر، في الانصهار بالمجتمع الذي يعيشون فيه. فلا يكون أمامهم سوى وعود الآخرة أمام استعصاء مباهج الدنيا، فينعزلون، ثم يتطرفون.

وكأب يوصي ابنه، قال سليم: «احذر يا هشام أن تعزل نفسك. إرم خوفك وخجلك وراء ظهرك، وابدأ حياتك كطفل يدخل المدرسة لأول

مرة، بلا قناعات مسبقة الصنع . هناك ستبني قناعات جديدة بنفسك، وستعيد اكتشاف العالم بعيداً عن غلواء أحد ولعناته».

نصيحة سليم لهشام كانت أصدق ما قاله . أما تفسيره لتطرف المغتربين ففيه قولان:

كان سليم مضرباً عن الزواج . وقد بلغ السادسة والثلاثين من العمر . لكن بعد قطيعة طويلة مع المرأة، قرر أن يتزوج . وقد فعل ذلك قبل ثلاثة أشهر . وها قد جاء إلى لندن في رحلة عمل، وتلك فرصة لدعوته.

في مساء دافء في أحد مطاعم لندن، دار الحديث التالي بين الصديقين، سأل هشام:

ـ لماذا قرّرت الزواج فجأة وتخليت عن العزوبية؟

ما أجاب سليم، بل بقي يمضغ طعامه بهدوء وهو ينظر إلى رجل عجوز ثمل في ركن من المطعم. بعد خمس دقائق نظر سليم إلى هشام مجيباً عن سؤاله: سأل تلميذ معلمه سقراط: أتنصحني بأن أتزوج أم أبقى عازباً؟ قال سقراط: ستندم في الحالتين يا بني.

وفكرت أني قد جربت مرح العزوبية، فلا ضير إن جربت ندم الزواج!

ـ وكيف وجدت التجربة؟

شرد قليلاً وهو ينظر تجاه الرجل نفسه ثم قال:

ـ كما قال الحكيم فعلاً.

ـ هل تحب زوجتك؟ أو الأحرى، هل تزوّجتها بعد قصة حب؟

نظر مستغرباً:

ـ وهل تعتقد أني أعيش في سويسرا حتى أتزوّجها بعد قصة حب؟

- يمكنك أن تحب يا صديقي ولو كنت في مجتمع مغلق.

أجاب سليم بعصبية وهو يضرب بيده الطاولة:

- هذا خطأ. بل خاط كبير. لا يأتي الحب بلا معرفة. فإن لم تعرف المرأة فإن حبك لها لا يكون صادقاً أو قوياً. ثم قل لي بالله عليك، كيف لي أن أعرف امرأة قبل أن أتزوجها، وفوق رأسي مائة جلدة إن رآني أحد في خلوة معها؟!

- هل يعني أنك لا تحب من تزوجتها؟

- في مرحلة معينة من العمر يفكر الإنسان بعقله لا بقلبه، وهذا ما حدث معي. أمي اختارت لي، والحقيقة إنه اختيار جيد. أنا أتفق دوماً مع اختيار الأم، لأنها الأقرب إلى أحاسيس ولدها، لكن لي مشكلة بسيطة مع حماتي.

- ما بها؟

- يبدو أني قد تزوجتها هي الأخرى دون أن أدري. منذ أول يوم وهي لا تكفّ عن تقديم النصائح والآراء لزوجتي. أصبحت تنازعني السلطة على بيتي... صعبة هي يا صديقي، صعبة جداً. ألا تعرف لها عريساً بربك؟

- من أين سلطانها على ابنتها طالما أنها في بيتك لا بيتها؟

- أم زوجتي لها قدرة التخاطر عن بعد. هذه السيدة سيؤدي تدخلها في شؤوننا إلى خراب عقل ابنتها. لا أعتقد أنني سأتحمّلها كثيراً. حتى زوجها لم يتحملها. ترك جسده ذات صباح على السرير وصعد إلى السماء وهو يضحك.

هل تصدق؟ ذهبنا الأسبوع الماضي في رحلة عائلية إلى الصحراء. في

منتصف الليل لسعت عقرب قدم حماتي، فقضينا الليل كله في المستشفى.

ـ هل كانت إصابتها خطرة؟

ـ كانت بخير، لكن العقرب هي التي ماتت! ها ها ها... كنت أضحك معك فقط، لكن العقرب ماتت حقاً.

انتهت الأمسية الطريفة مع سليم، بعد أن امتدت حتى منتصف الليل. ثم أخذ كلّ سيارة أجرة إلى حيث تبدأ أحلامه.

في اليوم التالي، وفي صباح سبت، بدأت الاستعدادات باكراً لحفلة المساء.

أكثر من صديق يتصل بهشام يسأل عن موعد الحضور. الكل سعيد بهذه الحفلة. فكَّر هشام كيف أن الناس لا تسعدهم الحفلات تجزية للوقت فقط، بل من أجل ما فيها من احتمال تعارف ولقاء. لا يوجد ما يسعد الناس مثل لهو ينتهي بأكثر من احتمال!

منذ الصباح، أعدّ هشام كل شيء للأمسية، بما في ذلك التنسيق مع مطعم عربي مختص بالحفلات.

مرّ الوقت سريعاً حتى السابعة مساءً. كان ذهن هشام مشغولاً بإيزابيل أكثر من سليم. فقد وعدت أن تبذل جهدها لتكون أول الحضور.

الساعة تقترب من التاسعة وما حضرت إيزابيل.

أول الحاضرين كان جيوفاني وصديقته ماريا.

ـ أين صديقات ماريا يا جيوفاني؟

ـ كلهن اعتذرن، فقد كانت الدعوة متأخرة قليلاً.

ـ ولِمَ حضرتَ أنتَ يا صديقي؟

ربّت ظهر صديقه وصديقته وهو يدعوهما إلى الداخل ضاحكاً.

اكتمل الجمع عند العاشرة تقريباً، وما حضرت إيزابيل بعد. كان العشاء في العاشرة والنصف.

لكن هشام تعمّد تأخيره قليلاً.

بعد انتظار، دخلت إيزابيل. لا داعي لكثير من الوصف. فقد كانت باختصار فتنة بكل ما يليق بالفتنة من جلال! قبلة على اليد، واثنتان على الخد، وعين تغوص في بحر عين. ثم أخذها هشام من يدها يقدمها إلى كل من في الحفلة.

نصف ساعة وهو يطوف على المدعوين، كمن يقول لهم: «ذاك صيدي!».

كان المجموع يصل إلى أكثر من ٤٠ شخصاً. معظمهم أتوا فرادى، وقليل من أتى مع زوجته. فقط صديق إنجليزي يشبه اللورد وآخر إيرلندي، أحضرا زوجتيهما، ويمكن إضافة جيوفاني، على أساس أن علاقته بماريا تخطت مرحلة الفطام.

«هؤلاء الذين نلعنهم وندعو لهم باليتم والترمل. هم أكثر إخلاصاً وصدقاً منا في تعاملهم مع زوجاتهم»، قال هشام وهو يرقب الحضور، ويد إيزابيل لا تزال في يده، كخائف أن تهرب منه. بين كل المدعوين كان سليم يبدو الأكثر سعادة. كان كعريس محتفى به، ببذلته البيضاء التي بدت غريبة عليه، مع منديل خمري اللون يبرز من الجيب العلوي بتحد.

بعد أقل من نصف ساعة، وقد تناول الجميع طعام العشاء، بدأت الموسيقى تصدح في كل مكان. ثم خفف هشام من الإضاءة لإضفاء

بعد رومانسي على الحفلة. بدأ بعض الحضور في الرقص، وكان سليم أولهم، قبل أن يختفي فجأة. بعد قليل رآه هشام منزوياً في ركن قصي يحدّث بهمس جميلة من المدعوات، وهو يطوق جيدها بإحدى ذراعيه، ويعطي الحضور ظهره كله.

أقبل عليه هشام، وهو يشبك يده بيد إيزابيل، وسأله باللغة الإنجليزية:

ـ ألست تقول إنك تحب زوجتك؟

ـ وما علاقة الحب بمحادثتي لهذه الحسناء؟ وجدتها وحيدة تشعر بالملل.

ـ أنتَ تغازلها لا تحادثها. انظر إلى ذراعك وقد طوّقت نصف جيدها.

ـ لم هذه الغيرة يا أخي؟ دع الخلق للخالق.

يبتعد هشام ضاحكاً وهو يشرح لإيزابيل علاقته بسليم منذ الطفولة، وحتى هذه اللحظة التي يزيل فيها الملل عن الفتاة الحسناء.

«كم هو شهم هذا السليم!».

لا تدرك إيزابيل ما يقصده هشام، لكنها تبتسم وهي تشدّ على يده.

الضحكات تتصاعد من كل مكان. والأصوات يختلط بعضها ببعض، كما هي الثياب. فلا تعود تعرف هذا من ذاك.

متأكد هشام أن كل الأصدقاء في السهرة، على الأقل من يعرفهم عن قرب، يمارسون في هذه اللحظة كل أنواع الكذب وهم يلتقون امرأة جالسة هنا أو هناك.

وكثيراً ما اكتشف هشام، أن صديقاً له يعاني البطالة قد أصبح بقدرة

قادر رجل أعمال ناجحاً أو أن صديقاً آخر بالكاد يمشي نصف ساعة قد أصبح بطلاً في ألعاب القوى.

هشام نفسه كان يمارس كذباً كهذا مع إيزابيل وإن بطريقة مختلفة، وأكثر احترافاً.

مثل هذا الكذب كان يؤدي إلى نتيجة أول الليل. لكنه لا يلبث أن يصبح أضحوكة بعد أن تنكشف الحقيقة مع الكأس الثالثة أو الرابعة.

مع اقتراب الساعة من منتصف الليل، غادر نصف الحضور، ومن بقي كان ممزوجاً بالتعب والرغبة.

ثم هي الواحدة بعد منتصف الليل، حين طلبت إيزابيل من هشام أن يستدعي لها تاكسياً تقلها إلى البيت، محطمة بذلك طموحه بقضاء ما تبقى من الليل بصحبته.

حاول إقناعها بالبقاء ولو بعض حين. قال إنه كان ينتظر انصراف الجميع منذ أول الليل كي يخلو إليها. أخبرها كيف أنه تعمد أن لا يطيل السهرة من أجلها، متذرعاً لأصدقائه بأن جيرانه سيشتكون إن استمر صوت الموسيقى أكثر من ذلك، كي ينصرف الجميع فيبقيا وحدهما. ومن دون أن يدري، فعل ما فعله بعض أصدقائه: الكذب في محاولة مستميتة لإقناع إيزابيل بالبقاء.

لكنها أصرّت على الانصراف. فقد استيقظت في السادسة صباحاً. وما كانت كهشام تكذب على الإطلاق.

إلا أنها وعدته، وهي تضع يدها اليمنى على خده وقد أكسبه رجاؤه ملامح الأطفال، أن يكون أول من تتصل به في الغد. قبّل يديها، ثم وجنتيها، وتمنى، في نفسه، لو استطاع ضمّها إلى صدره.

ربما تمنت هي الشيء ذاته. كان قادراً على قراءة شيء من ذلك في عينيها.

سألها وهو يمسك بيدها حتى الباب، إن كان لديها متسع من الوقت لعشاء في الغد. أخبرته أنها ربما اضطرت إلى السفر، بعد يومين، لزيارة جامعتها الإسبانية التي ابتعثتها إلى لندن. وقد يتطلب ذلك تحضيراً ووقتاً.

أحسَّ هشام برغبة طفولية في البكاء وهو يسمع قصة سفرها تلك، فقد فوجئ بها، وهو لا يريد أن يضيع وقته وعمره في انتظار عودتها من سفراتها من حين إلى آخر.

قادها إلى حيث المصعد وهو لا يزال ممسكاً بيدها. هذه المرة ضمها، وقبلها قبلة عاشق. لم تقاوم، بل ضمته إلى صدرها بقوة أكبر، حتى شعر بروحه تندس بين قبتي صدرها.

«كم ستطول غيبتك؟» سألها.

«أسبوع واحد».

ضمّها من جديد وهو يهمس في أذنها كم سيشتاق إليها، متمنياً أن لا تطيل غيبتها أكثر من أسبوع.

أخبرته بأنها ستشتاق إليه أيضاً، ربما أكثر منه.

أمسك خاصرتها بكلتا يديه صاباً عينيه في عينيها، ثم قال وقد اقتربت أنفاسه من أذنها: عندما تشتاقين إليَّ، استيقظي في الصباح الباكر وانظري إلى العصافير التي تغرّد بالقرب منك. تأملي أقرب عصفور إليك، تأمليه جيداً سوف أكون أنا العصفور.

ضمته هي هذه المرة، وقبلته سريعاً، ودون أن تنطق دخلت إلى المصعد الذي كان يرقب حميمية الإثنين.

يعود هشام إلى ضيوفه، وما بقي منهم سوى جيوفاني وماريا، وسليم مع الصديقة التي كان يزيل عنها الملل منذ أول الليل!

سأل جيوفاني هشام بصوت خفيض وهو يشير إلى سليم الذي لا يزال منزوياً في ركنه:

ـ أليس هذا صديقك الذي تزوج منذ ثلاثة أشهر؟

ردّ هشام: بلى هو.

نظر جيوفاني بخبث مستغرباً كيف يغازل رجل فتاة يلتقيها للمرة الأولى، ولم يمضِ على زواجه إلا ثلاثة أشهر فقط؟

«جاهل جيوفاني هذا بأسرار الشرق وغموضه...»

قال هشام وهو يتذكر صديقاً أمضى ليلة زفافه الثانية في حضن امرأة أخرى.

«هذا الغرب (الملعون)... لا يعرف شيئاً».

«بعض الرجال يأتون بأكثر من مذاق في اليوم الواحد. هم في الصباح غير ما يكونون عليه في الليل، عندما تتحرك الغرائز في دمائهم».

هكذا واصلت سارة متابعة حكايتها، عن ليلتها الثانية من زفافها، في رسالتها الجديدة إلى هشام. كان ذلك بعد أربعة أيام من آخر رسالة كتبتها.

حتى هي لم تكن تعرف لِمَ تأتي رسائلها مجزأة، وقد كانت قادرة على كتابة كل شيء في رسالة واحدة.

لعله الإحساس بالسيطرة على أفكارها عندما تكتب على أجزاء. مفرغة إلى أقصى حد كل ما في صدرها من شجون! كما أنها تحب أن تكتب ليلاً. وليلة واحدة لا تكفي لاختصار آلام سنوات طويلة.

ذاك المساء كتبت لهشام ما يأتي:

«تبدأ المعرفة الأولى للفتاة متلازمة مع غريزتها. فتسأل، وهي تحضن دماها، كيف يأتي الأولاد؟

يبدو السؤال محرجاً، ولا جواب عنه في معظم الأحيان. من أجل ذلك يأتي كل شيء بعد الزواج غامضاً، ومرعباً في بعض الأحيان. لكني ما قدرت أنه سيكون بحجم رعب ليلتي الأولى.

أنا الآن أمام أقدار الليلة الثانية، إنه المساء، والليل طويل، ولا أعلم أي مصير ستنتهي إليه الليلة... وأنا!

لا أعرف ما قال خالد لوالدته عندما اختلت به بعد الظهر. لم أهتم، فالأهم ما سيكون في الليل.

لكن الليل أبى أن يأتي قبل أن تبدأ الثورة الأولى مع غروب الشمس. بالأمس قاومت، ولو نصف مقاومة. التعب وحده أنقذني عندما نام خالد من شدة تعبه. لكنه في الليلة الثانية بات على استعداد لأي شيء من أجل انتصار تأخر بالنسبة إليه. أعترف بأني كنت أكثر استعداداً من الناحية النفسية لأي احتمال، مقارنة بالليلة الأولى.

لاحظ هو ذلك على الأرجح، فبدأ يستعد للمعركة.

قلت إني كنت أكثر استعداداً من الليلة السابقة، لم أقل إني جاهزة للقاء كامل.

خالد، وإن كان زوجي شرعاً، فإنه لا يزال الغريب جسداً وروحاً، لست أدري من أخبره عن الليلة الأولى؟

كم استغربت من ذلك الحريص على صلاته وصيامه، عدم علمه بشيء عن الحياة.

أسئلة الليلة الأولى نفسها عادت مع ظلمات الليلة الثانية، واقتراب خالد مني.

كل شيء تكرر: شد وجذب، ورجل عارٍ، وامرأة بثيابها الكاملة ترتعش.

«البارحة كنت منهكاً، وقدرت خوفك، لكن اليوم لا بد من...» قالها وهو يمسك بكلتا يديها لكن دون عنف الليلة الماضية.

«أمامنا أيام طويلة، فلم العجلة؟»، قلت له.

لم يأبه، بل ازدادت قبضته إحكاماً وجذبني بقوة. طرف متدل من

٢٢٤

فستاني تمزق. الرغبة الملتهبة في جسده كانت تخيفني، ولسبب ما خجلت أن أخبره بحاجتي للملاطفة وشيء من التدرج حتى إتمام العملية كاملة. كل ما طلبت منه أن يمهلني بعض الوقت.

ابتسم وهو يترك يدي وينهض من أجل استحمام سريع كمن يهبني بعض الوقت. لعله تصوّر أن فترة استحمامه هي كل الوقت الذي أحتاج إليه. لعله تصوّر أن زوجة عذراء لم يسبق أن لمسها رجل من قبل تحتاج إلى مجرد لحظات لتستعد وهي التي اهتـز داخلها رعب الليلة الأولى.

أذكر أني توجهت إلى المرآة وقد جلست أمامها أنظر إلى صورتي، وإلى الغرفة من خلفي، وقد أضيء أحد مصباحي السرير. أحسست بالضوء يتراقص، وبالسرير يهتز من تلقاء ذاته.

أكان السرير سعيداً بمن سيعتليه؟ أم هو الضوء ينتظر كخالد أن يراني عارية؟

توقفت أفكاري عند فتح باب الحمّام، وهو يلبس الروب الأبيض القصير. وجدني جالسة بكامل ثيابي. نهضت فوراً، اقترب مني، فطلبت أن أستحمّ سريعاً مثله.

رحب، وهو يقول: «في انتظارك عزيزتي!».

فاجأني لطفه. اعتقدت أن إحداهن أخبرته في الصباح بما ينبغي أن يفعله. قلت في نفسي وأنا تحت الماء البارد لعله أدرك خطأ الليلة الماضية.

كم كان يمكن أن أقضي من الوقت وأنا أستحم؟ نصف ساعة، ساعة، وماذا بعد؟

لا بد لشيء أن ينتهي كي يبدأ شيء آخر. ما تراه يكون هذا الشيء الآخر؟

عدت وأنا أرتدي ثوباً قطنياً خفيفاً وطويلاً يخفي معظم أجزاء جسمي، حتى قدمي.

كان خالد ينظر إليّ من فوق إلى أسفل دون أن يتكلم، بل أخذ ينزع عنه روب الحمّام بهدوء وهو يتأملني. كان يهيئ نفسه للحصول على شهادة عليا في شرح النساء، دون أن يتعلم من الحياة شيئاً واحداً!

كنت حتى اللحظات الأولى من ذاك المساء أفكر في ارتداء ثوب آخر ينطق بالرغبة، أعددته، مع غيره، لليالي الزفاف الأولى. لكني تعمدت أن ألبس ثوباً يخفي ما تبقى من رغبتي التي باتت تحتضر.

حتى أن بعض الشموع، التي كنت قد أحضرتها يوم اشترتها لي أختي الصغرى قبل الزفاف، تركتها نائمة حيث هي في الرفوف السفلية من خزانة الثياب.

كم حلمت أن تبدأ ليلتي الثانية بحديث وقبلات على ضوء الشموع. لكنها بدلاً من ذلك، بدأت بخوف وانتهت بلعنة. ثم تمنيت أن تكون الليلة الثانية أفضل، فإذا بها أكثر سوءاً.

عاد يتمدد عارياً تحت غطائه، يطالب بحقوقه بأسلوب الليلة الماضية نفسها. في أقل من ثانية تحول الرجل اللطيف إلى تاجر يطلب، من جديد، ثمن ما دفع!

بل ليته عاملني كتاجر. لاستطاع أن يدرك أن المرأة كخزينة المال، لا يمكن أن تفتحها سوى بمفتاحها، فإن فتحتها بغيره عنوةً، تلفت إلى الأبد.

كانت تلك أصعب ليلة في حياتي. لست أذكر في لحظة منها سوى جذبة قوية، ثم دماء تسيل مني، وأنا لا أزال في ثوبي القطني! ما كان يمكن أن أرفض أكثر.

ذاك الغشاء التافه الذي أصر على تمزيقه بعنف، مزق إنسانيتي معه.

كنت قد أيقنت أن تلك الليلة ستكون هي الخط الفاصل بين حياتين: حياة ماضية انتهت تواً، وحياة حاضرة بدأت تواً أيضاً، تعد بآمال تقترب من الصفر.

خمس دقائق. بل أجزاء من دقيقة، هي كل ما أذكر، وهذا القليل الذي أذكره، سيحمل من الآن فصاعداً كل ذاكرتي المحترقة.

نهض إلى الحمّام يأخذ ثانية دشاً سريعاً. وساءلت نفسي وأنا على السرير ممزقة: هل تراه يستعد لجولة جديدة، أم سيترك جرحي حتى يبرأ؟

نهضت أمسح عني شيئاً من ألمي. بعد لحظة عاد ملتفاً بمنشفة تغطي خاصرته فقط.

دخلت الحمّام دون أن أنطق بكلمة. هذه المرة بقيت قدر ساعة أستحم. دعكت كل قطعة من جلدي بقوة، علّني أزيل بعضاً من رائحته التي علقت به. ما كنت أعرف يومذاك أن الرائحة ستبقى إلى الأبد.

ملأني الخوف وأنا أهمّ بمغادرة الحمّام من أن أوضع على المذبح من جديد. فقد كنت أشعر بألم حارق في نصفي الأسفل كله. تدثرت بثياب طويلة، ووضعت منشفة على رأسي وأخرى حول رقبتي، وتمتمت بعض الآيات وأنا أخرج من الحمّام.

رأيته مبتسماً وهو يجلس على طرف السرير، فابتسمت، ثم جلست إلى تسريحتي أمام المرآة وقد غطّيت شعري وكامل جسمي.

شعرت أنه سيطلبني من جديد، لولا أن أخبرته بمقدار ألمي، فاكتفى بالنظر إليّ باشتهاء أخافني.

كالمنتصر على جيش من عشرة آلاف مقاتل، ابتسم خالد وهو يسند ظهره إلى السرير، وأنا في داخلي أبكي. لا أذكر مقدار ما بكيت بقدر ما أذكر وهو يبتسم مزهواً بنفسه على سريره.

هذا المنظر على وجه الخصوص، منظره وهو يستلقي على ظهره مبتسماً وأنا أبكي، رسم الصورة الأولى، لخالد، والأخيرة.

يومذاك أدركت فقط، أن هناك فرقاً بين الجنس والغريزة:

الغريزة واجب حيواني.

والجنس هدية سماء.

تلك الليلة نام البطل القومي مبتسماً. وأنا لليلة الثانية لم أنم.

صباح اليوم التالي، تكرر زوار اليوم الأول. لعلهم اليوم أكثر سعادة. أمي وحماتي، وزوجي... علهم أكثر فخراً، فقد أثبت لأمي أني شريفة، وأثبت لحماتي أني شريفة، وأثبت لزوجي أنه فحل!

في الليلة الثالثة، تكرر المشهد نفسه. لكني لم أقاوم، وهو لم يهتم إن كنت مستعدة أو متألمة.

حاولت أن أقنعه، على استحياء، أن جرحي لم يلتئم. لكنه طلب أن يراه.

كيف كان لي أن أقنعه بأن الجرح هو في روحي، لا في جسدي؟

أصرّ على ما طلب، ومن جديد حصل على ما أراد.

طلبت إليه أن يكون رقيقاً.

قال حسناً. وقبل أن أتهيأ شعرت به يذبح بعنف، فصرختُ بقوة، ثم صمتُ بتنهيدة مكتومة.

أحسستُ بألم في كل أطرافي، ودماء قليلة أخرى غادرتني من غير موقعها. قدرت أن تلك أعراض موت الكبرياء.

في الليلة الثالثة لم أشعر بأي ألم. بل لم أشعر بشيء. حينذاك أدركت أن جسدي، بين يديه، قد مات!

هكذا انتهت طقوس الزواج. الطقوس الحقيقية ما كانت بالنسبة إلى زوجي في المأذون والمدعوين والزفاف، بل كانت تلك التي بدأت على السرير وانتهت عليه.

أكثر من عشرة أعوام مضت ونحن معاً، ما تغيرت صورة الدقائق الأولى مع خالد. ولا عادت الحياة إلى جسدي منذ ذلك الحين وأنا بين يديه.

عقد من الزمان وأكثر... ما تغيرت صورة خالد. ما عادت نفسي تشتهيه. وما عاد هو يحس بالجسد الميت تحت لهاثه. ولست أذكر أني اشتقت إليه، منذ ذلك التاريخ، ليلة واحدة، ثانية واحدة.

لم يكن هو ليهتم بذلك كثيراً. وللحقيقة أقول إنه ما كان يعنيني اهتمامه في شيء.

الدقائق القليلة التي ذبحت فيها إنسانيتي، صنعت شيطاناً، بيني وبين خالد. كنت أحياناً أسأل نفسي: ما ضره لو انتظر قليلاً، ما ضره لو كان إنساناً؟

أعلم أن والدته، وهي السيدة الطيبة، ربما استنكرت عليه اللاشيء في الليلة الأولى.

فهل أنزل الله من السماء أمراً بأن يكون هناك شيء منذ اللحظة الأولى؟

لعلهم يخافون سوء الاختيار. والفيصل الذي يحدد سوء الاختيار أو حسن الاختيار هو شيء واحد: عذريّتي.

كنت أقرأ ذلك في عينيه، وفي عيني، وفي عيني أمه. بل في عيني أمي نفسها أمام زوجات أبنائها.

إذا كانت أمي مثل باقي النساء، وإذا كان إخوتي مثل باقي الرجال، يعتقدون أن شرف الفتاة بين فخذيها، فأين يكون شرف الرجال إذاً... بين أيديهم؟

شرف الإنسان في عقله. لكن من يقول ذلك لأمي؟ من يقوله لزوجي وأم زوجي؟

في كل امرأة، يسكن ملاك وشيطان، نحن من يطلق هذا أو يسكن ذاك. لكن من يقول ذلك لخالد. الدم الأحمر أهم من العقل بالنسبة إليه في الليلة الأولى. ولا بد أن يكون الدم غزيراً.

لي صديقة تزوجت. في ليلة زفافها الأولى أخذ زوجها حقوقه كاملة. سالت منها قطرة حمراء أو اثنتان... ثار وزمجر: قطرتان فقط ؟!.

هل تراه كان ينتظر أنهاراً من الدماء؟

اليوم أدركت أننا والدماء لم نكن نفترق قط. فتاريخنا سيوف ورجال يبحثون عن دماء العذارى في النزال الأول.

منذ الليلة الأولى وأنا أحاول أن أقرأ عقل الرجل العربي. لست أعرف إن كان ما قرأته صحيحاً. لكني وجدت أن القصة ليست أكثر من مجرد انتقام. فأنتم الرجال تنتقمون من مجد فاتكم. تنتقمون، دون أن تدروا، من أسلافكم.

أولئك الذين بنوا أشعارهم على أجساد نساء يبعن في السوق كما تباع الشياه. أنتم تنتقمون من زمن لم يقدر لكم العيش فيه، فتصرون على عودته ولو بتجارب منفردة.

أنتم تتحسرون على الخيزران وياقوتة ومرجانة، وتندبون حظكم وتلعنون في سركم هارون الرشيد!

كلكم اليوم تريدون أن تكونوا مثله: رجل الدين يريد أن يكون هارون الرشيد.

أنت، خالد، أشقائي، وحتى الإسكافي... كلكم تريدون أن تكونوا هارون الرشيد.

تتمرّغون بين أفخاذ النساء بشرعية المال الذي تشترون به حريتهن وعذريتهن، وتقولون ذلك موجود في كتاب الله. تحللون أجسادهن بشرعية الدين. وتنتهكون كرامتهن بشرعية الدين.

تاريخنا العربي ليس أكثر من قصص نساء، ودماء تتبعثر من أجلهن لا علاقة لها بجهاد أو دين. ثم تقولون كان تاريخاً عظيماً وعادلاً. لا. لم يكن عظيماً ولا عادلاً، بل عبودية ورقاً وظلماً.

أنتم اليوم تريدون عودة تاريخ كهذا. تعجزون، فتصنعون بنا ما كان يصنع أسلافكم.

أنتم تحسدونهم، وتحقدون عليهم في الوقت ذاته، فتنتقمون منهم من خلالنا نحن.

أصبحت المرأة لكم هاجساً. ووالله، لو خلت الجنة من الحور العين ما صلى رجل منكم ركعة لله ولا سجد!

لعلك تعتقد أني أحكم عليكم من خلال تجربتي الخاصة. ربما كنت

كذلك، لكني لست وحدي. أنا نموذج لامرأة هربت من جاهلية بيتها إلى جاهلية زوجها.

في الأيام التي تلت بدايتي الأولى مع خالد، طفت من أعماقي ابتسامة تعبت كثيراً في إصعادها إلى شفتي. كان لا بد منها على الأقل أمام أهلي. لم أشأ أن أظهر لهم خطأ اختياري وخيبتي.

كانت خطة الزفاف أن نقضي شهر عسل في أندونيسيا وماليزيا. ثم تقلص الشهر إلى أسبوعين، ثم أسبوع واحد. وقد كان ذلك أفضل.

فلست أريد أن نكون وحدنا في رحلة لأكثر من أسبوع. سافرنا إلى ماليزيا فقط. والله ما أذكر شيئاً مما رأيت. ولست أريد أن أتذكر من هذا الأسبوع سوى لحظة عودتي إلى حضن أمي وهند.

كان الأسبوع كافياً لأعلن موت جسدي. وأدفنه في داخلي بصمت. كان الأسبوع كافياً ليصبح خالد شاهد القبر على تلك المدفونة في أعماقي.

حاولت أن أجبر نفسي على التقرب منه فعجزت.

حاولت أكثر من مرة، فعجزت في كل مرة.

فقسوة الليلة الأولى ودماء الليلة الثانية: كيف أهرب منهما؟

أصبحت أيامي بطيئة، لكن ما ساعدني على اجتيازها سفره الكثير. فطبيعة عمله تحتم عليه التنقل من مكان إلى آخر معظم أيام العام.

كم اشتقت إلى طفل يملأ وحدتي. لكني ترددت أكثر من مرة. وقد سألتني والدتي أكثر من مرة عن السبب. كنت أخبرها بأنها رغبة خالد، كي نستمتع بوحدتنا قبل أن نغرق في مسؤولية الأبناء.

كذبت على أمي في واحدة، وصدقت في واحدة: كذبت يوم قلت

كي نستمتع بوحدتنا قبل هموم المسؤولية. فأنا لم أكن مستمتعة معه، إن شئت أن ترى الاستمتاع في المعاشرة والمشاركة.

وصدقت يوم قلت إن تأخير الإنجاب كان بطلب من خالد بالفعل. وقد وافقته على ما طلب. إذ كثيراً ما فكرت في الطلاق، خاصة في سنتي الثانية، ولست أريد من يربطني بمن لا أحب مدى الحياة.

في السنة الثالثة، وقد ضقت ذرعاً بوحدتي، وأدركت أن لا مناص من خالد بقية العمر، قررت أن أحبل بمولودي الأول. ربما كنت أنتظر أملاً يهبط من السماء يجعل حياتي أكثر سعادة أو سهولة على الأقل. لكن المعجزات لا تنقذ زواجاً فشل منذ الليلة الأولى.

بقيت حياتي تسير برتابة مملة ضمن طقوس زوجية باردة جداً. فما كنت أرفضه إن اشتهاني خشية السماء التي ستمطرني بلعناتها إن تمنعت عليه من جهة، ورغبة في أن يرزقني الله طفلاً من جهة أخرى.

كانت أمي تلاحظ ما يعتري زواجي من فتور. وكم من مرة سألتني إن كنت أعاني أمراً ما؟

«الحمد لله على كل شيء». كان جوابي في كل مرة.

ذات يوم، وقد لاحظت حزناً قد تجمع في مقلتي، ألحت في السؤال:

«ما بك يا ابنتي؟ تكلمي».

وبدون أن أدري، انفجرت باكية.

ضمتني إلى صدرها. آه! كم كنت أحتاج هذا الصدر منذ فترة طويلة. لا أعلم كم بقيت أبكي. ربما ربع ساعة، ربما يوماً كاملاً، أو بضع سنوات.

٢٣٣

ما قاطعت أمي بكائي. بل ربّتت ظهري. مسحت رأسي وشعري، وضمتني بقوة أكثر، فازداد بكائي. قبلت رأسي وهي تكاد تشاركني في البكاء.

بقيت هي صامتة تقبلني، وأنا أفرغ كل ما في عيني من دموع، تركتني أغتسل من هموم حبستها طويلاً. آه... كم أحب أمي!

بعد أن توقف بكائي، وضعت رأسي بين يديها وهي تنظر إليّ في حنان وتبتسم. ثم بدأت تسأل:

هل يضربك؟ أهو بخيل؟ هل هناك امرأة أخرى؟... عاصفة من الأسئلة.

زوجي لا يضربني، ولا هو بالبخيل، ولا توجد هناك امرأة أخرى. لكن أمي معها حق، فقسوة الرجل وبخله وخيانته أشد أعداء الزوجة. لكن البخل ليس في المال فقط. ولا القسوة في العنف الجسدي وحده. ولا الخيانة بالضرورة في وجود امرأة أخرى.

البخل والعنف والخيانة كلها قد تجتمع في غياب الكلمة الحلوة، في غياب المشاعر، في غياب التقدير للآخر واحترام رغباته.

العنف كان تحديداً مقتلي، ليس بعصا ضربني بها خالد، للحق ما رفع يده عليّ يوماً، لكن ليته فعل مرة وما تجاهل رغباتي ألف مرة. عندما تكون المعاشرة بين الزوجين بلا حنان فهذا عنف. عندما يكون الجنس غصباً فهذا عنف. عندما تغلب شهوة الرجل وحده فهذا عنف، بل اغتصاب. صحيح أني زوجته، لكن جسدي ملكي وحدي وليس من حقه أن يفترسه كيفما شاء دون إرادتي. ليس من حقه أن يقتله، ولتلعن الملائكة ما شاء لها أن تلعن.

قلت لأمي بصراحة، ولأول مرة: «أنا يا أمي لا أعرف حتى هذه اللحظة لذة اللقاء. أصبحت اللذة ألماً يا أمي».

لأول مرة أشرح، على استحياء، ما حدث.

لم أخض في تفاصيل كثيرة، لكني شرحت ما استطعت.

حنان أمي تبدّد في لحظة واحدة، اختفى. فقد نظرت إليّ متعجبة، بل مستنكرة أن تكون شكواي قلة لذتي وغياب العاطفة... وما هو أبسط: القبلة!

القبلة أسمى من شفاه تلتصق. لكن كيف أقنع أمي بذلك؟

كيف أقنعها بأن الروح تسكن دوماً بين شفتينا، وأن القبل أرواح نتبادلها مع من نحب؟

أزالت أمي حاجز الاستحياء بيننا وهي تخبرني بكل قصص صديقاتها، وأمهات صديقاتها، وجيران صديقاتها، وبنات جيران صديقاتها، كيف مررن بالتجربة نفسها، ولا يزلن زوجات سعيدات، بلا قُبل، ولا أرواح تنتقل بين الشفتين!

«ليلى ابنة الحاجة صالحة التي تسكن الدار الرابعة من بيتنا، دخل بها زوجها في الليلة الأولى وهي ابنة ثلاث عشرة سنة». قالت الأم.

«هناء، ابنة خالتك، ما رأى زوجها، وهو الرجل الصالح المتعلم، من جسدها أكثر من وجهها منذ تزوجا قبل عشرة أعوام!».

«سعاد، صديقة أختك هند، تزوجت رجلاً من البادية لم يعرف من الإناث في حياته سوى الغنم، وها هي سعيدة معه بعد سبع سنوات من زواجه بها. وأخرى، وأخرى، وأخرى...».

ما شأني وهؤلاء يا أمي؟

ثم من قال إنهن سعيدات؟

صمتهن لا يعني أنهن سعيدات، ولا حتى راضيات. ومن قال الصمت علامة الرضى فقد أخطأ. فكم من صامتة تبكي ألماً دون أن يسمعها أحد.

كنت أعلم أن حواري مع أمي لن يقود إلى نتيجة، لكنه أراحني. جبل كان يجثم على صدري أزاحه حنان أمي.

شيء واحد أخفيته عنها، أني بت أنفر من خالد كلما اقترب مني. أما هو فقد كان سعيداً بربع دقيقة ينفض فيها جسده عليّ، قبل أن ينام أو يمضي! لو أخبرت أمي بذلك لأخذتني إلى شيخ يقرأ القرآن، ليرشّ الماء على جسمي. فمن سيقنعها أن ليس هناك عفريت من الجن يسكنني، يحبني ويريد الزواج بي؟!

من يقنعها أن سبب نفوري من زوجي هو مشاعري ولا علاقة للعفاريت بالأمر؟

أنا ما كنت أكره خالد، لكني لم أكن أحبه أيضاً. ولا علاقة لأي عفريت أو شيطان بالموضوع.

سمعت الكثير عن زوجات ينفرن من أزواجهن، أُخذن إلى شيوخ كي يطرد الجان من أجسادهن، ولو بالضرب والعصا.

يا له من تفكير رائع: تنفر الزوجة من زوجها فيسألون كل شيوخ الأرض، وكل الدجّالين والمشعوذين، ولا يسألون الزوجة عن السبب! أبكي أنا فيسألون الآخرين عن سبب بكائي ولا يسألونني أنا، ثم يقولون هو الشيطان لعنة الله عليه!

«لا بد من القراءة عليك. لا بد من شيخ، لا بد من شيخ».

لن يكلف أحد عناء نفسه كي يسألني: لم تنفرين من زوجك؟ لم لا تحبينه؟

بل سيسألون رجلاً غريباً، مشعوذاً على الأرجح، ليقول لهم إن عفريتاً من ملوك الجان قد عشقني. وإنه، بعد الكثير من المال، سينتصر عليه، وربما أقنعه بحب امرأة أخرى، فيدعني وشأني!

الشرّ في داخل الإنسان هو الشيطان الحقيقي. تأكد لي ذلك يوم أخبروني أن قريبة لنا تطلب الطلاق من زوجها، وأنها تصرخ كلما رأته أو دنا منها.

فاجتمع حكماء العائلة وقرروا أن بها مساً من الشيطان. أحضروا شيخاً ما زلت أذكر ملامحه: رجل ضعيف أسمر البشرة، له ملامح دقيقة وأنف معقوف للأسفل، ولحية دقيقة مخضبة بالحنّاء. يضع كوفية بيضاء على رأسه، ويلبس ثوباً قصيراً، مع حزام عريض يضعه على خصره.

تمتم الرجل. أحضر زيتاً وماء، ثم تمتم. قال: آآم... ابنتكم يحبها أمير من الجان عمره خمسمئة عام! وأخذ يصف قوة الجني واسمه ولقبه!

شهران كاملان، وأموال كثيرة، وما تغير في حال الفتاة شيء.

كانوا عندما يعودون إلى الرجل مستغربين طول العلاج، ومشقة تكاليفه، يقول لهم إن الجني أمير قوي، وليس من السهولة أن يغادر أمير من الجان جسد فتاة أحبها! ثم يعيد العبارة ذاتها: «مال أكثر ربما ساعد في سرعة العلاج»، فمن يستطيع السيطرة على كبير عشيرة الجان؟!

حتى في مملكة الجان تحظى الخاصة بما لا يحظى به أحد.

كل أقرباء تلك السيدة ما سألوها عن مشاعرها. حتى صوتها ما عاد من حقها. فإذا نطقت قالوا هو الجني يحدثكم.

رجل وقور من العائلة، كان أقلهم تعليماً لكن أعظمهم عقلاً وثقافة، قال يومذاك إن علة الفتاة في زوجها، وليس في الجني العاشق، فما صدقوه.

أحدهم اتهم الرجل بالكفر إذ نفى تلبس الجان ببنات البشر. لكن الرجل أصر على رأيه، وهو ينظر إلى الفتاة ضارباً كفاً بكف.

أيدت أنا كلام الرجل الحكيم، فلاموني وقالوا أنت صغيرة لا تعرفين أموراً كهذه. قالت أمي يومذاك:

ـ لا تدعيهم يغضبون عليك.

ـ ليغضبوا مني إلى الأبد فلست أبحث عن زوج لديهم، عندي شيطان يكفيني!

هل يا ترى يغتصب الجني عذرية الجنية منذ اللحظة الأولى في مملكة الجان؟

لو حدث ذلك، ستنفر الجنية من زوجها، ثم تتهم قبائل الجن واحداً من الإنس بحب ابنتها.

الشيطان لا علاقة له بزوجي الذي ما عدت أريده. كل شياطين الأرض لا ذنب لها.

خرجت من بيت أمي ذاك اليوم بعد أن أمضيت أكثر من نصفه في حضنها. وقبل أن أودعها بقبلتين، سألتها على استحياء: «هل بدأ أبي بشفتيك يا أمي؟...»

«ما ترى يكون طعم القُبل؟!».

ـ هل تؤمن بالجن يا جيوفاني؟

ـ الجن؟ أي جن؟

ـ الجن الجن، تلك الكائنات التي تعيش من حولنا وفوقنا وأسفلنا ولا نراها.

ـ هل تقصد الجن ذلك الذي يخرج من مصباح علاء الدين؟

ـ لا أقصد علاء الدين نفسه. بالطبع يا صديقي أقصد الجني الذي يخرج من مصباح علاء الدين، إن أعجبك ذلك؟

ـ أراه كائناً طيباً خفيف الدم.

ـ أنا أسأل عن أقرباء هذا الجني، أي قبائل الجان، هل تؤمن بوجودها؟

ـ هل تؤمن أنت؟

ـ لا أعرف. قل لي يا جيوفاني، عندما تنفر الزوجة من زوجها، من دون سبب ظاهر، فما تفسير ذلك برأيك؟

ـ لا يوجد ما هو «بلا سبب». لو لم أقدم لك طعاماً جيداً هنا لما كنت موجوداً في مطعمي.

ـ يا له من مثل، ماذا لديك على قائمة الغداء اليوم؟

ـ ما زال الوقت صباحاً.

ـ أعرف ذلك، لكني أسأل ماذا سيكون طبقك الرئيس اليوم، كي أقرر

إذا كنت سأتناول غدائي هنا أم في المطعم اليوناني في الشارع الخلفي.

ـ هل يقدمون طعاماً أفضل من طعامي؟

ـ يا عزيزي طعامك جيد، لكن هناك في المطعم الآخر فتاة رائعة الجمال.

واو ما أجملها يا جيوفاني! أما هنا فليس سواك أنت وتلك العجوز.

ـ هل رأيت؟ هناك دوماً سبب لكل شيء. لكن قل لي، ألست معجباً بإيزابيل؟

ـ وما علاقة إيزابيل بالموضوع؟

ـ كيف تتحدث عن فتاة أخرى وأنت معجب بها؟

ـ هي مسافرة معظم الوقت.

ـ وهل سفرها يؤثر في حبك لها؟ هل أنت صادق في إعجابك بإيزابيل، وقد عهدتك سريع الإعجاب، سريع الملل؟

ـ ليس مع إيزابيل.

ـ إلى أين تريد أن تصل معها؟

ـ إلى الحد الأقصى؟

ـ وما الحد الأقصى في رأيك؟

ـ لا أعلم.

ـ إذاً أنت لا تحبها.

ينظر هشام مستغرباً، ويسترسل جيوفاني:

ـ كيف تحب فتاة لا تعرف إلى أين ستنتهي علاقتك بها؟

ـ حسناً، لنقل إنه إعجاب.

ـ لا تختلف المسألة كثيراً. فالإعجاب يقود إلى حب، أم ماذا ترى؟

ـ ليس بالضرورة. هناك كثيرون يعجبون ببعضهم بعضاً، ويعيشون معاً سنوات طويلة بلا زواج.

ـ ها قد قلتها، يعيشون سنوات طويلة معاً. هذا ما قصدته، أن لا يكون إعجابك بإيزابيل إعجاباً عابراً.

ـ أحتاج إلى وقت إضافي لأعرفها أكثر.

ـ وما يحول دون ذلك؟

ـ قلت لك، هي مسافرة معظم الوقت، كما أنها مرتبطة بدراسة جامعية. تعدّ بحثاً قد يستغرق إنجازه وقتاً طويلاً. مشكلتي مع إيزابيل تكمن في الوقت. هي تبذل جهداً من أجل ذلك، أعرف هذا ولكن...

أحياناً أشعر أن ذلك أفضل، لأنه يبقيني في شوق إليها. صدقت يا جيوفاني عندما قلت إن غيابها يجب أن يشدني إليها، وصدق ابن زيدون عندما قال «لذة العيش في الاختلاس».

ـ من يكون ابن زادون هذا؟

ـ اسمه ابن زيدون.

ـ ومن يكون هذا الذي ذكرته؟

ـ صديق لي منذ تسعمئة عام. لم تجبني بعد يا جيوفاني، هل تؤمن بالجن؟

كانت الساعة تقترب من العاشرة صباحاً عندما نهض هشام بعد أن تناول قطعة من الكورواسو مع قهوة سوداء بصحبة جيوفاني، وقد رفض الأخير أن يأخذ ثمن الفطور، وشكر هشام للمرة المئة على الأرجح على دعوته إلى حفلة سليم.

رسالة سارة الأخيرة التي استلمها هشام البارحة، كانت تتداخل في رأسه مع صور إيزابيل، وهو يغادر المطعم.

فكر لحظات في حديث جيوفاني عن المدى الذي يمكن أن تصل إليه علاقته بإيزابيل. حتى هذه اللحظة، ما كان يعلم. أو لعله يعلم دون أن يعترف لنفسه أنه لا يطمع في أكثر من لحظات استمتاع قد لا تطول. لكن هل هو كذلك بالفعل؟

لم هذا الشوق إلى إيزابيل إذاً؟

في الطريق القصير إلى المكتب، بدأ بعض البرَد يتساقط. «ها قد عاد الشتاء من جديد».

اليوم هو ثاني أيام الأسبوع. بالأمس حضر هشام متأخراً إلى مكتبه، لأخذ بعض الأوراق ورسالة سارة الأخيرة، قبل أن يغادر إلى منزله سريعاً وهو يعاني نزلة برد. وضعه الصحي اليوم أفضل. وكالعادة كان ثلاثتهم في انتظاره: سوزي الجميلة، القهوة، وعدد من الرسائل.

«لديكَ اليوم موعد مع طبيب الأسنان في الحادية عشرة، ثم موعد في الواحدة مع ضيوف من باريس»، قالت سكرتيرته.

لكن الواحدة موعد الغداء لرؤية الجميلة في المطعم اليوناني رغماً عن أنف جيوفاني.

بعد الرشفة الأولى من قهوته السوداء، أخذ هشام ينظر إلى قائمة المتصلين. استغرب وجود إيزابيل في عداد الأسماء. هل عادت من زيارة أمها يا ترى؟

لا، ليس بعد. فالرقم الذي تركته كان من إسبانيا.

اتصل... ومع الرنّة الثانية سمع صوتها يتردّد صداه في قصر الحمراء،

تخبره أنها رأته صباح هذا اليوم في صورة عصفور كان هو الأقرب إليها.

سألها عن أي عصفور تتحدث؟

صمتت إيزابيل لحظة، ثم قالت: ألم تخبرني أنك ستكون العصفور الأقرب إليّ عندما أراك ذات صباح في غرناطة؟

ـ آه، آه، العصفور. بالطبع بالطبع. ظننتك تتحدثين عن عصفور آخر؟

(غريب هذا الهشام... له ذاكرة من رماد).

وقبل أن تعلق على جوابه أخبرها كم هو يفتقدها. ثم سألها:

ـ متى تعودين؟

يعود إليها مرحها وهي تقول:

ـ بعد ثلاثة أيام.

ـ سأكون في انتظارك في المطار. ما رقم رحلتك وساعة الوصول؟

أخبرته أن لا داعي لحضوره، حيث تتعارض ساعات عمله مع وقت وصولها عند الظهيرة.

لكنه أصرّ على أن يكون في المطار.

انتهت المكالمة، وهو يشعر بقليل من الخجل بسبب ذاكرته الهشة، وكلماته التي بدت فارغة من محتواها. في الوقت ذاته كان يشعر بكثير من الغبطة والزهو، فقد تأكد حدسه: ستكون إيزابيل موعده القادم.

نهض مبتسماً وهو يخرج من جيب معطفه، المعلق على الشمّاعة، رسالة سارة التي قرأها البارحة في منزله. دفع الرسالة إلى درج مكتبه حيث الرسائل الأخرى.

في رأيه أن رسائل سارة تخطت في قيمتها رأي قارئة ينشر لها في صفحة البريد. هي اليوم تستحق كتاباً كاملاً.

قبل نصف ساعة من موعده مع الطبيب، خرج وهو يشبه طفلاً صغيراً يكاد يتشبث بثياب سوزي نفسها كي لا يذهب إلى طبيب الأسنان. فإن كره هشام ألم الأسنان مرة، فقد كره ألم علاجها ألف مرة. كما أنه لا يحب رؤية سكرتيرة طبيبه التي نهرته ذات يوم وهو يحاول إغواءها.

آخر زيارة لطبيب أسنانه أصلحت شيئين من أمره: طاحونة علوية نخرها السوس، ومصالحة مع سكرتيرة الطبيب. فربما تعد المصالحة بشيء ما في المستقبل، فليست لاءات النساء هي لا بالضرورة.

دخل إلى عيادة طبيبه، فوجد السكرتيرة تتحدث عبر الهاتف. حياها بمرح دون أن تلتفت نحوه. بعد أن فرغت ردّت عليه ببرود خبيث وقادته وهو يكاد يتعثر برباط حذائه إلى غرفة الطبيب: «بداية غير مطمئنة»، قال وهو يحدث نفسه، ويبتسم للسكرتيرة ببرودة أكثر خبثاً.

بعد نصف ساعة خرج من حجرة الطبيب. كان عازماً على محادثة السكرتيرة بأي طريقة. لكنه عجز عن ذلك. فقد كان حديثه كحديث السكارى تحت تأثير المخدر. ما فهمت منه شيئاً. أو لعلها ادعت ذلك.

عاد إلى مكتبه وهو يضغط بيده على طرف فكه السفلي. استلزمه الأمر ساعة أو ساعتين قبل أن يستعيد القدرة على الكلام المفهوم.

في المساء، دار حديث مع بعض زملاء التحرير. سألهم، مستذكراً رسالة سارة، عن العلاقة بين العنف والخيانة.

معظم الزميلات، ربطن الخيانة بالعنف من حيث رغبة المرأة في التعويض عن الحنان المفقود.

ـ هل يعني ذلك أن تخون المرأة؟

ـ ممكن جداً قالت إحدى الزميلات.

ـ زميلة أخرى قالت: عدم الاكتفاء في المعاشرة وسوء تصرف الزوج يدفعان الزوجة إلى الخطأ. كما هي الحال عندما يغيب الزوج كثيراً، أو يخونها مع أخرى وإن لم تخنه البتة.

ـ هل يمكن افتراض أن المرأة قد تنتقم من زوج خائن بخيانتها له دون أن تدرك هي ذلك. أعني ألا تبحث بدورها عن الذي قد يعوّضها من رغبة حرمت منها، فتنتقم بذلك من الذي هو سببها؟ سأل هشام.

فردّت عليه زميلة:

لا يمكن أن تنتقم المرأة من الزوج العنيف بخيانته، لأنها بذلك تنتقم من نفسها.

وأضافت:

لجسد المرأة قدسية لا يقدرها كثير من الرجال. أو الأحرى لا يفهمونها. هي قد تبحث يوماً عن لذة حرمت منها، لكن ليس بدافع الانتقام، بل لإرواء عاطفتها.

يلتفت هشام، والجميع ما زالوا يدلون بآرائهم، إلى المختص بشؤون التحقيقات ويسأله عن التحقيق الذي طلبه بشأن وأد النساء. «أين انتهى؟».

ردَّ الزميل بأن المكاتب لا تلبي طلبه كما ينبغي أحياناً.

كانت تلك، على ما يبدو، فرصة ليبث كل شكواه من المراسلين في المكاتب الخارجية، أو من أي شيء.

مسؤولة الصفحات الفنية شكت قلة مشاكل الفنانين هذه الأيام وتفاهة بعضهم.

مسؤولة الصفحات الصحية أبدت اعتراضاً على قرارات منظمة الصحة العالمية التي صدرت والتي ستصدر.

مسؤولة الأزياء اتهمت كل مصمّمي باريس وروما بانعدام الذوق لاختيارهم اللون الزهري لهذا العام.

مسؤولة الجمال طالبت بحظر عمليات التجميل الجراحية كي لا تموت صناعة المكياج، وأقسمت أن كل صديقاتها اللواتي أجرين عمليات كهذه قد ندمن.

مسؤولة صفحات الأطفال اتهمت اليونيسف بإهمال أطفال الدول النامية، وأعلنت مقاطعتها للمنظمة.

حتى سوزي اعترضت على كثرة طلبات هشام من القهوة والشاي.

هكذا في معظم لقاءات هشام بطاقم التحرير، تكبر الشكوى الواحدة ككرة الثلج على منحدر، ثم تنشطر إلى كرات أخرى لا نهاية لها.

لا بد أن تكون هناك شكوى. لا يمكن للإنسان اليوم أن يعيش دون أن يشكو أمراً ما، حتى نفسه.

«هل يمكن أن تكون سارة قد بالغت هي أيضاً في شكواها؟» تساءل هشام في سره.

قبل أن ينتهي الاجتماع التفت ناحية نادية يستفسر منها إن كانت هناك أي ملاحظات على رسائل القرّاء أو أفكار يمكن تدارسها.

ـ ثمة ملاحظات قليلة.

ـ مثل ماذا؟

ـ رسالة لقارئة تطلب منا التدخل في إعادة زوجها الذي تركها من أجل أخرى أصغر منها سناً. تقول الزوجة إن الصغيرة قد سحرته.

ـ وماذا تريدنا أن نفعل؟ نستدعي لها ساحراً يجعلها أصغر سناً.

«يا لهذا الساحر المسكين! إنه مثل الجن في رواية سارة».

تمتم هشام قبل أن يرفع صوته وهو يقول: حلفتكم بالله كيف يمكن لرجل تهمله زوجته تماماً أن لا ينصرف إلى أخرى صغيرة؟ ما علاقة السحر بهذا؟

ردّت عليه زميلة بشبه غضب:

معك حق، والعكس بالعكس عندما يهمل الرجل زوجته، لكنها هنا لا تستطيع أن تحصل على الطلاق أو تتزوج غيره، فماذا تفعل برأيك؟

نظر إليها هشام بطرف عينه، ثم واصل حديثه بثبات كمن يقرأ مقاطع من رسائل سارة:

المرأة التي تقول إن زوجها قد تركها من أجل أخرى لأنها سحرته تكون هي من صنع شيطان زوجها، وكذلك الرجل الذي يصنع شيطان زوجته عندما يهملها هو الآخر: عاطفياً ومادياً وجنسياً. هكذا لا يكون السحر أكثر من كذبة تبرر فشل الزوج أو الزوجة.

وسأل الجميع:

ـ ما رأيكم؟

ثم تابع: قد تكون للرجل نزوات، نعم. لكن لن يترك زوجته من أجل أخرى إلا إن وجد عند الأخرى ما لم يجده لدى زوجته.

سألته زميلة:

ـ هل يعني ذلك أن من حق الزوجة، بالمثل، أن تبحث عن رجل آخر إن لم تجد الاهتمام الكافي من زوجها؟

نتيجة منطقية لم يتوقعها هشام، لكنه أجاب:

ـ بالطبع لا.

كان واضحاً أن «لا» هشام لم تكن مقنعة لأحد، ولا له شخصياً.

وهرباً من المواجهة سأل عن البريد مرة أخرى:

ـ ماذا هناك غير رسائل السحر وأفكار الشياطين؟!

ـ رسالة أو أكثر تتحدث عن التحرش الجنسي بالأطفال.

ـ تابعي.

ـ مجموعة كبيرة من الرسائل تشكو تحرش أفراد العائلة بأطفالهم.
هذه الرسالة التي أمامي مثلاً تتحدث عن طفلة تحرش بها والدها. الأم
هي التي كتبت الرسالة. وقد ذيلتها بالكثير من الدعاء على أب لا يخاف
الله في ابنته.

ـ لم لا تشكوه إلى المحكمة؟

ـ تقول إنها تخاف الأذى.

ـ وهل هناك أذى أكبر مما تعرضت له ابنتها؟

ـ تدخّل مسؤول التحقيقات في الحوار مقترحاً إجراء تحقيق عن
الموضوع.

ـ ولم لا؟ قال هشام، ثم أضاف:

أنجزوا الموضوع ولكن باعتدال. وخذوا رأي بعض الأطباء
النفسانيين، وبعض رجال الدين.

أجاب مسؤول التحقيقات:

ـ بالإمكان أن نكون أكثر جرأة إن ضاعفنا عدد رجال الدين المشاركين
في الموضوع.

هزَّ هشام رأسه موافقاً. فرجال الدين هم وحدهم القادرون على إثارة

الغضب أو القبول. هم من يهبون البركات حتى في النشر الصحافي، وهم أنفسهم من يرمون باللعنات!

يمكنك أن تتحدث في أي تحقيق، أي موضوع، في الجنس، في السياسة، في الأدب وقلة الأدب، المهم أن يشارك بعض رجال الدين في الرأي.

في الواقع أن المجتمع، وبرغم كل انفتاحه، ما كان قادراً حتى هذه اللحظة على تقبل تحقيقات تكشف أمراضه التي يتخبط فيها دون غطاء ديني.

تحقيق عن التحرش الجنسي يمكن أن يفتح باب جهنم بقرار، أو يقود إلى صلاح المجتمع بقرار.

هنا تحديداً يصبح دور الرقيب ضعيفاً، ويسقط في يديه.

تأتي بعض آراء رجال الدين غاية في الأهمية والصدق. وفوق أهميتها فهي ضرورية. لكن الغريب أن تكون المشاركة أحياناً من باب سد الذرائع فقط.

هنا يصبح الدين مجرد وسيلة، مجرد غطاء.

طالعت سارة هشام وهو يطلب من زملائه قبل أن ينتهي اللقاء، أن يفكروا كيف يمكن معالجة العلاقة بين العنف والخيانة الزوجية من وجهة نظر إعلامية.

غادر الجميع مكتب هشام.

لحظات ويعود مسؤول التحقيقات بأوراق وصلته تواً من بعض المكاتب عن وأد النساء.

أخذ هشام الأوراق وهو ينتقل إلى مكتبه النصف دائري. يقرأ الصفحة الأولى حتى ربعها، قبل أن يكمل ينتقل إلى الصفحة التالية،

فيقرأ السطر الأول والثاني، قبل أن يكمل يقلب الصفحة الثالثة دون أن يقرأ شيئاً:

«اعتدت بعض التحقيقات الهزيلة التي تصل من المكاتب. لكن هذا التحقيق مهزلة بكل ما يليق بالمهزلة من وصف». قال بغضب وهو يحدث زميله الذي أحضر له الصفحات للاطلاع عليها. ثم علا صوته أكثر وهو يقول:

«ألا يزل المجتمع يصر على أنه مدينة فاضلة؟ ثلاثة أرباع التحقيق آيات وأحاديث فقط. ألا توجد قصة واحدة؟ قصة واحدة فقط تكون صادقة وجريئة؟»

نظر في عيني مسؤول التحقيقات:

ـ يا أخي، رأي الرجال في النساء كلنا يعرفه، لكن ما لا نعرفه هو القصص الحقيقية التي يعيشها نصف نسائنا. هل هن سعيدات؟ هل هن راضيات؟ بالإضافة إلى بعض الرجال بلا كذب أو تزييف.

ـ هم كلهم أبدوا رأياً واحداً: نحن مع ما يقوله الدين.

هذه هي المشكلة، أنهم جميعاً يتحدثون باسم الدين. لكن ما يقوله الدين شيء، وما نفعله نحن شيء آخر. الإسلام يأمرنا بالتقوى، فهل كلنا أتقياء؟ يأمرنا بعدم الكذب، فهل كلنا صادقون؟

ثم يضيف وقد هدأت ثورته: اطلب من الذين كتبوا هذه المهزلة أن يذهبوا إلى المستشفيات، إلى المراكز الطبية، إلى المراكز الاجتماعية، إلى السجون حيث آلاف القصص المدفونة وراء القضبان.

ـ هل تعتقد أنهم سيتحدثون؟ سأل الزميل، وهو يحدث هشام: لا أحد يريد أن يتكلم، كلهم يرفضون الحديث.

ـ ما العيب لو اعترفوا بأخطائهم، قل لي ما العيب؟

اذهب يا عزيزي، وحاول. أرجوك، على الأقل حاول أن تأتيني بموضوع يستحق النشر.

ـ سنحاول مرة ثانية.

ـ بل ثالثة ورابعة وعاشرة.

احتاج هشام بضع دقائق للبقاء وحيداً، حتى يستعيد هدوءه. أعدّت له سوزي فنجاناً من القهوة.

وقبل أن يكمله، غادر مكتبه.

حلّ الليل وهو في طريقه إلى حانة مجاورة يجتمع فيها بعض الأصدقاء والزملاء. عاد إلى الجو شيء من برودة الشتاء بعد أن كان قد اعتدل في الأيام الماضية. غشاء من ضباب خفيف يحيط بكل شيء، وبأفكار هشام.

كان الأصدقاء قد سبقوه إلى الحانة حيث اعتادوا اللقاء. يحتسي بعضهم مشروباً ساخناً وبعضهم نبيذاً أو جعة. «هذا الدواء يا صديقي في الليالي الباردة» قال أحدهم. «وما هو دواء الليالي الدافئة إذاً؟» سأل هشام، وهو يتخذ مكاناً حول الطاولة.

الجو مفعم بالحيوية، وبالود أيضاً. في هذه الحانة الشبيهة بمطعم صغير، يمتزج التاريخ بضحكات الأصدقاء.

سأل أحدهم عن سليم، الصديق الذي احتفي به أخيراً.

ردَّ هشام:

ـ عاد إلى حضن زوجته وحنان حماته.

ـ شخصية ظريفة جداً.

ـ سليم أم حماته؟

كالعادة يطول الحديث في أماكن كهذه، ويقصر الليل. يعلن المطعم موعد إغلاقه. إنها الحادية عشرة ليلاً، حيث يحظر تقديم أي مشروب بعد هذا الوقت. كان ذلك قبل التعديل الأخير في القانون، الذي يجيز تقديم المشروب حتى ساعات الصباح الأولى.

العودة إلى البيت في الليل مكروهة في قطار الأنفاق، خاصة لمن يسكن بعيداً عن محطة القطار، حيث البرد والظلام والوحدة.

في غمرة نشوتهم كان الأصدقاء يتساءلون وهم يقفلون عائدين إلى بيوتهم:

لماذا نهرب من وطن فيه دفء الأهل والشمس إلى صقيع لندن وليلها الطويل؟

تتعدد الأجوبة بين طامع في وضع مادي أفضل، وباحث عن حرية أوسع، وعاشق مغامرات جديدة كل يوم. بالنسبة إلى هشام، لعل الاحتمال الأخير هو الأرجح. لكن القاسم المشترك بين الجميع هو أن الغرب، الذي نتشفى بانتهائه في أحشاء جهنم، يجعل من الإنسان كائناً محترماً.

قال صديق وقد ثمل:

«الشرق الذي يتحدث عن الدين، عن المساواة وأسنان المشط، لا يعرف من المساواة ربع ما يعرفه هذا الغرب الذي نلعنه كل يوم. لعنة الله علينا».

صفّق له أحدهم منتشياً، وأطلق آخر صافرة بدت مثله ثملة. بالنسبة إلى هشام لم يكن المنزل بعيداً. تهب عليه نسمات باردة، ومنعشة، يحملها المطر المقبل بعد قليل.

يركب سيارة أجرة تقله إلى داره بعد أن بدأت أولى القطرات في السقوط. يسرع الخطى إلى داخل داره، وبالحماسة نفسها تأتيه سارة دون موعد، فتزاحمها صور إيزابيل. وبين الصورتين يبحث عن الدفء في أركان منزله.

كان اليوم مليئاً بالإثارة منذ حديث الصباح مع إيزابيل.

«كم افتقدها!» قال وهو يفكر فيها، ويطلق تنهيدة عميقة.

كانت الحرارة تميل إلى الانخفاض قليلاً في داره، فأحس برعشة برد. توجه إلى حيث جهاز التدفئة يضبط درجة حرارته على معدل يحمي الأفكار الهائمة في منزله خشية أن تأكلها البرودة.

يستحم بماء ساخن لتجديد نشاطه. تتناثر كلمات إيزابيل وسارة مع الماء المتطاير من حوله. يجفف ما أمكن منها بمنشفته، قبل أن يضعها حول رقبته.

إنها الواحدة بعد منتصف الليل تقريباً. بسروال قصير جلس هشام على الأريكة قبالة شاشة التلفزيون يتابع الأخبار بكل ما تبقى له من طاقة. المنزل الدافئ، وإثارة اليومين القادمين، وكآبة الأخبار، تدفعه كلها إلى الاسترخاء على الأريكة الكبيرة ذات اللون الأصفر الفاقع.

نظر إلى صف من الكتب بالقرب منه. فكر أن يقرأ كتاباً، لكنه استبدل الفكرة بموسيقى هادئة اختارها بعناية قبل أن يعود إلى أريكته للتمدد عليها وعقله هائم في أكثر من اتجاه.

بعد أقل من خمس دقائق، نهض من جديد، وأتى بصندوق الأشرطة والأقراص المدمجة. فتح الصندوق فطالعته القائمة العجيبة ذاتها: أم كلثوم تلوح بمنديلها، عبد الحليم حافظ يغني بيديه، فريد الأطرش نائم

على عوده يدندن، طلال مدّاح ومحمد عبده ينظر أحدهما إلى الآخر بحب مصطنع !

أغلق القائمة العربية، وفتح القائمة الأجنبية:

براين آدمز، جون ترافولتا، ميراي ماتيو، خوليو إيغلسياس وآخرون...

تجاوز الجميع إلى قائمة الموسيقى الكلاسيكية. التقط القرص الأول لكنه لم يكن المقصود. ثم التقط القرص الثاني فلم يكن هو أيضاً. كان يبحث عن شوبان.

فجأة أدرك أنه ليس هنا الليلة، بل هو مع سارة.

عاد هشام إلى أريكته يسترخي على أنغام خوليو.

أغمض عينيه، وراح يحلم بإيزابيل تداعب رأسه في قصر الحمراء، وتنظر إلى عصفور يغني بالقرب منها.

تطل على استحياء بعض تباشير الربيع بين خصلات من شجر لندن.

أحياناً تصبغها بقايا الشتاء بغشاء أبيض. إنه الصراع بين موسمين: برودة آن وقت رحيلها، ودفء يبحث عن وطن وعصافير. بين ضفتي الموسمين، يسير هشام بتأنٍ في الهايد بارك.

في ساعات الصباح الأولى، راودت هشام أفكار كثيرة وهو ينظر إلى رجال يركضون، وعجائز يسرن ببطء بصحبة كلابهن للتنزه:

كم من امرأة مرَّت من هنا؟

كم من طفل وكهل وكلب أيضاً؟

الكلاب في لندن تُحترم أكثر من البشر. بل إن ثلاثة أرباع البشر في العالم يعيشون تحت مستوى فقر الكلاب!

تذكَّر هشام قصته مع كلب جارته الألمانية. كان الكلب صغيراً جداً، بالكاد يرتفع عشرين سنتمتراً عن الأرض.

ذات مساءً وبينما كان هشام يهرول مسرعاً خارج منزله، متأخراً عن موعد العشاء، التقى عند الباب الخارجي جارته العجوز وهي تهمّ بالدخول وهو خارج.

«النساء أولاً» عبارة لا يمكن نسيانها في لندن. فالنساء دائماً يجب أن يكن أولاً في كل العالم، لكن ليس في الجزء الذي أتى منه هشام. حاول

أن يسبقها في الخروج من الباب، دون أن ينتبه إلى سلسلة كانت تمسك بها العجوز وهي تسحب بها كلبها خلفها.

داس هشام مع عجلته، ودون أن ينتبه، الساق اليمنى للكلب القزم، أو اليسرى: لا فرق.

عوى الكلب متألماً وصاحبته الألمانية تصرخ في انفعال ألماني أنجلوساكسوني! ثم رفعت الكلب بحنان الأم إلى صدرها وربّتت ظهره وهي تضمّه وتقبله بعد الاعتداء الوحشي من هشام!

«والله لو كان ولدها لما عاملته هكذا». قال في نفسه وهو يعتذر بتلعثم، ويكمل خطاه مغلقاً الباب الخشبي للمبنى على كم من اللعنات.

في اليومين التاليين، تلقى رسالة من هيئة تعنى، على ما يبدو، بحقوق الحيوان، تطلب تفسيراً لما حدث تلك الليلة. أهمل الرسالة مستهزئاً بشكوى من أجل خطأ غير مقصود بحق كلب!

بعد أسبوع تلقى رسالة مماثلة، أهملها للمرة الثانية.

بعد أسبوعين أتت رسالة ثالثة. هذه المرة لم يهملها: «إن لم نجد منك تفسيراً لما حدث سنضطر إلى اللجوء إلى الطرق القانونية». هذا ما جاء في الرسالة.

«كل أوروبا ستعلن الحرب من أجل هذا الكلب!».

اضطر هشام إلى كتابة اعتذار لصاحبة الكلب، وللكلب نفسه، ولكل كلاب الدنيا، عما بدر منه. وأقسم بشرفه أنه ما كان يقصد الأذى، وكبادرة حسن نية أعرب عن استعداده لتحمل نفقات علاج الكلب الطبية، والنفسية تحديداً، نتيجة الهجمة العربية الشرسة على ساق المسكين!

ابتسم هشام وهو يتذكر القصة: «هنيئاً للكلاب هنا، في عالمنا تقتل كرامة الإنسان في اليوم عشر مرات وبدلاً من أن يصله اعتذار تصله شتيمة أو مقصلة!».

يواصل هشام سيره في الهايد بارك مخترقاً قلب الحديقة الكبيرة. يتوقف قرب أجمة صغيرة ويتأمل الهدوء من حوله.

تناهت إليه أصوات قادمة من بعيد، من الصيف الماضي. أطفال عرب يصرخون ويلهون على العشب الأخضر. قريباً منهم نساء كثيرات، وقلة من الرجال قد فرشوا بسطهم. وحول البسط اصطفت، كالحرس الملكي البريطاني، عشرات من ترامس الشاي والقهوة.

كان يتساءل دوماً: لماذا النساء العربيات أكثر من الرجال في حدائق لندن؟

«ربما لأن أزواجهن ما أتوا هذا العام. أو ربما لأن الرجال لا يزالون في أسرّتهم بعد ليلة طويلة بين ملذات لندن!».

كان هشام يرى الوحدة تفرض حضورها في عيون أهل الخليج بلا استثناء، سعوديين، كويتيين، أمارتيين، قطريين... إلخ.

الرجال والنساء لا يختلفون هنا: كل يبحث عما ينسيه وحدته.

في الصباح هم نائمون. بعد الظهر يتوزع الرجال على حانات الفنادق وقاعاتها، حسب توافر الحسناوات. وفي المساء تبدأ استعدادات الولائم الجسدية على أنواعها.

للنساء يبدو البرنامج مختلفاً قليلاً: في الصباح المتأخر ينتشرن في الأسواق يشترين البضاعة نفسها الموجودة في دبي أو في الرياض أو في جدة، وبعد الظهر في الهايد بارك حتى المساء. مع حلول الظلام

يتقاطرن على نايتسبردج حيث المقاهي مفتوحة على كل الاحتمالات.

هنا تظهر أهمية التكنولوجيا الإنسانية في أعظم صورها: آلاف الرسائل المتطايرة عبر البلوتوث، لشاب يبحث عن فتاة بمذاق خليجي، أو فتاة تبحث عن مذاق بلا هوية، تختلط لذته برائحة العود السابح في انحناءات جسدها. وفي الزوايا سيدات يكتفين بالمراقبة والتأفف، وأطفال لا يعرفون لماذا هم في لندن.

كل شيء ممكن في لندن، خصوصاً في الصيف، حيث تعلن الملذات نفسها، وتبحث عن الرغبات، وتسقط قوانين الله والوطن.

هنا لا مكان لليبرالي أو صاحب لحية طويلة أو قصيرة. هنا الكل سواء، تحت علم صاحبة الجلالة، والرغبات المهتاجة.

هنا الكل يبحث عن اللذة المكبوتة طوال عام. مهما كان المظهر الخارجي ملتزماً، أو متحرراً، تبقى الرغبة المتوقدة هي السيد هنا بلا منازع.

عندما ينتهي الصيف، فكل من يمكن رؤيتهم في لندن، سيكونون مختلفين عندما يعودون إلى بلدانهم. سيكونون مختلفين تماماً. حيث تسقط كل قوانين الحرية واللذة عن أجسادهم وملامحهم، لتحل مكانها قوانين الأحافير وعذابات المتشددين.

«في لندن تسقط الأقنعة، كل الأقنعة، وقبل الصعود إلى الطائرة تعود الأقنعة من جديد... كل الأقنعة!».

غريب ألاّ ينسى أحد قناعه!

سيختفي اللهو الممنوع وراء الأبواب المغلقة، فلا يعرف أحد ما يحدث خلفها. وسيغوص المرح الممنوع تحت مستنقع الموروثات الاجتماعية.

ستختفي طقوس العروض الجمالية، والمساءات المفتوحة على السماء بلا رقيب. وتعود الملائكة إلى لعبة الحساب من جديد.

سيعود الأطفال إلى مدارسهم، والرجال إلى ساعات فراغهم الطويلة، وستذهب الزوجات إلى مخادع أزواجهن راغبات، ويغادرنها أكثر رغبة. ثم ينام الجميع يحلمون بمساءات لندن.

لندن لا تعترف بخطايا العرب. أو لنقل إنها أكثر رحمة للمخطئين. من أجل ذلك نحن نحبها، ونحب كلابها أيضاً!

يواصل هشام تأمله للهايد البارك بكل اتساعها، وهو يصيخ السمع إلى الأصوات العبثية تتردد في كل أرجاء الحديقة.

على مقعد خاوٍ في الحديقة الكبيرة، وأمام بحيرة ملأتها الطيور، يجلس وهو يضع معطفه على ذراعه، وينظر إلى السماء المحملة بنسمات تعد بربيع قريب.

يقلب النظر في أشجار تخطى عمر بعضها المئة عام. تذكره الأشجار وقد تيبست قشرة بعضها بوجوه أناس تيبست عقولهم.

ربما هو القدر خلق أناساً يعيشون بيننا لهم كل صفات أشجار لندن: القسوة، التيبس، والتقلب حسب الفصول وخارج الفصول.

قطع من الشمس تساقطت على عينيه من بين أوراق شجرة كستناء كبيرة تعلو مقعده.

في الأفق البعيد سحب تراكمت فوق بعضها بعضاً. كانت السحب تحتل جزءاً من السماء، بينما احتلت الزرقة الصافية الجزء الآخر. حتى السماء تجمع بين نقيضين: الصفاء والغموض.

ينظر هشام إلى البعيد وهو يبحث عن أصوات الصيف ويسأل نفسه:
«ألا تأتي سارة إلى لندن؟».

ويتذكر: «ضباب لندن ما لامس سارة بعد. شهر عسلها كان أسبوعاً
يتيماً في الشرق الذي ما تذكرته بشيء. ليتها اختارت لندن!».

ينظر إلى ساعته، ثم ينهض فيواصل السير قاصداً مكتبه. يضع
المعطف فوق كتفيه إثر نسمة باردة هبت فجأة، ويطالع عصفوراً حطّ
على ظهر مقعد قريب جداً. تذكر إيزابيل: هل هو العصفور الذي كان
قرب شرفتها؟

بعد يومين ستعود إيزابيل من إسبانيا. وهشام قد خطّط لكل احتمال.

النسمة الباردة تزداد قوة وهي تلفح أشجار لندن، فيمسك هشام
بضفتي معطفه يغلقهما على صدره، ويحث الخطى إلى مكتبه، حيث
رسالة جديدة من سارة تنتظره. ومرة أخرى يتساءل: «هل ستأتي يوماً إلى
لندن؟».

بعكسه تماماً، لم تكن سارة تفكر في لندن أو فيه بل ربما لا تعرف من
أي بلد هو: مجرد رئيس تحرير فقط، يكتب ويكذب عشر مرات في
اليوم.

ما حلمت يوماً بضباب لندن. يكفيها ضباب كل يوم تعيشه. ذاك
الذي يحول دون أن يرى زوجها قدر جمالها، مكتفياً بجولة سريعة في
الضباب فوق تلال أنوثتها.

منذ أن بدأت سارة تكتب عن حياتها الخاصة، ما عاد يهمها ردٌّ أو نشرٌ
من رئيس التحرير. ما كان يهمها هو أن تعتق غضباً صامتاً في داخلها،
يكاد يمزقها.

منذ الرسالة الثالثة استطاعت أن تتخطى الكثير من الحذر في ما تكتب. حتى الخوف، تخطته. وحتى الشيطان الذي يغريها كل لحظة بالخطيئة مع سائقها تخطته هو الآخر: «ذاك الشيطان الذي بات مسؤولاً حتى عن نزلات بردنا!».

«لا تعتقد أني أكتب بحثاً عن حل. فلست أملك أكثر من سلطة نشر كلمة هنا أو هناك أو منعها». كانت تلك بداية الرسالة الخامسة التي وصلت صباح يوم خميس.

«مثلك عجز عن نشر رسالتي الأولى عن الخيانة الزوجية، فكيف لك أن تقدم الحل لامرأة تبحث عن كرامتها؟»

أدرك أنك ستسأل بعد ذلك عن علاقة العنف بالخيانة الزوجية.

أنتم رجال لكم عقول تسكن بين أثداء النساء، فكيف سترون أسباب الخيانة؟!

ماذا تسمي العنف؟

ماذا تسمي القسوة؟

ماذا تسمي الإهمال والأنانية؟

أليست هي خيانة؟

نعم، هي كذلك لأن النتيجة تفقد أهميتها أمام السبب. وكذلك هي الخيانة ليست سوى نتيجة واحدة لأكثر من سبب.

صديقتي نور مثل عفراء، تدخّن بشراهة. عندما أشعلت سيجارتها الأخيرة قبل أن تغادرني صباح اليوم، أدركت أنه يجب أن تراعي أين ترمي عود الثقاب، وأين ترمي عقب السيجارة، لا أن تلتفت نحو العود وتنسى السيجارة، لأنها بذلك تحصر الخطر في ظهور اللهب وحده.

وربما ننسى، أن النار تأتي بلا لهب أحياناً. وكلاهما على الدرجة نفسها من الخطورة. بل ما لا نراه قد يكون أخطر.

خيانة الجسد هي عود الثقاب إن ألقيته مشتعلاً أشعل النار من فوره. والإهمال والقسوة هما البيئة الهشة إن ألقيت فيها بقايا سيجارة لا لهب لها اشتعلت ولو بعد حين.

ذات يوم غاب خالد في مهمة طالت أكثر من شهر. كان ذلك بعد ثمانية أعوام على زواجنا. كنت حاملاً بتوأمي. اشتهيته بعد أن زال عني، لسبب ما، نفور سنوات طويلة. أقول ربما كان ذلك بسبب حملي.

هاتفته، وسألته متى سيعود.

«بعد أسبوع أو أقل»، قال لي.

كنت أحب أن أقول له الكثير عبر الهاتف، فما استطعت.

انتهت المكالمة حالاً. أنهاها هو بسرعة. فقد كان منشغلاً وكنت أنا مشتعلة!

بعد المحادثة، فقدت شيئاً من لهفتي عليه.

قبل يومين من وصوله، اشتعلت رغبتي من جديد.

يوم وصوله، اعتذرت عن لقاء صديقاتي في منزل إحداهن.

حتى أبي الذي أحبه أكثر من نفسي، أرجأت زيارته عقب عارض أصاب ظهره.

طلبت إلى صديقة أن ترسل إليّ بتلك السيدة اللبنانية المختصة بالتجميل، التي تعرف كيف تجعل من النساء لوحة ملتهبة.

حضرت السيدة منذ الصباح.

ورشة عمل كانت تدور في البيت استعداداً للقاء خالد.

غرفة النوم استعدت. الغطاء الحريري تعطّر. والسرير الذي كان تواقاً إلى الحراك قد تهيأت مفاصله!

أجمل ثيابي الداخلية والخارجية اخترت. كحّلت عيني. وبلون الكرز أصبحت شفتاي. وبلون التفاح خداي. حتى أظفاري لبست أجمل ألوانها. وانسدل شعري الأسود يغانق كتفي، مع خصلة اندست بين نهديّ في إغواء.

في ركن من حجرتي، وضعت عدداً من الشموع وقد نفضت عنها الغبار الطويل.

أتى المساء.

وأتى خالد.

أخبرته أني قد أعددت له طعاماً لنتناوله على ضوء الشموع.

استغرب كلامها: هو... والشموع!

العشاء المبكر مضى صامتاً سوى من كلمات تسأل عن أناس لم أرد حضورهم تلك الليلة. أردتها ليلة لي وحدي مع زوجي.

أخبرته أني قد جهزت له حمّاماً بكل عطر الإغريق والرومان.

نظر إليّ باستغراب!

بينما هو يستحم جلست أنا أمام مرآتي، ألقي نظرة أخيرة على زينتي وثيابي وشعري.

ثم جلست على طرف السرير أنتظر خروجه من الحمّام بعد أن أضأت شمعتين أخريين على طرفي السرير.

على ضوئهما، رأيت دميتي تبتسم لي.

صوت الماء في الحمّام يتوقف.

دقائق صمت.

ثم يفتح باب الحمّام ويصدمني بسؤاله: لم الشموع؟ أضيئي النور
كي أرى طريقي.

اتجه إلى طرف الحجرة وضغط مفتاح الضوء. اختلس نظرة إليّ وقد
جلست على طرف السرير، كما كان يجلس هو ينتظر خروجي من
الحمّام في الليلة الأولى. أتراه تذكر؟

نظرت إليه بعين راغبة، وهو ينشّف رأسه، ثم يلبس بيجامته.

غالبت شعوري، وقلت بصوت شبه مسموع: اشتقت إليك.

كانت تلك أول مرة أقولها له، وما أذكر أني قد أعدتها ثانية.

لم يسمع ما قلت، أو لعله ما أراد ذلك.

اكتفى بجواب قتل الأمل الأخير في حب لن يكون: التعب يلفني.
أريد أن أنام.

أطفأ الضوء الساقط كالثلج على جسدي، وسرت فيّ رعشة البكاء.

أشعل الضوء الملاصق لسريره، وبنفخة قوية قتل الشمعة الأولى،
طالباً إليّ أن أقتل الأخرى!

تمدّد وهو يقول: أكلت كثيراً.

أجمل ما سمعت منه تلك الليلة كانت: تصبحين على خير. وبعد
لحظة أضاف: لديَّ عمل باكر في الصباح. أطفئي بقية الشموع على
الأرض كي لا نحترق.

وهل بقي هناك ما يحترق؟

مال إلى جانبه الأيسر، جاعلاً ظهره تجاهي، ومرة أخرى: تصبحين
على خير!

أطفأ النور ونام.

ما رأى ثيابي.

ما اشتم عطري.

ما تلمّس نهدي.

ما اشتمّ رائحة احتراقي.

ما رأى الدخان الصاعد من شفتي.

ضوء الشموع الذي انطفأ كان أقوى من حضوري.

أحلام تلك الليلة سقطت في لحظة.

أنوثتي عادت إلى زنازينها.

رغباتي عادت إلى القبر الذي أخرجتها منه قبل أوان بعثها.

«تصبحين على خير»... كانت النهاية.

نزلت دمعة مني وأخرى من دميتي!

الشموع الثلاث انطفأت إلى الأبد: اللتان على طرفي السرير...
وأنا!

كنت منذ الليلة الأولى أنفر من خالد أما اليوم فبت أكرهه.

ماذا تسمي هذا؟

أليست خيانة زوجية؟

هو لم يخنّي مع امرأة أخرى ولم يشعل الثقاب ويلقيه. لكنه ألقى
بعقب سيجارته في قصاصات رغباتي.

ماذا تسمي تجاهله مشاعري؟

أليست خيانة لأنوثتي؟

إلى ماذا تقود خيانة الزوج أنوثة زوجته؟

مرات كثيرة فكَّرت: ليته خانني مع كل نساء الأرض وما أدار لي ظهره تلك الليلة.

للمرة الألف أقول لك: الخيانة ليست جسداً يعاشر بالخطيئة جسداً آخر. الخيانة أن تبقي على الجسد، وتقتل الإنسان الساكن فيه. الخيانة الحقيقية هي في خلق أسبابها.

المرة الوحيدة التي اشتقت فيها إلى زوجي، انتهت بالضربة القاضية، و«تصبحين على خير!».

أين الخير في أن يحكم على رغبتي بالموت؟

وأين الخير في أن تموت الأنثى المكلومة في داخلي؟

قد تسأل: لماذا ما طلبت أن يبقى ساهراً معي؟

لماذا خانتني جرأتي؟

قد تقول إني مخطئة أن تركته ينام دون أن أكلف نفسي عناء الإفصاح عن رغبتي.

خجل المرأة يمنعها أحياناً. وأحياناً خوفها من إعلان رغبتها. كل علوم انجلترا وسنوات الجامعة التي قضاها خالد على مقاعدها، ما علمته كيف ترغب الأنثى ومتى، فهل سأعلمه أنا في لحظة واحدة؟

ربما استغرب الهيئة التي كنت عليها تلك الليلة. قدرت أنه ربما كان متعباً. لكن هل يحول التعب دون كلمة جميلة، دون ضمة حنان وأنا الحبلى بتوأميه؟

هل تعلم أنه لو داعب خصلة واحدة من شعري لاكتفيت؟

لكن كيف للرجال أن يعلموا أن مداعبة خصلة شعر يمكن أن تغير قلب المرأة وعقلها؟

تلك الليلة كرهت نفسي، وكرهت حملي الذي عجز أن يوقف بكائي.

تركت غرفتي وخرجت تسبقني إلى الباب جروح أضمدها ببقايا شموعي.

جلست على أريكتي في الصالون أمام التلفزيون المقفل، أشاهد خيبتي على الشاشة السوداء.

وكليلتي الأولى، لم أنم حتى الصباح.

تذكرت تلك الليلة التي نال فيها حقه عنوة مني. بقيت تفاصيلها تتردد كالصلوات في رأسي.

تساءلت لماذا ما عدت أثير زوجي؟ لماذا غاب عنه جمالي؟ ترى هل مات إغراء جسدي؟

بقيت أسأل حتى الصباح، إلى أن اكتشفت السبب:

اكتشف أنني فقدت جسدي منذ تلك الليلة من زفافي. فلم يعد منذ ذلك الحين ملكي. جسدي الذي ولدت فيه انفصل عني. أصبح لي جسدان: واحد له يتلذذ به كيفما يشاء، وآخر لي أتمتع به كيفما أشاء. من أجل ذلك ما رأى الجسد الذي هو لي، وما رغب في جسدي الذي هو معه بعد أن ملّه.

فكرت وسألت نفسي: هل سأخونه إذاً إن استمتعت بجسدي الذي هو معي كيفما أشاء، ومع من أشاء؟

أحسست أن أفكاري يصادم بعضها بعضاً، واكتشفت عمق عمق رغبتي.

ثم أحسست أن مشاعري تفقد خجلها، وصلواتي تفقد قبلتها.

استغفرت الله وصلّيت كي يعينني على نفسي، ولو حتى الصباح.

مع أولى خطوط الفجر استيقظ خالد. لم يدرك أني لم أكن في جواره الليلة كلها، كليلتي الأولى معه.

هل تراه تذكر؟

ما اشتم عطري الذي بقيت أشلاء منه على وسادتي.

«صباح الخير»، قالها ببرودة وهو يغادر حجرته صباحاً.

بالأمس «تصبحين على خير»، والآن «صباح الخير».

عبارتان سكن الجحيم بينهما، وكل وساوس الشيطان!

حاولت أن أنام قليلاً بعد أن خرج، فما استطعت.

صلّيت صبحي متأخرة قليلاً، ثم صلّيت على الثياب التي دفنتها في عمق الخزانة.

نظرت إلى سريري حيث مخدة كبيرة انتصبت في نهايته. فبدا قبراً والمخدة الشاهد عليه.

آه ما أكثر القبور في حياتي!

جلست أتلمس وجهي، وأنظر إلى جسمي وهو يتحلّل من الألم.

قضيت صباحي كله ألملم أشلائي، وأزيل آثار احتراقات البارحة.

حاولت أن أنام قليلاً بعد الظهر، ومرة أخرى ما استطعت.

تأملت ضوء الظهيرة، فإذا به قد فقد لونه. ثم تأملت ساعتي، فإذا الزمن قد رحل عنها.

مع العصر، ذهبت لرؤية والدي. تمنيت لو أرتمي على صدره، لكن ألم ظهره منعني، وألمي.

بقيت حتى المساء في بيت أهلي أستمع إلى الأحاديث نفسها التي لم تتغير منذ عشرة آلاف عام.

قبل حلول الظلام اتصلت صديقتي عفراء طالبة أن أزورها فاعتذرت. كذلك فعلت مع نورة والباقيات. كأنهن أحسسن بألمي الذي ما أحس به خالد.

ما كانت لي رغبة في رؤية أحد، ولا البقاء في بيت أهلي، ولا الذهاب إلى منزلي.

تمنيت لو استطعت أن أقود سيارتي إلى لا مكان. لكن قدري أن يكون السائق رفيقي. طلبت إليه أن يأخذني إلى السوق. كان الليل قد بدأ يرخي ثيابه. أشرت إليه بالذهاب إلى أبعد سوق.

أحببت أن أكون في أي مكان، لكن ليس مع الصديقات ولا البيت.

كنت كلما أعطيته أمراً التقت عيوننا على ضوء الأنوار القادمة من الشارع، أو من السيارات الخلفية.

كانت عيناه جميلتين، فكنت أتحين كل فرصة كي أتأملهما.

كان الشيطان الذي صنعه خالد يقترب مني.

تساءلت في نفسي: «كيف هو مذاق الحرام؟».

وبصوت خفيض قلت لسائقي وأنا أنظر في عمق عينيه: «خذني إلى أبعد مكان، إلى حيث تشاء»، ونزعت عني عباءتي.

عدت إلى منزلي قبل منتصف الليل حيث كان خالد لا يزال مستيقظاً.

لم يسأل أين كنت؟

دخلت لأستحم. بقيت ساعة أبكي، ثم ذهبت إلى غرفة طفلي التي

أعددتها باكراً قبل حضورهما. تكورت على نفسي في السرير الصغير. كأني عدت تلك اللحظة إلى طفولتي. وإلى حديقتي يوم اشترى لي أبي دميتي. في العتمة رأيت شقيقي الأصغر يلهو في الغرفة وهو يمسك بقطاره الصغير يطلب إليّ أن ألعب معه. ابتسمت له وأنا أمسح بعض دمعي، ثم أغمضت عيني.

لا أعرف كم بقيت مغمضة العينين. لكني استيقظت على صوت خالد يسأل أين أنا؟

بتثاقل توجهت إلى حيث كان. سألني: ألا ترغبين في النوم؟

أدركت أنه الآن يشتهيني، وينتظر مني اللحاق به إلى غرفة النوم، إلى ضريحي. خالد ككل الرجال يعتقد أنه نصف إله. ليست مهمةً إرادتي ولا رغبتي، المهم متى هو يشتهيني، متى يفرغ غريزته في جسدي!

نظرت إليه باشمئزاز وأخبرته أني متعبة، وسأقرأ قليلاً ثم أنام. جلس معي دون أن يعلق بكلمة واحدة. طالع بعض أوراقه ثم عاد وطرح السؤال من جديد: ألا ترغبين في النوم؟

يا لها من مغازلة. حتى الثيران تغازل أفضل منه!

تذكرت الملائكة التي ستنتظرني، دون كل نساء الأرض، لتلعنها إن لم أطع الأمر.

كنت أعلم في نفسي، أني لا بد أن أطيع، على الأقل من أجل استمرار الحياة التي حاولت كثيراً أن أنهيها.

سبقني خالد إلى حجرة النوم، ومن هناك أتاني صوته يطلب إليّ اللحاق به.

بدا لي صوته مزعجاً. كان كغراب ينعق. بل كان كالموت البارد.

بقيت مكاني برهة ما، ثم لحقت به.

في حجرة النوم وجدته شبه عارٍ على السرير، كما رأيته المرة الأولى.

طلب إليّ أن أغلق الباب بالمفتاح... لماذا؟

طلب أن أطفئ النور... كيف سأصل إليه إذاً؟

بعد لحظة سحبتني ذراع قوية. وكالعادة انتهى كل شيء في لحظة، وأنا لا أزال في ثيابي الكاملة!

للمرة الثانية نظرت إليه باشمئزاز، وسألته: «هل انتهيت؟».

عرفت الجواب من لهاثه الذي توقف، فدفعته عني ونهضت من قبري!

أحياناً ما كنت أجد الوقت لأنزع عني ملابسي، وما كان هو ينتظر. لذته باتت تسبق لذتي بوقت طويل جداً. وكثيراً أيضاً ما استجديت لذتي في الحمّام بعد أن يفرغ مني.

إن شئت الدقة قلت إني لا أعرف حتى أصل اللذة.

هل تصدق: أني لم أكتشف إلا مصادفة أن للمرأة ارتعاشة جنسية؟!

هل تصدق؟

أنا لم أصدق.

قل كيف لي بعد عشرة أعوام من زواج مجفف أن أصدق؟

«الحياة لذة! الإنسان مجموعة معارك!».

هكذا كتبت سارة مساءً في دفتر يومياتها.

قالت: «المرأة في عراك مع المجتمع، والرجل في عراك مع نفسه، وكلاهما ينشد الهدف ذاته: اللذة».

لكن، إذا كان الجهد هو ثلاثة أرباع المعركة، كما يقول حكيم الهند غاندي، فقد بذلت سارة جهداً للحفاظ على بيتها، حتى الآن، بلا لذة.

كانت تحس أن هزائمها كثيرة حتى ذاك اليوم الذي كتبت فيه:

«لنحقق النصر، يجب أن نعرف طعم الهزيمة». لعل ذلك كان يسليها عن أية هزيمة عرفتها، ويغريها بأكثر من انتصار تبحث عنه.

كان توأماها يحولان دوماً دون أي قرار بالطلاق. لكنها أصبحت ترى بعض هزائمها هي في عيني صغيريها. فهما بالكاد يريان والدهما، وهي لا تريد أن تراه.

أم سارة لا تتوقف عن الدعاء لابنتها، وتطلب إليها الصبر. عشر سنوات وهي تطلب إليها الشيء نفسه.

«ألا يوجد شيء آخر غير الصبر؟» كانت تتساءل كل مرة.

وفي كل مرة، تلقى الجواب نفسه: «استعيذي بالله من الشيطان».

لكن ذلك ما كان ليصنع لها ولو انتصاراً بسيطاً.

ذات يوم عزمت على الطلاق بقرار بدا صارماً. وكالعادة، اصطدم

٢٧٣

القرار بصغيريها، وأهلها. فعدلت عن رأيها أمام أمها التي ابتسمت وأتبعت ذلك بزغرودة خفيفة.

«لم تزغردين يا أمي؟» كانت سارة تتساءل في سرها. «هل هي زغردة انتصار خالد عليّ؟ لا تزغردي إذاً، فقد انتصر منذ زمن. أم تراها زغرودة انتصار خوفك أنت يا أمي من الناس؟ زغردي إذاً حتى الصباح».

فكّرت سارة في الطلاق مائة مرة، وعدلت عنه مائة مرة: «كلهم سيرفضون: أمي، أبي، إخوتي، وحتى القاضي». هم لن يرفضوا خوفاً على بيت أن ينهار، لأنه منهار بالفعل. فحياة سارة تشبه استوديوات هوليوود: واجهات خشبية خلفها اللاشيء. وكهلم سعداء بالواجهات الخشبية، وباللاشيء.

يظلم الرجل زوجته مرة إن أساء إليها. لكن الأهل يظلمونها مائة مرة إن صمتوا على الإساءة، فقط من أجل الناس: «ليذهب الناس إلى جهنم».

عندما طلبت إحدى صديقاتها الطلاق أمام قاضٍ في المحكمة، رفض القاضي بشدة لغياب سبب مقنع، وردد أكثر من مرة «إن أبغض الحلال عند الله الطلاق». يومذاك كتبت سارة في يوميّاتها: «ألا يدرك هذا القاضي أن أبغض الحلال قد يحمي من الحرام؟».

وكتبت أيضاً: «كثير من الزوجات هن أكثر حرماناً ورغبة من المطلقات. أما الرجال، فلا يعرف معظمهم أن لهم زوجات يفكرن في الطلاق كل يوم أكثر من مرة».

وختمت يومياتها ذاك المساء بعبارة اقتبستها من أحد كتبها: «الإحساس بوجود الشيء أهم من وجوده أحياناً».

كانت بعبارتها الأخيرة تحديداً تختصر قصتها. فليس مهماً قرب خالد أو بعده عنها، الأهم أن تحس بوجوده يحيط بها ولو لم تره.

«نعم. نعم. نعم الإحساس بوجود الشيء أهم من وجوده أحياناً».

كررت محدثة نفسها وهي تطوي دفترها، وتنظر إلى أحد طفليها يدخل سبابته الصغيرة في فمه ويضحك لها.

هذان الكائنان الصغيران هما الضحكة الأكثر بياضاً في كل ذاكرتها.

في لحظة تزاحمت أجساد يتكرر حضورها في رأسها: رجال يتصارعون، ونساء يطلبن الغزل.

«مساكين هم الرجال الذين لا يدركون موضع العفة في نسائهم».

حدثت نفسها وهي تضع طفلها في سريره في جوار توأمه النائم. قبلتهما وذهبت تتابع ما فعلت خادمتها من طعام استعداداً لأمسية تقيمها لمجموعة من الصديقات.

هي تحرص دوماً أن يبدأ استقبالها لضيوفها باكراً، وينتهي باكراً. خصوصاً وأن لبعض صديقاتها أزواجاً لا يغادر الشك الأزلي جماجمهم.

ذات يوم، وبينما سارة تحدّث بعض صديقاتها عن الشك والخيانة الزوجية، أدركت شيئاً مهماً: «كما أن المرأة تشكّ في كل الرجال، كذلك هم الرجال يشكّون في كل امرأة».

على مقعد طاولة المطبخ، جلست سارة، تصنع ما تشغل به نفسها عن رغبتها المشتعلة، وتطالع سائقها وهو يأخذ طعامه من يد الخادمة.

تحني رأسها على طاولتها، دون أن تنظر إليه، وتفكر في جولة أخرى إلى السوق البعيد.

تشرد لحظة وهي تفكر في اللاشيء، ثم تستغفر الله وتستعيذ من الشيطان الرجيم.

رددت صلواتها في صمت، وصورة جسد تداعب خيالها تفرض حضورها بقوة استغفارها ذاتها.

حان موعد صلاة المغرب. توضّأت، وصلّت في غرفتها. ثم أتبعتها بركعتين، ثم ركعتين أخريين، داعية الله أن يهبها القوة على الشيطان، والنصر على الجسد.

عادت إلى مطبخها.

ركزت أول نصف ساعة على إعداد قائمة الطعام.

ثم على من سيحضر من الصديقات.

ثم أسماء الصديقات.

ثم أسماء أصدقاء الصديقات المتزوجات منهن والعازبات. فسارة مخبأ أسرار الجميع.

تطالعها صورة صديق إحدى صديقاتها، كانت رأته ذات يوم بينما هما معاً في السوق.

في عينيه بريق شهوة يصعب إخفاؤه. يومذاك سقط البريق على جسد سارة، بعمق نظرتها هي إلى جسده: كان طويلاً، حادّ الملامح، مفعماً بالرجولة.

دون أن تدرك، تذكرت سائقها ذا العينين الخضراوين. تنهدت في سرها، ثم تمتمت صلواتها من جديد.

انشغالها اليوم في المطبخ كان نعمة كبرى. فما كانت تعلم ما تفعل، وهي الوحيدة الراغبة، ولا شيء في الجوار سوى السكون، والسائق والسوق.

أحست برغبة في الاستلقاء قليلاً، ففعلت وهي تداعب بعض أعضائها.

بعد أقل من ساعة نهضت، واستحمّت!

زال شيء من لهيب الرغبة مع الماء البارد.

وهي ترتدي روباً أبيض يكشف نصفها العاجي الأسفل، ذهبت إلى المطبخ كي تتأكد أن كل شيء بات معداً لاستقبال ضيوفها. ثم عادت إلى حجرتها تلبس الجميل من ثيابها.

أمام المرآة نزعت روب الحمّام، رويداً رويداً، وهي تتأمل القوام المتمرد والقبب الوردية!

«يا له من رجل غبي!» قالت عن زوجها بتهكّم.

كادت المرآة تتحطم بقوة شيطان الرغبة الذي وقف بين سارة ومرآتها.

استدارت إلى خزانة ثيابها، حيث أجمل ما لديها مدفون هناك.

اختارت ثوباً، هو الأجمل. لم تعرف لماذا اليوم تحديداً لبست أجمل ما لديها: «لا أحد يستحق ولكن...». قالت، وتابعت وهي تكمل زينتها.

قرّرت سارة، ولسبب ما، أن تكون اليوم عروس نفسها. ومرة أخرى: «لا أحد يستحق!».

على انعكاس صورة المرآة طالعها السرير الغائب عن لذاتها، وعلى الغطاء الذي ما سقط على الأرض منذ مدة.

على مخدتها طالعتها دميتها.

على الطرف الآخر من الكوميدينو كانت باقة ورد حمراء قد غرست في إناء ماء، أحضرها لها السائق من الحديقة هذا الصباح، بحسن نية ربما، أو بسوء نية، «ما الفرق؟».

قبل أن تغادر غرفتها، وضعت قليلاً من زيت العود الذي تلقته ذاك

اليوم هدية من نفسها. فاحت رائحة ألف ليلة وليلة. على انعكاس المرآة التي أمامها، رأت سارة أعمدة من البخور تنطلق في غرفتها. في لحظة تحولت الغرفة إلى قاعة حمراء لخليفة أتى من الزمن القديم، يغص إيوانه بالجند والجواري، وعلى الأرائك رجال يقتطفون قطعة امرأة من هنا وأخرى من هناك، وبين الحضور تعالت أصوات غناء، وطرب يعانق غابات البخور.

تذكرت نقمة الرجال اليوم على رجال الأمس، ومن الزمن الذي حرمهم من الجواري.

في ركن قصي من الإيوان رأت بضعة رجال يضحكون، ويمدون لها أيادي تبحث عن قطاف من لحمها. بدلال تتمنع، ويتمايل جسدها الجائع بشهية.

أقداح تقرع أقداحاً، وضحكات تهزّ المكان نشوة.

في صدر الحجرة كان شهريار يرقد على أفخاذ نسائه ووسطهن كانت شهرزاد، وفي الخلف بدا السيّاف والمصباح والجني، «حتى الجن لهم نساء وجوار!».

أحست أنها تشرب كأساً بغير إرادتها، واستطابت المذاق.

زادت بعضاً من دهن العود على رقبتها، وهي تداعبها بكلتا يديها، وتغمض عينيها أمام مرآتها على صوت البخور المتصاعد عبر زجاج المرايا. فجأة قفز فارس إلى صدر الإيوان من ضوء المرايا. أخذها بيد قوية وضمّها إلى صدره، حيث توقف الزمن أمام القبلة الأولى والعناق العبثي فوق سرج الحصان. جميلة هي القُبل، جميل هو العشق، وأجمل ما يكون عندما يأتي بين صحو وسُكر!

لأول مرة تكتشف سارة أن الروح هي التي تستلذ لا الجسد. لأن جسد لذاتها قد غادرها منذ زمن. أغمضت سارة عينيها وسحبت نفساً عميقاً من رائحة البخور.

فجأة، اختفى كل شيء مع رنّة جرس الباب الأولى.

كانت تلك عفراء.

بابتسامة كساها شيء من حزن، غادرت سارة غرفتها مستقبلة صديقتها التي اعتادت أن تكون أولى الحاضرات. هل ستصدق عفراء قصة الفارس والجند وإيوان الخليفة في حجرة سارة؟

عفراء هي الأقرب إلى سارة، ثم نورة، ثم ليلى، ثم أخرى، فأخرى...

بعد ربع ساعة حضرت الصديقة الثانية، ثم الثالثة، وفي خلال نصف ساعة، كن عشر نساء أو يزدن قد اجتمعن في الصالون الرئيس في دار سارة ذاك المساء.

«ما هذا الجمال يا سارة؟» قالت إحداهن.

ما ردت سارة بأكثر من ابتسامة وهي تقدم لصديقتها قدحاً من الشاي. منذ تجربتها مع صديقتها أسماء التي اشتهتها ذاك الصباح، وسارة أكثر حذراً في إجاباتها عندما يتعلق الأمر بجمالها، ولو من صديقة قديمة.

أحاديث مملة كان لا بد منها، تدفع بسارة إلى الهرب بالتفكير في ما يحدث هذه اللحظة في غرفتها مع الخليفة!

لذة الحلم انعكست على محياها أمام صديقاتها: كانت شبه هائمة، بابتسامة لا تفارقها.

بعد أكثر من ساعة، نهضت سارة إلى غرفتها تنظر في مرآتها، تبحث عن الإيوان والرجال والخليفة. كان بعضهم لا يزال يطلبها من بعيد. داعبتهم بعينيها، وبارتعاشة صغيرة من جسدها، قبل أن تعود إلى صديقاتها وهي تزهو بأنوثتها وقد أغرت التاريخ نفسه.

لم تكن دعوة الصديقات إلى العشاء، بل لقاء تتخلله بعض الفطائر والحلويات. جالت سارة بنظرها سريعاً على كلّ المدعوات.

وراء كل امرأة هنا زوج وقصة، أو عشيق وقصة.

هي تعرف ذلك.

كانت سارة، بإطلالتها المهيبة وجمالها وروح الثقة الساكنة فيها، مستقر أسرار الكثير من صديقاتها. بعض الحاضرات هنا لا يعلمن بقصص بعضهن بعضاً. القاسم المشترك بين كل المجتمعات هو سارة وحدها.

لكنها وهي تعلم أسرار كل المجتمعات، لا تعلم مدة عطشهن، وهل هو بمقدار عطشها؟!

عفراء، صديقتها المقربة، تبدو عفوية وظريفة، تحارب كل معاناتها بالرسم والمارلبورو والسخرية من كل شيء. هي صاحبة شخصية لا تقدر معظم الصديقات قوتها، ربما لأنهن لسن على درجة قرب سارة منها.

بين فينة وأخرى تأتي الخادمة محملة بأشياء جديدة للمدعوات، تغتنم سارة الفرصة لرؤية طفليها، ثم تعرّج بضع ثوانٍ إلى غرفتها، تستلهم زاداً جديداً لأنوثتها.

تعود إلى مقعدها وهي تبتسم بنشوة، فيتألق بريق من عينيها يزيدها

جمالاً وإغراء. تضع ساقاً فوق أخرى بمهابة غير مصطنعة.. يا لروعتها! تبدو كأميرة أسطورية، بل هي أجمل من الأميرة والأسطورة وشهريار.

صدقت عندما قالت: «لا يوجد من يستحق».

لا تتحدث سارة كثيراً عندما يكون الجمع مكتملاً. قلة هن النساء الشبيهات بسارة. كلماتها البسيطة الموزونة تؤكد متابعتها لحديث كل صديقة، ولو بدت خلاف ذلك.

عفراء تشبه سارة في قلة الحديث أمام الأخريات.

إحدى الحاضرات كانت تتحدث كثيراً عن معاناتها مع أطفالها.

«يا لها من معاناة سخيفة!» قالت سارة لنفسها، وهي تطالع عفراء الجالسة أمامها تبتسم بخبث، وترد إليها نظرة مماثلة وقد أدركت مغزى صديقتها.

صديقة أخرى تشكو خادمتها. «قصة أكثر سخفاً». حدثت نفسها أيضاً وهي تنظر إلى الاتجاه نفسه.

كانت سارة تدرك أن سطحية تلك المشاكل، تخفي الكثير من الآهات، أو السخافات.

من جديد تتأمل صديقتها عفراء، وتفكر كيف أن التي تجلس أمامها، تكاد تكون أقل النساء شكوى، وهي الطافحة بتجارب الألم.

هي ليست كباقي النساء اللواتي يشكين حالهن، وضعف الحيلة. بل تحارب ألمها بالسخرية والفرشاة. كثيراً ما استغربت سارة ضعف حيلة النساء هذا، ولا تعرف أهو ضعف المرأة نفسها، أم هو جبروت المجتمع؟

منذ أن تفتحت عيناها على الدنيا، وهي تسمع الشكوى نفسها: من والدتها، من خالتها وعمتها، وحتى شقيقتها وصديقاتها.

يكتسب لقاء الحاضرات شيئاً من الإثارة عندما يكون الرجال محور حديثهن، لكن الشكوى لا تلبث أن تعود من جديد.

المشكلة كما تراها سارة، أن شكوى النساء لا تتغير، وهن أيضاً لا يتغيرن، بل ولا يسعين إلى التغيير. ربما هو تعوّد الشكوى. أو هو تعوّد الألم حتى يغدو جزءاً من سعادتهن!

بينما الأخريات مشغولات بنقاشات جدلية، كتبت سارة على قصاصة في يدها:

«الألم قد يكون الامتداد البعيد للسعادة، كما هو اللون الأسود الامتداد البعيد للأبيض!».

نعم. ربما هو تعوّد الألم، حتى ليكاد يصبح جزءاً من حياة، وجزءاً من أمل، حتى مع سارة نفسها.

قطعت أفكارها صديقة وهي تقول: «هنيئاً للرجال، هم السعداء حقاً، فلا من يأمر ولا من ينهى ولا من يمنع عنهم هذا وذاك».

وافقتها معظم الحاضرات. وقلن نعم والله إنهم كذلك. واتفقوا على أن «هنيئاً لهم».

لكن سارة تساءلت: «هل يمكن أن يكون ذلك صحيحاً؟ أكيد أنهم يشكون أمراً ما، فما هي شكوى الرجال يا ترى؟».

ومن جديد كتبت على القصاصة: «ربما كان الرجال أنفسهم ضحايا، دون أن يعرفوا!».

وضعت القصاصة في بطن كتاب على طاولة صغيرة بالقرب منها، حتى تنقل ما فيها لاحقاً إلى دفتر يومياتها.

لم يكن من السهل تحاشي الملل الذي يدبّ في نفس سارة من

حديث الصديقات المكرر. لكن أكثر ما كان يزعجها هو إحساسها بالضعف أمام الانكسارات الكثيرة للأخريات من صديقاتها. إذا كانت معاناة الفرد أخف وطأة عندما تصبح معاناة مشتركة، فإن الوضع يصبح معكوساً لدى سارة، فهي لا تريد مجتمعاً كل من فيه يشكو الشيء ذاته. فمن سيصلح الخطأ إذاً؟

بينما هي تفكر في الأمر، أخذتها ذكرياتها إلى أبعد من صالون منزلها، إلى فلاسفة عاشوا منذ آلاف السنين، اتفقوا على أن «المرأة التي لا تحصل على لذتها تبقى عذراء ولو لها عشرة أبناء».

وتساءلت: «ألا يمكن أن يكون الرجال كذلك؟».

ذات مرة تابعت سارة برنامجاً تلفزيونياً مع طبيب نفساني مشهور، حيث كان الحديث يدور حول العلاقات الزوجية الجنسية.

قال الطبيب: إن أول سؤال يجب أن يطرحه أي طبيب نفساني، أو حتى شيخ، على زوجين اضطربت العلاقة بينهما هو عن العلاقة الجنسية بينهما؟ كم مرة يمارسانها في الأسبوع؟ وكيف؟ لكن ماذا تعني كيف؟ هل هناك أكثر من كيف واحدة في الجنس؟

أضاف الطبيب: «لا يمكن أن تكون هناك علاقة ناجحة بلا ارتواء كامل».

قال أيضاً إن الجنس يجب أن يكون فوضوياً، وعبثياً، لا يلتزم تقليداً أو طريقة محددة، ليحصل الاكتفاء، فإن لم يحدث فلا يتوقع الرجل زوجة سعيدة، ولا تتوقع المرأة رجلاً سعيداً.

هذا ما قاله الطبيب في حديثه التلفزيوني.

احتارت سارة يومها بالمقصود من الجنس العبثي: «ما تراه يكون؟».

همّت أن تتصل بالطبيب وتسأله، لكنها أحجمت، ثم ندمت على عدم تملك جرأة السؤال حينذاك.

حاولت أن تسأل صديقة لها عن «الجنس العبثي»، لكنها كانت تسأل من لم يعرف عن الجنس أكثر من أنه الوسيلة الوحيدة لإنجاب الأطفال. وكم تكرر الجواب ذاته. ثم سألت طبيبة أمراض نسائية. تحرّجت الطبيبة ورمقت سارة بنظرة حائرة، وأجابت بكلمات لا تفسر شيئاً.

لم تيأس. بل سألت سيدة اعتادت إلقاء محاضرات دينية. فاستغفرت السيدة الله، ودعت سارة إلى الكفّ عن التفكير في هلوسات الشيطان.

«وهل التفكير في لذة الزوج من هلوسات الشيطان؟ كم سيتحمل هذا الشيطان من أخطاء الإنسان». قالت في نفسها، دون أن تحصل على تفسير لمعنى «العبثية» في الجنس!

ما أدركته سارة شيء واحد فقط. أن هذا النوع من الجنس، على اختلافه، ليس هو الذي تعرفه مع زوجها. فذاك ما كان جنساً عبثياً، بل جنساً همجياً.

الصديقات يضحكن ويتجاذبن أطراف الحديث، وسارة تنظر تجاه عفراء. لن تنسى اليوم الذي فاجأتها بفيلم إباحي أحضرته لها.

ظنت أن ما رأته في الفيلم، ربما كان الجواب عن سؤالها.

أدركت أخيراً ما المقصود بالجنس العبثي. ذاك الذي تتنوع أوضاعه، فلا تصطدم بقوانين العيب والخجل. هو الجنس الذي تشترك فيه كل الحواس بلا استثناء.

خاب ظن سارة، ليس بسبب جهلها بجنس كهذا، بل بسبب بعدها عن جنس كهذا مع زوج لا يهتز السرير معه أكثر من لحظات سريعة.

حتى القطط، قد تغلّب هو في السرعة عليها! كل ثقافتها، وثقتها بنفسها، ما شفعتا لجرأتها أن تطلب إلى زوجها جنساً كهذا. بل آخر ما يمكن أن تطلبه منه هو أن يلمسها أو تلمسه.

هو الحوار الغائب دوماً مع زوج غائب في معظم الأحيان.

إذا كان الحوار مفقوداً في أمور البيت والأبناء، فكيف يمكن الحوار في أمور الجنس؟

هذه هي المشكلة الحقيقية: ليس غياب الجنس هو المشكلة، ولا انعدام اللذة واشتعال الرغبة، بل غياب الحوار.

هذا الغياب كان قسرياً منذ الولادة الأولى. نعم منذ الولادة الأولى. فمن قال إننا نولد مرة واحدة فقط؟

غاصت سارة في أرديتها، وشردت عن الحاضرات. حتى باتت أصواتهن بعيدة عنها:

«ما العيب إن سألت الزوجة زوجها جنساً عبثيا؟».

السؤال البريء يصبح ممنوعاً، ثم محرماً، ثم جريمة!

باستحياء، طرحت السؤال على صديقاتها، مقاطعة حديثهن المكرر منذ ساعة أو أكثر:

«ماذا تعرفن عن الجنس الـ...».

صمتت لحظة، ثم واصلت بثقة:

«ماذا تعرفن عن الجنس العبثي؟!».

ضحكة من ركن قصي انطلقت من إحدى الصديقات وهي تخترق شبكة من التنهدات في فضاء الصالون. ثم سألت صديقة تجلس بالقرب منها:

ـ تقصدين العبث بالجنس؟

ـ لا، الجنس العبثي. سمعت ذلك من اختصاصي في العلاقات الزوجية.

توقفت ضحكات الصديقات اللواتي يصغين إلى سارة باهتمام. لعلهن كن مثلها يستكشفن عالماً جديداً، أو جنساً من نوع مختلف عن ذاك الذي تتمدد فيه أجسادهن ببرودة الموتى في انتظار أن يعلوهن الرجل في لقاء روتيني تقليدي قاتل.

تابعت سارة وقد وضعت إحداهن رأسها على راحة يدها مصغية بينما تعبث يدها الأخرى بعقد تدلى من رقبتها:

«تابعت برنامجاً تلفزيونياً مع طبيب نفساني، يتحدث عن العلاقة بين الزوجين، وأهمية الجنس العبثي».

توقفت الضحكات في اللانهاية. تلا ذلك صمت بدا طويلاً.

جواب واحد فقط، أتى كالسؤال عبثياً، من صديقة معروفة بجرأتها منذ أيام المدرسة.

قالت بلا تردد: أعتقد أنه ذاك المشابه لما في أفلام الجنس.

«هذا تفسيري» قالت الصديقة، وذاك ما توقعته سارة.

لم تجرؤ أي من الأخريات على أن تدعي علمها بالأفلام الجنسية، وسارة واثقة أن في بيت كل منهن مكتبة منها.

فتحت إجابة الصديقة الجريئة الباب على مصراعيه، فتداخلت التعليقات وعلت الأصوات، حتى حان وقت الانصراف.

ودعت سارة آخر صديقاتها، ثم دخلت إلى حجرة طفليها لتطمئن إليهما، ثم هرولت إلى حجرتها. وبالطريقة الأولى نفسها، وقفت أمام مرآتها تنزع ثيابها في إغراء حتى تعرت، وألقت بنفسها على السرير جاهزة للعبث!

عادت إيزابيل من إسبانيا. كان هشام في المطار يستقبلها كما وعدها. ضمّها وقبلها. التقط حقيبة كانت معها، وتوجها في قطار الأنفاق إلى حي بادنغتون، حيث تسكن إيزابيل.

وضعت ثيابها في المنزل، بعد أن التقطت من أحشائها هدية صغيرة قدمتها لهشام. كانت الهدية نموذجاً لقصر الحمراء. شكرها، وقبلها للمرة العاشرة ذلك اليوم، قبل أن ينطلق الإثنان إلى عشاء باكر اختـار هشام مكانه بعناية: مطعم زجاجي مضاء بالشموع على ضفة التايمز.

منذ ذلك العشاء أصبحا لا يفترقان معظم الوقت. لعلها كانت فرصة لإيزابيل، كي تعيد قراءة بعض رسائل سارة التي كشفت لها عن بعد جديد لثقافة ما كان سهلاً فهم تداخلاتها دون شرح من هشام.

متلاصقين أمـام نار المدفأة في منـزله، وقد عادا من عشـائهما، كان هشام يقرأ على إيزابيل كلمات جديدة من سارة وصلت أثناء غيابها.

نيران المدفأة المنعكسة على وجه إيزابيل، تكسبها لوناً برونزياً جميلاً.

يتأمل هشام اللون بصمت عميق.

في عيني إيزابيل خمر وقدر وفي عيني هشام ألف اشتهاء لها. لكنها ما كانت تفكر في ما يفكر فيه كلما نظر إليها، بل تكتفي بابتسامة رقيقة، وهي تسجل في دفترها الصغير ملاحظات تستقيها من الرسائل.

إيزابيل تكتب بالإسبانية ما تسمعه من هشام بالإنجليزية منقولاً عن العربية.

لا يعرف هشام كيف سيأتي هذا البحث.

سألها في لحظة ما هل وجدت النموذج الذي تبحث عنه في رسائل سارة؟

قالت إنها أصبحت قادرة على تلمس نموذج ما للشخصية العربية الحديثة: إنها الغارقة في لذتها وسط الخوف الحائر من عقاب الله. ضدان لا تعرف كيف اجتمعا.

اعتدل هشام في جلسته، وهو ينظر إلى نار المدفأة، ويسأل إيزابيل:

ـ ما رأيك بشخصية خالد؟

ـ إن كانت سارة ضحية خالد، فخالد ضحية المجتمع، والمجتمع ضحية الناس الذين منهم سارة وخالد. دائرة بدايتها ونهايتها في يد الإنسان لا القدر كما يعتقد الكثيرون.

ربما صدق والد سارة عندما وصف الآخرين بأنهم أصبحوا آلات قدرية. فحتى سارة، ابنته، أصبحت كذلك.

ـ أهذا ما توصلت إليه؟

ـ قد لا يكون نموذج واحد كافياً لإعطاء صورة عن مجتمع بأسره. هناك دوماً استثناء بشكل ما، وقد يكون خالد هو الاستثناء.

عندما كانا يتجادلان حول الرسائل، كثيراً ما وجدا نفسيهما يذهبان إلى ما هو أكثر عمقاً وتشعباً، حتى يصلا إلى مسألة العقيدة والدين. وبالقدر الذي كانت إيزابيل تبدي الكثير من التقدير لمشاعر هشام الدينية، كان هشام يتصنع بمهارة تقديراً كهذا.

تطرقت إيزابيل في إحدى المرات إلى قضية الشرق المسكون بالخوف الدائم على ثقافته من الغرب، وتمسكه بدينه مع استغراق كامل في التفاصيل. ما كانت إيزابيل، حتى هذه اللحظة، تفهم من أقنع هشام نفسه أن الغرب ليس حريصاً بالمثل على ثقافته ومسيحيته.

ذات مرة وكانا يتجادلان حول الوصايا العشر في المسيحية، والأوامر والنواهي في الإسلام، قالت له: «أرأيت؟ لا اختلاف سوى في الأسماء لا الأفعال».

عندما سألها ما قصدته بذلك؟ أجابت: «ليس هناك اختلاف بالدرجة التي تتصورها. فما يأمرنا به الرب هو ذاته ما يأمركم به. لا اختلاف يا عزيزي سوى في الأسماء، لا أكثر».

حاول هشام أن يظهر في صورة المتفهم لما تقول، لكنه كان مدركاً أن ما تقوله إيزابيل خطأ. كان يدرك ذلك عن جهل لا عن معرفة، فما قالته إيزابيل كان صحيحاً جداً. ثم، وكمن يحاول أن يبحث عن خطأ في تحليل إيزابيل، تحت غطاء من الاقتناع الواهي بما تقول سألها:

«شرب الخمر محرّم في الإسلام، لكنه ليس كذلك في المسيحية، وهذا كما ترين اختلاف كبير».

أجابته: «بالعكس يا عزيزي، ذاك يؤكد رأيي، فشرب الخمر ليس بالقضية التي يمكن أن تكون الخط الفاصل بين دينين، والخمر مسألة شكلية لا تمس جوهر الدين، ولا تعكس ما يؤمن به الإنسان».

سألها في استغراب: «كيف مسألة شكلية وهو من صميم الإسلام؟».

ردّت عليه بما أخرسه: «نعم مسألة شكلية. ألست مسلماً؟ لِمَ الشرب إذاً؟».

حاول هشام أن يشرح لها، وقد تبعثرت أفكاره، أن ليس بالضرورة أن يرتبط الشكل بالجوهر، لكنه هو نفسه كان يحتاج إلى من يشرح له الفرق بين الإثنين.

في كثير من الأحيان كان نقاشهما يتوقف عند مرحلة تشعر معها إيزابيل أن من الأفضل لها أن تصمت، أو أن تغير الموضوع. وغالباً ما كانت العودة إلى قصة سارة هي النقطة التي ينتهي عندها النقاش كما بدأ.

ثم تأتي النتيجة ذاتها لإيزابيل: بقدر قوة سارة في السيطرة على شخصيتها وترتيب أفكارها، كذلك ضعف استسلامها للقدر. وذلك في رأي إيزابيل تناقض آخر يبرز في شخصية تؤمن بأفكار لا تطبقها.

«إنه المجتمع يا إيزابيل، له سوط يخافه حتى الأقوياء منا». يقول لها هشام.

ربما كانت شخصية سارة كما تصورتها إيزابيل بالفعل. فهي تحمل من الأفكار ما يحمله مجتمع كامل. بل هي النموذج الحقيقي لكثير من النساء في بيئة متناقضة.

نموذج سارة تحديداً، كان الأكثر شيوعاً بين كل النماذج التي درستها إيزابيل حتى قبل أن تتعرف إلى هشام. خاصة ما يتعلق بالسمعة التي تسبق رجال الشرق في نظرتهم إلى المرأة، أمام الفراغ العاطفي لنسائهم.

كانت بعض أفكار إيزابيل تدفع هشام إلى العودة إلى أفكار ما كان يظن أنه في حاجة إلى العودة إليها كي يفهم مجتمعه، بل كي يفهم شخصيته أيضاً.

قالت له إيزابيل: «قد تأتي العاطفة للمرأة في صورة جنس عبثي مع

زوج عادل. أو جنس عادل مع زوج عبثي لا فرق. المهم أن تأتي العاطفة، ولو بقبلة على شفة احترقت بجفافها».

بدت إيزابيل أكثر تفهماً لعذابات سارة من هشام، حتى تشابهت المفردات بينهما:

«الرجل أيضاً يبحث عن عاطفة، لكن الجنس والعاطفة أمران مختلفان بالنسبة إليه».

ربما قصدت ما قالته سارة تحديداً من أن الجنس للرجل هو امتداد لانتصارات قديمة.

يتذكر هشام، وقد صمت لحظة، قصة صديق وهبه الله ثلاثة أبناء. ناجح في عمله، وذو منصب مرموق. المرأة نقطة ضعفه. أياً كانت صفاتها وعمرها وهيئتها. حتى إن عشر نساء في ليلة واحدة لا يكفينه، بالحلال أو الحرام. أصبح آلة جنس أكثر منه إنساناً. وكثيراً ما تساءل هشام عن اللذة التي يمكن أن يحصل عليها الرجل من عشرة أجساد في ليلة واحدة.

تذكر هشام يوم سأل صديقه هذا: ألا تشعر بلذة مع زوجتك؟

قال: بلى.

ـ وهل تحبها؟

ـ نعم.

ـ لِمَ هذا الجوع إلى النساء ولديكَ زوجة تحبها وتستلذ معاشرتها؟

ـ لكل امرأة مذاق مختلف.

«أين المذاق فيما لا إحساس فيه؟» فكَّر هشام وهو ينظر إلى إيزابيل المستغرقة في تسجيل بعض ملاحظاتها، وضياء المدفأة لا يزال يتراقص على وجنتيها.

«آلة جنس حقيقية». أفضل وصف لهذا الصديق. تمتم هشام بصوت حسبته إيزابيل يحادثها، فرفعت رأسها إليه، لكنه بقي صامتاً يفكر كيف أن هذا الصديق لم يكن استثناء، بل نموذجاً لكثير من الأصدقاء الذين يعرفهم. وقد حاول هشام جاهداً أن يحلل الأمر ويبحث عن سر لهذا الجوع الجنسي. لكنه كان يحتاج إلى جهد أقل ليعرف الجواب: أن يغوص في أعماق نفسه فقط، فما كان هو نفسه استثناء.

ثم واصل تأمله وهو يضع الاستنتاج الآتي:

ليست المرأة قطعة لحم يختلف مذاقها حسب النوع أو العمر والجنسية. فكل النساء لا يختلفن في تركيبتهن الجسدية، كما الرجال. الاختلاف ليس إلا في تفاصيل الجسد وحده. والاختلاف الآخر هو في الطقوس التي تواكب العملية الجنسية. هذا الاختلاف هو ما يبحث عنه الرجال في معظم الأحيان، لا الجنس في حد ذاته.

نقطة أخرى يمكن إضافتها، وهي أن الرجل الشرقي، وبحكم ارتباطه بتراث امتلأ بقصص الجواري المتاحات في سوق النخاسة، أصبح ينظر إلى المرأة كحق مكتسب، أو كمحظية في أفضل الأحوال، ومن أجل ذلك تصبح العلاقة الجنسية بالمرأة رحلة انتصار! وكلما ازداد جمال المرأة، وعظمت مكانتها، عظم الإحساس بالانتصار.

«هل هذا ما قصدته سارة في بعض رسائلها؟».

ربما كان التفسير صحيحاً، لكنه لا يفسر لماذا المرأة لا تبحث أيضاً عن انتصار في المخادع، أوليست هي ذات جسد مشابه وإرادة تفوق إرادة الرجل قوة؟

«إن كان للمرأة من انتصار، فهو في تغلبها على رغباتها الجسدية».

قال هشام في سره وهو ينظر إلى نار المدفأة التي تكاد تخبو، فقام يضع بعضاً من الحطب، قبل أن يعود إلى موقعه أمام إيزابيل اللاهية عن أفكاره بالكتابة في دفترها.

أحبَّ هشام أن تشاركه في بعض أفكاره، فأطلعها على ما يدور في رأسه. قطبّت حاجبيها لحظة قبل أن تقول: «للمرأة انتصارات أكبر من مقاومة رغبات الجسد وحده فعندما تحصل على رجل يحبها، أو رجل اختارها هي دون الأخريات، فذاك انتصار من نوع آخر. وانتصار كهذا هو أعظم من انتصار جسدي آني، تفقد بعده إحساسها بكرامة جسدها».

واختتمت إيزابيل حديثها بالقول: «ليس البحث عن الانتصار هو ما يفرق بين المرأة والرجل، بل قيمة الانتصار الاجتماعية».

لم يدرك هشام مغزى القيمة الاجتماعية للانتصار. كان همه، وهو الذي يشبه كل رجال مجتمعه الآخرين، لا يكمن في القيمة الاجتماعية للجنس، بل في تكرار عملية الانتصار من خلال الجنس. «لأن المعاشرة التي تهدف إلى الحصول على انتصار أمام الآخرين لا تنطفئ بامرأة واحدة مهما كان جمالها، بخلاف الجنس الذي لا يبحث عن انتصار، بل عن حميمية، حيث تصبح العلاقة قائمة على وجود الآخر، لا الانتصار عليه». ثم أضاف وهو ينظر إلى إيزابيل الصامتة: «الجسد نفسه حميمي الأصل والتكوين، ولا يرتوي إلا ممن يشاركه تلك الحميمية. هنا يتوقف الانتصار، لأنه سيبلغ المطلق».

احتارت إيزابيل أمام تحليل هشام، لكنها رأت فيه بعضاً من الحقيقة. وبينما هما صامتان يتأملان نار المدفأة المتراقصة أمامهما سألها: «هل

تعلمين عماذا يسألني أكثر أصدقائي بحكم موقعي في مجلة نسائية؟ يسألونني كيف يعرف الرجل مدى استمتاع زوجته به إن أحجمت عن إخباره؟».

ـ وما الجواب في رأيك؟ سألته إيزابيل وقد طوت دفترها بين يديها.

ـ الجواب بسيط، بل أكثر من بسيط: إذا أحس الزوج بالسعادة مع زوجته، أحست هي بذلك.

ـ في كل الحالات؟

ـ نعم. أو على الأرجح في معظم الأحيان.

ثم أضاف: «من أجل ذلك لا يمكن لامرأة، يعاشر زوجها عشر نساء أخريات، أن تشعر بارتواء كامل أو سعادة كاملة. فمن لا يرتوي من زوجته، فكيف سترتوي هي منه؟».

ينهي هشام حديثه وينظر إلى إيزابيل وهي تنظر إليه بصمت على ضوء المدفأة.

ينهض فجأة ويقترح عليها أن يخرجا قليلاً، ليلتمسا هواءً منعشاً بعد أن توقف المطر.

«في هذا الجو البارد؟». سألته.

ودون أن يجيب يضع معطفها على كتفيها، ويلتقط معطفه، ويغادران المنزل.

لاحظت إيزابيل أن هشام ينزعج في بعض الأحيان عندما تفرض سارة حضورها في كل لقاءاتهما. من أجل ذلك كانت تكتفي بالقدر الذي يكتفي هو به من حديثه عن الرسائل.

الشعر كان يسهم في تغيير مجرى الحديث بينهما كثيراً، وكلاهما

عاشق له. إيزابيل تحفظ الكثير من شعر لوركا، وهشام يحفظ الكثير لنزار. وقد ابتدعا طريقة مثيرة ومسلية لإلقاء الشعر وتذوقه أيضاً: يقرأ أحدهما على الآخر شعراً بلغته الأصلية. ثم يتنافسان على تحديد مضمون القصيدة من طريقة الإلقاء وتعابير الوجه وحركة اليدين. «فالشعر القوي هو ما نحس به وإن جهلنا فهم كلماته». كما كان يقول هشام لصديقته.

بدأت إيزابيل أولاً، وهي تمشي بهدوء متأبطة ذراع هشام، تقرأ قصيدة «الحب المختفي» للوركا:

توّجتك بإكليل من البربينا

لمحض سماع ناقوس «لابيلا»

غرناطة كانت قمراً

مغموراً بالعلّيق

....

غرناطة كانت أيلاً

وردياً في دورات الهواء

لمحض سماع ناقوس «لابيلا»

اكتويت بجسدك ولم أعرف لمن كان الجسد!

تلتفت إلى هشام وتسأله: هل تعرف من تكون «لابيلا؟».

ـ لا، قال هشام.

ـ إنها قلعة مشهورة في قصر الحمراء، كيف لا تعرفها؟

لم يعلق هشام، بل رفع يدها يقبلها وقد أدرك مضمون القصيدة. وبينما يهمّ هو بقراءة قصيدة لنزار، ينهمر مطر غزير، فيلتصقان

ببعضهما بعضاً ويعودان إلى المنزل وقد اشتهى كل منهما عناق الآخر.

اندفع نحوها فردته بدلال، وهي تقرأ قصيدة جديدة لشاعرها:

رؤيتك عارية تذكير بالأرض

الأرض الملساء الخالية من الخيول.

.....

رؤيتك عارية

إدراك شوق المطر

الباحث عن القوام النحيل

......

سيرن الدم في المضاجع

وسيأتي بسيف صاعق

....

أحشاؤك صراع جذور

وشفتاك فجر بلا حدود

وقبل أن تكمل، يضع هشام أطراف أصابعه على شفتيها بلطف، فتصمت وتنظر إلى عينيه. تغمضهما، وتقبل شفتاه الفجر في شفتيها.

في الصباح التالي، وكان صباح سبت، توجّه هشام قبل العاشرة لوداع صديق سيغادر لندن عائداً إلى بلده. كان قد ترك إيزابيل تقضي يومها في المكتبة العامة، ريثما ينتهي هو من وداع الصديق، وينهي بعض الأعمال في مكتبه.

قبل أن يصل إلى غايته، عرّج على مطعم جيوفاني. سأل عنه فأخبرته سيدة كبيرة تعمل هناك أنه متوعّك في منزله.

من مكتبه اتصل هشام بصديقه الإيطالي، فكان بالكاد يسمع صوته. أخبره أنه سيزوره بعد الظهر للاطمئنان إليه.

بعد بضعة اتصالات، والكثير من القهوة، خرج هشام تحت رذاذ خفيف من مطر مارس، تجاه منزل جيوفاني.

كان في الدار وحده.

ـ أين ماريا يا جيوفاني؟

ـ هل جئت لتراها أم تراني؟

ـ أراها أولاً، ثم أراك أنت.

يعانقه بحميمية وهو يجيب:

ـ ماريا في عملها، ولن تكون هنا قبل السادسة.

ـ كيف تشعر الآن؟

ـ قليل من التوعّك... لكن لا بأس. لن أموت.

ـ كنت سأحزن لو فعلت. فبعض طعامك جيد. قل لي، هل ستذهب إلى الجنة أم النار يا جيوفاني؟

ـ حسب قائمة أعمالي، وباستثناء خطأ أو اثنين، أتوقع أن أكون في الجنة.

ـ وماذا تريد أن يكتب على قبرك؟

ـ اكتب: نزعوه من حضن ماريا.

ـ أتحبها إلى هذا الحد؟

ـ عندما يموت الإنسان دون أن يحب ولو مرة احدة في حياته، فلا يستحق أن يقام له مأتم لأنه ميت في الأصل.

ـ وماذا عن أولئك الذين يأتون ويرحلون وما أحبوا يوماً واحداً في حياتهم؟

- قلت لك هؤلاء موتى في الأساس.

- سأكتب على قبركَ ما تريد يا عزيزي، وسأضيف على شاهدكَ: «رجاء عدم الإعادة!» يبذل جيوفاني جهداً وهو يضحك، فقد أعيته نزلة البرد، وإن كانت أضعف من أن تخفي روحه المرحة. فهو إنسان مولع بالحياة والنساء برغم حبه لماريا. وجيوفاني تحديداً، مثل أي عربي، يريد بعد أن يموت، أن يشيع في جنازة تشارك فيها عشر فتيات جميلات وطبق من الإسباغيتي!

نصف ساعة استغرقتها زيارة هشام لجيوفاني.

وهو يودّعه منصرفاً، سأل جيوفاني عن إيزابيل. أخبره هشام أنه بات يقضي معها معظم وقته، لكنها مشغولة منذ الصباح بدراستها، وسيراها في المساء.

يعود هشام إلى مكتبه.

هناك كان يمكنه أن يتخيل أي شيء، لكن ليس رسالة من سارة.

فقبل أن يصعد إلى مكتبه، ناوله موظف الأمن عند مدخل المبنى الزجاجي رسالة وصلت تواً.

عرف من النظرة الأولى أنها من سارة.

سأل عامل الأمن:

- هل يصلكم بريد يوم السبت؟

- مرة واحدة فقط عند الثانية عشرة ظهراً، وفي حالات استثنائية.

تساءل هشام في سره: وأين الاستثناء في هذه الرسالة؟

شكر موظف الأمن، وصعد إلى مكتبه، يفكر كيف أن أصواتنا قادرة، إن أردنا، على الوصول حيث نشاء أياً كان الوقت والمكان. وها قد فعلت سارة.

السكون يخيّم على المكتب إلا من صوت الملعقة الصغيرة تقلب القهوة في مكتب هشام.

يضع الفنجان على طاولته، ويفك أزرار معطفه ثم يعلقه وهو يحملق في مجموعة رسائل تركها البارحة على مقعده:

«أما زلت هنا؟».

(يا له من سؤال، وأين يمكن أن تذهب الرسائل؟)

بيده اليمنى، وبشوق أقل من سابقه، فتح رسالة سارة التي استلمها تواً. ثم حمل فنجان قهوته بيده اليسرى، فانسكب شيء منها على قميصه الأزرق.

أخبره صديق ذات يوم أن الشيطان يسكن في اليد اليسرى. وكم تعذب هذا الصديق مع ابنه الصغير وهو يعلمه أن يأكل باليد اليمنى لا اليسرى حيث يسكن الشيطان منذ ألف ألف عام.

تذكر هشام كيف كان هذا الصديق من رواد الليل، بل ومن الطراز الأول.

الليل ونساؤه وملذاته لا علاقة لها بالشيطان، أما أن يأكل الصغير ويشرب بيده اليسرى، فذاك عمل الشيطان!

أزال هشام بقعة القهوة عن القميص ما استطاع، ثم أعاد فتح الرسالة التي انكمشت على نفسها.

قرأ سطراً، ثم تأمل البقعة على قميصه.

ثم أعاد قراءة السطر ذاته، وواصل القراءة:

«القسوة والإهمال، يسلبان المرأة ثقتها بنفسها، وإن فقدت المرأة ثقتها بنفسها، فعلت كل شيء، بما في ذلك الخيانة. لا تطلب المرأة

الكثير في حياتها. حتى سعيها وراء المال، أو الشهرة، ليس إلا تعويضاً عن حنان مفقود. وعندما يغيب الحنان عن المرأة، تصبح قابلة للكسر!».

وضع دائرة حمراء حول العبارة الأخيرة، ثم تابع:

تصغرني عفراء بعامين. كانت قد نشأت في أسرة متوسطة: أمها وثلاثة أشقاء، أما والدها فقد توفي منذ أن كانت طفلة صغيرة، فتكفل أشقاؤها برعايتها.

تقدم لها أكثر من رجل طالباً الزواج بها. فقد كانت جميلة جداً، وخفيفة الظل. لكنها فضلت إكمال تعليمها، كما كان والدها يريد دائماً.

أشقاؤها شجعوها أيضاً على إكمال جامعتها قبل أن تتزوج. والدتها كانت ترى أن قرار المرأة بيدها، لكن مقرها النهائي هو بيت زوجها، وهو أهم من الشهادة الجامعية. هي مثل أمي تماماً. في عامها الدراسي الأخير في الجامعة، وافقت على خطبتها إلى شاب يعمل مهندساً في شركة كبيرة. لكن موافقتها أتت مشروطة بأن يكون الزفاف بعد إتمام الدراسة.

وافق العريس الذي كان شاباً وسيماً ومنفتحاً حتى الحدود القصوى. وأكرر حتى الحدود القصوى.

رأيته حينذاك المناسب لعفراء بعفويتها، وثوراتها، ولعناتها على الكبت الذي كانت تعيشه.

قبل زفافها بيومين اختلت بي تسأل عن تجربة الليلة الأولى. قلت لها سترين بنفسك، وما علقت بأكثر من ذلك.

سألتني المزيد، فقلت متهربة من الجواب: لكل إنسان أسلوبه، المهم أن تبدأ الليلة بحوار قبل أن تنتهي بصرخة.

لا أعلم إن أدركت مغزى جوابي أم لا. لكنها لم تسألني ما هو أكثر.

كان حفل زفافها جميلاً ودافئاً، كما أرادته. وقد أدركت عندما زرتها في اليوم التالي، أن تجربتي كانت فريدة مع خالد.

في اليوم الثالث سافرت عفراء وزوجها إلى أوروبا في رحلة دامت أكثر من شهر.

عندما عادا، أقمتُ لها حفلاً في منزلي. رأيتها ذاك اليوم في أكمل ما تكون السعادة. وهكذا كان حالها في العام الأول. ما كان يزعجها شيء من رتابة الحياة ولم تبد مللاً برغم غياب زوجها في رحلات قصيرة، ومتعددة.

لكن الوقت بدأ يتباطأ معها في السنة الثانية. فتقدمت لطلب وظيفة في أكثر من مكان، وما تلقت سوى وعود لم ينفذ منها إلا واحد براتب متواضع، لا يتفق وطموحاتها وشهادتها في الطب المساعد. لم يتدخل زوجها في قرارها، وتركها تفعل ما تشاء.

إن كانت هناك من شكوى لها حتى ذاك الحين، فليس أكثر من غيرة بالغ فيها زوجها قليلاً. إلا أنني كنت أخبرها أن تلك طبيعة الأزواج في عامهم الأول والذي يليه أيضاً. ولا أعلم من أين أتتني خبرة كهذه وأنا التي ما عرفت من الغيرة شيئاً، سواء مني تجاه زوجي أو منه عليّ.

أحياناً كانت عفراء تتساءل: لم يبالغ زوجها في الغيرة عليها وهي التي لا تغادر منزلها سوى إلى مقر عملها؟

عمل زوجها، كان يحتّم عليه السفر من بلد إلى آخر كل شهر تقريباً. لكنه ما كان يتأخر.

وحتى في غيابه، كان يتواصل معها بالهاتف أكثر من مرة في اليوم.

في منتصف العام الثاني على الزواج، غاب في إحدى سفراته ثلاثة أسابيع. في تلك المرة تحديداً شعرت عفراء أن هناك شيئاً ما، لا تعرف ما هو.

بعد عودته بدا الوضع عادياً. لكن الإحساس تكرر مع السفرة الثانية، والثالثة.

تطور الإحساس إلى شك بعد أن أخبرها ذات يوم أنه مسافر إلى بلد آسيوي، لكنه وضع في حقيبته ملابس شتوية. وآسيا في تلك الفترة من العام بعيدة عن الشتاء.

بالقدر الذي كانت شكوكها تزداد، كانت تتباطأ غيرته التي اشتكت منها في العام الأول. أصبحت نوبات غيرته عليها محدودة، لكن نجم غيرتها هي بدأ في الصعود.

ذات يوم وجدت رسالة على هاتف جواله من سيدة.

ثم تكرر اكتشاف أكثر من رسالة مجهولة المصدر.

لامس شكها اليقين يوم وجدت واقياً ذكرياً لم يستعمل بعد في حقيبة ملابسه.

فاتحته في الموضوع فأنكر، وادعى أن الواقي لصديق ربما أحب أن يداعبه.

في اليوم التالي اشترى لها هدية غالية الثمن، مع دعوة على العشاء. في هذا اليوم تحديداً بلغت شكوكها حد الثقة بخيانته لها، فالرجال، كما قالت إحداهن، لا يهدون زوجاتهم بلا مناسبة إلا عقب إحساس بالذنب، أو خطأ يكفرون عنه.

علاقتها الجنسية بزوجها كانت جيدة، لكنها مع الأيام بدأت تبرد

حتى أصبحت في أدنى مستوياتها. السعادة الوحيدة التي عرفتها طوال عام كامل كان يوم رزقت طفلتها الأولى، ثم طفلاً آخر في العام الثالث لكنه توفي بعد أربعة أيام.

كانت السنوات الثلاث مزيجاً من سعادة وشك: هو يعاملها بود، لكن الشك اليقيني يقتلها.

هل تعلم ما هو الشك اليقيني؟

هو أن تتأكد مما لا تملك الدليل للتأكد منه.

كم هو إحساس قاتل!

قبل أن تبدأ السنة الرابعة، ما عادت عفراء تتحمل غياباً أطول لزوجها، ولا شكاً أكثر مما هي فيه.

سألتها ذات مرة: هو شك فقط، فلم العذاب؟

قالت: المرأة لا تنتظر الدليل لتعرف إن كان زوجها يخونها أم لا.

إنه شك اليقين!

هو الإحساس الصادق لزوجة تحب زوجها.

الغيرة هي الخوف أن يقاسمك إنسان ما تملكه، أو هي الخوف من فقدان ما تملكه. فإن كنت لا تملكه ولا تحس به، فليقاسمك إياه نمل الأرض... لا فرق!

تمنت عفراء لو يصبح شك اليقين يقيناً مطلقاً. تمنت لو يعترف زوجها مرة واحدة على الأقل بأنه ما كان صادقاً معها يوم وجدت الواقي الذكري، ثم يبدي الندم ويتوب. كانت حتماً ستغفر له.

بقيت عفراء تجتر نيرانها إلى أن أتى اليوم الذي اكتشفت صوراً لزوجها مع فتيات في أوضاع غريبة، بل مخزية!

حاول الإنكار، وأقسم بكل عظيم أنه بريء.

لكن من يخطئ مرة ويعترف فذاك إنسان. ومن يخطىء ولا يعترف فذلك شرير. ومن يخطئ ويكرر الخطيئة فذلك شيطان.

ولا يمكن كبرياء امرأة أن تعيش مع خطيئة تتكرر، إلا أن تصنع له شيطاناً خاصاً بها.

لو كانت مرة واحدة لسامحته، وغفرت له. ففي المرأة بعض من الآلهة: إنها لا تعاقب من المرة الأولى.

كانت تلك الصور هي بداية النهاية، أو بداية العذاب في طريق النهاية.

أعطته الصور، فمزّقها سريعاً، وثار وغضب وضربها للمرة الأولى. وقد ندمت لاحقاً على إعطائه الصور أكثر مما ندمت على صمتها تحت ضرباته.

ما عادت تقترب منه. أصبحت مثلي أنا، خاوية من الرغبة في زوجها.

سكنها جني هي الأخرى، لكنه جني صالح ذاك الذي أيقظ كرامة امرأة رفضت أن تكون مجرد رقم في أيام زوجها.

طلبت الطلاق، ثم بدأت معاملة المحكمة، والمشوار الطويل. هو يصر على رفض الطلاق، وهي تصر عليه.

بعد عناء أقنعها أشقاؤها وأمها، وحتى شقيقة زوجها التي كانت قريبة منها، أن تعطيه فرصة أخرى، ففعلت، أعطته فرصتين لا واحدة.

استقام أول الأمر. وبعد أقل من شهر، سافر في مهمة عمل، وعاد الوضع إلى ما كان عليه.

أمها وشقيقة زوجها يعرفان إحساس الأنثى بالخيانة، لكن كيف يمكن للقاضي أن يدرك هذا الإحساس؟

كلما سألها القاضي عن سبب رغبتها في الطلاق، صمتت، فكيف يمكن أن تضع إحساسها على طاولة القاضي؟

ليتها ما أعطت زوجها الصور.

أبى القاضي أن يقتنع، فأعادها إلى بيت زوجها، وعاد أشقاؤها إلى محاولات التوفيق.

الأشقاء يتعاطفون مع شقيقتهم، لكن حتى هم لا يعرفون مرارة الخيانة في فم أختهم. حتى الأب، والأخ، والابن، لا يعرفون مرارة الخيانة في فم المرأة.

طعنة خنجر هي. فمن يتحمل النصل الغائر في عمق الكبرياء؟!

عادت إلى بيتها، والنصل أكثر عمقاً مما يمكن أن يراه القاضي.

الصديقات، وحدهن، رأين بعض الدماء... حيث الطعنة.

كان الأمل الوحيد هو التعايش مع النصل. لكن إلى متى ستتحمل مرارة الطعنة؟

بردت العلاقة مع زوجها، حتى باتت تتمنى أن يكون سفره أطول من بقائه ولم يضع هو الفرصة، فواصل رحلة الألف امرأة.

ما عاد يهمها الدليل، ولا ألف دليل.

دون أن تخطط، حبلت بابنتها الأخيرة.

ثلاثة أبناء هم كل حياتها اليوم. لكنهم لا يروون ظمأ أمهم في ربيع أيامها.

المحروم ليس من تسلبه الحياة والده أو والدته، المحروم ليس من لا يملك مالاً، المحروم الحقيقي هو من لا يملك حباً. والمحروم أكثر، من ذاق الحب مرة ثم انقطع عنه إلى الأبد. عفراء، كانت من الفئة الأخيرة.

تعايشت مع حياتها، أو هكذا بدا لنا نحن صديقاتها. فبدأت تكثر من زياراتها لنا، ومن جولات السوق.

لم أدرك في بعض الأيام أن عفراء أصبحت أكثر بهجة، واستعادت بريق عبثيتها السابق.

تخيّلت أنها تعايشت مع ألمها. تخيّلت أنها أقوى مني، إلى أن جاء ذلك المساء.

كان يوم خميس عندما زارتني بعد جولة لها في السوق. كانت تبحث عن فرشاة ترسم بها لوحة جديدة، وعلبة ألوان تفرغ فيها آخر أحزانها.

بدون مقدمات قالت: تعرفت اليوم إلى شاب...

- أين؟

- في السوق. كان يقف بقربي في مكتبة قصدتها. نظر إليّ بعينين جائعتين، فنظرت إليه قبل أن أدفع ثمن ما اشتريت وأغادر على عجل. ثم نظرت فإذا به يهرول ورائي يمد يده ببطاقة عليها رقم هاتفه.

- وهل أخذتها؟

- نعم. ولا أدري لماذا هو تحديداً.

- أين هي البطاقة؟

تتردد قليلاً، ثم تقول بصوت خفيض:

- معي. وقد اتصلت على الرقم من باب الفضول.

- هكذ، سريعاً؟

- قلت لك من باب الفضول فقط.

وعماذا تحادثتما؟

ـ طلب أن يراني.

ـ من أول اتصال؟

ـ قال إنه يريد رؤيتي فقط.

ـ هل ستفعلين؟

صمتت عفراء لحظة قبل أن تنفجر باكية. حاولت تهدئتها، وضممتها

إلى صدري.

بكت بحرقة أكبر، ثم انفجرت بالحديث. قالت:

كذبتُ عليكِ يا سارة. أنا أعرفه منذ أكثر من شهر، والتقيته أكثر من

مرة. أعلم أنك ستقولين هذا خطأ وأنت امرأة متزوجة، لكن من قال أني

متزوجة؟

لي زوج يعاشر كل نساء الدنيا، كل أنثى، حتى خادمتي أدركت أنه

كان يعاشرها، دون أن يهتم بأمر مشاعري مرة واحدة. أنا امرأة تبحث عن

زوج اختفى بين وجوه النساء!

أصابتني كلمات عفراء في مقتل. ذكّرتني بسارة التي في داخلي، تلك

التي تحتضر منذ سنوات!

وددت لو كنت أنا من يبكي، ويلقي بنفسه على صدر عفراء.

قلت لها وقد تقطع صوتي من رغبة البكاء:

ـ ماذا تهدفين من علاقتك بهذا الرجل؟

ـ مجرد صداقة لا أكثر. هو رجل يجيد الاستماع، وهذا ما أحب فيه.

ثم وجدتني أفكر في البعيد وأنا أسألها: هل ستكتفين بذلك؟

قالت: لست أبحث عن لذة جنسية أو معاشرة جسدية، بل عن صديق

يستمع إلى شكواي.

قالت أيضاً: رفض أهلي طلاقي. رفضوا أن أخرج من قيدي. كل المجتمع أصدر حكمه بأني أنا المخطئة إن تركت زوجاً خائناً! هل يمكن أن تتصوري؟

نعم. كان يمكن أن أتصور ذلك. لكن دون أن أجيبها سألتها:

ـ أين تلتقينه؟

ـ في البدء كنا نلتقي في أماكن عامة. بعد ذلك في حجرة يحجزها في فندق.

ـ وماذا تفعلان فيها؟

ـ نتحادث.

ـ فقط؟

ـ مع قبلة أو...

ـ وماذا بقي؟...

ـ (لا جواب...)

ثم سألتها مستفسرة: لم تخبرينني بذلك الآن؟

ـ لأني خائفة.

ـ أمن هذا الرجل، أم من زوجك؟

ـ زوجي أبعد الناس عني، أنا خائفة من أن أثق برجل لا يحترم مشاعري، ولا يقدر ثقتي به.

ـ المهم أن تحترمي أنت كبرياءك ومشاعرك، ولا تنسي أنك زوجة وأم لطفلة صغيرة.

ـ هذا الرجل الذي تقولين إنه زوجي، أين هو الآن؟ في حضن امرأة ما. هل تعتقدين أنه يحس بي؟ لو أحس مرة واحدة ما خانني، ما غرس

النصل في صدري وقد أقسم بالله مرات ومرات. كل الناس يقولون إن زوجي رجل صالح. ماذا يقصدون بصالح؟ هم يرون الظاهر، يرون ما يريد هو فقط أن يروه منه. صالح لأنه يصلّي أمامهم ويصوم. هل تسمعينني يا سارة؟ يصلّي أمامهم ويصوم. من أجل ذلك هو رجل صالح في نظرهم، وأنا من تستحق الرجم. ما عاد بيننا اليوم سوى طفلة، وورقة انتهت صلاحيتها منذ زمن.

ـ إلى أين ستنتهي علاقتك بصديقك هذا؟

ـ لا أريدها أن تنتهي. نحن نحتاج بعضنا بعضاً. هو مثلي يبحث عن صديقة تستمع إليه. هو مثلي يبحث عن حنان مفقود. محرومان نحن، وكل منا وجد في الآخر ما هو في حاجة إليه.

ـ ما الذي جعلك تعتقدين ذلك؟

ـ لأنه في مثل وضعي: متزوج وله أبناء.

صدمت من كلام عفراء، ومن وقع الصدمة سكت. ثم سألتها بعد برهة صمت:

ـ أنت التي تشتكين من خيانة زوجك، ألا تعتقدين أنك مع هذا الرجل تخونين امرأة أخرى؟

ـ لو كانت هذه الأخرى قد وفّرت له كل شيء لما انتهى إليّ!

ـ ألم توفري أنت كل شيء لزوجك بالمثل ورغم ذلك قد خانك. ثم من يضمن أن لا يكون الرجل الآخر مثله؟

ـ لم أكن لزوجي يوماً أكثر من قطعة أثاث. وهذا الذي أنا معه اليوم يختلف كثيراً.

إلى هنا انتهى حواري مع عفراء. أعرف تماماً شعور امرأة أهملها

٣٠٩

زوجها. أعرف أكثر شعور امرأة يتلذذ زوجها بالساقطات أكثر مما يتلذذ معها. لكن هل يبرر ذلك الخيانة؟

بدت لي عفراء أكثر جرأة مما تخيلتها. أصبحت جسداً يتقن فن الخيانة.

هل أخطأت عفراء؟

أقول نعم،

ثم أقول لا.

والحقيقة أني لا أعلم.

الهاتف يرن...

جيوفاني يتصل.

وهشام يعيد قراءة الأسطر الأخيرة من الرسالة السابعة، فلا يرد.

دقائق ويعاود جيوفاني الاتصال.

ـ مرحباً جيوفاني؟

ـ هاي. بعد أن خرجت مباشرة حضرت ماريا، ستعد لنا عشاءً ممتازاً وتريدك أن تحضر؟

ـ صعب أن أراك مرتين في يوم واحد يا جيوفاني. فقد كنت معك منذ ساعة أو أقل. والجو يميل إلى البرودة. وحقيقة لدي بعض المهام في المكتب أريد إنجازها قبل أن أرى إيزابيل.

ـ هيا يا صديقي تعال وأحضر إيزابيل. ستكون هناك صديقة لماريا أيضاً.

ثم خفض صوته وهو يضيف: إنها رائعة.

ـ سأكون عندك بعد ربع ساعة، قال هشام على عجل.

جميع الأعذار سقطت. المهام في المكتب تؤجل، والعودة الصعبة أصبحت ممكنة. ثم من قال إن الجو يميل إلى البرودة؟

صديقة جميلة لماريا تنتظر.

ـ لكن من هي الصديقة؟

٣١١

ـ أظن أنك قد رأيتها ذات مرة في مطعمي.

ـ والله ما أذكر أني رأيت امرأة جميلة في مطعمك.

ـ إنها صديقة لماريا كان يفترض أن تحضر حفلتك الأخيرة. هي تعمل
في متجر ثياب قريب من هنا. إنها فتاة رائعة من جنوب إيطاليا.

ـ ربع ساعة وأكون عندك يا جيوفاني الحبيب.

ـ أحضر إيزابيل معك.

ـ سأرى إن كانت قد فرغت من عملها أم لا. لكني أظن أنها مشغولة
ببحثها.

عيادة المريض واجبة ولو مرتين في يوم واحد، خصوصاً إن كانت
صديقة جميلة، على ذمة جيوفاني، تنتظر!

«آه» إنه الجمال مرة أخرى، قال هشام.

خبيث جيوفاني هذا، يعلم من أين تُؤكل الكتف.

لا يذكر هشام أنه قد عاد مريضاً أكثر من مرة واحدة في حياته، ولو
كان المريض يحتضر، لكن جيوفاني مختلف: «مسكين هذا الجيوفاني،
يستحق أن يزوره الواحد أكثر من مرة في اليوم».

اتصل هشام بإيزابيل فوجدها في منزلها بعدما عادت تواً من زيارتها
إلى المكتبة. سألها إن كانت تريد الخروج دون أن يخبرها بدعوة
جيوفاني. قالت إنها تحتاج إلى بعض الوقت.

«لا داعي للعجلة. أنجزي مهامك بهدوء. سأقضي بعض الوقت في
المكتب، ثم أزور بعض الأصدقاء حتى المساء. سأهاتفك عندما
أنتهي».

كذبة بيضاء لا أكثر، كما فسّر هشام لنفسه وهو ينهي اتصاله بإيزابيل.

فقد فضّل أن يكون وحده إلى مائدة جيوفاني. ثم إن إيزابيل لن تطير، وسيراها في الليل.

أخذ طريقه تجاه منزل جيوفاني، محاولاً أن يتذكر أين رأى كلوديا هذه.

كساعة بيج بن في دقتها، كان هشام قد وصل وفي يده، هذه المرة، باقة من الزهور. دخل وعيناه تسبقانه إلى حيث تجلس كلوديا.

كانت فتاة لطيفة ذات جمال معتدل مقارنة بإيزابيل. لنكن صريحين ونقول إنها أقل جمالاً بكثير من إيزابيل، لكن جسمها يثير الرغبة. اسمها كلوديا. تلبس بنطالاً من الجينز الضيّق جداً.

نصف اهتمام هشام انصرف تلك الليلة على العشاء والنصف الآخر على الجينز!

سأل جيوفاني عن إيزابيل. مال عليه هشام، وقال بصوت هامس: «مشغولة هي اليوم ببحث ستقدمه لجامعتها الأسبوع المقبل». ثم أضاف وهو يعتدل في جلسته وينظر إلى كلوديا: «إيه كان الله في عونها، وعوننا».

كانت الأمسية رائعة، ساهم فيها هشام بمجهود مصطنع وهو يساعد ماريا في المطبخ، ويبدي نموذجاً للرجل الذي لا يتوانى عن مساعدة المرأة في البيت.

لكلوديا لكنة إنجليزية مطعمة بتوابل بيتزا الجنوب الإيطالي. أحياناً لا تعرف ما تقول. حديثة عهد هي بالإنجليزية. الكارثة عندما تحاول أن تروي طرفة عن الإيطاليين. حيث تتحول الطرفة مأساة!

لكن قوامها يشفع لها بقلة جمالها. بل يشفع لها أن لا تتحدث البتة. كما تلال الربيع التي نرتوي من جمالها بصمت.

دار حديث تلك الليلة على النحو الآتي:

بينما يتحدث جيوفاني عن كروم العنب، والنبيذ الذي تشتهر به منطقته في شمال إيطاليا، تتحدث ماريا عن جودة مطبخها الذي اقتبست كل أفكاره من جدتها التي اخترعت البيتزا، حسب قولها. أما كلوديا فقد تحدثت، حسبما فهم هشام من إنجليزيتها التي ذكرته بإنجليزيته يوم أتى لندن، عن الفن الباروكي والعمارة الإيطالية الملأى بالحياة مقارنة بعمارة بريطانيا.

هشام بقي صامتاً، يركز نظره قدر المستطاع على كلوديا. ثم قطّب حاجبيه عندما بدأت كلوديا تتحدث عن انتخابات إيطاليا، فما كان من شيء يشعر هشام بالقرف أكثر من الحديث في السياسة، حتى من كلوديا وجينزها الضيق.

«شيئان لا أحب الحديث عنهما في مجالس اللذة: الله والملك!» قال هشام.

«الملك لكم، والله للجميع». أجابته ماريا بسرعة بديهة، وأضافت: لماذا تخافون إثارة أكثر المواضيع أهمية في عالمكم؟ سألت وتابعت قبل أن تسمع جواباً: أنا أتحدث هنا عن الجانب الديني في حياة المسلمين، في حياتك أنت كمسلم، أو لست بمسلم؟

ـ نعم. وفخور بذلك.

ـ وهل تلتزم كل ما في دينك؟

ـ نعم. قالها بثقة وكأس تطفح بالأحمر المعتق في يده وقد رشف نصفها.

ـ عن أي دين تتحدث؟ عن هذا الذي بين يديك؟ وأشارت بطرف

إصبعها إلى ما يحمله، فتركه على الطاولة دون أن يحير جواباً. وبعد صمت تخيّلته سنين قال لها:

«أعلم أني لست بذاك الملتزم دينياً، لكن الإيمان في الجوهر لا المظهر. كما أن ديننا يتسامح مع أخطائنا».

أسندت ماريا ظهرها إلى الوراء وابتسامة منتصر في لعبة شطرنج تعلو شفتيها:

«نعم. أستطيع أن أرى هذا التسامح في القتل والدمار الذي تركه بعضكم في كل مكان».

كانت ماريا تتكلم بشبه حنق كما لو أن والدها قد قضى على يد مسلم. وكانت فوق ذلك تبدي عناداً في حوارها المطبوخ بنار الدين والسياسة.

«ألم أقل إن للطليان أفكاراً عربية» فكر هشام وهو ينظر إلى جيوفاني مستغيثاً أن تنهي صديقته الحديث عن الموضوع، فليس هذا وقته الليلة، ولا كل ليلة في الحقيقة. لكنه أضاف:

ـ أدرك يا عزيزتي ما تقولين، لكن هناك انطباعاً خاطئاً عن الإسلام. الناس في الغرب يرون تصرفات مسلمين لا علاقة لهم بالإسلام. هم مسلمون بالاسم فقط. من هنا وهناك، من أقصى الشرق إلى أقصى الغرب، تجدين العربي المسلم الطيب، كما تجدين المسلم الشرير، لأن الإنسان يحوي الخير والشر، وكذلك كل البشر الموجودين في آسيا ومجاهل إفريقيا، وحتى أصقاع سبيريا، كلهم يتصرفون كما يحلو لهم، لأنهم بشر، والبشر كما تعلمين هم من أنسجة عقلية مختلفة ومتباينة و... و...

توقف هشام عن الحديث وهو ينظر إلى الثلاثة من حوله وقد فغروا أفواههم جهلاً بما يقول وبما يرمي إليه من هذا الشرح البيزنطي، والحقيقة أن هشاماً نفسه لم يكن يفهم شيئاً مما قال. الجملة الوحيدة التي أمكن فهمها عندما قال:

ـ لنتحدث عن أي شيء إلا الدين والسياسة.

أنقذته كلوديا هذه المرة وهي تقول:

ـ حسناً، لنتحدث عن شيء آخر، عما تريد أن نتحدث؟

ـ عنك أنت مثلاً.

تمتم جيوفاني وهو يسند رأسه إلى يده وينظر إلى هشام: آه...
اعتدل هشام في جلسته وبدأ يتحدث بحماسة:

ـ نعم، لنتحدث عنك أنت. فما لنا والدين والسياسة. ليؤمن الناس بما يشاؤون، ولتذهب السياسة إلى مكب النفايات. عندما تتحدث المرأة عن أمور الدين والسياسة تفقد جاذبيتها.

لعل هشاماً كان على حق، وربما كان مخطئاً. فهو لم يكن يهتم في تلك اللحظة سوى بإثارة اهتمام كلوديا، وكلوديا فقط.

دون توقع تسأل ماريا هشاماً عن تلك الإسبانية التي رأتها يوم أقام حفلته: «اسمها إيزابيل على ما أعتقد، هل هي صديقتك؟».

تلعثم هشام وهو ينظر إلى جيوفاني كمن يطلب مساعدته من جديد، لكن الأخير بقي صامتاً ينظر بابتسامة خبيثة ويداعب كأساً من النبيذ الأحمر في يده. فقال هشام: «هي صديقة عزيزة فقط، أساعدها في دراستها».

في غمضة عين تحولت إيزابيل إلى «صديقة عزيزة فقط».

٣١٦

صمت الجميع لحظة وهم يبدأون عشاءهم. لكن هشاماً فقد شهيته مدعياً أنه يتبع حمية جديدة.

بعد أن أتم الجميع طعامهم، نهضت ماريا وهي تسأل: «من يريد قهوة؟».

كالأطفال رفع كل يده.

حول الطاولة بقي الصديقان، يتأملان بعضهما بعضاً، بينما نهضت الفتاتان إلى المطبخ. وبصوت خافت سأل جيوفاني صديقه رأيه في الأمسية.

كان هشام ينظر إلى عجيزة كلوديا وهي تتجه إلى المطبخ ويصدر تأوهاً مكتوماً. التفت إلى جيوفاني وهو يجيب عن سؤاله بسؤال:

ـ رأيي في ماذا: العشاء أم كلوديا؟

ـ كلاهما.

ـ لطيفة هي كلوديا يا جيوفاني.

ـ لكنها ليست أجمل من صديقتك الإسبانية.

ـ آه إيزابيل.

يصمت الصديقان مع عودة الفتاتين، ويرتشفان القهوة على صوت موسيقى جاز هادئة.

تلقي كلوديا بطرفة إنجليزية بلكنتها الإيطالية، فيضحك الجميع، حتى هشام دون أن يفهم كلمة واحدة.

تحمل ماريا إبريق القهوة وتسأل هل يريد أحد المزيد.

يلتفت إليها هشام ويسألها، وهو لا يزال يمثل الضحكة إثر طرفة كلوديا:

- هل تحبين جيوفاني يا ماريا؟

- نعم.

- هل يمكن أن تخون المرأة من تحب؟

- لا يمكن.

- لي أصدقاء يخونون زوجاتهم، ويقولون إنهم يحبونهن.

تدخّلت كلوديا:

- هكذا هن نساء الشرق.

- ماذا تقصدين؟

تتولى ماريا المبادرة وتقول: صدقت كلوديا. مشكلتكم في الشرق ليست في الرجال، بل في النساء. كل رجال العالم يخونون. حتى في ليالي زفافهم يخونون. لستم وحدكم تفعلونها إذاً. لكن الفرق هو في النساء. هنا مثلاً تستطيع المرأة أن تكون حـرة متى أرادت، تنفصل، تطلـق، تستقل بحياتها بعيداً عن زوج خائن. حتى لو بادلته خيانة بخيانة، فلن تكون المخطئة وحدها. ستتحمل الخطأ نفسه الذي يتحمله زوج خائن.

- هل يعني ذلك أن تخون المرأة زوجاً يخونها لنصبح أكثر حضارة في مشرقنا؟ هل تريدين القول إن على المرأة أن ترد الصاع صاعين لزوجها، وإن هذا هو مقياس الحضارة؟

- ما قصدت هذا مطلقاً. قصدت أن العلة هي في صمت نسائكم، وقبولهن بإسقاط ما هو حق لهن دون إسقاطه عن الرجل. مشكلتكم في السعودية بل في الشرق كله ليست فيكم أنتم الرجال، بل في نسائكم.

«ربما أصابت ماريا»، قال هشام وهو يفكر في حديثها.

٣١٨

عاد يرتشف قهوته في صمت، متمنياً لو استطاع أن يقول لها إن ثقافة المرأة العربية ليست كالثقافة الأوروبية. أراد أن يقول إن المرأة العربية نفسها لا تريد أن تكون مثل المرأة الأوروبية. وإنها فخورة بثقافتها ولا تريد أكثر من ذلك.

ما منعه أن يقول ذلك سببان:

أولاً، إنه لا يريد الدخول في جدل يخسر معه إعجاباً محتملاً من كلوديا.

ثانياً، إنه هو نفسه ليس مقتنعاً بما كان يريد أن يقوله.

بسرعة أعاد دفة الحديث إلى نقطة البداية وسأل ماريا:

ـ ماذا لو اكتشفت خيانة جيوفاني، هل ستخونينه؟

ـ سأتركه.

ـ ألن تخونيه؟

ـ لا يمكن أن تنتقم المرأة من الخيانة بالخيانة.

ـ ماذا تفعلين إذاً؟

ـ قلت لك أتركه.

في قصص الخيانة، لا تختلف ماريا عن سارة. ولن تختلف إيزابيل التي أحس بها ترقب خيانته، عن كل امرأة أوروبية أخرى. كما هو بالمثل لا يختلف عن رجال مشرقه.

فكَّر هشام: «هل ترى أخطأت ماريا عندما قالت إن الاختلاف هو في النساء لا في الرجال؟» ربما. لكنها صدقت بالتأكيد عندما قالت إن الرجال أمام الخيانة لا يختلفون.

إذا كان هناك من نقاط اختلاف أو اتفاق بين هذه وتلك، فهي ليست

في المواقف المنفردة. ليست هي سارة وحدها، أو زوجها خالد، ولا هو جيوفاني وحده وصديقته ماريا.

يستغرق هشام في تفكيره، بينما ينصرف جيوفاني إلى محادثة ماريا بالإيطالية، وبينهما كلوديا تستمع، ومعها هشام يستمع بالمثل دون أن يعي شيئاً، فيواصل تفكيره: «الاختلاف الوحيد في الخيانة هو في التعامل معها. الخيانة ذاتها لا تختلف حيث كانت، المجتمع وحده هو المختلف».

بصوت رقيق، قالت ماريا وهي تنظر إلى ساعتها: «مرّ الوقت سريعاً». كلوديا ردت بالمثل، وحطّمت كل آمال هشام بتثاؤبها.

كان ذلك إعلاناً إيطالياً محضاً بانتهاء الأمسية.

قبلتان على وجنتي ماريا، ومثلهما لكلوديا، ويا لمذاق بشرتها!

قبل الساعة العاشرة، اتصل هشام بإيزابيل التي كانت لا تزال في منزلها، وقد استبدلت ثيابها متهيئةً للنوم. أخبرته أنها انتظرت اتصاله طويلاً، وهي تشعر الآن ببعض التعب، ومن الأفضل أن يلتقيا في الغد.

مضى إلى منزله وحيداً، يملأه إحساس عميق بالندم والسخط، ليس لأن إيزابيل لم تكن معه على العشاء، بل لأنه بقي وحيداً بعد العشاء.

في الصباح التالي، ذهب كالمعتاد إلى المقهى المجاور من أجل كورواسو طازج مع قهوة منعشة.

كان ذلك يوم الأحد، والجو صاحياً على غير عادته.

تتشابه الأيام في لندن كثيراً، خاصة بالنسبة إلى عربي أعزب وفي أيام الآحاد بالذات. فلا تعود سلوته سوى التنزه في الحدائق صباحاً، أو لقاء الأصدقاء في الحانات ليلاً.

هذا الصباح قرر أن يذهب إلى مكتبه أولاً. في الطريق توقف عند محطة اكسفورد ستريت ليشتري هدية صغيرة لإيزابيل. لم تكن من مناسبة لذلك، فقط أحب أن تكون ليلته معها اليوم ملأى بالشوق. أتراه يكفر عن خطأ ما؟ ربما.

من مكتبه اتصل بها، فعلم أنها استيقظت باكراً، ومارست بعض رياضتها، وتهيأت لمغادرة المنزل.

أخبرها أنه سيلتقيها بعد ساعة أو نحو ذلك، فلتنتظره إذاً. بعد ساعتين توجه نحو منزلها، ونسي الهدية في مكتبه.

أعدا معاً طعام الغداء. وبعد أن أكلا على إيقاع شبه صامت، سألها هل تحب القيام برحلة سريعة خارج لندن في هذا اليوم الصاحي.

قالت إنها ستقضي بعض الوقت في مراجعة ما كتبت، على أن تلتقي في المساء صديقة قديمة حضرت من إسبانيا. «أريدك أن تشاركنا في الأمسية». قالت له.

فكَّر هشام قليلاً وهو يتحسّر على هذه الليلة التي ستضيع أيضاً من دون إيزابيل، أو أي امرأة أخرى.

ردّ بشيء من حنق:

«استمتعي بدراستك وبصديقتك يا عزيزتي».

سألته هل غضب؟

«ولِمَ الغضب؟ فقط تمنيت لو كنا معاً، لا أكثر».

في لحظة ما أحست إيزابيل كم هو حبيبها طافح بالأنانية. فهي لم تغضب وقد تركها البارحة بدعوى زيارة صديق لا تعرفه. أما وهي تقضي أمسيتها بصحبة صديقة قديمة لها، فذاك سبب قوي لغضبه.

عاد هشام بعد الغداء إلى مكتبه كي يقتل ساعات يومه.

في المساء حادثته إيزابيل، تعتذر مرة أخرى عن انشغالها مع صديقتها، وتجدّد دعوتها إياه إلى مشاركتهما: «هيا أحب أن أقدمك لها» قالت له.

«لدي ما أنهيه، استمتعي بوقتك عزيزتي». أجابها بنبرة جافة وسخيفة.

«سأراك في الغد إذاً»، قالت.

نظر هشام إلى الهدية التي نسي أن يحملها إلى إيزابيل: «أحسن!» قالها وهو يلقي بنفسه على مقعد يقابله، وانصرف إلى متابعة ما تراكم عليه في الأيام الماضية حتى بعد منتصف الليل.

زيارة إلى الحانة القريبة من الدار مع صديق من جيرانه، كانت آخر نشاط له ذاك اليوم، قفل بعدها عائداً إلى منزله.

في اليوم التالي، طالعه المسؤول عن التحقيقات، للمرة الثالثة، بالمادة التي أوكل إليه متابعتها عن نظرة الرجل العربي إلى المرأة، والوأد الحديث للنساء!

لم يُبدِ هشام الحماسة الأولى نفسها لقراءة الموضوع. فما عادت القضية كيف ينظر الرجل العربي إلى المرأة، بل كيف تنظر هي إليه.

فقد أدرك فجأة أن رسائل سارة أهم من كل تحقيقات مجلته طوال السنوات الماضية. لأنها تكشف الوجه الذي نعرفه ونخاف إظهاره للآخرين. بل نخاف إظهاره حتى لأنفسنا!

«سارة أرتني إياه بالقوة». قال في سره.

توقع هشام، ولسبب ما، رسالة جديدة من سارة تصله قريباً. قدر أن

٣٢٢

يكون ذلك اليوم، أو الغد على الأكثر «ربما قبل أن ينتهي الأسبوع».

وكما توقع، وصلت الرسالة مساءً. أي بعد يومين فقط على الرسالة السابقة. كانت تلك الرسالة الثامنة. التقط هشام الرسالة من كومة أحضرتها سوزي. أصبح يستطيع تمييز خط سارة الرقيق من بين عشرات الرسائل.

بل أصبح يرى سارة نفسها في أحرفها ونبرة كلماتها. رآها كما تخيلها دوماً: بشعرها الطويل وقامتها العنيدة وعينيها اللتين تتحديان كل شيء. رأى كبرياءها واشتمّ عطرها. حتى شوبان الذي تعشقه، سمع موسيقاه تنبع من رسالتها بنقاء عجيب.

كان في كل مرة يمسك برسائلها، يحس بحضورها في مكتبه. لكنه الآن يراها كاملة، ويرى دميتها، والسرير الأحمر. يرى الصالون والمكتبة والأريكة. يراها وهي تجلس بشعرها المنسدل إلى ما وراء الطبيعة، تضع في تحدٍ ساقاً على ساق. وآه ما أروعها!

حنى رأسه إلى الوراء، وأغمض عينيه وهو يبتسم انتشاء برؤيتها. بقي كذلك أكثر من دقيقة، ربما دقيقتين. كادت الرسالة تسقط من يده، ففتح عينيه واعتدل في جلسته، وعاد يمسك بالرسالة بكلتا يديه. قبل أن يكمل السطر الأول، اتصلت به إيزابيل تدعوه إلى عشاء مميز في مطعم إسباني يقدم البايلا التي يحبها. قالت إنها ستعرّج على مكتبه مساءً كي يترافقا. «سأكون في انتظارك». ردّ عليها بشيء من الفتور، كما لو كان غاضباً من ليلة الأمس. وللحظة فكر: هل تراها تقدم العشاء كهدية ذنب تكفر عنه؟ ما هو الذنب يا ترى؟ هل خانته؟ لم يدرك هشام أنه، وهو يحمل تلك الأفكار الملأى بالشك، كان نموذجاً عن أولئك الذين منهم تشتكي سارة إليه.

لم يقف كثيراً عند أفكاره تلك خاصة أمام الحضور القوي لسارة في رسالتها الأخيرة، فعاد يقرأ رسالتها دون أن تغيب عن ذهنه صور الأخريات: إيزابيل، كلوديا، وغيرهما.

لكن سارة كانت، تلك اللحظة تحديداً، هي الأكثر حضوراً. بالقطع كانت هي، فقد استطاع وهو في سكرته تلك أن يراها بأم عينيه تفكّر على أريكتها في العلاقة التي ربطت بين صديقتها المتزوجة عفراء ورجل آخر.

رآها تفكر أيضاً في سائقها، فلا تراه يختلف، وإن كان خادماً لديها، عن صديق عفراء. فكلاهما رجل. رآها تفكر في العينين الخضراوين، وتقنع نفسها بأن الرجل، وإن كان سائقاً، يلهب خيال امرأة غاب عنها زوجها. «أجل، وإن كان سائقاً». سمعها هشام تردد أكثر من مرة وهي تنظر إليه هو. نعم تنظر إليه هو، أو لعله تخيلها كذلك: «أولست أنا أفضل من السائق؟».

إنه اللقاء الأول بينهما في صدر بيتها، حيث الصمت يحيط بكل شيء. رآها هشام تنظر إليه في كبرياء لا إغراء فيها، وتشير إليه أن يبقى بعيداً، لأنها لا تريد اقترابه. هكذا تخيل أيضاً. ثم بدأت تقرأ عليه رسالتها الثامنة:

«لا أعلم حتى هذه اللحظة كيف يمكن أن أكون صديقة مخلصة لعفراء.

في بدء العلاقة، رأيت ندماً عميقاً في عينيها. أعرف مذاق هذا الندم. لكنه ما لبث أن اختفى مع تعدد لقاءاتها بصديقتها.

أعرفها منذ الصغر فتاة تصلّي وتحافظ على فروضها كاملة. حتى في

٣٢٤

علاقتها تلك التي امتدت لأكثر من عام كامل، لم تتوقف عفراء عن الصلاة يوماً.

ولا أستغرب. بل لم الاستغراب؟ أليس الرجال يفعلون ذلك أيضاً؟

هكذا أصبحت عفراء تنفر من زوجها في الليل، وتلتقي الآخر نهاراً في حميمية غريبة.

الله وحده يعلم إلى أي مـدى كان يمكن للقصة أن تستمـر، لـولا أن حدثاً قد استجد: فقد طلقت عفراء، طلقت أخيراً بعد معانـاة طـويلة في المحاكم. ما كان يمكن أن تنتهي قصة زواجها بأفضل من ذلك.

هكذا بكل بساطة، طلقت بعد أن عجزت عن الحصول على الطلاق بإرادتها.

كان الحائل دون طلاقها هو تدخل إرادتها إذاً. أقول أيضاً لعل ارتباط زوجها بأخرى هو السبب.

في كل الأحوال، كان الطلاق أفضل للجميع. لكن سعادة عفراء بطلاقها ما كانت حقيقية. إذ كان الخوف لصيقاً بها. لم يكن هو الخوف من الله بل من الناس أن يعرفوا خطيئتها.

قبل أن تنهي خياناتها، قدر لي أن أرى هـذا العشيق، إن جازت التسمية. وأستطيع القول إن ملامحه أعطتني الانطباع بأنه ليس أفضل حالاً من زوج عفراء، حيث الرغبة المتوحشة أكثر اتقاداً في عينيه. رجل كهذا لا تعني له الخيانة شيئاً. رأيت ذلك في عينيه وهو ينظر إليّ، لكني أخفيت ما رأيت عن صديقتي.

لم أدرك يوماً أن الطلاق نعمة قدر ما رأيته في تجربة عفراء. إذ حدث ما لم أجد له تفسيراً بادىء الأمر. فقد تبدلت علاقتها بالرجل الآخر منذ طلاقها. ما عادت تتحدث عنه بالحماسة السابقة. ثم رويداً رويداً ما عادت تتحدث عنه إطلاقاً.

سألتها يوماً عنه، فقالت: «هو بخير»، وصمتت.

الحمد لله أن عفراء قد طلقت. فبعد ما يقارب الشهرين على طلاقها، اختفى الآخر من حياتها. حاولت في وحدتي أن أربط بين طلاق عفراء وانتهاء قصتها مع هذا الآخر. اعتقدت أول الأمر أنه هو من ابتعد عنها عندما علم بطلاقها خشية أن تطلب إليه الارتباط بها. لكن الوضع لم يكن كذلك البتة. عفراء هي التي قررت إنهاء العلاقة.

بحثت عن السبب، ولعلني وجدته دون أن تخبرني هي به صراحة:

عفراء هي ككل أنثى تبحث عن زوج بلا أسرار. عن صدق وإخلاص. فوجدت ما تبحث عنه لدى رجل غريب عنها. عندما انتهت معاناتها بحصول الطلاق، ما عادت بحاجة إلى من يعوضها ما غاب عنها من زوجها.

عفراء لم تحب الآخر يوماً، وجوده كان طارئاً ومترافقاً مع حالة قهر وانكسار. فلما انتهى الانكسار بطلاقها انتهت الخطيئة نفسها. أدركت يومذاك، أن انكسار المرأة والخطيئة متلازمان دون إرادتنا.

أن تكون المرأة متزوجة، فهي أمام الله والناس تحظى بكل حقوق

الزوجية. فإذا لم تحصل على شيء من زوجها ما درى الناس بمصيبتها. أدركت يومذاك أيضاً أن ظلم رجل واحد أشدّ ألماً للمرأة من ظلم المجتمع كله.

عفراء كانت تعوّض من الحرمان الذي تعيشه بالخطيئة. فعندما زالت أسباب الحرمان ذهبت دوافع الخطيئة، وإن بقي الحرمان ذاته موجوداً. فالسبب أهم من النتيجة أحياناً. بل إن السبب أهم من النتيجة دائماً. من أجل ذلك قلت لك في رسالة سابقة إن الخطيئة الحقيقية هي السبب الذي يقود إليها، لا النتيجة ذاتها.

من أجل ذلك خانت عفراء، ومن أجل ذلك توقفت خيانتها. وكلي ثقة أن زوجة الرجل الآخر الذي مارست كل طقوس العشق المحرم معه، لن تتأخر بدورها عن الخيانة إن آتتها الفرصة.

عفراء ما كانت تخون بحثاً عن لذة، ولا انتقاماً من زوجها، بل كانت تبحث عن عاطفة، عن رجل يعيد إليها الثقة بنفسها.

عادت الابتسامة من جديد إلى ثغر عفراء بعد أن تخطت مضاعفات طلاقها. عادت أكثر ثقة بنفسها، وأكثر سعادة بذاتها. حتى لوحاتها، أصبحت أكثر جمالاً.

وللمرة الثالثة أدرك أن الطلاق الذي يراه بعضنا نهاية كل شيء ليس سوى بداية جديدة.

الطلاق أبغض الحلال، لكنه ليس بالكارثة. بل أقول أكثر من ذلك: إذا كان الطلاق في ابتعاد الأجساد بعضها عن بعض، فاعلم أن ثلاثة أرباع نسائنا مطلقات دون أن يعلمن ذلك. هو ليس نهاية حياة إذاً، بل ربما كان بداية جديدة.

عفراء محظوظة لأنها دخلت تجربة خرجت منها قوية. لكن هناك آلاف المتزوجات لا يزلن يتخبطن في دروب الخطيئة بحثاً عن عاطفة مفقودة، وقليل من اهتمام.

أحياناً لا تطلب المرأة أكثر من كلمة جميلة. من أجل هذه الكلمة سترضى بأي شيء. لأنها بالنسبة إلى المرأة هي التي تصنع الخط الفاصل بين السعادة والألم. بين الأنوثة واللاأنوثة. بين الثقة بالنفس والانكسار، وكذلك بين الإخلاص والخطيئة».

وضع هشام رسالة سارة على الطاولة التي أمامه بعد أن انتهى من قراءتها، وأطلق تنهيدة قصيرة وتمتم: «صدقت سارة. وصدقت كلوديا، وصدقت إيزابيل، آه... أين حضن إيزابيل؟».

الوقت يقترب من المساء، وموعد إيزابيل في السادسة.

كالعادة تتثاقل الساعة قبل رؤية إيزابيل، وإن أصبحت أكثر سرعة من الانتظارات السابقة.

يفرك يديه بغبطة طفل صغير وهو يمني النفس بليلة جميلة مع فاتنة غرناطة:

«كيف يا ترى كن جواري الأندلس؟»، تساءل وهو ينظر إلى ساعته: «كلهم حمير... والله حمير أولئك الذين أضاعوا الأندلس!».

ثم أطرق لحظة يفكر في أمجاد العرب في أسبانيا ويطلق زفرة في الهواء: «لقد عادت الأرض إلى أصحابها».

في السادسة تماماً كانت إيزابيل تقف عند مكتب الاستقبال أسفل مكتب هشام. هرول إليها مسرعاً، وهو يقبلها مزهواً أمام بعض الداخلين والخارجين. تأبط ذراعها، وانطلقا من طريق آخر لا يمر بمطعم

جيوفاني. أثناء العشاء في مطعم إسباني صغير، سألها هشام عن ليلة البارحة: كيف كانت؟

«لا بأس بها». قالت وصمتت.

ـ من كانت صديقتك؟

ـ أخبرتك أنها صديقة قديمة لن تعرفها حتى وإن قلت لك اسمها. فأنت لم ترها من قبل. ليتك كنت معنا البارحة.

سكنت نفس هشام وهو يطمئن إلى براءة إيزابيل من كل ما قد فكّر فيه، ثم سارع إلى تقديم الهدية التي اشتراها صباح الأمس. تناولتها وهي تبتسم وتطبع قبلة أندلسية صغيرة على وجنته، مستفسرة عن مناسبة الهدية.

إنه دورها إذاً.

قال لها على عجل: «رؤيتك هي أجمل مناسبة لي».

نظرت إليه بحدة أخافته. فأشاح بوجهه عنها إلى قائمة الطعام، مدركاً قدرتها على اكتشاف ما في عينيه وإن لم يتحدث. لكن إيزابيل آثرت الصمت.

«ألم تقل سارة إن المرأة تدرك وقوع الخيانة بإحساسها؟» تساءل هشام في سره وهو يطلب من النادل طبقاً من البايلا.

تضع إيزابيل الهدية على الطاولة قرب صحنها، وهي تشكره وتنظر إلى عينيه من جديد، ثم تطلب إلى النادل الطبق نفسه.

أترى أحست بشيء ما؟

ربما.

ساعتان على صلاة الفجر، وسارة تتقلب في فراشها. إنها الرغبة توقظها من جديد. قامت وصلّت ركعتين، علّها تطفىء نار الغائب عن سريرها.

كلما اشتعل ظمأها أطفأته بركعتين. وأحياناً ما كان ينطفئ، فتعاود الصلاة من جديد.

تلك الليلة تحديداً كانت في حاجة إلى الصلوات حتى الصباح، وقد فعلت.

أشرقت الشمس وهي لم تنم بعد. رغبة قوية في البكاء تصارع رغبة الغائب. ومع سارة، ينتصر البكاء دوماً.

الدمية نائمة، وخالد في رحلة عمل.

الأحمر الخمري في الغرفة بدأ يفقد لونه. كثيراً ما رأت سارة لون الغرفة يتبدل من تلقاء نفسه. كل الألوان تتبدل من تلقاء نفسها وفق ما نكون عليه. في سعادتنا، يصبح اللون الأحمر أكثر اشتهاءً، وفي الحزن، يصبح اللون يائساً ومحبطاً.

تغادر غرفتها إلى غرفة ولديها لتطمئن إليهما، ثم تتجه إلى المطبخ لإعداد قهوة تركية بلا سكّر.

اعتادت سارة قهوتها التركية، بلا سكّر، كل صباح منذ أن تعرفت إلى صديقة لبنانية جارة لها.

وهي ترتشف قهوتها على تغريد العصافير الجائمة على درابزين البلكونة التي فتحت أبوابها على مصاريعها، تتذكر سارة يوم قررت تلك الصديقة العودة إلى بيروت، وإحساسها بوحشة الفراق.

تعرفت سارة إلى رندا صدفة، بعد أن تطاير بعض الغسيل، في يوم عاصف، إلى حديقة الجيران، فكانت البداية.

رندا مسيحية لكنها لم تكشف ذلك لجارتها السعودية. ففي الأيام الأولى على معرفتها بسارة، أخفت ديانتها عنها، لإدراكها مدى حساسية المجتمع السعودي تجاه الأديان الأخرى.

ذات صباح زارت سارة جارتها اللبنانية، فوجدت على طاولة جانبية أيقونة صغيرة للعذراء وهي تحمل المسيح. بدت الأيقونة جميلة أثارت فضول سارة.

التقطتها بهدوء قبل أن تشعر برعشة خوفاً أن تكون بعملها هذا قد جرحت إيمانها، فكادت الأيقونة تسقط من يدها، لكنها عادت وأمسكتها بثقة تليق بحرمة الأيقونة: «ألوانها جميلة»، قالت وهي تعيدها إلى مكانها بالهدوء نفسه.

أثار موقف سارة استغراب رندا، بل صدمتها. إذ لا يمكن لسيدة سعودية أن تتقبل رأياً محايداً عن المسيحية، فما بالك لو وصفت هذه السيدة رمزاً مسيحياً صرفاً بالجمال؟

منذ تلك اللحظة أدركت رندا أن سارة مختلفة. ليس بسبب تلك الأيقونة، وإنما بسبب طريقة تفكيرها، واحترامها البالغ للآخرين بحسب معتقداتهم وما يؤمنون به. وقد تأكدت رندا من ذلك في أكثر من مناسبة.

إلا أن الأمر لم يخل من حرج مع الأخريات. ولعل أكثر اللحظات

حرجاً في حياة سارة كانت مساء يوم مخصص لاستقبال الصديقات في منزلها، حيث كانت رندا بين الحاضرات. في معصمها سوار تدلت منه بعض القطع الصغيرة: دب، شمس، قالب حلوى... وصليب صغير.

لم يكن الصليب ظاهراً، غير أن الجلوس مع جمع من النساء فترة قد تمتد أكثر من ساعتين، يستحيل معه إخفاء الصليب.

لم تدرِ سارة ما تفعل، وقد أدركت أن بعض الحاضرات قد رأين الصليب واستنكرن ذلك دون إعلان صريح منهن. حارت في الأمر أتطلب من صديقتها نزع السوار، أم تتركها على حريتها؟

اتخذت سارة القرار الثاني، إيماناً منها بأنه كما تحترم رندا مشاعر المسلمين، فعلى الأخريات احترامها بالمثل، ولتتصرف كل منهن كما شاءت.

لكن سارة أخفت عن صديقتها ما قالته بعض الصديقات، بعد اجتماعهن في منزلها تلك الأمسية:

ـ صديقتك يا سارة...

ـ ما بها؟

ـ أهي مسيحية؟

ـ نعم. ما المشكلة في ذلك؟

ـ لا مشكلة، لكن يجب أن تراعي مشاعرنا نحن المسلمات، فلا تحمل الصليب في بيوتنا.

أجابتهن سارة حينذاك بما قطع الطريق على أي تدخل لاحقاً: «هي فخورة بدينها كما أنتن فخورات بدينكن. وليكن في معلومكن أنها تحترم المسلمين أكثر من احترام بعض المسلمين لبعضهم الآخر».

ما كذبت سارة، فقد كانت لرندا خادمة مسلمة، وقد طلبت إليها منذ

دخول شهر رمضان الماضي أن تعمل نصف يوم فقط، كي تتيح لها فرصة الصلاة وقراءة القرآن إن شاءت.

ثم أضافت سارة لصديقاتها في نبرة حادة: «أنا في بيتي، وحرة في استقبال من أشاء».

في مناسبة لاحقة، أخبرت سارة صديقتها رندا، أن من الأفضل إخفاء صليب كبير كانت تضعه على صدرها إن أرادت الخروج من منزلها تحاشياً لأي اصطدام مع بعض رجال الدين، أو غيرهم من المتطرفين، ممن لا يراعون حرمة هلال أو صليب.

اكتفت رندا يومها بإيماءة من رأسها، أدركت منها سارة أنها لن تستجيب.

لاحقاً أخبرت رندا صديقتها أن زوجها كان قد طلب إليها الشيء نفسه. وكما أجابت رندا صديقتها سارة، كان جوابها لزوجها.

بعض صديقات سارة المثقفات ما كن يرين حرجاً في صليب مسيحي أو نجمة يهودية، لكنهن يؤثرن أن لا يكون الرمز ظاهراً، ينطلقن في ذلك، كغيرهن من السعوديات، من إيمان عتيق بأن من هو على غير دين الإسلام سيكون الوقود الأمثل لحطب جهنم.

تذكرت سارة عبارة لوالدها أثناء أحد نقاشاتها الفلسفية معه:

«هل تعرفين لماذا نصر على أن الآخرين في النار؟ حتى لا ندرك كم نحن حمقى في طريقة إيماننا!».

ثم قالت سارة تشرح ما خفي على رندا: «إن السعوديين قد يتقبلون لبس الصليب من أميركي أو أوروبي، لكنهم لا يتقبلونه من عربي. فكثير من السعوديين لا يعرفون أن هناك عرباً مسيحيون، فإن وجدوا عربياً

مسيحياً كان استنكارهم له أعظم من استنكارهم مسيحية الغربيين».

ازدادت العلاقة رسوخاً بين سارة وصديقتها رندا، قبل أن تعود الأخيرة إلى ديارها.

لكن العلاقة الراسخة تلك ما ألغت تحفظ سارة في الحديث عن حياتها الزوجية. إلا أن رندا كانت من الذكاء بحيث استطاعت رؤية الشقوق واضحة في مشاعر صديقتها!

العلاقة بين رندا وعفراء كانت من خلال سارة فقط. وقد عاشت رندا بعضاً من حكاية عفراء. لكن مع زوج الأخيرة الذي كان يسافر كثيراً، ما أحبت سارة أن تروي تفاصيل القصة لرندا، فالأخيرة زوجها كثير السفر أيضاً، وهي شديدة الغيرة.

رحيمة، كانت خادمة أندونيسية للزوجين اللبنانيين: ذات بنية ضئيلة، وقدر لا بأس به من جمال آسيوي.

بعد أن قررا العودة إلى بلدهما تركا الخادمة لدى سارة ريثما تجد عملاً آخر، لدى كفيل جديد، أو تعود إلى ديارها. كانت سارة حينذاك في حاجة إلى رحيمة، فاستبقتها في دارها. فبقيت لديها أكثر من أربعة أشهر.

صديقة لسارة احتاجت إلى الخادمة. كانت سيدة صالحة متزوجة برجل معروف باستقامته. ترددت سارة في البداية ثم وافقت. فقد كانت تخشى على الصغيرة من أبناء صديقتها، الذين هم في سن المراهقة، وأعمارهم متقاربة من عمرها.

بعد بضعة أسابيع فوجئت سارة بتلك الصديقة تشكو بكاء رحيمة المتواصل، وإصرارها على العودة إلى بلدها دون أن تبدي سبباً واضحاً، حتى قل نشاطها وهزل أداؤها.

حاولت سارة أن تستفسر رحيمة عن السبب عبر الهاتف، فما سمعت سوى بكاء اختلط بكلمات غير مفهومة.

زارت سارة صديقتها في اليوم التالي، فرأت رحيمة للمرة الأخيرة قبل أن تسافر بيوم واحد عائدة إلى بلدها. سألتها مرة ثانية عن سبب بكائها. قالت الخادمة وهي تغالب ما بقي من دمعها وبصوت خفيض ولكنة لبنانية متكسرة: «في زوج مدام... مشكلة كتير معي!»

كان الزوج المعروف باستقامته قد تحرش برحيمة، وهي عاجزة، عن الشكوى، فمن سيصدق أن الرجل الصالح قد تحرش بالخادمة الصغيرة؟

لن يصدقها أحد. قطعاً لن يصدقها أحد.

سارة وحدها ستصدقها، فقد تحرش الرجل نفسه بخادمتها هي يوم تركتها في بيت صديقتها وزوجها مدة أسبوع. كان ذلك عندما سافرت سارة مع خالد لزيارة أخته المقيمة في المدينة المنورّة، وما شاءت أن تترك الخادمة وحيدة في البيت مع السائق.

القهوة التركية في الصباح برائحتها النفّاذة، وذكريات رندا، تشيع التفاؤل برغم أوجاع الليل.

ارتشفت سارة قليلاً من قهوتها وأدارت التلفزيون. طالعها برنامج ديني معاد للمرة الثانية، بل للمرة المائة، حيث الأسئلة والأجوبة نفسها تتكرر منذ قرون. ثم تذكرت ليلة زفافها الأولى حيث قضت ساعات وهي تقرأ في ملحق ديني في جريدة الجمعة.

أحياناً كانت تستغرب سطحية أسئلة الناس للشيوخ عندما يطلبون الفتوى في أمر بديهي، لا حاجة إلى شيخ ليعطي رأياً فيه:

واحدة تسأل عن حكم شرب المياه الغازية.

أخرى تسأل عن حكم مشاهدة المسلسلات.

ثالثة تسأل عن الغناء والموسيقى.

ورجل يسأل عن حكم لمس زوجته دون قصد في نهار رمضان.

لاحظت سارة أن معظم الاتصالات ترد من سيدات. أسئلتهن مغرقة في تفاصيل دينية لم تسمع بها من قبل.

تذكَّرت ما قاله والدها يوماً أن الاستغراق في التفاصيل الدينية يستنزف قدرة الإنسان على التفكير في أمور الدنيا وعلومها.

أحد شيوخ الفتوى على التلفزيون لا يؤيد هذا الرأي إذا سمعه. فقد أمضى طوال نصف ساعة وهو يشرح شروط الوضوء الصحيح.

«ألا توجد مشاكل أولى بالمعالجة من الاستغراق في تفاصيل الوضوء؟». سألت سارة، مرةً، صديقتها نورة.

نورة قريبة كعفراء إلى سارة. لكنها أكثر منهما تشدداً.

أجابت نورة بأن معرفة شروط الوضوء أمر مهم، ولو تطلب الأمر ساعة أو يوماً كاملاً.

بخبث سألتها سارة:

ـ ألا يوجد ما هو أهم من فتاوى الوضوء؟

ـ كله مهم.

ـ المهم هو نظافة الإنسان بأي طريقة كانت، ولا داعي لشيخ يضيّع من وقتنا ساعة كاملة وهو يشرح لنا كيف يكون الوضوء.

ـ استغفري الله يا سارة، فأنت تخرجين على الدين أحياناً.

ـ إذا كان في اجتهاد العقل خروجاً على الدين فلأخرج إذاً. نحن لا نزال في القرون الأولى يا عزيزتي، وقد أدرك الناس الفضاء.

تتمتم نورة صلوات استغفار في سرها، وتنفخ على وجه صديقتها سارة:

- إنه الشيطان، إنه الشيطان. أعوذ بالله من الشيطان.

تبتعد سارة عنها ثم تسألها:

- ما تقولين في «إن الرجال قوّامون على النساء؟»

- هو كلام الله، ولا يجوز الخروج عليه. واحذري يا سارة: لا يجب أن نناقش ما ورد به نص صحيح في القرآن والسُنَّة.

- من قال إنني أناقش نصاً صريحاً في القرآن أو السُنَّة؟ أنا أناقش التفسير الخاطئ لمعاني القرآن.

- هو ليس القرآن فقط، بل الأحاديث أيضاً تؤكد ذلك.

- ليس هناك حديث يعيد المرأة ألف عام إلى الوراء. ثم لا ينبغي أن نعطي الأحاديث قدسية القرآن الكريم. فالأحاديث نفسها لا يمكن الجزم بصحتها القطعية.

- استغفري الله يا سارة، استغفري الله. ومن جديد تتمتم صلواتها وتنفخ على سارة بيديها كمن يطهرها من مسّ شيطاني.

إلا أن سارة تبعد يديها عنها وتواصل:

- هل الحياة أن أعيش إما مهمشة أو مذنبة؟ ما هذا الهراء!

تبدو نورة أكثر تعقلاً من سارة في بعض المواقف، خاصة عندما تتحدث الصديقتان في شأن ديني. إذ تؤثر نورة الصمت في مرحلة معينة، فلا تخوض مع صديقتها في ما قد يجلب إليهما الخصومة.

نورة من عائلة محافظة. لا تخرج دون غطاء كامل إلا من ثقبين صغيرين ترى من خلالهما العالم. وكم عاتبت نورة صديقاتها، وتحديداً

عفراء، على عدم اكتمال حجابها، وإفراطها في التدخين. «ماذا لو عرفت بعلاقتها برجل آخر؟» فكّرت سارة.

كانت سارة لا تزال تجلس على أريكتها ذاك الصباح، وهي تتذكر صديقاتها، وتقلب فنجان القهوة الفارغ في يدها رأساً على عقب وتقرأ حظها في قعره! هي لعبة تزجي بها الوقت، تعلمتها أيضاً من صديقتها اللبنانية. لو رأت نورة ما تفعل سارة ذاك الصباح، لأصدرت فتوى بتحريم شرب القهوة.

أعادت سارة الفنجان إلى وضعه الطبيعي، ثم نظرت إلى ما فيه، فما رأت أكثر من أخاديد لا تعرف معنى لها. هكذا أحست أنه ربما كان مستقبلها: مجموعة أخاديد.

كان اليوم لا يزال في أوله، وشيئاً فشيئاً تناثر ضوء الشمس في المنزل.

قبل أن تتوجه إلى المطبخ، فتحت باب البلكونة لتسمح لبعض الهواء المنعش بالدخول، ولتلقي بتحية الصباح أيضاً على الطيور التي أتت لالتقاط حصتها من كسر خبز اعتادت وضعها لها.

قريباً منها، حط عصفور على طرف سور البلكونة.

«أي روح تلك التي يحملها العصفور يا ترى؟» تساءلت سارة.

وبرغم القهوة المنعشة، والهواء العليل، إلا أن الليلة الماضية مزجت طعم القهوة المرة بمرارة ذكرياتها. وبرغم ذلك أعدت لنفسها فنجاناً آخر، ومعه فطور طفليها اللذين استيقظا تواً. ثم دخلت الخادمة، فأملت عليها سارة ما تريد منها اليوم، ومن بين ما طلبت أن تهيئ لها ما يكفي لصنع كعكة بالشوكولاتة تأخذها معها حينما تذهب لزيارة نورة، فالملتقى

اليوم في بيتها، وستكون الصديقات هناك في الخامسة بعد الظهر.

عادت سارة إلى صالونها. بعد قليل دخلت عليها الخادمة وهي تحمل جرائد الصباح. تصفحتها سريعاً ثم ألقت بها دون اكتراث، ونهضت إلى مكتبتها تبحث عن كتاب محدد.

وقع في يدها طه حسين وهو يتأبط كتابه «في الأدب الجاهلي». ليس بعيداً منه كان يقف ابن حزم يشدّ «طوق الحمامة» إلى صدره. وبين الاثنين عشرات آخرون كلهم ممنوعون بأمر السلطان، كلهم إلى جهنم بأمر الشيخ!

تشعر سارة بالامتنان أحياناً للرقيب الذي يمنع الكثير من الكتب أن تعبر الحدود، فلولا المنع ما عرفت بكتاب ذي قيمة، ولا قرأته. مر النهار وسارة بين كتبها وطفليها، وزيارات متكررة إلى المطبخ تهيئ كعكتها.

بعد الظهر، استحمّت وصلّت وقرأت بعض القرآن. تناولت غداءً خفيفاً أعدته الخادمة على الطريقة الأندونيسية، ثم دخلت غرفتها طمعاً في قيلولة ساعة أو أكثر بقليل.

للمرة الثانية تشعر بالخليفة والإيوان ينهضان في صدر حجرتها، ثم الفارس نفسه يحضنها كما المرة الأولى. غفت على صدر الفارس وصوت الخليفة وعزف زرياب. نامت ساعة كاملة، ثم استيقظت وقد رطب ما بين فخذيها. من جديد استحمّت، ولبست ثيابها استعداداً للذهاب إلى بيت نورة.

هي تحب أن تكون في الموعد تماماً، وفي كل مرة تأخذ شيئاً تصنعه في منزلها، كما هي حال الأخريات. اليوم ستأخذ كعكة الشوكولاته التي تجيد صنعها. ذات يوم قبّل زوجها يدها من أجل هذه الكعكة. كانت

تلك القبلة الأولى التي يطبعها على يدها، والأخيرة على الأرجح.

أخذت الخادمة الكعكة إلى السيارة، وبعد خمس دقائق خرجت سارة. عند الباب حضنت طفليها وقبلتهما، ثم صعدت إلى مقعدها الخلفي. لم يكن السائق مكانه، انتظرت قليلاً، ولم يأتِ. تركت مقعدها وسارت نحو غرفته في ركن من الحديقة الخلفية. قبل أن تطرق الباب، كان هو يهمّ بالخروج من حجرته ويغلق قميصه المفتوح عن صدر برزت ضلوعه.

رعشة تعرفها جيداً سرت في جسمها.

بارتباك عجزت عن إخفائه عاتبته على تأخره، وعادت منطلقة إلى سيارتها.

حسناً، لم يكن ذلك ارتباكاً. بل رغبة، تعجز عن مقاومتها، في جسد ما... ولو كان عظاماً ناتئة!

جلست في مقعدها الخلفي دون أن تنطق بكلمة واحدة، بينما استقر هو في مكانه ينظر باشتهاء جريء إلى عمق عينيها.

سأل: وين نروح مدام؟

ـ إلى بيت نورة.

ـ أي نورة؟

(ثمة أكثر من صديقة لسارة لها الاسم نفسه).

ـ نورة التي تسكن قرب السوق الكبير.

ـ حاضر مدام.

ـ حاول أن تسرع قليلاً.

أومأ برأسه وهو ينظر إلى جمال عينيها من تحت غطاء خفيف ألقته

على وجهها. بدت ملامحها من تحت الغطاء أكثر إغواءً. حتى أحمر الشفاه عجز الغطاء عن إخفاء شرارته.

تقترب السيارة من بيت نورة، قبل الخامسة إلا ربعاً. قبل أن تتوقف عند باب البيت، طلبت إلى سائقها أن يغير اتجاهه إلى السوق. لم يكن هناك من سبب محدد بل رغبة مشوشة وأفكار تتصارع في رأسها. هذه المرة طلبت أن يسوق بلا استعجال. بقي السائق يدور نصف ساعة في منطقة السوق، مستغرباً رحلة لا هدف لها.

فكرت سارة أن تعتذر إلى نورة، فليست هي في مزاج يسمح لها برؤية أحد.

لكن الليل طويل أمامها، والرغبة كبيرة، ولا تعرف كيف تتخطاهما. طلبت إلى السائق أن يعود إلى بيت نورة ثانية.

تعجّ المدينة بالإشارات الضوئية. وعند كل إشارة، عيون من كل مكان تقفز إلى داخل سيارتها. رجال من كل لون وعمر. لو رأى أحدهم جمال الجالسة في المقعد الخلفي، لاخترق بجوعه الزجاج الذي يفصله عنها ولو تمزق الثوب واللحم!

«مساكين هؤلاء الشباب، فالفراغ يقتلهم، والحرمان يفقدهم عقولهم».

للحظة داخلها إحساس قوي جداً بالسعادة، أولاً: لأنها لا تزال بكامل أنوثتها وإغرائها كما تراهما في عيون مطارديها، وثانياً: أنها ليست وحدها من تشعر بالظمأ.

لم تفكر سارة كثيراً في زوجها هذا النهار، إلا بقدر استغرابها كيف هو لا يفكر فيها ونصف رجال المدينة يطمعون في نظرة واحدة منها، بل جزء من نظرة.

كروت، بطاقات، قصاصات تحمل أكثر من رقم تتطاير تجاه سيارتها في كل رحلة.

ـ عد إلى البيت مباشرة، قالت لسائقها بلهجة آمرة.

ـ ما في يروح مدام نورة؟

ـ لا، عد إلى البيت.

وأضافت بعد أن أشاحت بعينيها عن عينيه: أرسل كيك مدام نورة.

ـ حاضر مدام.

من بيتها، اتصلت سارة تعتذر إلى صديقتها عن الحضور، وعلّلت السبب بصداع فاجأها. ثم جلست على أريكتها تفكر وتنظر إلى الصمت من حولها. نهضت بعد قليل واستبدلت ثيابها قبل أن تعود إلى الأريكة نفسها. شبكت أصابع يديها أسفل ذقنها، وبقيت تتأمل.

خاطر من رئيس التحرير جاءها. فكَّرت أن تتصل به هاتفياً، لكنها ترددت، ثم ألغت الفكرة، وحسناً فعلت.

من على رف قريب سحبت كومة أوراق وقلماً. وعلى حفيف شجر حركته نسمة رقيقة، تأملت غصناً يرقص خارج نافذة الصالون الكبير. عضّت رأس القلم تريد نزع غطائه بأسنانها، ثم نظرت إلى الورقة البيضاء التي أمامها. وبدأت تكتب رسالتها التاسعة.

في تلك اللحظة، كان هشام منصرفاً إلى بعض الرسائل القديمة، يعيد قراءتها على إيزابيل. ومن بين ما قرأه عليها الرسالة الأخيرة. وكما هي العادة بعد كل قراءة، راحا يناقشان الاستنتاجات.

إحساس إيزابيل بأن هشاماً كان يخفي شيئاً عنها منذ اشترى الهدية، تكرّر بعد أقل من يومين، عندما أخبرها فجأة أنه سيقوم برحلة إلى فرنسا

متابعاً بعض أعماله. قال إن رحلته ستكون صباح الغد. لم تعلق أكثر من أن تمنت له حظاً موفقاً، ثم أمضيا الأمسية معاً.

في مساء اليوم التالي، وبينما هي تمر صدفة أمام مطعم جيوفاني، رأت هذا الأخير من وراء الزجاج الأمامي فحيته ودعاها هو إلى الدخول لتناول القهوة. وقبل أن يعيد سرد قصصه نفسها مع ماريا أخبرها دون قصد أن هشاماً كان هنا قبل ساعة يتناول الغداء مع فتاة أخرى. كانت تلك كلوديا.

أدرك جيوفاني أنه أخطأ بإخبار إيزابيل من بريق عينيها، فسارع يقول: أعتقد أنها زميلة عمل. نعم نعم. ثم أضاف بحماسة وهو يكاد يقسم بشرف مطعمه: كان هناك رجل ثالث معهما، نعم نعم. كان هناك رجل أعتقد أنه زميل الفتاة، أو صديقها.

«ألم يكونوا أربعة؟». سألته إيزابيل بتهكم وهي تلتقط حقيبة يدها وتمضي في غضب.

في أول لقاء لهما، بعد عودته، أخبرت إيزابيل هشاماً بما قاله جيوفاني، فثار متعللاً بأنها تراقبه.

«ما كنت أراقبك، ولن أفعل ذلك يوماً. لكنك أخبرتني أنك مسافر في الصباح، فإذا بك تتناول غداءك مع فتاة لم تخبرني شيئاً عنها».

دافع عن نفسه وهو يكيل في سره كل لعنات السماء لجيوفاني:

ـ رحلتي تأخّرت حتى المساء. ولقائي تلك السيدة كان صدفة أثناء الغداء في مطعم جيوفاني. هي صديقة لجيوفاني وماريا، لا أكثر.

ـ لم أسألك من هي، بل أسألك لماذا أخفيت عني تأجيل سفرك إلى المساء؟

ـ انشغلت كثيراً عزيزتي. أعتذر.

ثم طبع قبلة على يدها اليمنى، وأخرى على اليسرى.

لم يكن هشام ليدرك أن كل قبل الأرض لن تزيل الشك الذي زرعه في نفس إيزابيل.

لكنه مضى غير مدرك ما يدور في رأسها، وهو يشد خاصرتها إليه ويطبع قبلة جديدة على شفتيها، فأحس لأول مرة ببرودة ما عهدها فيهما. لم يسألها عن السبب، بل اكتفى بسؤالها عن بحثها. أخبرته ببرودة شبيهة بما على شفتيها أنها قطعت شوطاً فيه، متمنية أن تفرغ منه مع حلول الربيع، كي تعود إلى وطنها في أسرع وقت. ولم يعلّق هشام.

حول مائدة مطعم صغير لا يبعد كثيراً عن المنزل كان الاثنان يجلسان وجهاً لوجه وقد أمسك كل منهما بيد الآخر.

حاولت إيزابيل أن تنسى ما حدث بالانصراف إلى الحديث عن بعض رسائل سارة. وبرأي يشبه كثيراً رأي كلوديا، لم تستغرب إيزابيل موقف عفراء من زوجها، وخيانتها له.

قالت إن خيانة الرجل متوقعة في حضارة الشرق والغرب. ففي الإسلام كما في المسيحية تبقى الخطيئة واحدة، لكن ردود أفعال النساء تختلف.

ظلاّ يتناقشان حتى أرهقهما التحليل، وامتلأ دفتر إيزابيل بالملاحظات. طلب هشام ذات مرة أن يقرأ ما كتبت، من باب الفضول، لكن الخط استعصى عليه.

لعل بعض مخاوفه أن تستغل إيزابيل رسائل سارة للوصول إلى نتائج غير موضوعية عادت إليه من جديد. هي باختصار نظرية المؤامرة التي

نشأ هشام عليها، وافتراض الشر في كل ما يأتي من الغرب، ولو من حسناء إسبانية بريئة.

تعرف إيزابيل ما يدور في رأس هشام، وفي كل مرة تختم حديثها بعبارة اعتاد سماعها:

«لا ينبغي أن نخلق عدواً من وهم. ولا تتصور أن الآخرين لا هم لها سوى اقتناص أخطائكم، فللآخرين أخطاؤهم أيضاً». كان هشام يبدي بعض التفهم لأفكارها. إذ من يغير ما نما معه في دمائه؟ لكن أكثر ما كان يروقه في أفكارها هو قولها المتكرر: «الفرق بين النجاح والفشل هو الاعتراف بالخطأ». ولعلها قد تعمّدت هذه المرة الذهاب في ما تقصد إليه إلى أبعد مما جاء في رسائل سارة.

ذات أحد، وقد اتفقا على تناول الغداء معاً في المنزل، أخبرته إيزابيل أن قدّاساً، في الكنيسة المجاورة، سيقام في الثانية عشرة ظهراً، وسألته هل يحب مرافقتها؟

اعتذر.

ما سألته أكثر، بل تفهمت الجانب الذي يطغى على أفكار رجل مسلم ولو كان في الغرب: إن الكنيسة تناصب الإسلام عداءً أبدياً، وزيارتها غير مستحبة، أو هي ممنوعة.

قطع هشام القادر على قراءة عيني صديقته حبل أفكارها وهو يقول: هذا ليس ما تفكرين فيه. لست أمانع في الذهاب حيث تريدين. أنا أحترم الكنيسة، فهي بيت‌لله، وبيوت الله للعبادة لا التأمل أو الصمت.

- إذاً تعال وتأمل بصمت. فالتأمل صلاة، والصمت صلاة.

- ليست الصلاة هواية يختارها الإنسان. لكني لا أجد نفسي سعيداً

وأنا أدخل الكنيسة اليوم ولم أدخل مسجداً منذ أسبوعين. لا يمكن للإنسان أن يحترم دين الآخر قبل أن يحترم دينه. لا يمكن أن يتفهم إيمان الآخر، قبل أن يدرك حقيقة إيمانه هو.

كان رأي هشام يدفعه بشدة إلى شخصية إيزابيل التي اعتادت زيارة الكنيسة كل أحد. فقد كان الدين بالنسبة إليها أسلوب حياة ملؤها التسامح والمحبة، والتسامح هو العماد الأساس لشخصيتها. ولعل معرفة هشام بذلك تجعله أكثر جرأة في التفكير حتى في كلوديا بحضرة إيزابيل. ما استطاع أن يدرك أن إيزابيل قد أحست ببعض ما يفكر فيه: «نعم، هناك أخرى».

ذاك الأحد، وقد حضرت إيزابيل القداس كاملاً مدة نصف ساعة، عادت منشرحة الصدر تطبع قبلة على خد هشام الذي كان ينتظرها في مقهى قريب.

جزء من ذلك النهار ابتعد عن رسائل سارة إلى الخوض في بعض أمور الدين التي كان هشام يبذل جهداً في التهرب منها، وإن وجد لدى إيزابيل ما ينسجم مع أفكاره.

«ليست المشكلة في سوء فهم الآخرين للإسلام. المسلمون هم من يعطي النموذج الغامض عن دينهم، ومن هنا يأتي خوف الآخرين منهم». قالت له إيزابيل. وأضافت: «عدم وجود هوية محددة للشخصية المسلمة تزيد من ذلك الغموض. أنت مثلاً لا تمانع في الدخول إلى الكنيسة لكنك خائف في داخلك إن فعلت. تريد ولا تريد. هذا يعني عدم قدرتك أنت على تحديد هوية لك في هذه اللحظة. من هنا يأتي الخوف والحذر، فالناس لا

يحبون الغموض، لأنـــه أيـاً كـان مصـدره إحساس مـزعج ومخيف».

كان هشام يستمع إليها بشرود وهما يتأبطان ذراعي بعضهما بعضاً ويدخلان إلى البيت.

كان يفترض أن يمتد بهما الحوار والعشق حتى ساعة متأخرة من الليل، لولا أن بدا هشام منهكاً ومشوشاً، كما أن عليه الاستيقاظ باكراً لإحضار شقيقته وزوجها من المطار. كان قد أخبر إيزابيل سابقاً عن هذه الزيارة التي قد تمتد أسبوعاً.

سألته هل يحب أن ترافقه إلى المطار؟ فشكرها وقال أن لا حاجة لذلك، وطبع قبلة كبيرة على شفتيها اللتين كان لهما مذاق البرودة نفسه.

صباح اثنين جديد في لندن.

يستيقظ هشام متأخراً، بعد أمسية امتدت حتى آخر الليل قضاها مع شقيقته حلم وزوجها اللذين وصلا صباحاً.

اعتادت حلم وزوجها زيارة لندن بصحبة أبنائهما. هذه المرة حضرا وحدهما دون الأبناء لارتباطهم بمدارسهم.

مدة الزيارة المتوقعة كانت في حدود أسبوع واحد، يقضي فيها زوج حلم بعض أعماله التي أتى من أجلها.

توجه هشام إلى مكتبه في الحادية عشرة تقريباً. كان الطقس معتدلاً، والشمس تعلن حضوراً قوياً يعد بيوم دافئ، حتى الآن على الأقل.

وهو يسير في الطريق إلى مكتبه مستمتعاً بالهواء المنعش، تذكر هشام عبارة لصديق حميم: شيئان لا يمكن التنبؤ بهما: المرأة والطقس الإنجليزي!

ومن جديد أخذ يفكر في بعض كلمات إيزابيل التي تتقاطع مع أفكار سارة، حتى لم يعد يفرق بين ما هو مكتوب وما هو مقروء.

يستخدم هشام قطار الأنفاق في معظم تنقلاته، وغالباً ما يبدأ من محطة «هاي ستريت كنزنجتون» القريبة من بيته. اليوم قرر أن يسير قليلاً، قبل أن يدخل إلى محطة «جلوستر روود» التي تبعد عن الأولى

مقدار نصف ميل. ربما هي الرغبة في الفضاء المفتوح بعيداً عن أقبية القطارات التي يكره اللجوء إليها إلا عند الضرورة.

لم يكتشف هشام إلا متأخراً، أن في هذه الأقبية حضارة من نوع مختلف. أو ثقافة لم يعتد عليها، عنصراها الوقت والمعرفة. فمع قضاء الناس وقتاً طويلاً في وسائل المواصلات وهم يتنقلون بين بيوتهم وأماكن عملهم، وخشية من ضياع الوقت هدراً، يحمل كل منهم جريدة يقرأها أو كتاباً. أما هشام فيكاد يكون الاستثناء الوحيد أحياناً. إذ يبقى يتأمل من يقرأون كطفل يرقب أباه وهو يصلي بكثير من الفضول والبراءة.

هذا الصباح تذكَّر هشام صديقه سليماً، الذي أقام له حفلاً في منزله. وتذكر قوله أن الخليجيين شعب خجول وحذر في اتصاله بالآخرين. من أجل ذلك يعيش هو في عزلة في الغرب المنفتح. «إنه ليس الخجل كما قال سليم، بل هو الجهل بالآخر ونحن نسكن معه». قال هشام في نفسه. وتأكيداً لاستنتاجه، فكر كيف وهو الصحافي المتعلم، لم يشترِ يوماً جريدة إنجليزية يقرأ فيها ما يحدث في العالم من حوله.

«كيف لي أن أفهم المجتمع الذي أعيش فيه وأنا لا أقرأ عنه شيئاً؟». تساءل وهو يلمح سيدة عجوزاً تخطت السبعين، تدخل إلى عربة القطار وهي لا تحمل، مثله، ما تقرأه. كان يمكن لتلك السيدة أن تكون الاستثناء الآخر مع هشام، لولا أن التقطت مجلة ألقاها أحدهم على مقعد خاوٍ، لتنضم بذلك إلى قافلة القراء في عربة القطار.

ما عادت لهشام ملامح الطفل البريء وهو يرقب من يقرأون، بل أحس بجهل وخجل وأذنين كبيرتين تصعدان من جانبي رأسه!

مرة أخرى تذكر مقدار جهله المجتمع الإنجليزي وهو الذي مضت عليه عشرة أعوام كاملة تنقل فيها بين شخوصه وأحيائه، عشرة أعوام لم يزر خلالها مسرحاً، ولم يحضر حفلاً موسيقياً واحداً. لا، حضر مرة سيمفونية كانت هي الأولى والأخيرة. أخذته حلم إليها في إحدى زياراتها. بعد العرض الذي دام ساعتين سألته هل استمتع بما سمع . فقال إنه كان سعيداً لولا تصفيق حاد كان يطلقه الجمهور بين عرض وآخر قطع عليه نومه!

مرة أخرى أحس أن أذنيه تكبران وفمه يتسع !

لم يكمل رحلته في قطار الأنفاق، بل نزل في محطة لا تبعد كثيراً عن مكان عمله، مكملاً ما تبقى سيراً.

في مكتبه، وبعد المراسم المعتادة، فتح درجاً أخرج منه بعض رسائل سارة. دفع بما اختار منها إلى جيبه كي يقدمها إلى إيزابيل بناءً على طلبها. فقد يراها اليوم فقط، ولا يعلم متى سيراها بعد ذلك إذ سيكون مرتبطاً مع شقيقته وزوجها.

في منتصف النهار، وبعد أن أتم معظم واجبات عمله، أحب أن يطالع بعضاً من الرسائل مرة أخرى.

قبل أن يفرغ منها، نهض من كرسيه، وأدار ظهره إلى الباب تجاه النافذة ينتظر سقوط المطر الذي أعلنت قدومه سحب كثيفة تجمّعت في السماء. أصاب الصديق الإنجليزي بشأن المرأة والطقس في لندن.

لم يبد هشام تلك الظهيرة مسروراً.

على انعكاس زجاج النافذة الكبير، رأى وجه سوزي الباسم وهي تحمل إليه قهوة جديدة بدل تلك التي بردت دون أن يلمسها عند

الدخول. سألته السكرتيرة على استحياء، وهذه عادتها، هل هو بخير بعد أن لاحظت عليه بعض انزعاج.

«لا شيء». أجاب باقتضاب وابتسامة باردة.

بهدوء انسحبت مع ابتسامة أجمل من ابتسامته الغبية.

بعـد نصف ساعة تلقى اتصالاً من إيزابيل، تخبره أن لديها ساعة من الوقت قبل موعد لها مع أستاذها المشرف على دراستها. وتسأله هل بالإمكان رؤيته في كافيتريا تجاور جامعتها لتأخذ منه الرسائل.

أخبرها أن ليس الآن، فأمامه ساعات قبل أن ينتهي من العدد الذي سيصدر هذا الأسبوع.

«وماذا عن المساء؟» سألته.

ـ سأخبرك لاحقاً بعد أن أنتهي مما في يدي، وأعـرف من شقيقتي ما سيكون عليه برنامجها اليوم، فهـو أول يوم لها في لنـدن كما تعلمين.

ـ لا بأس يا عزيزي. سأنتظر اتصالك.

بعد قرابة ساعتين اتصل بإيزابيل، وقال لها: «صديق زوج شقيقتي دعانا إلى العشاء، ومن الصعب أن أعتذر».

سألته هل سيطول عشاؤهم؟ فأجاب: «أعتقد ذلك. لكني سأتصل مساءً في كل الأحوال».

ثم سألها بتودد بالغ عن دراستها ورأي أستاذها في ما وصلت إليه حتى الآن. أخبرته أنه سعيد بها، وإن كان يرى أن التحامل على رجال الشرق قد يفسر بأسباب عنصرية، ومن الأفضل أن لا تعتمد الدراسة على رأي واحد، أو تجربة واحدة.

«لا أعلم أي نتيجة ستنتهي إليها دراستك». قال هشام بنبرة استغربتها إيزابيل، وأضاف: «أنا مع رأي أستاذك الجامعي».

سألته:

ـ هل تتوقع أن تصلك رسائل أخرى منها؟

ـ نعم، وربما قريباً.

ـ وما الذي جعلك واثقاً؟

ـ مجرد إحساس.

يصمت قليلاً وهو يسأل نفسه: لماذا يحس بذلك؟

تقطع عليه إيزابيل أفكاره وتسأله من جديد:

ـ متى يمكن أن نلتقي؟

ـ ربما غداً.

«ربما؟...» تساءلت وما أضافت كلمة واحدة.

ثم عرض أن يرسل إلى جامعتها بالرسائل التي طلبتها بصورة مستعجلة إن كانت في حاجة إليها الآن.

«أبقها معك حتى لقائنا القادم». قالت ثم صمتت لحظة قبل أن تتابع: «... إن كان لديك وقت». وقبل أن تنهي المكالمة وعدها، للمرة الثانية، باتصال في المساء.

فكر هشام في إيزابيل التي كان يحلم باتصال يتيم منها، كيف تطلب هي اليوم رؤيته وهو يعتذر.

أتراه الانشغال بالعمل أم بالشقيقة، أم بشيء آخر يدور في رأسه؟ عاد إلى مقعده، والقهوة على الطرف الآخر من الطاولة قد بردت من جديد، وبينهما كومة من رسائل سارة التي أخرجها من جيبه.

نهض لجولة سريعة يقوم بها على الأقسام الأخرى. قبل أن يخطو خارج مكتبه عاد متذكراً قهوته. أخذها بين يديه متجاهلاً الرسائل المطوية بعضاً فوق بعض على مكتبه. فقد قرر أن لا يعيد قراءتها. شيء ما منعه من ذلك. ربما هو الخوف أن يرى صورته في الرسائل.

بعد جولة سريعة، عاد وقهوته وجلس إلى مكتبه. وضع القهوة جانباً ثم أخذ الرسائل بين يديه وهو يتأمل الدوائر الحمراء في بعضها، قبل أن يعيدها إلى حيث كانت.

مضى اليوم هادئاً وبسيطاً حتى الخامسة، عندما اتصلت به شقيقته تسأل عن موعد حضوره إلى المنزل، إذ أعدت له عشاءً يحبه.

لم يكن مدعواً إلى العشاء إذاً.

عند السادسة كان هشام يغادر مكتبه، وفي السابعة كان يتناول العشاء مع ضيفيه في المنزل.

في الثامنة كان الثلاثة يجوبون حديقة مجاورة، قبل أن يذهبوا إلى لستر سكوير. بقوا هناك حتى منتصف الليل، ثم قفلوا عائدين إلى البيت وهم يتبادلون أطراف حديث أقرب إلى الهمس خشية إيقاظ الجيران في عتمة الليل الهادىء. قبل أن يخلد هشام تلك الليلة إلى فراشه، خطر له أن يتصل بكلوديا، لكن بدا الوقت متأخراً، فأرجأ الاتصال إلى الغد.

اندس في فراشه وتهيأ للنوم. ثم استعرض وهو يتمدد على سريره شريط يومه وصور الكثير من نسائه وكلوديا.

تذكَّر كل شيء، كل شيء، ونسي الاتصال بإيزابيل كما وعدها مرتين.

في الصباح تناول فطوره مع شقيقته وزوجها، قبل أن يخرج على

عجل إلى مكتبه. فأمامه اجتماع في العاشرة، وهو في حاجة إلى تحضير بعض الأوراق قبل الاجتماع.

كان أول ما فعله في مكتبه أن اتصل بكلوديا. جاءه صوتها رقيقاً ومثيراً إلى أبعد حد. أخبرها أنه فكر في الاتصال بها ليلة البارحة، لكنه خشي أن يكون الوقت قد تأخر.

«كنت مستيقظة»، قالت له.

«ليتني اتصلت إذاً».

بعد حديث قصير انتهى الاتصال على وعد بلقاء قريب.

قبل أن يبدأ اجتماعه، ووسط كم من الأوراق التي انشغل بإعدادها، وصلت رسالة سارة التاسعة.

شيء ما دفعه إلى قراءتها قبل أن يبدأ اجتماعه. فجأة ضرب جبهته براحة يده وقد تذكَّر إيزابيل التي نسي أن يتصل بها البارحة. فراح يطلبها أكثر من مرة، دون جواب.

قدّر أنها ربما كانت منشغلة. سيعاود الاتصال بها ثانية بعد الظهر. وضع سماعة الهاتف من يده وانصرف إلى رسالة سارة الأخيرة يقرأها:

«ليست صديقتي نورة بأسعد حالاً مني أو من عفراء. أعرفها منذ سنوات طويلة. بل إن والدتها صديقة لوالدتي. كنا نسكن متجاورتين قبل أن تتزوج كل منا ونفترق عن الحي.

عاشت نورة في الخارج فترة من الزمن بحكم عمل والدها. ثم عادت لتكمل دراستها في جامعة محلية. يوم تزوجت، وقد كانت صغيرة السن، كان زوجها في سنته الجامعية الأخيرة، أما هي فكان أمامها سنتان، أكملتهما بعد الزواج.

عرفت نورة مقبلة على الحياة بكل ما لديها من مرح قبل أن تتزوج. لكنها تغيرت بعد زواجها على نحو كامل. أصبحت ترتدي النقاب، وتنصرف إلى الكثير من القراءات الدينية.

عائلة زوجها شديدة التدين، وكذلك هو زوجها، كما يوحي بذلك مظهره المتشدد: لحية طويلة جداً، وثوب أبيض قصير.

بعد أن أكمل دراسته عقب عام كامل على زواجهما، كنت أحسب أن نورة قد أخطأت لعدم مواصلة دراستها، ثم اكتشفت أنها أخطأت مرتين: لزواجها المبكر ولعدم إكمال دراستها.

قد لا تتمتع نورة بجمال باهر، لكن لها جاذبية حقيقية. هي اليوم على عتبات الأربعين تقريباً. أي أنه مضى على زواجها عشرون عاماً، أنجبت خلالها أربعة أبناء وابنة واحدة، وفي القريب ستتزوج ابنتها الوحيدة، وهي لا تزال في عمر الورود.

تخفي نورة وراء نقابها الكثير من المعاناة بسبب أهل زوجها. أحس بوحدتها وعزلتها برغم ما تحاول أن تخفيه عني كلما التقيتها.

بالنسبة إلى أهل زوجها لم تكن نورة تمثل الإسلام الصحيح. حتى أنها بعد أن تنقبت، بقيت في الصف الثاني من حيث الترتيب العائلي بحكم مخالفتها لهم في الكثير من الآراء. فهم على قناعة أنهم وحدهم من يمثل الدين الصحيح، وهي برغم نقابها، لا تزال تسمع الموسيقى، بل تدخن سراً من حين إلى آخر.

كان موطن جرحها الأكبر، غيرة في قلب زوجها تحولت إلى شك مرضي ما برىء منه منذ اليوم الأول. كان الزوجان قد انتقلا بعد زواجهما إلى فيلا صغيرة يملكها والد زوجها وكانت للفيلا حديقة صغيرة

فيها شجرة ليمون واحدة، وشجيرات أخرى تحتضر، وحائط موازٍ لحائط الجيران.

في صبيحة أحد أيام الشهر الأول من الزواج، فوجئت نورة بزوجها وهو يطوق البيت بسور حديدي يبلغ ارتفاعه أربعة أمتار، يعلو السور الأصلي. فباتت الفيلا لمن يراها من الخارج أشبه بمعتقل، لا بفيلا! سألت زوجها عن السبب، فأخبرها أن في ذلك صوناً لها؟

ممن؟ سألته.

أخبرها أن للجار الأيمن ابناً في سن المراهقة، وللجار الأيسر زواراً كثراً، وللجار الخلفي أكثر من زوجة.

سألته: وما علاقتي بكل هؤلاء؟

نظر إليها مستغرباً: كيف سأصون عرضي إذاً؟

يا له من رجل أحمق! يصون عرضه بتحويل بيته إلى معتقل. هو يعتقد أنه بذلك يحمي زوجته من عيون الجيران، كما لو كانت زوجته لا هم لها سوى انتظار جار يأتيها من فوق سور المنزل!

زوج كهذا، في تحليلي، اعتاد أن يعيش في معتقل أكبر من حدود عقله. ومن اعتاد أن يكون أسير معتقل كبير، لن تضيره سكنى معتقل أصغر! روت لي نورة كيف أنها عاشت أول خمس سنوات من زواجها وهي ممنوع عليها أن تغادر باب بيتها. كما اعتادت أن يقفل زوجها باب المنزل قبل أن ينصرف إلى عمله، فلا يفتح أثناء غيابه، حتى نافذة صغيرة.

كما أن التلفزيون اقتصر على استقبال القنوات المحلية، إذ لا يجوز شرعاً رؤية القنوات الأجنبية لما فيها من عري وفسوق، حسب كلام زوجها.

زوج نورة كان نموذجاً لرجل يخفي مرضه النفسي بلباس الدين، وكثيرون هم مثله. من يؤمنون بأن المرأة خطيئة تمشي على قدمين!

أذكر يوم اتصلت بي عفراء تخبرني أن نورة لا تستطيع الاتصال بي لأن زوجها منعها من الاتصال بامرأة يغيب عنها زوجها كثيراً، كما أنني لا أضع النقاب، وبيتي مفتوح للصديقات والموسيقى والقنوات الفضائية. وكلها أمور كانت في نظر زوجها من عمل الشيطان. من أجل ذلك كانت تضطر إلى الكذب عليه كلما جاءت لزيارتي، فتخبره أنها في بيت صديقة أخرى.

بقي منعها من زيارتي قائماً حتى زرت أنا نورة في دارها. وعند انصرافي رآني زوجها، فأشاح بوجهه عني سريعاً وهو يطلب الستر من الله. ثم نظر مرة أخرى وكرر دعاءه، ثم مرة ثالثة. والغريب أنه سمح لها منذ ذلك اليوم بأن تأتي لزيارتي، وقد رأيته أكثر من مرة يوصلها بنفسه. هل تريد أكثر من ذلك؟

حسناً لقد اتصل بي ذات يوم يشكو مدى تأثر زوجته بأفكاري أنا. ثم أخذ يقدم بعض النصائح التي يبدأها ويختمها بالطريقة ذاتها، مع شيء من ارتباك وتردد: «أنت سيدة جميلة، بل جميلة جداً وشخصيتك تفرض حضورها على الآخرين، حتى إن زوجتي تأخذ برأيك أكثر من رأيي أنا، وأشكرك لو أرشدتها إلى الطريق الصحيح».

سألته: «الطريق الصحيح إلى ماذا؟».

قال: «الطريق الصحيح إلى إرضاء زوجها في شؤون بيته وحتى في السرير... تعرفين ما أقصد بالسرير، وأنت السيدة الجميلة، الجميلة جداً».

٣٥٨

لم يكن اتصالاً من أجل زوجته، بل من أجلي أنا. كان يتحرش بي. ادعيت جهلي بما يقصد، حتى اطمأن إلى إنصاتي الهادىء فقال بلهجة الواثق: «حديث كهذا لا يتم بالهاتف، ولا أعرف إن كانت هناك فرصة كي نلتقي».

ثم توقّف لحظة وأنا لا أزال صامتة أستمع إليه، وسأل: «ما رأيك؟».

قلت له إن زوجته صديقتي، فقال متجاهلاً وجودها كأنها نكرة لا قيمة لها: «وما علاقتها بالموضوع، لا تهتمي بها، إنسي أمرها، فهي لا تعرف أني أتصل بك».

هو يتصل بحجة إرشاد زوجته كي تكون أفضل في تعاملها معه، ثم يأمرني ألا أهتم بها، وأنسى أمرها.

أقول لك الحقيقة إنني شعرت في داخلي بالسعادة والغضب في آنٍ: السعادة لأن إحساسي كان صادقاً تجاه كثير من ذوي اللحى، أما الغضب فكان من تحرش زوج صديقتي بي مستخفاً بشخصيتي وبها.

لم أرد أن أتخذ موقفاً عدائياً في حديثي معه، ليس من أجله هو بل من أجلها هي. ولا أعتقد أني نجحت.

ذات صباح اتصلت بي عفراء تخبرني أن نورة قد أدخلت إلى المستشفى بعد أن ضربها زوجها بقسوة. كان تبريره عندما سألوه: أن الله يجيز للرجل أن يضرب زوجته!

هل تعرف لماذا ضربها؟

حدث أثناء زيارة لها إلى أهل زوجها، أن دار حديث حول قيادة المرأة للسيارة. قالت إنها تؤيد حق المرأة في ذلك، وقد كانت تقود سيارتها

بنفسها يوم عاشت في الخارج فترة ما. ثارت ثائرة الجميع ضدها وبقي زوجها شبه صامت على نصف حياد.

عندما عادا إلى البيت، ثار هو، لطمها على خدها وشجّ رأسها، وهو يقول إن قيادة المرأة للسيارة اليوم ستجعلها هي الرجل غداً وسيكون لها بدل العشيق الواحد عشرة عشاق.

ماذا تسمي تلك العلاقة مع رجل يشجّ رأس زوجته لاختلاف في الرأي بينهما؟

فأي ارتواء لعاطفة نورة مع زوج كهذا؟

ألا تعتقد أن زوجها هو من يصنع لها شيطاناً على القياس ويدفعها إلى طريق الخيانة؟

بعد أسبوع من التردّد في زيارتهـا، ذهبت إلى المستشفى حيث ترقد. وهناك رأيت آثار الضرب عليها. كان ذلك أبشع بكثير مما تصورت.

كانت نورة الضحية والمخطئة أيضاً عندما دخلت في نقاش مع رجل تعلم مقدار جهله. ولا أعلم حقيقة اقتناعي برأيي هذا أم لا، وهذا كل ما استطعت قوله لها ذلك اليوم.

اعتقدت دوماً أن من واجب الزوج أن يحمي شخصية زوجته، فيجعلها أقوى بوجوده معها، والعكس بالعكس. لكن رجلاً كزوج نورة قادر على وأد كل نساء الأرض. وهكذا كان، فقد أصبحت نورة تنفّذ كل ما يريد تحاشياً لوأد لا تريد أن يتكرر. ما عادت لها شخصية إنسانية، بل أصبحت كتلة من عدم. من لا شيء! حتى إنها حاولت أن تنتحر. نعم، حاولت مرة ولا أحد يعرف بسرّها إلا أنا وزوجها.

أتريد أن تعرف إلى ما انتهت إليه قصة نورة التي اعتادت أن تسكن وراء خوفها ونقابها؟

أصبحت غير تلك التي كنا نعرفها. أصبحت أكثر تطرفاً من المتطرفين، جنباً إلى جنب مع رغبة تفوق كل ما رأيته من توحش جنسي في عيون النساء. رغبة أقوى من السياج الحديدي الذي يرتفع أربعة أمتار حول دارها. سياج ما حال دون ارتباطها بعلاقة عابرة مع رجل ما. لم تدم العلاقة طويلاً، فقد تسلى بها الآخر أسابيع قليلة قبل أن يملّها. ملّ حتى سلبيتها وشخصيتها الميتة وراء أسوارها.

نصف نسائنا اليوم هن مثل نورة: موتى على قيد الحياة!

آخر مرة رأيتها، كانت تبكي من ألم أقوى من ألم الدم الذي سال يوماً من رأسها.

كانت تبكي من رغبة زوجها في تزويج ابنتها الصغيرة برجل عجوز يتعذّر إصلاحه.

كانت ترفض أن تخوض ابنتها تجربة الزواج المبكر كما خاضته هي. كانت ترفض أن لا تكمل تعليمها كما فعلت هي. وكانت تخاف باباً صدئاً تعيش وراءه، كما عاشت هي، ومع رجل هو في عمر والدها أو جدّها.

لكن زوجها ما سألها الرأي وهي أمها، فقد كان مقتنعاً أن زواج البنت مبكراً خير من أن يمتلئ جسدها بالرغبات.

حتى ابنته الصغيرة، كان يشك فيها.

والله ما أنقذ نورة وابنتها من جنون كهذا إلا والد زوج نورة الذي ما ارتضى لحفيدته زواجاً محكوماً بالفشل حتى قبل أن يبدأ.

لأول مرة تنتصر نورة على زوجها. ليس من أجلها، بل من أجل ابنتهما.

في مناسبة ما، اكتشفت نورة أن زوجها الذي يغلق عليها النوافذ والأبواب متزوج بفتاة في عمر ابنته من سوريا.

ما عرفت ذلك إلا صدفةً من زوجة صديق سابق لزوجها أصبح على خلاف معه، فأذاع سره.

لم تكترث نورة للقصة.

هي في الواقع ما عادت تملك إحساساً تجاه أي شيء منذ أن أصبحت تجربة جسدية لأكثر من رجل واحد. لكن ما أحزنها هو أن زوجها تزوج بطفلة هي من عمر ابنتها، ثم تركها مع جنين في بطنها لا يعرف أحد أين سينتهي مصيره، ولا كيف سيكون مستقبله.

للحظة فكرت نورة، كما قالت لي ذات مرة، أن الزوجة الأخرى هي أكثر حظاً منها.

مثل عفراء حاولت نورة أن تطلب الطلاق أكثر من مرة. ربما ثلاثاً أو أربع مرات. وكما هي القصص تتكرر دوماً، ما شجعها أحد من أهلها على ذلك، باستثناء شقيق لها قدر حجم آلامها وجنون زوجها. وفي المحكمة ما كانت نورة تعرف كيف تجيب القاضي عندما سألها عن سبب طلبها الطلاق.

ما أرادت أن تكشف عورات زوجها أمام أبنائها الذين كبروا، وما أرادت أن تقول إنه دمّرها، أو قتلها، أو جعلها جسداً علكته الخطيئة.

أدركت نورة بعد يأس، أن أفضل ما تفعله ليس أن تصبح مطلّقة ولا أن تكون أرملة، بل أن تئد نفسها بيديها بين أسوار منزلها التي أصبحت أكثر علواً من كبريائها!

أيها العزيز رئيس التحرير:

«هذه نماذج أحببت أن تطلع عليها، أن تكون الشاهد على جبنك وخيبتك فتصمت عنها، أو أن تكون على قدر المسؤولية فتنشرها بلا خوف.

قد سألت عن عنواني ذات مرة، وها قد أصبح لديك، فإن شئت أن تكتب لي فافعل!».

أنهت سارة رسالتها مع تنهيدة عميقة.

تركت القلم من يدها.

فتدحرج على الطاولة.

ثم سقط على الأرض.

تأملته وهو يسقط...

أشفقت عليه وقد كان الأكثر قرباً منها.

أشفقت عليه وقد كان الثقب الصغير في رأسه هو الباب الذي أطلت منه على العالم لتروي قصتها.

رفعت القلم إلى مستوى عينيها.

ثم وضعت عليه غطاءه فأحست بأنه يختنق، فنزعت الغطاء وألقت به وراء ظهرها.

«يجب أن تكون الأقلام بلا غطاء». وأخذت تنزع أغطية ما جاورها من أقلام وتلقي بها في سلة أمامها. ثم دندنت نغماً قديماً وهي ترخي بظهرها إلى مقعدها كمحارب يستريح بعد معركة.

فهل انتهت المعركة؟

ربما، أو غير مهم، المهم أن تكون قد بدأت.

نظرت إلى دفتر يومياتها المندس بين بعض كتبها القديمة. أحست برغبة في أن تكتب شيئاً، فقامت وسحبت الدفتر من مكانه. فتحت صفحة بيضاء، وعلى رأسها سجلت تاريخ اليوم والشهر والعام والساعة، ثم كتبت: «اليوم وُلدت مرة أخرى!».

نعم، كانت تلك ولادة جديد لسارة وهي في الحادية والثلاثين من العمر آنذاك.

كل ما كانت تحتاج إليه هو إحساس الانتصار، فحققته برسائلها. وقد لازمها هذا الإحساس أحد عشر شهراً وخمسة أيام منذ ذلك التاريخ، أسلمت بعدها الروح متأثرة بسرطان في عنق الرحم كان هو سبب آلام حوضها المتكررة.

كانت ابتسامة رقيقة من أحد طفليها هي آخر ما رأته.

طوت سارة دفتر مذكراتها بعد أن وثقت ميلادها الجديد، وضمّت الدفتر بين ركبتيها وهي تنظر إلى رسالتها الأخيرة والأقلام من حولها قد نزعت كل أغطيتها، ثم طلبت إلى خادمتها بعضاً من عود البخور والجمر.

امتلأ البيت برائحة العود.

أصوات عميقة تأتيها من حجرة نومها. أصوات تعرفها وتحبها. نهضت كمن هي في حلم ومشت إلى وسط حجرتها ووقفت أمام مرآتها، فطالعها وجه الخليفة وراء أعمدة البخور. ومن ظلمة هناك، سمعت ضحكات عتيقة تتوزع في أرجاء حجرتها.

رمت بنفسها على سريرها، فتطاير البخور من حولها كوسادة من ريش، وانكشفت ثلاثة أرباع جسدها حتى أعلى فخذيها.

أحست برشقات عطر وشراب تلامس وجنتيها. رفعت رأسها فرأت فارساً يصعد إلى سريرها. ابتسمت وألقت برأسها على مخدتها وهي تشعر بأن الفارس يتأمل جسدها المنكشف ويلمس بعض جمرها.

غلبتها النشوة.

«متى يأتي الصيف؟». همهمت بصوت خفيض، وأغمضت عينيها على أنفاس الفارس تلهث فوقها.

كان هشام يفكّر في الصيف القادم، ممسكاً بيمناه الرسالة الأخيرة، وباليد اليسرى غطاء قلمه الأحمر.

قلب الرسالة وهو يسأل: «أين هو عنوانها؟»

قلبها ثانية، فثالثة.

ـ «أتراها تهزأ بي؟» تساءل.

طوى الرسالة على مكتبه، ووضع غطاء القلم الفارغ في جيبه، وتوجه إلى الاجتماع الذي كان ينتظره بعد أن تأخر عن موعده قليلاً. وقد امتد الاجتماع حتى وقت متأخر.

ما كاد ينتهي منه حتى هرول مسرعاً باتجاه مطعم كانت شقيقته وزوجها ينتظرانه فيه. بعد العشاء تجولا في البيكاديللي حتى انتصف الليل.

وقبل أن ينام، استعاد شريط الرسائل في ذهنه، والغطاء الفارغ يتقلب بين أصابعه.

أغمض عينيه وهو يتذكر كعادته ما حدث معه في يومه وخصوصاً اتصال كلوديا.

وللمرة الثانية، نسي الاتصال بإيزابيل.

على غير موعد غداء أو عشاء، دخل هشام إلى مطعم جيوفاني.

لم يكن أحد هناك سوى الساعة الخشبية الحمراء، تلك التي تشبه الطاحونة العجوز.

في آخر المطعم كانت فتاة بولندية تعيد ترتيب الطاولات والمقاعد. فلم تنتبه إلى حضور الزائر الذي وقف عند الباب ينظر إليها بصمت وهي تعمل.

كانت تميل برأسها إلى الناحية الأخرى من المطعم، مع انحناءة جسد تفقد الرجال عقولهم.

تلبس قميصاً شفّافاً قصيراً على بنطال ضيق، وبين القميص والبنطال فجوة تكشف عن جسد ناعم الملمس، ناصع البياض يحيط به خيط رفيع، هو جزء من ملابسها الداخلية، جزء قادر وحده على إثارة حرب!

قفزت الفتاة مفزوعة عندما اكتشفت وجود هشام الذي توقف الزمن، وساعة الحائط الخشبية، أمام عينيه وهو يتأمل الخيط الرفيع.

بشيء من اللامبالاة المصطنعة سأل عن جيوفاني.

ـ هو في الداخل. لكن تقديم الطعام لم يحن بعد.

ـ جئت لرؤية جيوفاني فقط. هل هو...

وقبل أن يكمل جملته دخل جيوفاني وفي يده كأس من الويسكي. ليس من عادته الشرب في هذا الوقت المبكر من اليوم.

٣٦٧

- من الحسناء التي تعمل عندك يا جيوفاني؟ إنني أراها هنا للمرة الأولى.

- هي هنا منذ وقت طويل، لكنها لا تأتي سوى ساعتين كل صباح لتساعدني في إعداد الطعام قبل وصول الزبائن.

- يا لك من إيطالي متوحش، أنتَ من يجب أن يساعدها لا هي.

- ما الذي أتى بك في غير موعد للغداء أو العشاء؟

- حالة قرف. وأنت لماذا بدأت الشرب مبكراً؟

- حالة قرف أيضاً.

- جميل، لدينا حالتا قرف وامرأة جميلة. أين ماريا؟

- سافرت صباح اليوم إلى إيطاليا، وقد تغيب أكثر من أسبوع.

- آه، ألهذا السبب تشرب أنت؟ وما هي أخبار كلوديا؟

- أعتقد أنها ستسافر هي أيضاً في الأسبوع التالي إلى إيطاليا. ألم تلتق بها منذ عشائنا سوياً؟

- بلى، وقد أراها اليوم عند الغداء أو العشاء.

- هل ستأتيان إلى هنا؟

- ربما، وربما في مكان آخر.

- قل بصراحة يا صديقي، ما الذي تريده من كلوديا؟

- صداقة لا أكثر.

- وماذا عن إيزابيل؟

ضرب هشام رأسه بيده، وهو يقول:

- آه! إيزابيل. نسيت الاتصال بها مرة أخرى.

وبسرعة أضاف: إيزابيل رائعة جداً، لكنها منشغلة معظم الوقت.

ـ اسمعني يا صديقي، كلوديا صديقة مقربة من ماريا، ولا أريدك أن تجرح مشاعرها.

ـ لن أفعل، لكن لا تخبر إيزابيل بالأمر إن سألتك؟

ـ لا أفهمك يا هشام. لكن لا بأس، لن أخبر إيزابيل بشيء.

ـ ولا ماريا.

ـ ماريا لا تعرف الكثير عن علاقتك بإيزابيل. رأتها في حفلتك فقط. هي تعتقد أنها صديقة عادية كما أخبرتها وإلا لما قدمتك إلى كلوديا.

وقبل أن يغادر هشام المطعم، أطلعه جيوفاني على مجموعة صور التقطها أثناء حفلة سليم. تناولها من يد جيوفاني. نظر إليها على عجل، ثم وضعها في جيبه: هذه نسختي، أليس كذلك؟

وقبل أن يجيب جيوفاني، سأله هشام وهو يمسك بقبضة باب الخروج: قل لي يا صديقي الإيطالي، لماذا يبتسم الناس عند التقاط صور لهم؟

ـ لا أعلم.

ـ كي يقنعوا أنفسهم كم كانوا سعداء في الماضي!

لم يدرك جيوفاني قصد هشام، لكنه اكتفى بابتسامة تبادلها معه قبل أن يقفل الآخر الباب ويسير نحو مكتبه. فور أن جلس في مقعده اتصل بإيزابيل. لا يعرف هشام نفسه كيف يمتلك قدرة التخاطب مع أكثر من فتاة في وقت واحد، وبالقدرة نفسها على الإيحاء أن كل واحدة هي الأقرب إلى نفسه.

على الطرف الآخر من الهاتف جاءه صوت إيزابيل هادئاً، فاعتذر عن عدم اتصاله بها. تقبلت اعتذاره ببرودة، وبدون توقع سألته في شبه مداعبة: ألم تشغلك امرأة أخرى؟

«وهل هناك من هي أجمل؟» أجاب وهو يسأل نفسه هل كان سؤالها مداعبة أم سخرية؟

ثم عادت أسرع مما توقع إلى الحديث عن رسائل سارة. بدت كمن تتحاشى الدخول في نقاش ما، فسألته: هل من جديد؟

أخبرها أنه استلم رسالة ربما كانت الأخيرة.

- ولماذا تعتقد أنها الأخيرة؟

- لأنها ذيلتها بعبارات الختام. طالبة أن أتواصل معها بالكتابة إن أردت.

- وهل أعطتك عنوانها؟

- قالت إنها أرسلته مع الرسالة الأخيرة، لكني لم أعثر عليه.

- ماذا قالت تحديداً؟

- قالت: لديك عنواني إن شئت أن تكتب لي.

- هذا هو العنوان إذاً...

- ما هو؟

- سأخبرك عندما أراك. كيف هي أمورك اليوم؟ هل لديك متسع من الوقت للقاء؟

- ربما أستطيع رؤيتك قبل شقيقتي.

- ألن تقدمني إليها؟

- بتلعثم يرد: بالطبع، عندما يأتي الوقت المناسب. سأتصل بك بعد ساعة أو ساعتين كي أؤكد لقاءنا اليوم إن استطعت.

كان هشام يكذب هنا مرتين: مرة عندما قال إنه سيقدم إيزابيل لشقيقته، وهو لن يفعل، خوفاً من تطور العلاقة ولعلمه أيضاً برفض شقيقته أن تكون له صديقة أو عشيقة.

والمرة الثانية عندما قال إنه ربما اقتنص وقتاً لرؤيتها، ذلك أنه كان يؤمل أن يرى كلوديا اليوم قبل أن تسافر بعد أسبوع، كما أخبره جيوفاني.

بينما سوزي كانت تعطيه قائمة بلقاءات اليوم، اتصل هشام بكلوديا. سألها، متلهفاً، هل ستسافرين حقاً بعد أسبوع؟

أجابته بنعم، «بل ربما بعد خمسة أيام».

«هل بالإمكان رؤيتك اليوم إذاً؟».

قالت إنها ستنتهي من عملها في السادسة مساءً، بعد ذلك يمكن أن يلتقيا في أي مكان مجاور.

«سأكون في انتظارك في محطة القطار في كوفنت جاردن عند السادسة».

أنهى اتصاله بكلوديا ثم اتصل بإيزابيل، وقال لها إن شقيقته حُلم طلبت مرافقته في رحلة لرؤية صديقة خارج لندن وهي لا تعرف الطريق. من أجل ذلك فإن لقاءهما سيؤجل إلى الغد.

لم تعلّق إيزابيل، بل تمنّت له أوقاتاً طيبة مع شقيقته. وطالما أنها لن تراه اليوم، فقد أحبت أن تعرف على عجل شيئاً عن رسالة سارة الأخيرة.

باهتمام استمعت إلى كل ما قرأه هشام، دون أن تعلّق بكلمة واحدة. بعد أن انتهى، شكرته، ومن جديد تمنت له أمسية طيبة مع شقيقته.

لم يعرف هشام لماذا سألته إيزابيل عن الرسالة الآن، دون الانتظار إلى الغد.

هل كان الغد يخفي سراً؟

في السادسة تماماً، كان هشام يقف منتظراً أمام محطة قطار كوفنت جاردن حيث واعد كلوديا.

بعد انتظار لم يطل أكثر من بضع دقائق وصلت. كانت تلبس تنورة جلدية ضيقة تعلو الركبة، سوداء اللون مع حزام أبيض عريض، وقميص أبيض فوقه جاكيت سوداء.

لقد كانت نموذجاً لتوحش أنثوي يحبه الرجال، خاصة مع شعرها الغجري الطويل الذي أسدلته فوق ظهرها.

تنتشر في كوفنت جاردن حانات ومطاعم في كل مكان. فقررا أن تبدأ أمسيتهما في حانة قريبة، دخلاها فوجدا أن الأصوات تفوق روّادها.

غادرا على عجل.

ثم دخلا حانة أخرى، كانت تشبه الأولى.

لم يغادرا هذه المرة، بل قصدا طاولة في ركن شبه معتم.

تأمل هشام الحانة سريعاً فإذا بها المكان نفسه الذي التقى فيه إيزابيل للمرة الأولى. «يا للمصادفة!» قال في نفسه.

جلس قبالة كلوديا يتأملها وهي تبتسم في استحياء. تحاورا في أكثر من موضوع وابتسامة عميقة لا تفارق محياه، ليس بسبب حديثها الذي لم يفهم نصفه، بل إحساساً بالانتصار.

انتصار على ماذا؟

كان يتعمد الاقتراب منها متذرعاً بضجيج الحضور. يقترب حتى ليكاد يلامس أذنها بشفتيه.

وقد كانت تستعذب الأمر كثيراً. بقيا هناك حتى الثامنة مساءً، ثم انتقلا إلى مطعم مجاور يقدم البيتزا التي تشتهيها كلوديا.

ومرة أخرى تحادثا في أمور كثيرة معظمها عن عملها وعمله. وكما فعل مع إيزابيل، حدثها لكن باختصار أكثر، عن بعض رسائل المعجبات والقارئات دونما الوقوف عند رسائل سارة.

امتد العشاء حتى العاشرة. ومع الكثير من النوادر والقصص التي لا يعرف أين تبدأ كل منها وأين تنتهي، اقتنص هشام أكثر من مناسبة لطبع قبلة على رقبة كلوديا من حين إلى آخر.

بعد العشاء، وفي لحظة نشوة واشتهاء وهما يغادران المطعم، ضمّها إلى صدره مع نسمة باردة هبت دونما استئذان، ثم سلكا، وكل يمسك بخاصرة الآخر، طريقهما إلى محطة القطار.

كان الطريق مشتركاً بينهما حتى منتصفه قبل أن يفترقا على وعد بلقاء ثانٍ قبل أن تسافر.

حاول هشام أن يحصل على ما هو أبعد من مجرد لقاء، فأجابته بقبلة على شفتيه.

كان يمكن لهشام في تلك اللحظة أن يكتشف شيئاً مهماً في شخصيته: إنه لا يختلف عن باقي الرجال، كل الرجال، ولا يكتفي بامرأة واحدة، ولو كانت تقلُّ جمالاً عن إيزابيل.

هل هو يبحث عن مذاق لدى كلوديا لم يجده لدى إيزابيل؟ أم تراه يبحث بالفعل عن انتصار؟

تنتهي ٦٠ في المائة من رغبة الرجل في امرأة جديدة بعد المعاشرة الأولى، ثم ٨٠ في المائة، بعد المعاشرة الثانية، ثم لا شيء مع القذفة الثالثة. إذ لا يوجد بعد ذلك من جديد يستحق أن يكتشف. فيبدأ البحث عن أخرى جديدة ولو كانت أقل جمالاً من سابقتها. وكلوديا أقل جمالاً

من إيزابيل. لكنها لم تكتشف بعد. واختلافها عن إيزابيل هو ما يغذي رغبة اكتشافها.

حتى وإن كانت كلوديا قبيحة، وهي لم تكن كذلك حقاً، فإنها تبقى جديدة المذاق. وعندما يمتزج الجمال، على اختلاف درجاته، مع الشيء الجديد تصبح الرغبة هوساً لا يقف عند طرف سرير إيزابيل أو جينز كلوديا الضيق.

الرغبة في المرأة الجديدة تتطلب قوة جسدية، وقوة جنسية، وإرادة عقلية. القوة الجنسية هي الانتصاب، والقوة الجسدية هي الاهتزاز، والإرادة العقلية هي في تخيل ما يخفيه الجديد.

هذه الثلاثية مجتمعة تلتقي بسهولة لدى زوجة جديدة. لكنها مع الزوجة القديمة تحتاج إلى إرادة تجمعها. من أجل ذلك يحتاج الزوج إلى جهد ثلاثي الأبعاد عندما يعاشر زوجته القديمة.

هشام بات يحتاج إلى هذا الجهد مع إيزابيل، لكن مع كلوديا ستأتيه الإرادة إلى أطراف سريرها، دون عناء.

شيء آخر يدفع الرجال إلى التجارب المتكررة مع النساء، هو صناعة الذكرى. فالرجل يحب أن يترك في ذاكرته صورة امرأة جميلة كانت يوماً بين يديه. امرأة تستحق أن يصرف عليها نصف ما يملك من مال ووقت، لأنه بهذا النصف يشتري لذة يبقى طعمها على لسانه طوال عمره. وتتضاعف هذه اللذة عندما لا يكون أمام الرجل سوى امرأة اعتادها حتى الملل.

ربما هو تفسير غريب ترفضه النساء على العموم، لكنه مقبول بالنسبة إلى كثير من الرجال وإن لم يعترفوا به، وهشام أحدهم.

تلك الليلة وهو يهمّ بدخول منزله، تداخلت من جديد صور نسائه في رأسه:

سارة، إيزابيل، كلوديا.

من تسبق من؟

يستلقي على أريكته بعد أن يطبع قبلة على وجنة شقيقته الجالسة قرب المدفأة.

تسأله بحنان أم: متى يتوب عليك الله يا أخي وتتزوج؟ بيت بلا أطفال لا تدخله الملائكة، فماذا تنتظر؟

له جواب حاضر دوماً: أنتظر من تجعلني أكره كل النساء أمامها. امرأة تجعلني أشكر الله في كل صلاة على وجودها بقربي.

تسأله، وقد شارك زوجها في الحوار: أو بعد كل هذه السنين لم تجد تلك المرأة؟ متى ستجدها إذاً؟

«الله وحده يعلم». هكذا ينتهي الحوار كل مرة.

فكّر هشام بينما هو يحاور شقيقته: هل تراها تعرف من القصص ما تعرفه سارة؟

تقطع عليه حُلم أفكاره، وهي تدعو له بالهداية والتوفيق باختيار زوجة صالحة بعد أن قضى حياته عازباً ومرتحلاً من مكان إلى آخر.

ما لا تعرفه الشقيقة، أن الشقيق تائه بين مليشيا نسائه. كل واحدة منهن ربما هي أكثر ملاءمة من الأخرى. لكن ما لا تعرفه الشقيقة أيضاً، أن شقيقها وحده، فقط، غير ملائم كي يكون زوجاً لأي منهن.

قبل أن يمضي إلى غرفته، يقضي ساعة أخرى مع زوج شقيقته يلعبان الشطرنج. ثم ينصرف كل منهما إلى مخدعه، وقد أعياه التعب.

على سريره يتدثر هشام بغطاء سميك بعد حمّام دافئ، وينام بسرعة.

كان الصباح التالي جميلاً ومشمساً بينما الثلاثة يتناولون فطورهم.

اتصل شيء من حديث الليل بحديث الصباح. قبل أن ينصرف هشام إلى مكتبه، قبلته، حُلُم وهي تدعو له بالهداية كأم حنون.

ما رأى امرأة صالحة كشقيقته هذه قط، ولا تمنى امرأة أفضل منها.

دخل مكتبه، والقهوة المعتادة تتبعه في يد سوزي التي أخبرته أن إيزابيل اتصلت به باكراً، وطلبت أن يعاود الاتصال بها. استغرب هشام الاتصال الباكر، وقبل أن ينشغل في عمله اليومي اتصل بها.

جاءه صوتها مشوشاً ومضطرباً على غير عادتها. سألها هل هي بخير. فقالت نعم باقتضاب شديد. ثم سألته آنذاك هل بالإمكان رؤيته. وقبل أن يجيب، أخبرته أن الأمر عاجل، وحبذا لو أجّل أي ارتباط إلى ما بعد لقائهما مساء.

حاول أن يستفسر هل في الأمر شيء خطير. فقالت إنها اكتشفت شيئاً مهماً، لكنها ستخبره به عندما تراه فقط. تعجّب من إصرارها، وسألها متى تريد أن يلتقيا؟

ـ السادسة مساءً. أيناسبك هذا الموعد؟

ـ مناسب.

ـ هل يناسبك كوفنت جاردن القريب من مكتبك؟

ـ مناسب جداً.

بعد المحادثة أطرق مفكراً في سر اللقاء العاجل، داعياً الله أن لا يكون مكروه قد وقع. ثم نظر إلى رسالة سارة التي تركها على طاولته منذ البارحة، ورفع رأسه حيث كان يراها جالسة، فإذا بها قد اختفت. «كانت

تلك رسالتها الأخيرة إذاً» قال هشام، وهو يضع الرسالة التاسعة في جيبه كي يطلع إيزابيل عليها، مع باقي الرسائل التي طلبتها، في لقاء المساء.

انصرف بعدها إلى متابعة شؤونه. اتصالات، صفحات، حذف، إضافة، خوف، جرأة، زملاء يدخلون ويخرجون، ضيوف يروحون ويأتون... ثم السادسة إلا خمس دقائق.

يغادر مكتبه مسرعاً، وفي المكان الذي كان ينتظر فيه كلوديا بالأمس، وقف ينتظر إيزابيل.

من بعيد رآها تشقّ طريقها وسط زحمة الناس. اقتربت منه بابتسامة باردة وقبلة أكثر برودة من هواء ذاك المساء!

سارت نحو الحانة التي جلسا فيها للمرة الأولى، والتي كان هشام يجلس فيها البارحة مع كلوديا. تمتم وهو يبتسم: «كيف هي الحياة تكرر نفسها دون إرادتنا!».

سألها عما بها وهو يأخذ بيدها إلى طاولة قرب الباب.

ـ لا شيء. فقط أحببت أن أحادثك في موضوع يهمّك كثيراً.

ـ قبل البدء ماذا تشربين؟

ـ لا شيء، اجلس فقط.

قالتها بحدة ما عهدها من قبل.

عاد إلى مقعده وهو يقول: كلي آذان صاغية.

سألته أولاً عن شقيقته. فأخبرها أنها بخير.

ـ كنت أتمنى رؤيتها.

ـ سيسعدها ذلك.

ـ ألن تقدّمني لها.

ـ بلى ولكن ...

تقاطعه وقد قطّبت جبينها:

ـ أعرف أنك لن تفعل. لكن ليس هذا ما طلبت رؤيتك من أجله. أريد أن أسألك عن رسائل سارة، هل انتهت؟

ـ ألهذا السبب أردت رؤيتي على عجل؟

ـ أجبني فقط.

ـ نعم. أعتقد أني استلمت منها الرسالة الأخيرة.

وأخرج الرسالة من جيبه. فأخذتها إيزابيل ووضعتها كما هي مطوية على طرف الطاولة. ثم سألته:

ـ ما الذي خرجت به من كل رسائلها؟

ـ أشياء كثيرة.

ـ مثل ماذا؟

ـ مثل الأفكار القديمة التي لا تزال تحكم عقولنا. وعقلية الرجل الشرقي التي لا تزال كما هي. و .... و... إن شئت الحقيقة قلت إني لا أعرف ما يمكن أن أخرج به من رسائلها، فأنا تائه أمامها، والأهم أني لا أعرف ما المطلوب مني بعد كل هذا.

ـ ما الذي تتوقعه أنت؟

ـ حقيقة، لا أعلم.

ـ سأخبرك أنا. هي طرحت عليك مشكلة الخيانة في مجتمع محافظ، أليس كذلك؟

ـ نعم.

ـ ما هو الحل في رأيك؟ لو كنت أنا مكان سارة وأنت خالد،

٣٧٨

واكتشفت أنك على علاقة بامرأة أخرى، فما الذي عليّ القيام به؟

ـ أن ترفضي. أن تثوري. ونظر إليها بجرأة مزيفة هي أقرب إلى الوقاحة.

ـ وماذا بعد؟

ـ أن ترحلي إذا اقتضى الأمر ذلك حفاظاً على كبريائك. قال ذلك وهو لا يزال ينظر إليها بالطريقة ذاتها.

ـ ها قد قلتها.

تتابع إيزابيل بجدية لا تصنّع فيها:

ـ ألا تعتقد أنك مثل خالد؟ ألا تعتقد أن في دمائك المرض نفسه الذي يجعل من كل أبطال روايتك أنصاف آلهة؟

ـ لم تقولين ذلك بربك؟

ـ لأنك مثل خالد.

ويعلو صوتها: أنت مثلهم كلهم.

قل لي، هل تلبس شقيقتك تنورة جلدية قصيرة تكشف عن ساقيها حتى الفخذين. قل لي، هل لها شعر غجري تطلقه وراء ظهرها؟

تتابع إيزابيل وقد جمد هشام في مكانه:

وهل أحبت شقيقتك التي كنت معها البارحة هذا المكان، والحانة التي نجلس فيها الآن؟

ثم عاد إليها بعض الهدوء فقالت بصوت منخفض:

«نعم يا عزيزي، رأيت كل شيء. رأيتك هنا بالأمس وأنا في طريقي للقاء صديقة تعمل في متجر قريب. رأيتك بصحبة فتاة أخرى. رأيت ضمّك وتقبيلك لها. لماذا كذبت عليّ وقلت إنك مرتبط مع شقيقتك في حين إن لديك موعداً غرامياً آخر؟

هل كذبت عليك أنا من قبل؟

شعرت منذ هديتك أن في الأمر شيئاً ما. صدقت سارة، فالمرأة تدرك الخيانة بالإحساس. وقد تأكد إحساسي بمحض الصدفة. أنت مثل الآخرين يا هشام. أنت خالد زوج سارة. وأنت زوج عفراء، وزوج نورة.

ظننت أنك تختلف عن الآخرين، فإذا بك مثلهم، بل أسوأ منهم.

يوم طلبت إليك أن تقدمني لشقيقتك أحببت فقط أن أعرف ما يكون ردك، فقد كنت متيقنة أنك لن تفعل.

يوم طلبت إليك أن ترافقني إلى الكنيسة، أردت أيضاً أن أعرف ما يكون ردك، وأنت من أرهق أذني بالكلام عن احترام الأديان والثقافات. الخيانة في دمك يا هشام، والكذب جزء منك. والأفكار القديمة منحوتة في لحمك وعظمك.

أنت مثل كل الرجال في مجتمعك لا تختلفون عن بعضكم بعضاً. أنتم هو الموروث الذي تهرب منه سارة. أنت تحديداً موروثها يا هشام لا زوجها وحده.

أخطأت سارة، أخطأت كثيراً عندما كتبت إلى رجل هو صورة عن زوجها.

أخطأت عندما بحثت عن الخلاص لدى جلّادها، وأنت هو جلّادها!

لست أنت المخطئ أيها العاشق الوفي، بل سارة هي المخطئة، فأنتم كلكم سواسية.

ستبقى أنت مثل خالد، لكني لن أكون أبداً مثل سارة. هي احتاجت إلى وقت كي تكتشف أنها أخطأت في اختيار شريكها. أحمد الله أني لم أقضِ أكثر من بضعة أسابيع قبل أن أكتشف أنني أنا أيضاً أخطأت الاختيار.

لست دمية تتلهى بها، أو جسداً تتلذذ بمعاشرته ثم تملّه وتبحث عن آخر. إن غفرت لك ثقافتك الخطيئة والكذب، فلن تغفر لي كرامتي. اكتشف نفسك قبل أن تنصح الآخرين.

تقولون إن الغرب ضدكم وضد ثقافتكم. أنتم في الواقع ضد أنفسكم. أنتم بلا هوية. أنت بلا هوية يا هشام. أنت النموذج الذي كنت أبحث عنه في دراستي. فمن لا يملك هوية لا يملك ثقافة. من أجل ذلك ماتت ثقافتكم في كل العالم، لأنكم لم تصنعوا ثقافة في الأساس بل مجداً من الهوى والوهم وأجساد النساء. وتلك ليست ثقافة ولا هوية أمة عليها أن تترك أثراً من بعدها. إبحث عن نفسك اليوم يا هشام. إبحث عنها جيداً، وعندما تجدها حاول أن تعيد الحياة إليها، على الأقل حاول، كي تصبح لك هوية إنسان».

بقي هشام صامتاً، جامداً، لا يتحرك منه سوى عينين تجوبان المكان بحثاً عن ثقب يهرب منه.

وقبل أن تنهض إيزابيل، وتلتقط حقيبة يدها الصغيرة وتضعها تحت إبطها، قالت آخر كلماتها: «لست نادمة على علاقة ربطتني بك، بل سعيدة أن اكتشفت كائنات جديدة على هذا الكوكب. مسكينة سارة التي لجأت إليك. إن أردت أن تساعدها فعلاً، إن أردت أن تكون أميناً مع امرأة ما، ولو مرة واحدة، فاكتب عن تجربتك أنت. اكتب لها كيف ينبغي أن تثور

٣٨١

على الظلم. اكتب لها أن لا تنجب أبناء مثلكم. اكتب لها أن ملذات الإنسان لا تبني ثقافة ولا تصنع أمة. عنوانها لديك يا هشام، إن شئت فاكتب لها».

انصرفت إيزابيل، وهشام لا يزال يبحث عن أي ثقب حقير يهرب منه.

ربع ساعة قضاها جامداً مكانه كما غادرته إيزابيل. ربع ساعة ثبتت فيها عيناه على منفضة السجائر التي أمامه، وقد انغرست فيها أعقاب سيجارة طلي عقبها بأحمر الشفاه.

كان هو هذه السيجارة!

التقط الرسالة التي تركتها إيزابيل على الطاولة، ونهض كالثمل.

في الطريق إلى البيت، اختفت كل الأسماء من رأسه. أحس نفسه وحيداً وتائهاً. لم يحس أن المطر يغمره. أوقف سيارة أجرة أقلته إلى الكافيتريا التي اعتاد الإفطار فيها قرب داره.

جلس على المقعد الخارجي يحدق في قطرات مطر تتحطّم على طاولته، دون أن يحس بها وهي تتساقط على جسده. أتته فتاة تعرف زبونها الصباحي، فسألته إن كان يفضل الجلوس في الداخل. نظر إليها في ذهول.

«سأجلس هنا». قال وهو ينهض لا يعي إلى أين.

سار قليلاً في الحديقة المجاورة. كان المطر قد توقف، لكنه أحس بقطرات على رأسه لا يعرف هل هي السماء أم من عرق هارب من اشتعالات إيزابيل. ثم رمى بثقل جسمه على مقعد في الحديقة، وبقي على تلك الحالة حتى انكشفت نجوم السماء من تحت الغيم الذي انقشع.

قام من مقعده وأخذ يسير باتجاه بحيرة صغيرة تدلّت عليها بعض
خصلات الشجر. وسط عتمة إلا من أضواء بعيدة، رأى إيزابيل تنظر إليه
في غضب، وتمزق كل رسائل سارة وتلقيها في وجهه!

نظر إلى الورق الممزق المتطاير وهو يستقر بهدوء على الماء ويرسم
على صفحته صورة لوركا، الشاعر الذي تعشقه إيزابيل:

لا تحملي ذكراك

دعيها فقط في صدري

رعشة كرز أبيض

في مكابدة يناير

جداراً من الأحلام السيئة

يفصلني عن الموت!

يغمض عينيه على وقع القصيدة، والمطر يهطل من جديد. يقفل عائداً
إلى بيته، وقبل أن يلج إلى الداخل، يقف لحظة على عتبة الباب ينظر إلى
قطرات الماء التي تتساقط منه وهي تمتزج بمرارة الندم. ما كان يعرف
أهو الندم أن تعرّف إلى كلوديا، أم هو الندم على إيزابيل؟ أم هو الندم
على الأفكار التي ورثها في دمه؟

ما كانت شقيقته وزوجها قد عادا إلى المنزل بعد. فكان ذلك من
حسن حظه، وحظهما.

بكامل ثيابه المبتلة استلقى على سريره وأغمض عينيه. وهو على حاله
تلك تناهت إليه أنغام لشوبان. وقبل أن يفقد كل إحساس بما حوله،
سمع صوت إيزابيل يأتيه بقوة ثم يختفي في العتمة.

يستيقظ بجزء من جسده الممدد على السرير، ثم يسترخي مرة

٣٨٣

أخرى وهو يشتم رائحة بخور سارة المتصاعد من مرآة حجرته هو .

على سقف الغرفة طالعته كل صور نسائه كان ذلك آخر ما رآه تلك الليلة، قبل أن يغطّ في نوم عميق .

قضى اليومين التاليين مع ضيفيه، لا يغادر داره، تصحبه لحظات شرود كثيرة، ومحاولات اتصال لا تنتهي بإيزابيل التي لن يسمع صوتها بعد اليوم .

اتصلت كلوديا مرة واحدة فقط، تخبره أنها قدّمت موعد سفرها إلى الغد، وستراه بعد عودتها .

إحساس بالوحشة يسكنه . فرسائل سارة انتهت، وإيزابيل رحلت، وكلوديا ستسافر في الغد، وشقيقته وزوجها بعد الغد .

السعادة تنقي الإنسان من أخطائه، وكذلك الندم . وقد كان هشام يحتاج إلى كليهما .

قصته مع إيزابيل، واليومان اللذان قضاهما برفقة ضيفيه، أعطته فرصة لإعادة قراءة نفسه، والغوص إلى أعماقه . كان في حاجة إلى التصالح مع نفسه، والمصارحة مع ذاته، كما قالت إيزابيل، قبل أن يكون صريحاً مع الآخرين .

في اليوم الذي سافرت فيه شقيقته بقي في المطار أكثر من ساعة يحدق في المغادرين والقادمين .

كان يحس بأنفاس إيزابيل تحيط به يوم أحضرها من المطار ذاك اليوم . كان يقف هنا، وهي من هناك تلوح له قادمة من باب الوصول . أحس بأنه يراها الآن تلوح له مودعة عند باب الذهاب .

ثم توجه إلى مقهى في ركن المطار وجلس هناك .

تحسّس رسالة سارة الأخيرة في جيبه، وسمع أنفاس إيزابيل تخرج عنوة من صدره. وبين الإثنتين تلاقت أفكار كثيرة أمام ناظريه. فعزم على كتابة رسالة إلى سارة كما طلبت إيزابيل، عله يكفّر عن خطأه بحقها وبحق سارة نفسها.

لكن إلى أي عنوان سيكتب؟

تذكَّر ما قالته الرسالة التاسعة في خاتمتها: «عنواني لديك إن شئت أن تكتب إلي». وهو تماماً ما قالته إيزابيل له في لقائهما الأخير. التقط الرسالة من جيبه، وقلبها من جديد يبحث عن عنوان قد يكون اختفى كأحجية بين الكلمات، فما وجد شيئاً. لكن الألم والتأمل هما في مصلحة الإنسان أحياناً. ففي لحظة أدرك هشام أين هو عنوان سارة.

نهض من مقعده وطلب ورقة من عاملة في المقهى. ما وجدت إلا قصاصة صغيرة أعطته إياها. ظنّ أنها تكفي. نعم، كانت تكفي.

عاد إلى مقعده وطلب فنجاناً من القهوة. وعلى عجل حرّر قلمه. نظر لحظة إلى المسافرين والمودعين، ثم انكفأ يكتب على القصاصة:

«عزيزتي سارة:

قرأت رسائلك كلها، وأعلم أنك ربما لا تنتظرين رداً عليها. فليست كلمات رجل واحد هي ما سيغير عالمنا، فيعيد إلى الرجال رشدهم، ويقوي من عزيمة نسائنا.

لكني أحببت أن أخبرك أني قد أدركت ما هي الخيانة. أدركت أنها السبب لا النتيجة.

أدركت أنها الشيطان الذي نصنعه لمن نحب دون أن ندري!

كلنا يمكن أن نكون خالداً، زوجك، وكل امرأة يمكن أن تكون أنت.

أعرف كل من ذكرت من نماذج الرجال، وأنا أحدهم، من يعتقد أن الملائكة تقف وراء حجرات النوم فلا ترى من في داخلها.

هو خطأ ورثته، وهو خطأ الإرث نفسه الذي أعمى عيوننا عما تريد السماء. سأقول نحن المخطئون، لكن ليس خطأنا وحدنا، بل أنت مثلنا مخطئة يوم استسلمت لإرادتنا نحن، فأصبحت «آلة قدرية» كما قال والدك.

أذكر قصة قرأتها قديماً، لرجل دخل قرية غريبة، فما وجد فيها عازباً ولا عانساً. حتى الصبية تزوجوا وما نبت شعر آباطهم لكن ما من أحد منهم كان سعيداً.

سأل الغريب كيف قد تزوج الجميع وليس من سعيد بينهم في هذه القرية العجيبة؟ فأخبره أهل القرية أن رجلاً صالحاً زار قريتهم يوماً، وقد كانت ملأى بالعزّاب والعوانس. فطلبوا إليه أن يصلّي لهم كي لا يبقى عازب أو عانس في قريتهم. لكن الرجل الصالح أخبرهم أن الدعاء لا يضمن زواجاً سعيداً، بل هي إرادتنا ما يحقق ذلك.

رفض أهل القرية إلا أن يدعو لهم الصالح بما طلبوا، ففعل. وما كاد ينهي صلاته حتى راحت كل فتاة تجد اسم من ينبغي أن تتزوجه مكتوباً على كفها اليمنى، وكل شاب يجد اسم الفتاة مطبوعاً على كفه اليسرى.

في ذلك اليوم تم زواج الجميع، ولم يعد في القرية عازب أو عانس، لكن أهل القرية جميعهم لم يعرفوا السعادة. لأنهم لم يستمعوا إلى قول الرجل الصالح الذي أخبرهم أن سعادة الإنسان لا يضمنها الدعاء، بل الإرادة المستقلة.

هكذا نحن في صحرائنا كتلك القرية الصغيرة، نستسلم لقدر يبكينا ثم نقول أن لا إرادة لنا فيه. بل لنا كل الإرادة. ومن المرأة تبدأ إرادة الإنسان. لأنها هي من تصنع هذا الإنسان.

هي التي تربيه، وتسقيه الفضيلة كما تسقيه الحليب من صدرها. ونحن لسنا إلا ما تزرعه فينا وتبنيه في داخلنا.

ومثلما أنت تصنعين الآخرين، كذلك أنت القادرة على صنع القوة في داخلك بالثورة على الظلم. فالظلم يا سيدتي فعل اختياري. ومن ارتضاه استحقه.

سلامي لك ولصديقاتك.

المخلص / هشام

رئيس التحرير».

طوى القصاصة، ثم أعاد قراءتها بترو. وضع نقطة هنا وفاصلة هناك كي تصل الكلمات واضحة لا لبس فيها. وللمرة الأولى شعر أنه كتب ما يؤمن به حقاً. فكافأ نفسه بقدح آخر من القهوة.

بقي يتأمل في ما كتب إلى أن فرغ من قهوته، ثم جمع أطراف القصاصة حتى بدت كمغلّف مغلق، وكتب على ظهرها: «إلى كل من ترفض أن تكون بقايا!».

أتراه كان العنوان الذي قصدته سارة؟

نهض من مقعده، وتوجه إلى باب السفر المؤدي إلى صالة المغادرة في المطار. وظل يتأمل المغادرين والقصاصة في يده وهو يسأل نفسه: أتراه العنوان الصحيح؟

وضع القصاصة في جيبه، وعاد إلى مقعده في مقهى المطار. ثم وضع رأسه على راحة يده يفكّر في ما يفعله بها.

بربكم، ما يمكن أن يفعله رئيس تحرير مجلة واسعة الانتشار برسالة يريدها أن تصل إلى كل مكان؟

أصعب قرار قد نتخذه في حياتنا ربما كان أسهل قرار. وربما كان الأقرب أيضاً. أقرب إلى الحد الذي لا نراه. وهذا ما حدث مع هشام الذي كان يبحث عن العنوان الصحيح، وهو يملكه منذ اليوم الأول، لكنه ما رآه بعد أن انصرف كل همه إلى جمال كاتبة الرسالة، لا إلى قيمة ما كتبت.

هرول مسرعاً يغادر المطار ويستقل قطار الأنفاق إلى مكتبه. فقابلته سوزي وهي تحمل سيجارتها. ابتسم لها دون كلمة واحدة، ثم اتصل من هاتف مكتبه بناديا مسؤولة البريد طالباً حضورها. أعطاها القصاصة التي كتبها، ففتحتها على عجل وبدأت تقرأها، بينما انشغل هو بوضع بعض أغراضه في حقيبة صغيرة أخذها من خزانة في مكتبه، ثم سألته ناديا بعد أن فرغت من قراءة الرسالة:

ماذا أفعل بها؟

ـ انشريها.

ـ كما هي؟

ـ نعم. اجعليها في الصفحة الأولى فيراها كل من يقرأ المجلة.

كانت نبرته حازمة، فما تجاسرت ناديا على سؤاله عن شيء. فخرجت بارتباك وهو ينظر إلى ارتباكها بابتسامة ساخرة، ثم أمسك بورقة بيضاء كتب عليها بقلمه الأحمر بضعة أسطر: كانت تلك استقالته.

دخلت عليه سوزي وسألته: «ألن يكون هناك اجتماع لهيئة التحرير اليوم؟».

ـ بلى، سيكون هناك اجتماع. لكنكم لستم في حاجة إلى هشام، فقد تركته ورائي منذ سنوات.

سأعود إلى البحث عنه حيث تركته، لعلي أجده.

نظرت إليه سوزي بابتسامة بريئة وهي لا تعي ما يقول. بادلها الابتسامة، ثم توجه إلى معطفه المعلق وألقى به وراء ظهره والحقيبة الصغيرة في يده. وقبل أن يغادر، اقترب منها بلطف، وداعب خدّها بظهر يده:

«سوزي... كم أنت جميلة!».

انتهت